Allison Dickson
DIE GEFÄHRLICHE MRS. MILLER

aufbau taschenbuch

ALLISON DICKSON ist Autorin zahlreicher Romane und Kurzgeschichten. »Die gefährliche Mrs. Miller« ist ihr Thriller-Debüt. Dickson lebt in Dayton, Ohio, und geht dort ihren vielseitigen Interessen nach – wenn sie nicht gerade schreibt.

ULRIKE SEEBERGER lebte zehn Jahre in Schottland. Seit 1987 ist sie freie Übersetzerin und Dolmetscherin in Nürnberg. Sie übertrug u. a. Autoren wie Lara Prescott, Philippa Gregory und Oscar Wilde ins Deutsche.

Phoebe Miller bemerkt ein fremdes Auto, das ständig in der Nähe ihres Hauses steht. Sie wundert sich zwar, ist zunächst aber nicht beunruhigt. Warum sollte sich jemand ausgerechnet für sie interessieren? Dann ziehen neue Nachbarn ein – und deren Sohn, der achtzehnjährige Jake, verdreht Phoebe völlig den Kopf. Sie beginnt heimlich eine Affäre mit ihm, freundet sich aber gleichzeitig mit seiner Mutter an. Dabei gerät der seltsame Wagen in ihrer Straße völlig in Vergessenheit. Doch jemand beobachtet sie – jemand, der nicht nur ihr Geld, ihr Haus und ihren Mann will, sondern gleich ihr ganzes Leben.

Allison Dickson

DIE GEFÄHRLICHE MRS. MILLER

Thriller

Aus dem Amerikanischen
von Ulrike Seeberger

atb aufbau taschenbuch

Die Originalausgabe unter dem Titel
The Other Mrs. Miller
erschien 2019 bei G. P. Putnam's Sons, an imprint of
Penguin Random House, LLC, New York.

ISBN 978-3-7466-3616-0

Aufbau Taschenbuch ist eine Marke
der Aufbau Verlag GmbH & Co. KG

1. Auflage 2021
© Aufbau Verlag GmbH & Co. KG, Berlin 2021
Copyright © 2019 by Allison Dickson
Umschlaggestaltung www.buerosued.de, München
unter Verwendung eines Bildes von
© Mark Owen / Trevillion Images
Gesetzt aus der Whitman durch Greiner & Reichel, Köln
Druck und Binden CPI books GmbH, Leck, Germany
Printed in Germany

www.aufbau-verlag.de

Für Ken, der jede Version von mir kennt und liebt.

TEIL 1

MRS. MILLER

KAPITEL 1

Das blaue Auto ist heute Morgen schon wieder da. Es parkt diesmal ein paar Häuser weiter, niemals zweimal an derselben Stelle, doch immer in Sichtweite von Phoebes spähenden Augen. Der ziemlich alte Ford Focus mit seinen rostigen Stoßstangen und den Rissen in der Windschutzscheibe, die es einem sogar mit einem starken Fernglas beinahe unmöglich machen, den Fahrer zu sehen, würde überall sonst in Chicago unbemerkt bleiben. Aber auf einer ruhigen Straße in Lake Forest, wo selbst ein drei Jahre alter Land Rover uralt wirkt, fällt er auf wie ein fauliger Schneidezahn in einem ansonsten schneeweiß gebleichten Gebiss. Der einzige Hinweis auf die Identität des Fahrers ist eine Magnettafel an der vorderen Beifahrertür mit der Aufschrift *Executive Courier Services*, doch eine Kurierlieferung hat sie bisher noch nie beobachtet.

Phoebe ist sich nicht ganz sicher, wann das Auto zum ersten Mal aufgetaucht ist, aber sobald ihr die wiederholten Besuche aufgefallen waren, hat sie angefangen, darüber Buch zu führen, ganz wie eine dieser selbst ernannten Nachbarschaftswächterinnen, die Phoebe normalerweise ziemlich irritieren. In ihrem kleinen Notizheft sind drei Spalten: wann das Auto ankommt, wo es parkt, und wann es wieder wegfährt. Zunächst schienen die Besuche eher sporadisch zu sein, vielleicht zwei-, dreimal in der Woche höchstens eine Stunde lang. Doch in der vergangenen Woche ist der Wagen täglich hier gewesen und jedes Mal mindestens drei Stunden geblieben, manchmal sogar fünf, weit länger als eine normale Arbeitspause. Falls der Insasse einmal ausgestiegen ist, um sich die Beine zu vertreten, hat Phoebe es jedenfalls nicht bemerkt. Sie hat schon überlegt, ob sie die Nachbarn nach ihrer Meinung zu diesem Eindringling fragen soll, doch in all den Jahren, die sie schon in diesem Haus wohnt, hat sie sich nicht besonders viel Mühe gegeben, sich mit den Leuten ringsum anzufreunden.

Nicht dass sie Menschen nicht leiden kann. Nur ... Na ja, doch, vielleicht kommt das der Wahrheit ziemlich nah. Menschen sind lästig und immer dazu bereit, einem ihre Erwartungen aufzuladen – besonders, wenn man einen Namen trägt, der einem einen gewissen Status verleiht, ganz gleich, wie zweifelhaft dieser Status auch sein mag.

Sie hat versucht, mit ihrem Ehemann über diese Sorge zu reden, doch Wyatt findet, dass sie von dem immer wieder auftauchenden Wagen und von der Meinung, die ihre Nachbarn vielleicht von ihr haben könnten, geradezu krankhaft besessen ist. Er versichert ihr immer wieder, dass es nur Stress ist und dass sich der Medienrummel bestimmt bald wieder legt, spätestens wenn in etwa drei Sekunden ein anderer Promi stirbt oder irgendwas Blödsinniges sagt. Weil er Psychotherapeut ist, klingt der selbstgefällige Unterton, in dem er das von sich gibt, so überheblich, dass ihr speiübel wird. Zwischen den Zeilen lässt er natürlich mitschwingen, dass sie einfach viel zu wenig zu tun hat, wenn sie keine anderen Probleme hat als geparkte Autos und den Klatsch der Nachbarschaft. Vielleicht hat er ja recht, aber sie muss trotzdem die Zähne zusammenbeißen.

Eine weitere Option wäre, bei der Polizei anzurufen, und sie hat bereits ein paarmal darüber nachgedacht. Aber was genau würde sie denen sagen? Dies hier ist keine geschlossene und bewachte Wohnanlage. Hier können die Leute kommen und gehen, wie sie wollen. Vor einer gefühlten Ewigkeit hat eine weniger einsiedlerische Phoebe noch kein Interesse an einer von einer Mauer umgebenen Festung gehabt, von denen es hier in der Gegend so viele gibt, insbesondere nicht an dem beklemmenden Anwesen ihres Vaters am Ufer des Sees in Glencoe. Ihr hatte die relative Normalität dieses Hauses hier zugesagt, sie mochte, wie offen das vergleichsweise bescheidene Zuhause im Tudorstil sich der Welt präsentierte, am Ende einer üppig begrünten Sackgasse, umgeben nur von ein paar Häusern in angemessener, aber nicht zu vertraulicher Nähe. Doch genau diese Erreichbarkeit ist jetzt ein echtes Minus, da dieses Auto auf der Bildfläche erschienen ist, aber andererseits ist nichts Besorgniserregendes passiert, sie hat weder Drohungen noch seltsame Anrufe erhalten. Sie hat nichts außer ihrer durch völlige Erschöpfung angeschürten Spekulation, nicht einmal eine Beschreibung des Fahrers, obwohl sie, von der schmalen Silhouette ausgehend, zu neunzig Prozent überzeugt ist, dass es sich entweder um eine Frau oder einen sehr schmächtigen Mann handelt. Die einzigen anderen Dinge, die sie bemerkt hat, sind ein hellblaues Hemd und eine Baseballmütze, anscheinend eine Uniform. *Weil sie wahrscheinlich nur eine verflixte Kurierfahrerin ist*, denkt sie und hört im Geiste die ruhige, leicht genervte Stimme ihres Ehemanns. Also, nein, sie wird nicht bei der Polente anrufen. Nicht, bis sie einen echten Grund dazu hat.

Natürlich könnte Phoebe all diese Fragen sofort für immer erledigen. Einfach vor die Tür treten, zum Auto hingehen, an die Scheibe klopfen und freundlich fragen, was die Person hier will. Doch zusätzlich zu all dem anderen, was im Augenblick los ist, kann sie schlicht den Gedanken nicht ertragen, auch nur ein bisschen gedemütigt zu werden. Was, wenn dies wirklich nur eine bescheidene Kurierfahrerin ist, die gern ihre Pause hier verbringt und dabei ein bisschen Schreibkram erledigt? Oder die Freundin eines der Nachbarn, die Phoebe seit Jahren ignoriert? Sie kann sie schon tratschen hören. *Oh, die? Das ist Phoebe Miller. Hast du noch nie von der gehört? Na, aber doch sicher von ihrem Vater ...*

Und dann der schlimmste Fall: dass diese Kurierfahrerin sich als Reporterin herausstellt, die ihr nachschnüffelt, die nur darauf lauert, wenig schmeichelhafte Bilder einer zerzausten Erbin auf der Höhe ihrer paranoiden Verzweiflung zu knipsen. Ohne eine regelmäßige Dosis Schadenfreude würde die Öffentlichkeit ja nicht mehr funktionieren. Wieso sollte Phoebe nicht auch eine Zeit lang im Rampenlicht stehen?

Doch sie hat bereits angefangen, über einen wahrscheinlicheren Grund für ihre Untätigkeit nachzugrübeln: Die Beobachtung dieses Autos ist für sie ein Spiel geworden, ein winziger Impuls in ihrem ansonsten langweiligen, leeren Tag. Die Wahrheit über diese Person ist wahrscheinlich so nüchtern, dass sie Phoebe nur noch mehr deprimieren würde, wenn sie sie erführe, warum also sich die Mühe machen? Soll sie doch diese eine Sache genießen. Sie bleibt bestimmt nicht ewig. Nichts bleibt ewig.

Nachdem sie den heutigen Besuch notiert hat, kehrt sie in die Küche zurück, um sich Kaffee nachzuschenken und auf andere Dinge zu konzentrieren, zum Beispiel darauf, was Wyatt heute Abend essen möchte, und ob er mit ihr die restlichen Folgen *Game of Thrones* anschauen wird, oder ob sie sich die jetzt schon allein reinziehen sollte. Ah, was für ein aufregendes Leben! Im Augenblick arbeitet sich Wyatt schlürfend durch eine Schüssel Müsli, und das Geräusch geht ihr sofort mächtig auf die Nerven. Hat er das schon immer so gemacht, oder fällt es ihr nur jetzt erst auf, nach zehn Jahren?

In letzter Zeit hat sie einige andere Mikro-Angewohnheiten an ihm entdeckt, die sie zu Phantasien inspirieren, wie sie ihm eine gusseiserne Pfanne überzieht, genau wie eine Ehefrau in einer altmodischen Karikatur. Zum Beispiel, wenn er nach einer seiner passiv-aggressiven Bemerkungen, also dieser Tage beinahe in jedem zweiten Satz, so tut, als

müsse er gleich lachen. Oder wie er jedes Mal an den Fingern leckt, wenn er in einer Zeitschrift eine Seite umblät-
tert; Phoebe ist sicher, dass sie hören kann, wie seine Zunge
über die Rillen seiner Fingerspitzen reibt, und sie muss das
Zimmer verlassen, sobald sie sieht, dass er nach seinem
Exemplar von *Newsweek* oder *Rolling Stone* greift. Eher ein
klischeehaftes Männerverhalten ist, dass er inzwischen auch
die Haare im Waschbecken im Bad liegen lässt, nachdem er
seinen elektrischen Rasierapparat sauber gemacht hat. Aber
von allem, was sich ihr Mann ausgedacht hat, um ihr auf
den Wecker zu gehen, ist sicherlich dieses widerlich laute
Schlürfen, Knuspern und Schmatzen bei jeder Mahlzeit
das Verhalten, das sie schließlich zum Ausrasten bringen
wird. Kürzlich hat sie irgendwo von einer Studie gelesen,
die eine Verbindung zwischen der Überempfindlichkeit für
Essgeräusche und einem höheren IQ gefunden hat. Phoebe
ist sicher, dass sie inzwischen für eine Mitgliedschaft bei
Mensa qualifiziert wäre.

Sie tröstet sich mit einem einfachen Gedanken: In wenigen Minuten wird er zur Arbeit aufbrechen. Schon bald
wird sich wohltuende Stille wie eine kuschelige Decke um
sie breiten, und sie wird alle Türen verschließen, die Alarm-
anlage einschalten, ins Bett zurückgehen und die Arme und
Beine breit über beide Hälften ausstrecken wie ein Seestern.
Manchmal steht sie gegen Mittag auf, schlüpft in ihren Ba-
deanzug und geht mit einem Buch und einer Flasche Wein
an den Pool. Zwei Stunden bevor Wyatt von der Arbeit nach
Hause kommt, zieht sie sich richtig an, bürstet sich das Haar
und versucht, die dunklen Haaransätze und den Spliss zu
übersehen, die seit ihrem letzten Frisörbesuch vor mehreren Monaten aufgetaucht sind. Sie tupft ein bisschen Make-
up auf, in der Hoffnung, damit die tiefer werdenden Falten
um die Augen zu verbergen und ihren zunehmend bleichen
Teint etwas strahlender zu machen. Sie zieht Kleidung an,

die ein wenig mehr nachgibt und sich bequemer an ihr immer breiter werdendes Hinterteil anpasst.

Sie kann sich nicht daran erinnern, dass sie sich plötzlich gehen ließ. Es fühlt sich eher wie eine allmähliche Kapitulation an. Noch vor zwei Jahren hätte sie keine Sekunde gezögert, Stunden beim Friseur zu verbringen oder sich mit Dutzenden von teuren Tinkturen und Cremes einzuschmieren, die Frauen glauben lassen sollen, dass sie auf wundersame Weise die Zeit zurückdrehen können. Sie erinnert sich lebhaft daran, dass sie zwei oder drei Stunden pro Tag im Fitnessstudio verbracht hat, während sie gleichzeitig die jeweils angesagte Diät machte, die ihr versprach, sie könne die gefürchteten Speckröllchen in den Griff bekommen, wenn sie schlicht diese eine neuerdings geschmähte Zutat wegließ. Auch mehrere erfolglose Fruchtbarkeitsbehandlungen hatten es nicht geschafft, diese verzärtelte Sahnetörtchenversion ihrer selbst völlig zu zerstören. Auch der Vater, den sie fast ihr ganzes Leben lang gleichermaßen gefürchtet, gehasst und geliebt hatte, war so schnell an Bauchspeicheldrüsenkrebs gestorben, dass er einfach keine Zeit mehr hatte, sich von ihr zu verabschieden oder sich zu entschuldigen. Zumindest redete sie sich das so ein.

Jetzt, nach Daniels Tod, war sie einem echten Sahnetörtchen sehr viel ähnlicher geworden – blass, ein bisschen rundlich, nur sehr viel weniger süß. Das hatte sie hauptsächlich den Fruchtbarkeitshormonen zu verdanken, die ihren Körper völlig umgekrempelt haben, doch auch ihr tägliches Menü aus Eiscreme und Alkohol ist wohl keine große Hilfe. Aber diese Veränderung hatte auch ihr Gutes. Zum Beispiel hat sie erneut entdeckt, welche Gnade es ist, kinderlos zu sein, und dass es einem unendliche Möglichkeiten dazu beschert, am Swimmingpool zu lesen und am helllichten Tag zu trinken. Sie hat auch das Nirwana gefunden, das einem Yogahosen bescheren, auch wenn man sie trägt, ohne die geringste Absicht zu den zugehörigen Posen zu haben. Und den inneren Frieden, wenn man Zutatenlisten, Kalorien und Makronährstoffe ignoriert. Ihr Lieblingssynonym für diese abgeklärte Heiterkeit ist französisch: Cabernet Sauvignon.

Zudem genießt sie die ruhige Gelassenheit eines völlig zurückgezogenen Lebensstils, in dem alle Anrufe unverzüglich in den tiefen Kerker einer überquellenden Mailbox geschickt werden, in der die Verfehlungen ihres Vaters lediglich Schlagzeilen sind, über die sie auf ihrer Suche nach einem weiteren idiotischen Quiz hinwegblättert, das ihr verraten wird, welche Art von Käse sie wäre (Gouda) oder in welchem Land sie eigentlich hätte zur Welt kommen sollen (in der Schweiz, ganz neutral). Daniel Noble mag zwar die Quelle des Treuhandfonds sein, der ihr dieses Leben ermöglicht, aber für den Mann selbst ist sie nicht verantwortlich. Ihrer Meinung nach ist das Familienvermögen eine wohlverdiente Wiedergutmachung dafür, dass sie mit diesem Schweinehund aufwachsen musste.

Wyatt scheint diese stille Evolution seiner Ehefrau nicht bemerkt zu haben, oder wenn doch, so hat er sich dazu entschieden, sie zu ignorieren. Obwohl er weiß, dass sie die Fruchtbarkeitsbehandlungen abgebrochen hat, fragt er sie immer noch vor dem Sex, ob sie ihren Eisprung hatte, eine Frage, die die Libido jedes normalen Menschen bereits in den Startblöcken lahmlegen würde.

Nachdem er sein Frühstück beendet hat, spült er seine Schüssel aus und lädt sie in die Spülmaschine. Zumindest ein paar gute Angewohnheiten hat er noch. Aber er greift noch nicht nach seinen Schlüsseln. Stattdessen kommt er zum Tisch zurück. »Mein erster Termin ist erst um zehn. Möchtest du ein bisschen draußen sitzen?«

Sie zögert. Das ist eine Abweichung vom Programm. Selbst wenn er morgens mehr Zeit hat, verbringt er die gewöhnlich im Büro und holt Papierkram nach. Er muss wohl etwas zu besprechen haben, und das führt garantiert wieder zu irgendeinem kleinlichen Streit. Doch je schneller sie das, was ihn beschäftigt, abgehakt haben, desto eher bekommt sie ihre herrliche Einsamkeit. Also nickt sie, folgt ihm nach draußen und setzt sich auf eine der Liegen.

Ihre überdachte Veranda hat schönere Möbel als die Wohnzimmer der meisten Leute, ist mit einer vollständigen Küche, Bar und einer integrierten Stereoanlage ausgestattet. Ringsum sind Propan-Wärmestrahler aufgestellt, um dafür zu sorgen, dass sie diesen Außenraum bis weit in den Herbst hinein nutzen können, wenn sie wollen. Doch gewöhnlich deckt sie im Oktober alles hier hinter dem Haus ab. Früher einmal hätte sie das traurig gestimmt, aber nun freut sie sich auf den Winter, denn dann stellen der Schnee und die grausige Kälte, für die Chicago berühmt ist, ein sehr viel natürlicheres Hindernis dar, damit sie nicht in die Welt hinausgehen muss.

Wyatt hat seine Aktentasche dabei und sieht damit eher wie ein Rechtsanwalt aus als wie jemand, der geschiedenen Frauen in den Wechseljahren und gestressten Bankern, die keinen mehr hochkriegen, Binsenweisheiten und aufmunternde Plattitüden vorbetet. Bei näherem Betrachten wirkt sein Hemd neu und frisch gebügelt, auch den Schlips hat sie noch nie gesehen. Phoebe bemerkt sein ordentlich frisiertes Haar, sorgfältig mit irgendwas aus einer der vielen Tuben geglättet, die sie ihm im Laufe der Jahre gekauft hat und die zumeist unbenutzt geblieben sind. Sein babyglattes Gesicht lässt vermuten, dass er sich nass und nicht elektrisch rasiert hat. Aus irgendeinem Grund will er heute Morgen gut aussehen, und das gefällt Phoebe gar nicht.

Er sieht gut aus, im klassischen Sinn. Ein entschlossenes Kinn, dunkles Haar und Augen, die von so dichten Wimpern eingerahmt sind, dass es beinahe aussieht, als hätte er Lidstrich aufgetragen. Ganz am Anfang haben diese Augen sie zu ihm hingezogen, als sie einander bei der Super-Bowl-Party eines gemeinsamen Freundes betrunken anstarrten, damals, als sie beide an der Northwestern University waren. In jenen Tagen – inzwischen vor beinahe fünfzehn Jahren, denkt sie mit Schaudern – war kaum mehr als gutes Aussehen nötig, damit ihr Herz für beinahe jeden Typen höherschlug. Doch Wyatt hatte diese Kombination von Hirn, Humor und Lust auf Schabernack, die sie zu einem zweiten Treffen und unzähligen anderen danach lockte. Diese Tage, als sie verstohlen Sex an öffentlichen Orten hatten, ungeladen auf Partys auftauchten, mitten in der Nacht mit seinem uralten Mitsubishi Eclipse über die Lower Wracker jagten, während sie einen kleinen Joint hin und her gehen ließen, diese Tage sind so lange her, und manchmal erinnern Phoebe nur diese Augen daran, dass Wyatt noch immer die gleiche Rebellion gegen alle Anforderungen darstellt, die Daniel Noble an einen möglichen Schwiegersohn hatte. Ein gutbürgerlicher Typ, der schlau und ehrgeizig genug war, um an eine renommierte Uni wie die Northwestern zu kommen, der es aber nie bis ganz zum Doktortitel geschafft hat.

»Ich glaube, es wird Zeit, dass wir über die nächsten Schritte nachdenken«, sagt er und setzt sich neben sie. Sein Tonfall ist schwer zu interpretieren, aber es liegt ein kaum merkliches Zittern in seiner Stimme, als sei er nervös. In ihrem Bauch verspürt sie auch ein bisschen was von der Art. Doch es ist an der Zeit, dass sie sich diese tiefe Kälte eingestehen, die zwischen ihnen herrscht und die weit vor die Zeit von Daniels Tod und die darauf folgenden dramatischen Ereignisse zurückgeht.

Sofort muss sie an ihre vier misslungenen Versuche mit In-vitro-Befruchtung zurückdenken, doch sie weiß, dass alles sogar noch weiter zurückliegt, nämlich bei dem Grund, warum sie überhaupt geheiratet haben. Dem unerwarteten Pluszeichen im Sichtfenster eines Schwangerschaftstests aus der Drogerie. Phoebe war schwer unter dem Einfluss ihrer Romanze und der gerade aufwallenden Schwangerschaftshormone und erwog ganze dreißig Sekunden lang eine Abtreibung, ehe sie den Gedanken verwarf und stattdessen an eine viel glänzendere Zukunft dachte: an eine Chance auf die Wohlanständigkeit, die dem Namen ihrer Familie gebühren würde. Ein attraktiver Ehemann, ein schönes Zuhause am Stadtrand, ein nagelneues Baby, um alles zusammenzuhalten. Sie entschlossen sich zu einer spontanen standesamtlichen Trauung. Das hätte ihre Mutter entsetzt, wäre sie noch am Leben gewesen, doch Daniel schien erfreut darüber, dass er um die Kosten herumkam, insbesondere, da er den Bräutigam mit, gelinde gesagt, gemischten Gefühlen betrachtete. Auf die Nachricht vom zukünftigen Enkelkind reagierte er kaum, schien sich jedoch ein wenig dafür zu erwärmen, als er herausfand, dass es ein Junge sein würde.

Leider war der Versuch, das heile Familienleben zu schaffen, das ihrer Mutter stets für sie vorgeschwebt hatte, nie recht aus den Startlöchern gekommen. Ihr Sohn Xavier Thomas Miller wurde in der achtundzwanzigsten Schwangerschaftswoche tot geboren. Er bekam ein winzig kleines Grab, und seit dem Tag der kurzen, stillen Zeremonie, an der nur sie und Wyatt teilnahmen, hat sie nicht mehr die Energie aufgebracht, es zu besuchen.

Trotz ihres Verlustes ging es für sie danach noch ein paar Jahre recht gut weiter. Wyatt erhielt seine Lizenz als Therapeut und richtete seine Praxis ein. Phoebe versuchte sich hier und da mit Arbeit im Unternehmen ihres Vaters. Und zusammen machten sie die Dinge, die Paare so tun, die weder Kinder noch Geldsorgen haben: Sie reisten, gingen in Konzerte, probierten für kurze Zeit neue Hobbys aus, ehe sie sie letztlich verwarfen, zum Beispiel Wyatts Versuche, sein eigenes Bier zu brauen, und Phoebes weitaus teurere Ausflüge in das Sammeln moderner Kunst und in die Fotografie. Doch als sie auf die Dreißig zugingen, schien die unausgesprochene Frage, ob sie noch einmal versuchen sollten, eine Familie zu gründen, immer lauter zu werden, und schließlich sprach Wyatt sie bei Carpaccio und Cocktails aus, als sie im *Francesca's*, ihrem italienischen Lieblingsrestaurant, ihren achten Hochzeitstag feierten. Vielleicht war es der Wein, der ihr Blut in Wallung brachte, oder das Flackern des Kerzenlichts in seinen Augen, jedenfalls war sie für das Thema offen genug, um zumindest die Pille nicht mehr zu nehmen und abzuwarten, was die Natur mit ihnen vorhatte. Schließlich scheiterte die Natur, und folglich kamen die In-vitro-Behandlungen und die vier daraus resultierenden Fehlgeburten.

Die Krankheit ihres Vaters machte es ihr leicht, schließlich vollends die Bremse zu ziehen. Sie war zwar nicht verantwortlich für seine Palliativpflege – ein Team von Krankenschwestern betreute ihn rund um die Uhr –, doch sie konnte zumindest behaupten, emotional völlig erschöpft zu sein, und das nahm Wyatt hin. Dass sich Daniel auf diese Weise in ihr Baby-Debakel einmischte, war letztlich eine der wenigen freundlichen Dinge, die er je für sie getan hatte, wenn auch natürlich nicht absichtlich.

Doch seit Phoebe Wyatt mitgeteilt hat, sie hätte den Versuch, Kinder zu bekommen, nun aufgegeben, spürt sie, dass der Wendepunkt naht. Und nun ist er wohl gekommen, dieser Augenblick, in dem sie beide sich eingestehen, dass sie einen guten Lauf miteinander gehabt haben, es nun aber Zeit ist, ganz von diesem Karussell abzuspringen. Beinahe fünfzehn Jahre zusammen, zehn davon verheiratet, das ist eine respektable Leistung. Besonders in ihrer Familie.

Sie seufzt. »Okay. Wie sollen wir diese Sache regeln?«

Er schaut ein wenig erleichtert drein, während er seine Aktentasche aufklappt. »Ich bin froh, dass du so offen bist. Ich habe ein paar Unterlagen dabei.«

Wow. Er hat bereits Unterlagen? Sie ist zwar kooperationsbereit, kann aber nicht leugnen, dass sie ein wenig irritiert darüber ist, wie weit er schon vorausgeplant hat. Sollten sie nicht erst einmal miteinander reden?

Ihr Herz stockt, als sie den Stapel bunter Broschüren sieht, die er hervorzieht und auf den Tisch legt. Das sind keineswegs Scheidungsunterlagen, diese Hochglanzheftchen, auf denen lächelnde Kinder vor einem Hintergrund mit Sonnenschein, Regenbogen und Worten wie »Hoffnung« und »Chance« und »Familie« abgebildet sind. Hier geht es um Adoption, das Ass, das wohlhabende Familien mit wenig kooperativen Gebärmüttern noch im Ärmel haben. Wyatts Verhalten schlägt von feierlich zu überschwänglich um, während Phoebes Magen zu rebellieren beginnt. Sie war so sehr davon überzeugt, dass diese Tür nicht nur geschlossen, sondern fest verriegelt war. Doch jetzt sitzt er hier und erklärt ihr in unmissverständlichen Worten, dass er das Thema nie abgehakt hat und das auch nicht beabsichtigt. Wie konnten sie sich nur so weit voneinander entfernt haben?

»Das ist perfekt für uns, Liebling. Ich habe schon mit der Frau geredet, die *Heart Source* leitet, und die kann es kaum abwarten, dich kennenzulernen. So wie unsere Verhältnisse sind, könnten wir möglicherweise schon nächste Woche ein Neugeborenes haben.« Er bemerkt Phoebes ausdruckslosen Blick, redet aber einfach weiter. »Oder, weißt du, wir können die ganze Sache mit den Neugeborenen umgehen und gleich ein älteres Kind adoptieren. Das ganze Stadium mit Windelwechseln und Füttern um Mitternacht einfach überspringen. Das ist doch auch ein Bonus, oder nicht?«

Phoebe möchte das strahlende Glänzen seines Lächelns am liebsten für immer ausknipsen. »Wenn du von *unseren* Verhältnissen sprichst, meinst du wohl meine. Meinen Namen. Die würden jemandem aus der Familie Noble ein Kind praktisch sofort verkaufen. Darauf spielst du doch an, oder?«

»Schatz, diese Unternehmen sind alle legal und moralisch völlig unumstritten. Hier wird niemand verkauft. Aber ja, seien wir ehrlich, dein Name würde helfen. Das ist meiner Meinung nach keine Schande. Wir sollten alles nutzen, was zu unserem Vorteil ist.«

»Herrgott! Hast du keine Nachrichten gehört? Der Name Noble ist im Augenblick nichts als Müll!«

Wyatt schaut sie geduldig an. »Das ist egal. Der Name Noble ist mehr als nur dein Vater. Das bist auch du, und wer immer die nächste Generation sein wird. Wenn du es recht bedenkst, könnte das hier tatsächlich eine Möglichkeit sein, der ganzen widerlichen Angelegenheit den Wind aus den Segeln zu nehmen.«

Sie kocht jetzt beinahe vor Wut. Er hört ihr nicht zu, und es ist völlig klar, dass er das auch vorher nicht getan hat, als sie ihm gesagt hat, dass sie mit all dem nicht mehr weitermachen kann. Vielleicht hat sie sich nicht deutlich genug ausgedrückt, und so hat sie ihm die Möglichkeit gegeben, tatsächlich zu glauben, dies sei für sie eine mögliche Alternative. Dass es überhaupt noch eine Alternative gab. Jetzt muss sie brutal sein. Er muss begreifen, dass es auf diesem Weg keine Zukunft gibt, dass sie hier nicht nur verbrannte, sondern auch verseuchte Erde hinterlassen hat.

»Ich will das nicht«, sagt sie.

Er schaut keineswegs verdattert. Es ist, als hätte er während seiner Generalprobe für dieses Gespräch ihre Antwort bereits vorausgeahnt, denn natürlich hat er geprobt, wahrscheinlich während er seinen hübschen neuen Schlips ausgewählt hat. »Ich weiß, es ist ein großer Schritt«, argumentiert er. »Wir haben viel durchgemacht, besonders in den letzten paar Jahren, und ich weiß, dass die ganze Sache mit Daniel dich auch ganz schön aus der Bahn geworfen hat. Du hast Angst, dass dir wieder einmal das Herz gebrochen wird, aber unsere Chancen hier sind hervorragend. Weit besser, als sie mit in vitro waren. Es ist eine Möglichkeit für einen Neubeginn, nicht nur für uns, sondern für ein Kind, das ein Zuhause braucht. Ich weiß nicht, warum wir nicht gleich als Erstes daran gedacht haben, denn das hätten wir tun sollen.«

Sie seufzt und zwickt sich in die Nasenwurzel. »Jetzt reicht's aber mit deiner gottverdammten Verkaufsmasche. Ich habe dir meine Antwort bereits gegeben. Ich will das nicht. Ich könnte ein solches Kind nicht lieben.«

Nun kommt er mit seinen vor Mitleid triefenden Hundeaugen, was ihr Herz nur noch mehr versteinert, weil es so herablassend ist. Dieser Blick teilt ihr mit, dass er ihre Gefühle besser kennt als sie selbst. Ihr Vater hat sie beinahe ständig so angeschaut, sogar wenn Phoebe nur sagte, dass sie lieber Hühnchen als Steak zum Abendessen haben wollte. »Aber natürlich könntest du das, Schatz. Bindung, das ist immer ein längerer Vorgang, auch zwischen Eltern und ihren leiblichen Kindern, aber du wirst das großartig machen. *Wir* werden das großartig machen. Wir packen das doch zusammen an.«

Es fällt ihr schwer, den Blickkontakt aufrechtzuerhalten, während sie sich darauf vorbereitet, ihre abschließenden Worte auf ihn loszulassen. Trotz ihrer Wut liegt ihr noch so viel an ihm, dass sie nicht unnötig grausam sein möchte. Aber manchmal hilft eben nur Schmerz. Er ist das einzige Gefühl, das Menschen dazu zwingt, sich auf das zu konzentrieren, was direkt vor ihrer Nase ist. Sie wird jetzt gleich dieser heiße Fettspritzer sein, dieser Hammer auf dem Daumennagel, diese glitschige Sprosse auf der Leiter. »Kinder zu haben, das war immer eher dein Traum als meiner. Ich dachte, ich könnte lernen, mich so sehr danach zu sehnen wie du, aber es ist mir nie gelungen, und ...« Los, Phoebe, *spuck's aus.* »Ich bin erleichtert darüber. Ich bin keine der Frauen, die immer davon geträumt haben, irgendwann Mutter zu werden.«

Er bemüht sich wirklich sehr, stoische Ruhe zu bewahren, aber ihm ist alle Farbe aus dem Gesicht gewichen, und er scheint nicht mehr zu atmen. Trotzdem ist sie froh, dass diese Wahrheit endlich ans Licht gekommen ist, die sie all die Jahre insgeheim in sich bewahrt hat, als wäre sie ein schreckliches Laster.

»Was ist mit Xavier?«, fragt er. Die Worte sind wie scharfe Splitter, das Einzige, was im Augenblick ihren Panzer durchdringen kann.

Phoebe schluckt, unterdrückt all die Erinnerungen und bedeckt sie obendrein noch mit einer dicken Schicht Steine. »Er ist tot, Wyatt. Was gibt es dazu sonst noch zu sagen?«

»Jetzt reicht es. Ich lasse nicht zu, dass du ihn so leichthin abtust!« Er rafft fahrig die Broschüren zusammen und steht auf. Dann bleibt er stehen und schaut sie mit wütend gerunzelter Stirn an. »Was hast du gedacht, worüber wir reden würden, als wir vorhin hier rauskamen?«

Sie blickt nun in ihren Schoß. »Ist nicht wichtig.«

»Du dachtest, ich würde dich um die Scheidung bitten, oder?«

Sie zuckt mit den Achseln, ihre Vorräte an brutaler Ehrlichkeit sind erschöpft. Das ist ohnehin Antwort genug.

Er geht ohne ein weiteres Wort weg. Doch anstatt zur Tür zu schreiten, die ins Haus führt, steigt er die Stufen zum Pool hinunter. Nach kurzem Nachdenken wirft er den Stapel Papiere ins Wasser.

KAPITEL 2

Phoebe bleibt lange nach Wyatts Fortgehen wie angewurzelt auf der Terrasse sitzen und betrachtet in Gedanken den rauchenden Trümmerhaufen, der von ihrer Ehe noch übrig ist. Warum konnte er nicht Broschüren über Hundezüchter mit nach Hause bringen? Für einen Welpen wäre sie eher zu haben gewesen, obwohl sie wahrscheinlich versucht hätte, ihn stattdessen zu einer Katze zu überreden, einer Option, die weitaus weniger Zuwendung verlangte. Doch Phoebe ist ziemlich sicher, dass dieses Wrack nicht einmal mit hundert Welpen und Kätzchen zu flicken ist, ganz zu schweigen von einem Baby, selbst wenn sie Wyatt nun zurückriefe, um ihm zu sagen, sie habe es sich anders überlegt. Sie ist in Versuchung, es zumindest zu versuchen, nur um den winzigen Funken Hoffnung zurückzuholen, den sie heute Morgen in Wyatts Augen ausgelöscht hat. Besorgt fragt sie sich, was sie stattdessen sehen wird, wenn er heute Abend nach Hause kommt. Wut? Traurigkeit? Oder schlimmer noch: gar nichts?

Doch sie wird ihn nicht anrufen, und sie wird es sich nicht anders überlegen. Sie hat das Richtige getan, als sie ausnahmsweise einmal ehrlich war. Oder nicht? Wäre ihre Mutter hier, sie würde wortlos den Kopf schütteln und Phoebe sagen, so etwas täte eine Gute Ehefrau nicht.

Der Ausdruck »Gute Ehefrau« hörte sich für Phoebe stets wie ein Eigenname an, wenn Carol ihn aussprach. Phoebe verbrachte den größten Teil ihrer Kinder- und Jugendzeit damit, sich von ihrer Mutter zweifelhafte Körner der Weisheit über Liebe und Ehe anzuhören, die diese einfach übernahm, anstatt sie zu hinterfragen. Alle liefen auf eine schlichte Philosophie hinaus: Um eine Gute Ehefrau zu sein, muss eine Frau ihren Ehemann mehr hegen, pflegen und lieben als sich selbst.

Das bedeutet natürlich nicht, dass sie ihr Äußeres vernachlässigen darf. Eine lange Liste von Schönheitsritualen ist notwendig, damit eine Gute Ehefrau weiter den hohen Anforderungen ihres Ehemannes genügt. Perfekte Frisur, perfektes Make-up und perfekte Garderobe sind ein Muss. In Carols Fall gehörten dazu auch täglich eingenommene Abführmittel und strikte Kontrolle ihrer Nahrungsportionen, damit sie ihre schlanke Figur behielt. Wenn sie jetzt die zusätzlichen zehn Pfund auf Phoebes zierlichen Hüften sehen könnte, ihre alltägliche Garderobe aus Yogahosen und T-Shirts, das Fehlen jeglichen Make-ups auf ihrem Gesicht und die herausgewachsenen Haaransätze, dann würde ihr Entsetzensschrei jeder Darstellerin aus einem zweitrangigen Horrorfilm Konkurrenz machen.

Die Gute Ehefrau kennt stets ihren Platz in der Familienhierarchie. Der ist am untersten Ende, der perfekte Ort, von wo aus sie ihren Mann und den erforderlichen Nachwuchs hoch über sich erheben kann, ohne je auch nur das geringste Zeichen von Anstrengung zu zeigen. Sollte sie feststellen, dass sie allmählich in dem Morast unter ihren Füßen versinkt, so begrüßt sie die Wärme und den Schutz, den ihr dieser Morast vor der gefährlichen Welt da oben bietet. Eine Gute Ehefrau würde nicht im Traum daran denken, ihrem Ehemann den Wunsch abzuschlagen, ein Kind zu adoptieren, nachdem alle Versuche gescheitert waren, selbst eines zu zeugen. Sie würde selbst all diese Broschüren über Adoption sammeln und stattdessen ihn damit überraschen. Sie würde sich niemals in Nabelschau verlieren und dabei zu dem Ergebnis kommen, sie sei für die Mutterrolle einfach nicht geschaffen. Erstens betreiben Gute Ehefrauen niemals Nabelschau. Und zweitens sind Gute Ehefrauen immer Gute Mütter.

Phoebe überlegt, wie es Carol schließlich mit dieser Sache mit der Guten Ehefrau ergangen ist. Die Frau war immer makellos, sowohl in ihrem Aussehen wie auch in der Art, wie sie den Haushalt führte. Niemals war etwas am falschen Platz. Weder Phoebe noch ihr Vater mussten länger als eine Sekunde an irgendein Bedürfnis denken, ehe Carol sich darum kümmerte.

Carol war also am Ball, wenn es darum ging, für ihre Familie zu sorgen, zweifellos, und Phoebe verspürte niemals einen Mangel an mütterlicher Liebe und Aufmerksamkeit. Aber sie erinnert sich auch an die Zerbrechlichkeit dieser Frau, an das winzige Zittern ihrer Hände, das nur dann zum Vorschein zu kommen schien, wenn sie sich unbeobachtet glaubte, daran, dass ihre Mutter beinahe unablässig rauchte, vielleicht ebenfalls in dem Bestreben, sich von Extra-Kalorien fernzuhalten. Sie trank auch ziemlich viel. Und trotz all dieser Bemühungen war sie nur in der Lage gewesen, ein einziges Kind zur Welt zu bringen, bevor eine Herzkrankheit, wahrscheinlich eine Folge all der Zigaretten, der radikalen Hungerkuren und des tief im Inneren angestauten Stresses, sie in ein frühes Grab brachte. Also, nein. Es hatte sich für Carol nicht ausgezahlt, eine Gute Ehefrau zu sein. Wenn überhaupt, so hatte es sie umgebracht. Und da war sie nicht die Einzige.

Nach Carol heiratete ihr Vater noch dreimal. Keine einzige böse Stiefmutter war darunter. Alle waren sie freundlich und hübsch, behandelten Phoebe mit Respekt und waren erpicht darauf, ihren Vater glücklich zu machen, zumindest am Anfang. Leider starb Helena, die erste Ehefrau nach Carol, bereits innerhalb eines halben Jahres. Daniel erzählte Phoebe, es wäre ein Schlaganfall gewesen, aber er war von der irrigen Annahme ausgegangen, dass Phoebe nichts von Helenas Angewohnheit wusste, Amphetamine einzuwerfen und mit Wodka herunterzuspülen. Ein Jahr später tauchte

Ava auf, und sie kam kurz vor dem zweiten Hochzeitstag bei einem Autounfall ums Leben. Kirstin, die letzte Ehefrau, starb nicht, doch sie ließ die Ehe nach drei Monaten annullieren, und man hörte nie wieder etwas von ihr. Als Phoebe vor ein paar Jahren den Namen bei Facebook eingab, fand sie heraus, dass Kirstin in Italien als Reiseführerin arbeitete und strahlend glücklich aussah. Phoebe hatte Kirstin am liebsten gemocht. Ihr Mumm hatte sie immun gegen das tödliche Schlaflied von der Guten Ehefrau gemacht. Phoebe fragt sich, was Kirstin wohl über den posthumen Skandal ihres Ex-Ehemanns gedacht hat, ob sie das Gefühl hatte, vor all den Jahren so gerade noch einer vorbeizischenden Kugel ausgewichen zu sein.

Als Phoebe selbst heiratete, war sie entschlossen, alles anders zu machen. Sie weigerte sich, zu glauben, dass sie, wenn sie einen Teil ihrer selbst einem großen, mächtigen Mann opferte, damit irgendwie die ganze Welt gewinnen würde. Sie beide machten finanzielle und persönliche Unabhängigkeit zu ihrer Priorität. Dank seiner bescheideneren Herkunft war Wyatt es gewöhnt, sich seinen Lebensunterhalt zu verdienen, und er kam mit seiner kleinen Therapeutenpraxis sehr gut klar, hatte sie kein einziges Mal um finanzielle Unterstützung gebeten. Phoebe zahlte gern mit ihrem Geld für all die schönen Dinge des Lebens: Ferien, Autos, Einkaufstouren, das Haus, feine Kleidung. Es war schließlich eine Ehe, keine Geschäftspartnerschaft. Ihr Vater hatte nie geglaubt, dass diese Ehe halten würde, besonders nachdem sie Xavier verloren hatten, doch Phoebe war begeistert davon, dass sie wieder einmal eine Möglichkeit gefunden hatte, den Erwartungen des alten Mannes zu trotzen.

Wyatt hatte es ihr allerdings leicht gemacht. Es war sein weicher Kern, der ihn so von all den anderen Alphamännchen in ihren gesellschaftlichen Kreisen unterschied, und selbst Phoebe war überrascht davon gewesen, dass das ausreichte, um sie zu zähmen. Seine Weichheit, aber auch so viel Selbstbewusstsein, dass er nie verzweifelt versuchen musste, sich ihr zu beweisen. Seine Gesellschaft war dadurch angenehm und behaglich wie ein Paar lieb gewordene, ausgetretene Hausschuhe. Leider machte seine weiche Art Phoebe auch so gefügig, dass sie nicht auf ihre innere Stimme hörte, als die Kinderfrage erneut aufs Tapet kam. Und sie wurde wie Carol.

Sie geht in die Küche, um sich eine Flasche Wein zu holen, und trägt sie zusammen mit einem Glas nach draußen. Es ist zwar weit vor ihrer üblichen Korkenzieherzeit, doch die Umstände rechtfertigen es, eine ohnehin willkürliche Regel zu beugen. Die Broschüren treiben noch im Pool, und ganz offensichtlich erwartet Wyatt, dass sie das alles beseitigt. Das wird sie tun, doch nur, weil sie später schwimmen möchte. Sie hört, wie in einem Garten hinter irgendeinem der Häuser in einem anderen Block Kinder um ihre eigene Wasserstelle herum planschen, Marco Polo spielen. Diese monotonen kleinen Stimmen, die unablässig bis zum Erbrechen dieselben Wörter wiederholen, bestärken sie in ihrem Gefühl des Rechthabens.

Sie steht nicht auf und geht ins Haus, um dem Krach zu entkommen. Das Wissen, dass sie ihm jederzeit, wenn sie möchte, entfliehen kann, ist bereits befreiend genug. Im Gegensatz zu der Person, die sich da drüben um die kleinen steuerlich absetzbaren Wesen kümmern muss, kann sie machen, was sie will. Sie könnte jetzt fortgehen und sich eine Pediküre oder eine Ganzkörpermassage gönnen. Sie könnte sich ins Kino begeben und dort einen nicht jugendfreien Film ansehen, das Popcorn ganz für sich allein behalten und beide Armlehnen mit Beschlag belegen. Sie könnte sogar ihre Taschen packen und eine spontane vierwöchige Reise an irgendeinen Ort auf der Welt machen, ohne mehr tun zu müssen, als die Post abzubestellen.

Natürlich wird sie nichts dergleichen tun. Freiheit bedeutet schließlich, dass man sich dafür oder dagegen entscheiden kann, etwas zu tun. Alles, was sie braucht, um sich wohlzufühlen, ist hier. Außerdem, falls sie für längere Zeit fortgeht, könnte die Person in dem blauen Auto irgendwas anstellen, zum Beispiel einbrechen und etwas stehlen oder vielleicht einen Haufen Kameras und Mikrofone überall im Haus anbringen.

Phoebe hält sich länger bei diesem Gedanken auf und grübelt darüber nach, was er für ihre Freiheit bedeutet, ehe sie einen großen Schluck Wein trinkt.

INTERMEZZO

Jeden Morgen, nicht lange, bevor dein Mann zur Arbeit fortgeht, warte ich darauf, dass sich die Jalousie neben deiner Haustür leicht bewegt, wenn du zwischen den Streifen durchschaust. Du enttäuschst mich nie. Es ist wie ein Morsecode, signalisiert mir den Anfang unseres täglichen Tanzes, lässt mich wissen, dass du weißt, dass ich eigentlich keine Kurierfahrerin bin, dass du neugierig bist, aber vielleicht nicht neugierig genug, um hier rauszukommen und mit mir zu reden oder einen Bullen herzuschicken, der stattdessen meine Papiere überprüft. Falls du dich fragst, ob die anderen Leute auf dieser Straße bei mir vorbeigeschaut haben, ist die Antwort Nein. Zum einen funktioniert meine kleine Verkleidung wohl, aber wahrscheinlich gehen auch alle davon aus, dass mich inzwischen längst jemand anders abgecheckt hat. Wie heißt dieses Phänomen noch mal? Dass man im Grunde genommen jemanden vor einem Haufen Zeugen umbringen kann und niemand die Bullen ruft? Zuschauer-Apathie, glaube ich. Das hier ist nicht ganz so extrem wie ein Mord im Park, aber du verstehst schon, was ich meine.

Irgendwas sagt mir, dass du keineswegs apathisch bist. Ich glaube, dass du diese Sache eigentlich genießt. In Anbetracht der Nachrichten über den kürzlich dahingeschiedenen Daniel Noble hast du natürlich Grund zu der Annahme, dass dich jemand beobachtet. Wer hätte geahnt, dass er während seiner vierzig Jahre andauernden Laufbahn neben all seinen Beteiligungen an Immobilien, Risikokapital und exotischen Autos auch noch mit seinen gierigen Händen unter die Röcke unzähliger keineswegs damit einverstandener Frauen gegrabscht hat, die nun alle völlig versessen darauf sind, die pikanten Einzelheiten mit der Welt zu teilen? Nachdem diese Bombe eingeschlagen ist, kannst du von Glück sagen, dass in deinem Vorgarten keine Reporter ihre Zelte aufgeschlagen haben. Aber vielleicht machen sie das nur bei Multimillionären aus der Unterhaltungsbranche. Jedenfalls bin ich froh, dass es hier so ruhig ist. Das kommt meinen Zwecken eher entgegen.

Sosehr ich das allmorgendliche Ritual der Kommunikation zwischen uns beiden genieße, habe ich doch bemerkt, dass unser kleiner Tango eigentlich erst beginnt, nachdem dein Ehemann fort ist. Dann beobachte ich, wie sich die Jalousie den ganzen Morgen über sporadisch immer wieder bewegt, während du deine tägliche Routine durchläufst, die dich kaum je vor die Tür bringt, wo ich dich sehen kann, obwohl ich mit Sicherheit weiß, dass du ein- oder zweimal in der Woche nach draußen kommst. Sogar eine Einsiedlerin muss Lebensmittel einkaufen, denke ich mal. Du könntest dir die auch liefern lassen, aber vielleicht bist du von der altmodischen Sorte. Vielleicht ist es deine einzige Möglichkeit, dich normal zu fühlen, wenn du ein paarmal in der Woche aus dem Haus kommst, um dieses Cookie-Dough-Eis und den Cabernet Sauvignon einzukaufen, die du so sehr liebst. Ja, ich weiß, was du einkaufst. Woher ich das weiß, ist nicht so beunruhigend, wie du glaubst. Beunruhigend ist allerdings die Menge, die du davon verzehrst. Das solltest du wirklich ein wenig einschränken. Ich habe online ältere Fotos von dir gesehen, und heute siehst du ein bisschen aufgedunsen aus. Kein Werturteil. Ich mach mir nur Sorgen. Ich pass auf dich auf.

KAPITEL 3

Phoebe wacht vom Klang der Türklingel auf. Sie war wohl mit einem vollen Weinglas in der Hand eingeschlafen – nach der dunkelroten Pfütze zu schließen, die sich langsam auf ihrem Schoß ausbreitet, und dem Hauch von Cabernet, der ihr von dort entgegenweht. Sie ist nicht in der Verfassung, die Tür zu öffnen, doch es könnte ein Paketbote sein, vielleicht sogar ein Florist. Es wäre nicht das erste Mal, dass Wyatt nach einem Streit Blumen schickt. Sie schnappt sich einen der Pareos, die über einen Stuhl in der Nähe drapiert sind, und deckt damit den Fleck auf ihren Shorts ab, aber am Geruch kann sie nicht viel ändern.

Als sie sich der Tür nähert, kommt ihr ein Gedanke, der ihr kalte Schauer über den Rücken jagt. Was, wenn es die Person aus dem blauen Auto ist? Diese Vorstellung lässt sie beinahe stillstehen, doch sie kann sie aus dem Kopf verdrängen. Es mag ja sein, dass sie sich langsam völlig diesem Einsiedlerleben hingibt, doch der Tag, an dem sie nicht mehr die Tür öffnet wie jedes andere funktionierende Mitglied der Gesellschaft, wird der Tag sein, an dem sie Wyatt um eine Überweisung an einen seiner Kollegen bittet.

Sie linst durch den Spion und sieht nicht etwa eine Frau im blauen Hemd der *Executive Courier Services* – der Wagen scheint heute Morgen nicht da zu sein –, sondern einen jungen Mann in einem grünen Tanktop und Shorts. Als sie die Tür öffnet und ihn von Kopf bis Fuß sehen kann, ist ihre erste Reaktion ein Gaffen. Er sieht so scharf aus, dass es schon fast ein Klischee ist. Verstrubbeltes, dunkelblondes Haar, blaue Augen, schlanker Körper, gebräunte Haut. Der Hauch von Bartstoppeln auf dem Gesicht sieht beinahe so aus, als wäre er mit der Airbrushpistole aufgesprüht. Flip-flops an den Füßen und ein Lederarmband am Handgelenk, da fehlen eigentlich nur noch eine akustische Gitarre und ein Lagerfeuer am Strand, wo er ihr ein Ständchen mit Lie-dern von Jack Johnson bringen kann. Sie ist ein wenig atem-los, als wäre sie eine Treppe zu schnell hinaufgerannt. Das Einzige, was ihre Blitzvernarrtheit ein wenig dämpft, ist die Gewissheit, dass sie doppelt so alt ist wie er. Und dass sie im Augenblick bestimmt stinkt wie ein Wermutbruder.

»Ja?«, fragt sie.

»Hi. Ähm ...« Er deutet auf das Haus auf der gegenüber-liegenden Seite der Sackgasse. Ein kleiner Möbelwagen parkt davor, und auf einem Anhänger steht ein kleiner SUV. Da-neben geht ein dunkelhaariger Mann unruhig auf und ab und bellt in sein Telefon. Phoebe kann die Worte nicht ver-stehen, doch sie wäre nicht gern am anderen Ende der Lei-tung. »Wir ziehen gerade gegenüber ein, und mein Dad kann die Hausschlüssel nicht finden, schwört aber Stein und Bein, er hätte sie die ganze Zeit bei sich gehabt. Sie haben nicht zufällig einen Ersatzschlüssel für da drüben, oder?«

Phoebe schaut stirnrunzelnd zu dem Haus hinüber und bemerkt, dass es ein wenig verlassen wirkt. Der Rasen ist ziemlich gewuchert, die Blumenbeete voller Unkraut, die Bäume nicht gerade sauber gestutzt. Es ist wahrscheinlich nicht allzu lange her, dass jemand sich um diese Dinge ge-kümmert hat, möglicherweise nur ein paar Wochen, doch in dieser Gegend grenzt das schon an Verwahrlosung. »Ich habe nicht mal mitbekommen, dass das Haus zum Verkauf stand.«

Er zuckt grinsend die Achseln. »Na ja, es steht leer, und wir ziehen ein. Also denke ich, es war wohl zu haben.«

Phoebe erinnert sich an die vorherigen Bewohner, die etwa das Alter ihres Vaters gehabt hatten, und daran, wie ge-beugt und gebrechlich die Ehefrau gewirkt hatte, wenn sie zum Briefkasten ging. Leider ist das alles, was sie über die

Leute wusste. Jämmerlich. Vielleicht ist einer von beiden gestorben, und es hat eine stille Auktion gegeben. »Willkommen in der Nachbarschaft.«

»Danke.«

»Leider habe ich keinen Schlüssel. Ich habe die Nachbarn nur flüchtig gekannt. Die Leute hier bleiben lieber für sich.« Sie möchte hinzufügen: *Tatsache ist, mein Junge, dieses Gespräch ist das längste, das ich je mit einem meiner Nachbarn geführt habe.*

Er schaut ein wenig enttäuscht drein und blickt über die Schulter zu seinem tobenden Vater zurück. »Ich habe keine große Lust, da rüberzugehen und ihm die schlechte Nachricht zu überbringen.«

Phoebe bemerkt, dass sie nicht das Geringste dagegen hat, wenn er noch nicht gleich wieder gehen will. Dies ist die beste Ablenkung seit Monaten.

»Dann sollten wir uns vielleicht miteinander bekanntmachen. Ich bin Phoebe Miller.«

Er starrt sie eine Sekunde lang an. Vielleicht ist er sich nicht sicher, ob er wirklich mit einer Frau reden will, die wie ein Weinfass stinkt. Kann sie es ihm verdenken? Doch dann grinst er und streckt ihr die Hand hin. »Ich bin Jake Napier.«

»Sie haben aber einen kräftigen Händedruck, Jake.« O wow. Jetzt klingt sie tatsächlich wie eine schlechte Schauspielerin in der ersten Szene eines billigen Pornofilms. Kaum zu glauben, dass sie früher einmal wusste, wie man mit Männern redet. »Ihr Dad scheint ein wenig sauer zu sein.«

Er errötet verlegen. »Ja, es ist eine ziemlich stressige Fahrt gewesen. Er heißt Ron. Meine Mom ist Vicki. Sie fährt unser anderes Auto, aber sie steht etwa eine Stunde hinter uns im Stau. Ich bin nur froh, dass sie nicht zusammen unterwegs waren. Sonst hätte es wahrscheinlich irgendwo mitten in Utah einen Mord am Straßenrand gegeben.«

»O Mann. Umzüge sind der reine Horror«, sagt sie. Als wüsste sie das. Sie ist nur einmal im Leben umgezogen, als sie aus dem ganze fünfzehn Meilen entfernten Haus ihres Vaters hierhergekommen ist. Bezahlte Helfer haben alles für sie erledigt, sogar das Auspacken. Sie musste nur auf die Stelle deuten, wo sie die Dinge haben wollte, wie eine zickige Prinzessin. Die Napiers scheinen eher vom Schlage Do-it-yourself zu sein, obwohl sie offensichtlich Geld haben. Das müssen sie, wenn sie sich hier niederlassen können.

»Ja, es war für alle eine echte Achterbahnfahrt«, antwortet Jake.

»Woher kommen Sie?«

»Aus Los Angeles«, sagt er. »Aber meine Eltern stammen eigentlich von hier.«

»Ah, also kommen sie nach Hause. Was ist der Anlass?«

»Mein Dad hat einen Job in einem Krankenhaus. Er ist Arzt. Ich bin allerdings nur ein paar Monate hier. Im Herbst fange ich in Stanford an.« Die Erleichterung in seiner Stimme ist kaum zu überhören, was verständlich ist. Das Letzte, was jemand in seinem Alter braucht, ist ein Umzug quer durchs halbe Land, um dort bei den Eltern zu wohnen. Doch wenigstens hat er eine Fluchtmöglichkeit in Aussicht.

»O wow, gratuliere! Mit dem College anfangen, das ist ein wichtiger Meilenstein.«

»Ich bin auch auf der Reise hierher achtzehn geworden. Jede Menge Meilensteine.«

Die Rechnung, die ihr durch den Kopf geht, macht sie gleichzeitig nachdenklich und verursacht ihr Schwindelgefühle. Er ist zumindest nicht halb so alt wie sie, aber knappe fünfzehn Jahre Unterschied sind ein Abgrund, in dem jeder Anstand verloren gehen kann. *Wenigstens ist er nicht minderjährig*, denkt sie. *Das ist doch schon mal ein Pluspunkt für dich, oder?*

»Selbst wenn Sie bald wieder in Richtung Westen auf-brechen, kommen Sie doch bestimmt während der Ferien manchmal her, oder? Packen Sie einen Parka ein. Wir haben hier richtige Winter.«

»Habe ich auch schon gehört.«

»Also Stanford, ja? Lassen Sie mich raten. Philosophie, Politikwissenschaft oder Medizin?«

Er lacht, hinreißend. »Dreimal daneben getroffen. Ich mache einen Vorbereitungskurs für Jura. Ich möchte Straf-verteidiger werden.«

»Jura wäre mein vierter Tipp gewesen. Mir kommen die Tränen, weil schon so bald wieder ein junges Herz durch die Schinderei des amerikanischen Rechtssystems aufgerieben wird.«

»Klingt ganz so, als hätten Sie Erfahrung damit«, meint er.

»Das nicht, aber ich schaue sehr viel *Law & Order*.«

Sie grinsen einander an, und sie ist in Versuchung, ihn ins Haus zu bitten, damit sie ein wenig gründlicher nach dem Ersatzschlüssel suchen kann, von dem sie weiß, dass sie ihn nicht hat. Doch dann brüllt sein Vater von der ande-ren Straßenseite herüber: »Jake, ich könnte hier deine Hilfe gebrauchen!«

Er dreht sich um und winkt. »Ich sollte wohl besser ge-hen.« Doch er bleibt noch ein bisschen stehen, als wolle er noch nicht fort. Ob das daran liegt, dass er ihre Gesellschaft genießt, oder daran, dass er nicht zu seinem Vater zurück-kehren will, kann sie nicht mit Sicherheit sagen.

»Vielleicht kriegen Sie im Haus an der Ecke einen Schlüs-sel.« Sie deutet nach links. »Ich weiß nicht, wie die Leute heißen, aber ich bin mir ziemlich sicher, dass die mehr mit den ehemaligen Besitzern zu tun hatten.«

»Sie kennen keinen von diesen Leuten, stimmt's?«

»Na ja, Sie kenne ich jetzt, nicht wahr?«

Er wirft ihr ein strahlendes kalifornisches Surferlächeln zu, das ihr Herz höher schlagen lässt. »Da haben Sie recht. Ich geh mal da fragen.«

»Viel Glück. Man sieht sich, Jake.«

»Okay, prima. Tschüss, Mrs. Miller.«

Oh, hat der tadellose Manieren, doch nun fühlt sie sich wie ihre eigene Schwiegermutter. »Bitte nennen Sie mich Phoebe«, sagt sie.

»Mach ich. Bis dann, Phoebe.«

Sie schaut ihm hinterher, bewundert seine langen, selbstbewussten Schritte und die kräftige Rundung seiner Schultern. Er ist nicht übermäßig mit Muskeln bepackt, aber auch nicht so mager wie viele Jungs in seinem Alter. Er hat Substanz, im Inneren wie im Äußeren, vermutet sie. Sie schließt die Tür, bevor jemand sie beim Starren ertappen kann, doch in ihrem Bauch ist jenes besondere warme Gefühl, das sie früher hatte, wenn sich eine Affäre anbahnte. Und er wird nur wenige Meter von ihrer Haustür entfernt wohnen, zumindest noch eine kleine Weile. Das könnte interessant werden, wenn sie es wollte. Vielleicht sogar ein bisschen gefährlich.

»Er ist gerade mal achtzehn, du alte verknallte Närrin«, plärrt sie in das leere Haus hinein. Der vernünftige Teil ihrer Persönlichkeit, der sich ohne jede Vorwarnung laut zurückgemeldet hat, zerstört ihre Phantasien, ehe sie Wurzeln schlagen können. Sie tappt nach oben, um sich frischzumachen. Nachdem sie geduscht hat und in ein paar weiche, saubere Leggings geschlüpft ist, fühlt sie sich wieder eher wie sie selbst. Und sie hasst dieses Gefühl.

INTERMEZZO

Dich zu beobachten ist nicht mein einziges Hobby. Ich denke, man könnte sagen, dass ich Dinge sammle. Das klingt zunächst mal überhaupt nicht seltsam, bis ich das winzige Detail hinzufüge, dass ich mich in anderer Leute Häuser einschleiche, um diese Dinge zu bekommen. Meistens bin ich nur auf Aussortiertes und Nippes aus – Figürchen, Etiketten von teuren Wein- oder Schnapsflaschen, Quasten von einem Vorhang –, Zeug, das niemand vermissen würde, obwohl ich manchmal auch ein, zwei schmutzige Geheimnisse mitgehen lasse, wenn sie offen rumliegen. Diese Geheimnisse sind in schicken Gegenden wie dieser ein bisschen interessanter, vielleicht weil sie scheinheiliger oder eher unerwartet wirken. Ein immer wiederkehrendes Thema in den Häusern der Ultrareichen sind SM- und Bondage-Räume, aber das ist echt keine große Überraschung, genauso wenig wie die atemberaubenden Drogenvorräte. Kinderpornografie ist auch deprimierend weit verbreitet. In diesen Fällen macht es mir nichts aus, alle bei meiner Suche zum Vorschein gekommenen Verstecke offen zu lassen, um die Leute Nacht für Nacht in den Wahnsinn zu treiben, weil sie sich fragen müssen, wer ihre dreckigen Geheimnisse kennt.

Ich breche schon so lange in Häuser ein, dass es sich für mich völlig normal anfühlt. Ein gelangweiltes Kind, das im hinterwäldlerischsten Indiana aufwächst, macht einfach alles, um ein bisschen Unterhaltung zu kriegen. Ich hatte keine Videospiele, keine Computer, nicht mal Kabelfernsehen, habe also stattdessen angefangen, Leute zu beobachten. Mit der Zeit hatte ich dann Jobs, habe alle möglichen

Arbeiten für sie erledigt, und dann bin ich in ihren Badezimmern auf die Toilette gegangen und habe mich in ihren Arzneischränkchen umgesehen. Ziemlich typisch. Doch später habe ich mich, wenn die Luft rein war, auch in ihren Kommodenschubladen oder Speisekammern umgeschaut. Ich musste unbedingt wissen, ob sie lebten wie ich, das schmutzige kleine Mädchen von der Farm, dessen Mutter noch immer Flicken auf die Jeans nähte und Socken stopfte, ganz wie die Frauen in der Pionierzeit. Nach einer Weile habe ich nicht einmal mehr nach Vorwänden gesucht, um ins Haus gebeten zu werden, sondern wartete, bis sie nicht zu Hause waren. Das erschien mir einfacher. Und hier bin ich jetzt, in einer der reichsten Vorstädte des Landes. Voller Stolz kann ich sagen, dass ich bisher sehr viele der Häuser hier erkundet habe. Deines allerdings nicht. Noch nicht.

Wir sind uns ein paarmal begegnet, aber daran wirst du dich nicht erinnern. Ich habe es geschafft, einen Teilzeitjob in dem nicht weit von deinem Haus entfernten schicken Lebensmittelladen zu ergattern, weil ich hoffte, dass du vielleicht dort einkaufst, und wieder hast du mich nicht enttäuscht. Tatsächlich bist du ein paarmal an meiner Kasse vorbeigekommen, und so habe ich rausgefunden, dass du Wein und Ben & Jerry's Eiscreme liebst. Du hast mich nicht zweimal angeschaut, was völlig okay ist. Ich würde mir Sorgen machen, wenn dir mein Gesicht irgendwie vertraut vorkäme. Denn dann würdest du die übliche Frage stellen, wie immer, wenn Leute ein bisschen auf dem Schlauch stehen: »Kenne ich Sie von irgendwoher?« Ich habe schon alle möglichen Antworten auf diese Frage geprobt, doch keine hat sich bisher richtig angefühlt.

Wenn du all das hören könntest, würdest du wahrscheinlich glauben, dass ich hier draußen sitze und auf die richtige Gelegenheit warte, in dein Haus einzubrechen und ein Stück deines Lebens zu meiner Sammlung hinzuzufügen. So einfach ist es allerdings nicht, wenn es um dich geht; ich will kein Stück deines Lebens haben. Schon bald wirst du wissen, warum ich hier bin. Und bis dahin halte ich Ausschau nach jedem verräterischen Zucken der Jalousie, das mir zeigt, dass du da bist und mich siehst. Lange muss ich nie darauf warten.

KAPITEL 4

Phoebe ist so sehr damit beschäftigt, grimmig in ihre Kaffeetasse zu starren, weil sie versucht, in einem Sahnestrudel ihre Gedanken wiederzufinden, dass sie Wyatt nicht gleich hört. »Wie bitte?«

»Ich muss heute nicht ins Büro«, wiederholt er.

»Oh.« Sie kann ihre Enttäuschung nicht verhehlen. Es fällt ihr immer schwerer, sie zu verbergen. »Wie kommt das?«

»Der Hauptvortrag bei dem Angstseminar, an dem ich teilnehmen wollte, ist abgesagt worden. Ich hatte mir dafür den Tag freigenommen und muss auch aus keinem anderen Grund ins Büro. Ich bin also heute ein freier Mann.«

»Gratuliere. Was machst du mit deinem Tag?«

Er antwortet nicht sofort, als dächte er darüber nach. Phoebe nimmt ihr Telefon zur Hand, scrollt durch die Schlagzeilen des Morgens und hofft, dass er sich dazu entscheiden wird, Golf zu spielen oder Dinge zu erledigen, die er lange vor sich hergeschoben hat. Stattdessen sagt er das Letzte, was sie heute hören will: »Lass uns was gemeinsam unternehmen – etwas, das Spaß macht!«

Sie blickt von ihrem Telefon auf und hofft, dass man ihr die Verärgerung über ihn nicht so deutlich ansehen kann, wie es sich anfühlt. Wieso sollte sein freier Tag unbedingt etwas mit ihr zu tun haben? »Was zum Beispiel?«, fragt sie.

»Wir könnten mit dem Zug in die Stadt fahren, irgendwo mittagessen, vielleicht ein bisschen einkaufen gehen. Das haben wir ewig nicht mehr gemacht.«

Ein Teil von ihr entspannt sich sanft. Zumindest gibt er sich Mühe, und das ist mehr, als sie seit dem Streit vor ein paar Tagen, den sie in Gedanken jetzt den »großen, hässlichen Streit« nennt, von sich selbst behaupten kann. Er hat bis jetzt kein Wort darüber verloren, doch sie wartet ständig darauf, dass er wieder dort anfangen wird, wo sie aufgehört haben. Stattdessen scheint er wild entschlossen, das alles hinter sich zu lassen.

Doch es funktioniert nicht. Trotz seiner Versuche, kumpelhaft zu sein, spürt sie, dass knapp unter der gelassenen Oberfläche ein Strudel der Verachtung brodelt, und ein Nachmittag, an dem sie fein essen gehen und Geld für weitere Dinge ausgeben, die sie nicht brauchen, wird diesen Strudel kaum verschwinden lassen. Die ganze Woche lang gibt Wyatt seinen Patienten Ratschläge, wie sie mit derart gestörtem Denken umgehen sollen. Wieso kann er dasselbe bei sich nicht erkennen? Ein Thema zu meiden ist ein sehr schlechter Ansatz.

»Mir ist heute überhaupt nicht danach, aus dem Haus zu gehen«, sagt sie.

»Komm schon, Schatz. Bleib nicht ewig in diesem Trott. Manchmal muss man sich dazu zwingen, Dinge zu tun, selbst wenn man keine Lust dazu hat.«

»Warum sollte ich? Es ist doch kein Trott, wenn ich einfach nur gern zu Hause bleibe. Ich habe hier ohnehin einiges zu erledigen.«

»Was zum Beispiel? Dich völlig besessen mit einem Auto draußen zu beschäftigen, das nichts mit dir zu tun hat? Oder ... an deinem Buch zu arbeiten?« In seiner Miene ist keinerlei Sarkasmus zu entdecken, doch zwischen den Zeilen brodelt er. Vor ein paar Jahren hat sie ihm erzählt, dass sie sich mit dem Schreiben versuchen will. Sie hat auch tatsächlich zwei Kapitel geschafft, ehe sie das Interesse verlor, doch den Schein hat sie noch eine ganze Weile länger gewahrt. Wyatt schien ihre Zeit mehr zu respektieren, wenn es aussah, als sei sie mit einem Projekt beschäftigt. Außerdem hatte sie nun etwas, über das sie bei ihren seltenen Verabredungen mit den Leuten reden konnte. Anstatt nur die verwöhnte, apathische Prinzessin zu sein, war sie nun eine interessante Autorin. Doch auch diese Rolle wurde allmählich fadenscheinig, als ihr klar wurde, dass sie in absehbarer Zeit tatsächlich ein Buch hervorbringen müsste. Das schien Wyatt zu spüren, denn er hatte aufgehört, sich bei ihr danach zu erkundigen, zumindest bis jetzt. Seine freundliche Maske kommt ins Rutschen. Prima. Soll sie rutschen. Lieber würde sie mit ihm in seiner hässlichsten Form zu tun haben, als ihn dabei beobachten zu müssen, wie er sich abmüht, so zu tun, als sei alles in Ordnung.

»Es geht dich gar nichts an, was ich hier im Haus mit meiner Zeit anfange. Ich nörgle deswegen auch nicht an dir rum, oder? Wenn du sagst, dass du etwas nicht tun willst, zwinge ich dich nicht dazu.«

»Falls es dir entfallen sein sollte, wir sind *verheiratet*, Phoebe! Verheiratete Leute verbringen eben Zeit miteinander. Wenn du nur einen Mitbewohner gesucht hast, der dich in Ruhe lässt, warum hast du das nicht vor zehn Jahren gesagt?«

»Vor zehn Jahren warst du sehr viel weniger nervig.«

»Na, vielen Dank auch.« Er steht auf. »Dann wollen wir doch mal die offensichtliche Frage stellen, da sie dich eindeutig in letzter Zeit beschäftigt. Aber du bist ja so verdammt feige, dass du sie nicht aussprichst. Willst du die Scheidung?«

Dies ist die Stelle, an der sie mit Ja antworten sollte. Diese Ehe hat ihr Ende erreicht. Es ist an der Zeit, die Trostpreise aufzuteilen und die Sache hinter sich zu bringen. Allzu schwierig sollte dieser Vorgang nicht werden. Sie waren schlau. Er hat einen Ehevertrag unterzeichnet. Sie würde ihm Unterhalt zahlen müssen, aber sie kann sich nicht vorstellen, dass er rachsüchtig auf mehr aus ist, und sie bezweifelt auch, dass sie lange für ihn zahlen muss. Wyatt dürfte keine Schwierigkeiten haben, eine Gute Ehefrau zu finden, die ihm zehn Kinder ausspuckt.

Doch es ist nicht die Logistik, die sie davon abhält, Ja zu sagen. Wenn Wyatt fort ist, wird sie völlig aus der Bahn geraten, fürchtet Phoebe. Schon jetzt mag sie den Geschmack von Wein ein wenig zu sehr. Der größte Teil ihrer Familie ist tot oder so weit im Land verstreut, dass es keine Rolle spielt. Sie machen sich lediglich in der Form von alljährlichen Weihnachtskarten bemerkbar, die eigentlich nichts als Platzhalter für ihren Anteil an der Familienstiftung sind. Wenn sie eines Tages das Zeitliche segnet, werden diese Verwandten wie die Geier herabstoßen und ihren Kadaver abnagen, während sie dabei ihre großartigen Tugenden loben, alles Lügen oder Vermutungen. Sie hat das Geld ihres Vaters dazu benutzt, sich das hohle Trugbild eines Lebens zu schaffen. Nichts würde das deutlicher zum Vorschein bringen als ein Leben völlig allein, den ganzen Tag lang, jeden Tag. *Natürlich bekommen die Leute auch deswegen Kinder.* Sie wird starr, als sich in ihrem Kopf die Stimme ihrer Mutter meldet, völlig unaufgefordert.

»Wenn du gehen willst, ich werde dich nicht aufhalten. Aber ... Ich möchte nicht, dass du gehst.«

Er wischt sich mit den Händen über das hagere Gesicht. »Okay. Das ist doch gut, oder nicht? Damit können wir schon mal arbeiten.«

»Damit kommt das Thema Kinder aber nicht wieder auf den Tisch. Dieser Zug ist abgefahren. Wenn du mir sagen kannst, dass du das akzeptierst, können wir weitersehen.«

Sein Kiefer verkrampft sich. »Kannst du mir zumindest sagen, warum du in dieser Sache so eisern bist? Ist das hier wirklich alles, was du vom Leben willst? Ein großes, leeres Haus. Keine Tiefe. Kein Job. Nur ... du. Und, nehme ich mal an, deine kleine imaginäre Freundin im Auto draußen.«

Sie seufzt. »Ich weiß nicht, ob ich es so erklären könnte, dass du damit zufrieden bist, genauso wenig, wie du mir in einer Weise, die mich zufriedenstellen würde, erklären kannst, warum du so unbedingt Kinder haben willst.«

»Natürlich kann ich erklären, warum ich Kinder will! Das ist ein natürlicher menschlicher Instinkt, dass man etwas oder jemanden außer sich selbst lieben möchte, dass man auf der Welt einen sinnvollen Beitrag leisten möchte.«

»Ich bin mir sicher, Hitlers Mutter hatte dasselbe Gefühl. Aber sieh dir an, was sie auf die Welt losgelassen hat.«

Zunächst ist sein Gesicht ein rundes O der Ungläubigkeit, doch schon bald dämmert es ihm, und seine Züge werden weicher. »Hier geht es um deinen Vater, stimmt's? Irgendwie glaubst du, dass Kinder, die du aufziehst, so werden wie er – oder sogar noch schlimmer.«

»Das war jetzt keine Einladung, mich zu analysieren, Wyatt.«

»Das mache ich nicht. Aber sag mir, ob ich der Sache zumindest nahekomme.«

»Daniel hat Kinder nie gemocht. Er fand sie nervig, dreckig, laut und lästig und hat sie lieber jemand anderem anvertraut.«

Wyatt schüttelt den Kopf. »Offensichtlich hat er dich gut genug leiden können, um dir den größten Teil seines Geldes zu vermachen.«

Sie zuckt mit den Achseln. »Er mochte mich als Erwachsene mehr, denke ich mal. Eine Abneigung gegen Kinder ist eines der wenigen Dinge, die ich mit diesem Mann gemeinsam hatte.« Unwillkürlich zuckt sie ein wenig zusammen, als sie hört, wie diese Wörter außerhalb ihres Kopfes klingen. Sind sie überhaupt wahr? Sie interessiert sich zwar nicht für die Mutterrolle, doch sie würde jede Wette eingehen, dass sie, falls Xavier oder irgendeiner der verlorenen Embryos überlebt hätte, diese Kinder besser behandelt hätte, als Daniel sie je behandelt hat. Aber das heißt noch nicht viel, und Wyatt braucht nichts zu hören zu bekommen, das vielleicht seine Hoffnungen wieder neu entfacht.

Wyatt starrt sie an. »Das ist es? Du kannst einfach ... Kinder nicht leiden?«

»Das klingt so, als wäre das nicht Grund genug.«

»Die meisten Leute können die Kinder anderer Leute nicht leiden, Phoebe. Ihre eigenen aber sehr wohl.«

Sie schüttelt den Kopf. »Das hat bei uns zu Hause nicht gestimmt. Versuch du mal, mit jemandem aufzuwachsen, der Kinder hasst. Das ist kein lustiges Leben. Das werde ich niemandem antun.«

»Aber schau mal, diese Empathie, die du gerade für ein Kind gezeigt hast, das noch nicht mal existiert, sagt mir, dass wir daran arbeiten können, was es auch immer ist.«

Jetzt reißt ihr endgültig der Geduldsfaden. »Oder du könntest endlich meine Gefühle und meine Entscheidung respektieren und damit aufhören, sie so zu sehen, als wären sie etwas, das man reparieren muss. Hast du überhaupt eine Vorstellung davon, wie sehr mich das kränkt?«

Kleine Nadelstiche, die beinahe Hass sein könnten, funkeln aus seinen Augen. »Die Sache ist also völlig abgeschlossen, was? Ende der Diskussion. Entweder so, wie Phoebe es will, oder, verdammte Scheiße, gar nicht?«

»Du solltest dankbar sein, dass ich ehrlich darüber rede. Leute, die keine Kinder haben wollen, sind die Letzten, die welche haben sollten.«

»Na ja, wenn wir schon mal beim Thema Bedingungen sind, habe ich vielleicht auch eine. Wenn du dich nicht um ein Kind kümmern möchtest, kannst du wenigstens aufhören, dich wie eins zu benehmen, und dich endlich wieder besser um dich selbst kümmern. Versuch es mal ab und zu mit Duschen und sauberen Klamotten. Mir wird übel, wenn ich dich nur anschaue.«

Sie gafft ihn an. Noch nie hat er so böse und kritisch mit ihr geredet. Nein, nicht nur kritisch. Gemein. Verrutscht wirklich seine Maske, oder probiert er nur eine neue aus? Sie gefällt ihr gar nicht an ihm. Doch am allermeisten missfällt ihr, dass sich seine Worte wie Widerhaken unter ihre Haut gekrallt haben. Es ist eine Sache, das eigene Abbild im Spiegel zu sehen, eine ganz andere, wenn einem jemand anderer diesen Spiegel vorhält. Ihre Augen brennen, und ihr Magen schlägt Purzelbäume, aber sie lässt sich nicht das geringste Zittern anmerken. Diese Rolle hat sie hervorragend eingeübt. In ihrem Leben als Daniel Nobles Tochter ging es nur darum, Nebelkerzen zu zünden, und er ist noch nicht lange genug tot, dass sie hätte vergessen können, wie das geht.

Sie grinst Wyatt cool an und hebt ihre Kaffeetasse hoch, um daraus zu nippen. »Diesen weisen Ratschlag werde ich mir mal überlegen, Doc«, sagt sie mit kühler, emotionsloser Stimme. »Oh, Moment mal, man kann ja ohne Doktortitel kein Doktor sein.«

Das ist ein extrem mieser Tiefschlag, wenn man bedenkt, dass er sein Studium abgebrochen hat, nachdem sie Xavier verloren hatten, und obwohl er es schließlich wieder aufgenommen hat, brachte er nie die Energie dazu auf, sich an einer Doktorarbeit zu versuchen. Doch im Augenblick zielen sie ja beide auf die verletzlichsten Stellen des Anderen, und es lässt sich nicht leugnen, dass es sich mindestens eine Sekunde lang gut angefühlt hat, zurückzuschlagen. Sein Gesicht wird tiefrot, und seine Hände ballen sich zu Fäusten, bis die Knöchel ganz weiß werden. Einen angespannten Augenblick lang macht sich Phoebe auf eine Eskalation gefasst und bedauert, dass sie zu ihrer Verteidigung nur einen Henkelbecher mit lauwarmem Kaffee hat, falls er sich entschließt, auf sie loszugehen. Sogar ihre Fingernägel sind zu sehr abgekaut, um von Nutzen zu sein. In all den Jahren, die sie Wyatt kennt, hat sie ihn allerdings noch nie gewalttätig reagieren sehen. Das liegt einfach nicht in seiner Natur.

Aber es liegt in der Natur aller Menschen, ruft sie sich in Erinnerung. Alles, was sich bewegt, zerbricht schließlich irgendwann. Das war einer der Sprüche ihres Vaters gewesen.

Irgendwo in dem Sturm, der durch sein Hirn toben muss, findet Wyatt seine Ruhe wieder. Er weicht ein wenig zurück, entspannt die Fäuste und stapft dann wütend in Richtung seines Arbeitszimmers fort. Wenige Sekunden später fällt die Tür mit einem Krach zu. Ein harter Schlusspunkt am Ende eines hässlichen Absatzes. Phoebe atmet lange und zittrig aus, steht auf, geht zum Vorderfenster und linst durch die Jalousie, weil sie erwartet, dass ihr Begleiter, das blaue Auto, dort noch steht wie vorhin, als sie vor einer Stunde nachgesehen hatte. Doch nun ist es fort, und sie hat sich nie einsamer gefühlt als in diesem Augenblick.

Eine Sekunde später geht die Garagentür des Napier-Hauses auf, und Jake tritt heraus, in schwarzem Lycra-Jogging-Outfit und mit weißen Kopfhörern in den Ohren. Er schaut einen langen Augenblick in Richtung ihres Hauses, und sie hat das Gefühl, als blicke er sie direkt an. Ein leises Summen des Entsetzens schwillt zu einem inneren Kreischen an. *Schau sofort weg! Er soll nicht denken, dass du ihm nachspionierst!* Doch eine rasche Erkenntnis bringt diese Stimme zum Verstummen und hinterlässt ein warmes, erregtes Summen: Spionierte er nicht auch ihr nach? Einen Augenblick später wendet er sich ab und dehnt ein paarmal seine Beine, entschwindet dann mit langen Schritten die Straße hinauf.

»Ich gehe ins Büro.«

Phoebe zuckt zusammen und dreht sich um, sieht Wyatt, der für die Arbeit gekleidet ist. Seine Augen sind rot und feucht. Er weint nur, wenn er besonders wütend ist, als könnten die Tränen helfen, seinen Zorn wegzuwaschen.

Es ist beinahe eine Erleichterung für sie, das nun zu sehen, nach allem, was vor einer Minute beinahe geschehen wäre.

»Okay. Schönen Tag noch.« Ihr freundlicher Tonfall passt so gar nicht zu der Stimmung zwischen ihnen beiden. Sie zucken unwillkürlich beide ein wenig zusammen. Doch sie ist in Gedanken jetzt woanders. Eine Idee beginnt Gestalt anzunehmen. Eine richtig schlechte Idee.

Sobald er fort ist, wirkt die Stille, die er hinterlässt und die sie normalerweise so tröstet, plötzlich harsch und erdrückend. Dass sie Jake gesehen hat, wie er zu seinem Lauf aufbrach, hat etwas in ihr gelöst. Seine mühelosen Schritte stehen für Freiheit in ihrer reinsten Form. So etwas will sie auch. Nicht tatsächlich laufen, doch trotzdem irgendwie in Bewegung kommen. Sie kann sich noch daran erinnern, wie sie auch so durch die Welt gehen konnte, völlig unbelastet.

Eines hat sie noch nie vorher gemacht: ihren Mann betrogen. Gelegenheiten dazu hat es gegeben, besonders in den früheren Jahren, als sie beide mehr ausgingen, aber mehr als ein kleiner Flirt ist nie daraus geworden. Doch dieses Gefühl, das sie jetzt verspürt, hat nichts mit Sex oder auch nur Flirten zu tun. Sie will nur in der Nähe eines völlig neuen Menschen sein, selbst wenn es nur ist, um Hallo zu sagen und vielleicht herauszufinden, ob dieses Knistern von neulich noch da ist. Wenn sie für jemanden wie Jake interessant erscheinen kann, könnte sie das vielleicht dazu anregen, einmal nachzuforschen, was es sonst da draußen noch alles gibt.

Doch wenn sie rausgeht, nur um mit Jake zu reden, haben seine Eltern vielleicht etwas dagegen. Phoebe weiß, wie man dieses Problem umgehen kann. Dazu ist ein bisschen mehr Arbeit nötig und jede Menge Nerven, doch Wyatts Worte von heute Morgen haben sie elektrisiert, ihr mausgrau verhuschtes Ich ins Koma befördert. Sie weiß auch, wie flüchtig ein solches Gefühl sein kann. Wenn sie also irgendwas tun will, muss sie jetzt in die Gänge kommen.

In der Küche schaltet sie das Radio ein. Während sie Zutaten abmisst und vermischt, ertappt sie sich dabei, wie sie mitsingt. Eine Stunde später riecht die Küche nach karamellisiertem Zucker und Beeren, und auf einem Drahtgitter kühlen ein Dutzend ihrer berühmten Jumbo-Blaubeer-Muffins ab. Kochen und Backen ist die einzige Lebenslektion ihrer Mutter, die tatsächlich bei Phoebe hängengeblieben ist. Natürlich hat Carol ihr das nur in der Hoffnung beigebracht, Phoebe könnte damit eines Tages einen Mann beeindrucken, und in dieser Beziehung, überlegt sie, ist es ein Erfolg gewesen. Wyatt hat die Ergebnisse ihrer Kochkunst stets geliebt. Aber dass es ihr Spaß macht, hilft auch.

Sie stellt fest, dass sie noch jede Menge Energie hat, um ihren Plan umzusetzen. Sie flitzt nach oben, badet ausgiebig, rasiert und peelt jeden Quadratzentimeter, als bereitete sie sich auf ein Rendezvous vor, bei dem es nicht nur um Händchenhalten geht, obwohl es dergleichen auf keinen Fall geben wird. Doch sie beschwört ein weiteres Körnchen der längst abgelegten Weisheiten ihrer Mutter zum Thema Gute Ehefrau erneut herauf: Du fühlst dich nur so gut, wie du aussiehst. Vielleicht hatte Carol da ja nicht ganz unrecht, denn im Augenblick fühlt sie sich ziemlich toll. Wyatt wird sie das jedoch nicht unbedingt zugutehalten. Sie macht das hier nicht für ihn.

Körper und Haar in dicke Handtücher gehüllt, geht sie zu ihrem Ankleidezimmer hinüber, um mit dem schwierigen Vorhaben anzufangen, das richtige Outfit auszusuchen. Wenn sie ein Kleid anzieht, sieht es vielleicht so aus, als gebe sie sich zu viel Mühe, oder sie kommt wie eine pingelige Hausfrau wie aus den fünfziger Jahren rüber. Gleichzeitig möchte sie jedoch ihre besten Vorzüge hervorheben, während sie die Teile an ihrem Körper verdeckt, die sie länger vernachlässigt hat, und da ist ein Kleid die beste Wahl. Sie findet einen Kompromiss, entscheidet sich für ein weiches rosa Jersey-Teil, das über der Taille gerafft ist und ihr locker um die Knie schwingt. Nachdem sie ihre Fußnägel farblos lackiert hat und in ein Paar Riemchensandalen geschlüpft ist, wird sie der Inbegriff von Süß und Leger sein.

Eine Stunde später tritt sie noch einmal vor den Spiegel, jetzt fertig angezogen und mit dezentem Make-up, das goldblonde Haar fällt ihr lose um die Schultern. Nach kurzem Überlegen beschließt sie, es hochzustecken. Sie zielt auf den Look »ganz schnell gemacht, sieht aber fabelhaft und reich aus«, und das kann man kaum besser als mit einem unordentlichen Pferdeschwanz zum Ausdruck bringen. Außerdem überspielt es den herausgewachsenen Haarschnitt.

Sie ist immer noch nicht völlig zufrieden, als sie die Hand auf ihr wachsendes Bäuchlein legt, fragt sich, ob sie unbeabsichtigt schwanger wirkt, doch wenn sie jetzt noch einmal alle Outfits durchgeht, verliert sie gänzlich die Nerven, fällt erneut auf die Leggings zurück und isst womöglich alle Muffins selbst auf. Sie schüttelt den Kopf. Diesmal nicht. Unten packt sie die Muffins in eine Box, die sie bei den Nachbarn zu lassen beabsichtigt. Ausgeliehene Plastikdosen sind perfekt, um auch zukünftige Treffen zu garantieren. Vielleicht ist Jake ein braver Sohn und bringt die Dose wieder zu ihr zurück.

Ehe sie nach draußen tritt, linst sie aus dem Fenster, nur um nachzusehen, ob der blaue Wagen wieder aufgetaucht ist. Die Straße liegt immer noch verlassen da. »Bitte bleib einfach weg, wer immer du sein magst«, murmelt sie. Das ist für ihre Verhältnisse beinahe schon ein Gebet. Zumindest ihre Form eines Gebets.

KAPITEL 5

Das Haus der Napiers wirkt dunkel und still, beinahe so, als sei es noch immer unbewohnt. Jake ist vielleicht als Einziger schon wach, da seine Eltern zweifellos noch von der langen Reise quer durchs ganze Land und all dem Auspacken erschöpft sind. Die schmale, asphaltierte Fläche, die ihre Häuser voneinander trennt, kommt Phoebe wie ein weiter Abgrund vor, und zum ersten Mal, seit Wyatt aus dem Haus gegangen ist, merkt sie, dass ihr die Nerven versagen. Doch dann öffnet sich die Haustür. Eine zierliche Frau in einem schwarzen, ärmellosen Top und abgeschnittenen Jeans tritt heraus und setzt sich auf die unterste Stufe der Verandatreppe. Ein rotes Tuch bedeckt den größten Teil ihres dunkelbraunen Haares, hält es ihr aus dem Gesicht, als hätte sie fleißig abgestaubt, Böden geschrubbt und Kisten ausgepackt. Es könnte eine Hausangestellte sein, aber um diese Tageszeit scheint das unwahrscheinlich. Phoebe ist sicher, dass es Jakes Mutter Vicki ist.

Die Frau blickt verstohlen über die Schulter, holt eine Packung Zigaretten und ein Feuerzeug aus dem BH und zündet sich eine Zigarette an. Phoebe zieht eine Braue in die Höhe. Sie hätte nicht gedacht, dass Leute tatsächlich noch rauchen, besonders Arztfrauen.

Sie holt tief Luft und geht ihre eigene Verandatreppe hinunter, rafft alle noch verbliebene Energie zusammen, um sich wieder in die offene, warmherzige junge Dame aus bester Gesellschaft zu verwandeln, die sie früher einmal war – oder zumindest zu sein versuchte. Vicki schaut hoch und sieht sie kommen, und Phoebes Nerven beginnen zu vibrieren wie Eisenbahnschienen, kurz bevor die Lokomotive über sie hinweggrollt. Ihr ist auch irgendwie übel, doch als sie den größten Teil der Strecke zurückgelegt hat, zwingt sie sich zu einer letzten reinen Willensbemühung und setzt ihr strahlendstes Lächeln auf. »Hallo! Ich wohne gegenüber und wollte mich vorstellen. Ich hoffe, ich komme nicht ungelegen.« Spricht sie zu schnell? Ist ihre Stimme zu schrill? Sie hat jegliches Maß für diese Dinge verloren. Es ist, als wolle sie ein Flugzeug steuern, ohne zu wissen, wo der Horizont ist.

Die Frau drückt rasch ihre Zigarette auf dem Gehsteig aus und schiebt die Kippe in die Packung zurück, ehe sie aufsteht. Phoebe bemerkt einen Bluterguss rings um den Oberarm, dunkelviolett mit gelblichen Rändern. »Überhaupt nicht. Ich wollte auch schon rüberkommen und mich vorstellen, da ich weiß, dass Sie meinen Sohn bereits kennengelernt haben, aber ich entdecke hier ständig neue Baustellen. Sie sind Phoebe, nicht wahr?«

Jake hat also bereits von ihr erzählt. Natürlich, auch sein Vater wusste ja von Jakes Besuch, aber Phoebe wird trotzdem innerlich ganz warm. »Genau! Und Sie müssen Vicki sein.«

»Das bin ich. Die Dame des Hauses, obwohl ich gerade eher wie die Haushaltshilfe aussehe, die ich nur zu gern hätte.« Sie hat violette Ringe unter den Augen, sichere Anzeichen der Erschöpfung. Warum hilft ihr niemand?

»Ich möchte Ihnen nicht im Weg rumstehen, aber ich dachte mir, da Ihre Küche möglicherweise noch nicht ganz funktionsfähig ist, hätten Sie vielleicht gern was Selbstgebackenes zum Frühstück.« Sie hält ihr die Box mit den Muffins hin.

»Du meine Güte, vielen Dank. Die Berge von Fast Food, Pizza und chinesischem Essen vom Imbiss haben Spuren hinterlassen. Ich bin völlig aufgebläht von dem vielen Salz.« Phoebe kann am Körper dieser Frau kein Gramm Fett entdecken, von »aufgebläht« keine Spur. Wenn überhaupt, wirkt sie eher unterernährt. Doch Phoebe weiß, wie das mit der Eitelkeit ist. »Warum kommen Sie nicht rein?«, fragt Vicki. »Es ist das reinste Chaos, aber das Wichtigste habe ich schon ausgepackt.«

»Und das wäre?«

»Natürlich die Kaffeekanne.«

»Kaffee, das klingt gut. Vielen Dank.« Phoebe ist verwundert, wie einfach das alles bisher gewesen ist. Es ist schön, wieder einmal die ausgeglichene Person zu spielen, so als streckte man nach übermäßig langem Sitzen die Beine. Vicki macht ihr die Sache allerdings auch leicht. Sie hat eine Art, der sich jeder leicht anpassen kann. Drinnen ist Phoebe sofort beeindruckt davon, wie weit und offen sich das Haus anfühlt, größtenteils wegen der hohen Decken und hellen Farben. Holz und bodentiefe Fenster im Wohnzimmer bringen die Natur in den Raum. Noch gibt es weder größere Möbelstücke noch Teppiche, lediglich Kisten und ein paar Stühle, so dass ihre Schritte und Stimmen von den Hartholzböden widerhallen. »Das ist ja wunderschön hier. Ich war noch nie hier drinnen!«

»Leider ist noch mehr zu machen, als ich mir vorgestellt hatte. Wasserleitungen, Regenrinnen, vielleicht sogar das Dach, aber in Anbetracht der Marktlage haben wir noch Glück gehabt.«

»Die Vorbesitzer waren ziemlich alt, wenn ich mich recht erinnere. Ich denke, die haben einiges schleifen lassen.«

Vicki nickt schwach. »Das kann man wohl sagen.«

Sie geleitet Phoebe in die Küche, wo außer ein paar Kisten nicht viel steht. Es sieht aus, als hätten sie nur wenig Zeug mitgebracht, vielleicht gerade genug für ein kleines Apartment oder ein Zimmer im Studentenwohnheim. Vicki scheint zu bemerken, dass es Phoebe aufgefallen ist. »Wir sind nur mit dem Nötigsten gekommen. Wenn man mit allem, was man hat, quer durchs Land umzieht, ist das eine viel zu große Belastung, also haben wir drüben einen großen Garagenflohmarkt abgehalten und planen jetzt, dieses Haus mit neuen Sachen einzurichten.«

»So ganz von vorn anzufangen, das ist doch ein toller Bonus, finde ich«, sagt Phoebe.

»Ja, auf jeden Fall.« Vicki deutet auf mehrere Hocker, die neben der Frühstückstheke stehen, und räumt rasch die Pizzakartons und leeren Limonadendosen weg. »Wie gesagt, das reinste Chaos.«

»Das ist in Ordnung. Sie sollten mein Haus sehen, und im Gegensatz zu Ihnen habe ich keine Entschuldigung.« Das ist eine gewaltige Lüge. Ihr Haus ist immer noch makellos, auch jetzt, ohne die Haushaltshilfe, die zweimal wöchentlich kam, bis Phoebe nach der Katastrophe mit Daniel zu sehr unter Verfolgungswahn litt und sich ständig von ihr beobachtet fühlte. Doch die Haushaltshilfe hatte ohnehin nie besonders viel zu tun. Saubermachen, das ist Phoebes einzige größere Zwangshandlung und die andauernde Quelle ihres Stolzes, doch diese Frau hier scheint ein wenig Bestärkung zu brauchen. Phoebe setzt sich und schaut zu, wie Vicki einen elektrischen Wasserkocher füllt. Die Kaffeekanne ist in Wirklichkeit eine Chemex-Karaffe. Die Napiers sind also Kaffee-Snobs, dafür gibt es Sonderpunkte. »Wo sind die Männer?«, fragt Phoebe, obwohl sie nur zu gut weiß, was einer von ihnen gerade macht.

»Jake ist joggen gegangen, und mein Mann Ron fängt im Krankenhaus gerade die sechzehnte Stunde einer Acht-Stunden-Schicht an. Er wird blendend gelaunt sein, wenn er nach Hause kommt.« Ihr Sarkasmus ist ungefähr so unauffällig wie ein Tattoo am Hals. Ein paar Minuten später trinken sie beide genüsslich köstlichen Kaffee und machen sich über die Muffins her, nachdem sich Vicki wortreich dafür entschuldigt hat, dass sie noch immer nicht im Laden war, um irgendwelche richtigen Lebensmittel zu kaufen, einschließlich Butter. Phoebe nimmt kleine, vorsichtige Häppchen, wie sich das in Gesellschaft einer neuen Bekanntschaft gehört, doch Vicki scheint derlei Konventionen nicht zu schätzen. Sie beißt die Hälfte des oberen Teils ab und verdreht voller Ekstase die Augen. »O Gott, die sind ja großartig!«, sagt sie mit beinahe vollem Mund. »Es wäre eine Beleidigung gewesen, da noch Butter draufzuschmieren.«

Phoebe ist gleichermaßen belustigt und erleichtert, dass sie das unsichtbare Korsett des gesellschaftlichen Anstands ablegen kann. Sie folgt Vickis Beispiel und beißt auch richtig zu.

»Also, Phoebe. Das ist ein cooler Name. Da muss ich an das Mädchen in *Ich glaub', ich steh' im Wald* denken.«

Sie grinst. »Wenn ich nur im Bikini noch so aussehen würde.«

»Wenn Sie je so ausgesehen haben, sind Sie mir einige Schritte voraus. Erzählen Sie mir was von sich.«

Phoebes Magen macht einen Satz. Warum ist es am Anfang immer wie bei einem Vorstellungsgespräch, wenn man neue Leute kennenlernt? Andererseits hat sie Glück, dass Vicki anscheinend nicht weiß, wer Phoebe wirklich ist. Sie geht ihre Sammlung von abgespeicherten Antworten durch und findet eine, die sie so weit wie möglich von ihrem Vater und Familiennamen distanziert. »Ich bin ein Mädel aus Chicago, hier geboren und aufgewachsen. Seit zehn Jahren, seit meiner Heirat, wohne ich in Lake Forest. Wyatt und ich haben uns auf der Northwestern kennengelernt. Kinder haben wir nicht.« Die letzten vier Wörter hinterlassen einen bitteren Geschmack auf ihrer Zunge, das jüngste Streitgespräch mit Wyatt steht ihr noch frisch vor Augen. Vicki scheint darauf zu warten, dass sie mehr erzählt, und Phoebe wird klar, dass sie nichts auch nur annähernd Interessantes über sich selbst zu sagen hat, das nicht irgendwie ihren Vater heraufbeschwören würde. »Ähm, ich mag auch Sonnenuntergänge und lange Spaziergänge am See. Meine Lieblingsblume ist die Orchidee.«

Vicki lacht. »Tut mir leid, dass ich Sie so in Verlegenheit bringe. Eine ganz üble Angewohnheit von mir. Sie sind auf die Northwestern gegangen, was? Das ist toll. Ron arbeitet dort im Krankenhaus. Was war Ihr Hauptfach?«

»Kommunikation. Nach meinem Abschluss habe ich im Unternehmen meines Vaters im Marketing und in der Marktforschung gearbeitet. Das war vielleicht ein Spaß.« In Wirklichkeit waren es die schlimmsten Jahre ihres Lebens gewesen, zumindest bis kürzlich. Die meisten ihrer Kolleginnen hassten sie entweder oder hatten Angst vor ihr, weil sie glaubten, Phoebe würde ihnen bei den Beförderungen vorgezogen werden oder sie bei ihrem alten Herrn verpetzen. Keiner wusste, dass der es nur darauf angelegt hatte, dass Phoebe versagen würde. Damals hat sie es nicht verstanden, doch jetzt weiß sie, dass Daniel gar nichts für Frauen am Arbeitsplatz übrighatte, wenn er sie nicht dazu zwingen konnte, mit ihm ins Bett zu gehen.

»Klingt so, als arbeiteten Sie nicht mehr für ihn.«

»Nein, ich hab's da tatsächlich nicht lange ausgehalten.«

»Was haben Sie dann als Nächstes gemacht?«

Da fällt ihr nichts mehr ein. Die Antwort ist: rein gar nichts. Aber das kann sie schlecht sagen. »Ich habe mich ein bisschen mit dem Schreiben versucht.« Da ist sie wieder, die gottverdammte Buchlüge. Sie tut sich schwer, nicht zusammenzuzucken, insbesondere angesichts ihres morgendlichen Streits mit Wyatt.

Wie vorauszusehen, zieht Vicki fragend interessiert die Augenbrauen in die Höhe. »Sie schreiben Bücher?«

»Den Plural würde ich hier nicht verwenden. Ich habe vielleicht dreißig Seiten zu Papier gebracht, ehe mir klar wurde, dass es kein Baum verdient hat, für meine Talentlosigkeit zu sterben.«

»Au weia. Sie sind ein bisschen zu streng mit sich, meinen Sie nicht?«

Phoebe zuckt mit den Achseln. »Vielleicht. Aber meine Berufung war es nicht. Ich nehme an, auf die warte ich noch. Mein Vater war Ingenieur, aber damit wollte ich nichts zu tun haben, und er hat mich nie in die eine oder andere Richtung gedrängt.«

Vickis Mund steht offen. »Wie cool ist das denn! Meine Mutter war auch Ingenieurin. Noch dazu eine ganz tolle. Aber ich gebe zu, das kann ganz schön langweilig sein, wenn es nicht deine Sache ist. Meine war's eigentlich auch nicht. Ich wollte immer Jura studieren, mich mit den großen Unternehmen anlegen, so im Stil von Erin Brockovich.«

Plötzlich ist Phoebe froh, dass sie nicht verraten hat, wer ihr Vater war. »Und das machen Sie jetzt? Jura?«

Vicki schüttelt den Kopf und senkt den Blick. »Ich war immer nur eine bescheidene Hausfrau, muss ich leider zugeben. So, wie das Leben für mich gelaufen ist, hatte ich nicht viele Gelegenheiten, in die gebildeten Fußstapfen meiner Mutter zu treten. Also war ich mit zwanzig bereits verheiratet und Mutter, und darauf habe ich mich konzentriert, während Ron sein Medizinstudium abgeschlossen und all seine Assistenzarztjahre absolviert hat.«

»Das klingt für mich, als hätten Sie das Richtige getan. Nach dem Tod meiner Mutter wurde ich im Grunde nur vom Personal großgezogen. Ach was, eigentlich sogar schon vor ihrem Tod.«

»Na ja, ich glaube nicht, dass ich es heute anders machen würde, doch mein einziges Kind ist beinahe erwachsen und wird das Nest verlassen, und das fühlt sich so an, als würde einem ohne Abfindung gekündigt.« Sie sagt das in recht munteren Tonfall, aber dicht unter der fröhlichen Fassade dieser Frau spürt Phoebe einen wahren Ozean von Unzufriedenheit. Ihre Lebensumstände könnten nicht unterschiedlicher sein, doch Phoebe kann Vickis Gefühl nachempfinden, dass das Leben sie irgendwann unterwegs abgehängt hat, so dass sie nun allein herausfinden muss, in welche Richtung es weitergeht.

»Vielleicht ist die Zeit gekommen, mir einen Hund anzuschaffen«, sagt Phoebe.

»Ich hätte eher Lust, eine Affäre mit einem viel jüngeren Mann anzufangen.«

Phoebe ist heilfroh, dass sie nicht gerade an ihrem Kaffee genippt hat, sonst wäre sie vielleicht erstickt. Stattdessen reagiert sie mit einem schiefen Lächeln. »Das ist auch immer eine Option, würde ich sagen.«

Sie sitzen einen Augenblick da, trinken Kaffee und hängen ihren Gedanken nach. Dieses Schweigen fühlt sich nicht so unbehaglich an, wie es das bei zwei Menschen sein sollte, die einander weniger als eine Stunde kennen. Tatsächlich ist es ein beinah geselliges Schweigen. Phoebe wünscht sich, sie würde die Frau nicht so sehr mögen. Ist das jetzt wirklich die beste Zeit in ihrem Leben, um sich mit jemandem anzufreunden? Dann wiederum, wann hat sie je gedacht, dass dafür die richtige Zeit wäre? Darin besteht ihr Problem wahrscheinlich zur Hälfte. Es hilft auch, dass Vicki offensichtlich nicht so ist wie die anderen Frauen hier in der Gegend. Sie scheint nicht so verkrampft zu sein, dass sie mit ihren Pobacken Walnüsse knacken könnte. Die bloße Tatsache, dass sie ohne großes Make-up aus dem Haus gegangen ist, hebt sie schon in eine völlig andere Liga. Teufel nochmal, sie raucht sogar eine Zigarette, die nicht batteriebetrieben ist. Vielleicht liegt es daran, dass Vicki ein paar Jahre älter als Phoebe ist, aber sie ist … authentisch. Sie könnte die Art von Freundin sein, die Phoebe schon während ihres ganzen Erwachsenenlebens gebraucht hätte. Warum muss ausgerechnet sie so einen sexy Sohn haben?

»Wissen Sie, ich bin wirklich froh, dass Sie vorbeigekom

men sind«, sagt Vicki. »In den letzten Tagen bin ich beinahe verrückt geworden, weil ich mich gefragt habe, ob ich das Richtige getan habe.«

»Sie meinen, dass Sie hierhergezogen sind?«

»Wir sind wirklich ein ziemliches Risiko eingegangen, und es war für uns alle sehr schwer. Ich hätte mir nie vorstellen können, dass ich wieder in den Mittleren Westen zurückkommen würde. Wahrscheinlich werde ich immer heimatliche Gefühle für Kalifornien hegen.«

»Ach, stimmt ja. Ihr Sohn hat gesagt, dass Sie ursprünglich von hier sind.«

»Eigentlich aus Oak Park. Aber da war ich noch ein kleines Mädchen.« Sie hält erneut inne, starrt in ihren Kaffee. »Als meine Mutter krank wurde, sind wir in den Westen gezogen, um näher bei ihrer Familie zu sein, aber die sind jetzt alle fort. Ich bin dort aufgewachsen, habe Ron kennengelernt. Es hat sich herausgestellt, dass auch er früh von hier nach Kalifornien verpflanzt wurde. Das hat uns einander nähergebracht, glaube ich, denn ansonsten hatten wir echt nicht viel gemeinsam.« Sie lacht. »Na ja, da wären wir also wieder, der Kreis hat sich geschlossen.«

Warum der plötzliche Umzug hierher, wo Vicki das doch eindeutig nicht wollte?, fragt sich Phoebe. Doch sie kennt Vickis Körperhaltung nur zu gut: die Augen abgewandt, die Arme verschränkt, die Schultern leicht nach vorn gesackt. So sieht Phoebe aus, wenn das Gespräch sich zu sehr in Richtung ihres Vaters verirrt. Eindeutig hat auch Vicki ein paar wunde Punkte. Aber jetzt ist nicht die richtige Zeit, um nachzubohren. Vielleicht kommt diese Zeit nie, und das ist auch in Ordnung.

»Hier ist es gar nicht so schlecht«, sagt Phoebe munter und hofft, dem Gespräch wieder ein wenig Leichtigkeit zu verleihen. »Die Winter sind Mist, aber wir haben einen See, der so tut, als wäre er ein Ozean, und unsere Hotdogs sind so sehr mit Salat zugeschüttet, dass man ein viel reineres Gewissen hat, wenn man sie isst.«

Vicki grinst. »Ich weiß nicht, ob ich lachen oder weinen soll.«

Die Tür, die zur Garage führt, geht auf. Jake spaziert herein, schweißgetränkt, Musik schallt aus den Knöpfen in seinen Ohren. Als seine Augen auf Phoebe fallen, flutet plötzlich Wärme durch ihren Bauch, als hätte sie gerade einen kleinen Whiskey gekippt, und sofort fühlt sie sich wie ein grässlicher Mensch. Das unerwartet angenehme Gespräch mit Vicki hat in ihr ein seltsames Gebräu widerstrebender Gefühle angerührt.

»Hey, Phoebe.« Jake reißt sich die Knöpfe aus dem Ohr und schnappt sich ein Geschirrhandtuch, um sich abzutrocknen.

Vicki zieht erstaunt die Augenbrauen in die Höhe. »Wow, wo bleiben deine Manieren?«

»Sie hat mir neulich gesagt, dass ich sie Phoebe nennen darf.«

»Das stimmt. Habe ich. Und hallo, Jake. Wie war das Laufen?«

»Schweißtreibend. Echt hohe Luftfeuchtigkeit da draußen.«

»Das Geschirrtuch da, das hatte ich gerade im Gebrauch, weißt du.« Vicki funkelt ihn an, aber sie grinst dabei so, dass klar wird, wie wenig ihr das eigentlich ausmacht.

»Nur mit der Ruhe, liebe Frau. Ich hole dir ein sauberes.« Er wirft mit dem zusammengeknüllten weißen Geschirrtuch nach ihr.

Vicki fängt es gerade noch, ehe es sie im Gesicht trifft. »Oh, igitt!« Sie schaut mit gespielter Verzweiflung zu Phoebe hin. »Sehen Sie, womit ich hier zu kämpfen habe?« Sie schiebt ihrem Sohn den Behälter mit den Muffins hin. »Iss was, du unmögliches Kind. Die hier hat Phoebe gebacken, und sie sind grandios. Es ist auch noch ein bisschen Kaffee übrig, wenn du möchtest.«

»Ja, gern, aber erst dusche ich schnell.«

»Warte. Bevor du das machst, könntest du noch den Rasen mähen? Ich schwöre, ich höre ihn praktisch da draußen wachsen. Und was mir jetzt gerade noch fehlt, ist jemand von der Stadt, der hier an die Tür klopft und mit einem Lineal rumwedelt.«

»Würde ich ja machen, aber einen Rasenmäher haben wir nicht mitgebracht, wenn du dich erinnerst?«

Vicki seufzt und reibt sich die Stirn. »Ist das nicht einfach großartig? Noch ein verdammtes Ding, das wir kaufen müssen. Dein Vater wird begeistert sein.«

»Ich dachte, das wüsstest du schon.«

»Als hätte ich in letzter Zeit nicht genug um die Ohren gehabt! Verlange ich denn zu viel, wenn ich ein bisschen Hilfe bei all dem Zeug haben möchte? Herrgott nochmal.«

Phoebe schaut zu Jake hinüber und sieht, dass er verschämt auf seine Füße starrt wie ein verschüchterter kleiner Junge. Irgendwas hat sich zwischen Mutter und Sohn verschoben, und das joviale Gefühl von gerade eben ist dabei mitverschwunden. »Tut mir leid, Mom«, sagt Jake und hebt den Blick nicht. »Du hast recht. Ich hätte schon früher was sagen sollen.«

Vicki verdreht die Augen. »Vergiss es. Ich schreibe es einfach auf die lange Liste von all dem anderen Scheißzeug, das ich noch zu machen habe.« Sie sieht zu Phoebe hin, als erinnerte sie sich gerade erst daran, dass sie noch da ist, und Verlegenheit tritt auf ihr Gesicht. »Großer Gott, tut mir leid. Sie kennen mich gerade erst mal fünf Minuten, und schon dürfen Sie an meiner schmutzigen Wäsche riechen.«

»Hey, keine Sorge«, erwidert sie. »Sie haben so viel um die Ohren. Ich kann mir vorstellen, wie schwer das alles sein muss.«

Vickis Schultern entspannen sich ein wenig. »Danke. Könnte zufällig Ihr Gärtner kurzfristig kommen und hier mähen? Ich habe Ron geschworen, der Rasen würde heute gemacht, genau wie der ganze Rest.«

Phoebe fragt sich, wie Ron wohl reagieren würde, wenn seine Frau dieses Versprechen nicht einhält, dann fallen ihre Augen wieder auf den Bluterguss an Vickis Arm, und sie erinnert sich an den Mann, den sie neulich unruhig auf dem Gehsteig hin- und hergehen sah, während er in sein Handy brüllte. Vielleicht sollte sie keine voreiligen Schlüsse über einen Mann ziehen, den sie noch nicht wirklich kennengelernt hat, doch bestenfalls kommt Ron ihr vor, als hätte er Probleme damit, seine Wut im Zaum zu halten. Für das Rasendilemma der Familie Napier hat sie jedoch eine Lösung. »Ich weiß nicht, wie bald mein Gärtner Zeit hat, aber ich habe in der Garage einen Rasenmäher, den Sie sehr gern ausleihen können.«

Vickis ganzer Körper sackt erleichtert zusammen. »O Gott, sind Sie sicher, dass es nicht zu viele Umstände macht?«

»Überhaupt nicht. Manchmal mäht Wyatt auch selbst, wenn es viel geregnet hat, aber das ist eher selten. Ich glaube, er hat den Rasenmäher in den letzten beiden Sommern genau einmal benutzt.«

»Sie retten mir echt das Leben, Phoebe. Sie haben ja keine Vorstellung!« Es klingt nicht so, als hätte Vicki übertrieben, und das ist ein wenig beunruhigend. »Ich schicke Jake rüber, damit er den Rasenmäher holt, wann immer es Ihnen passt. Vielleicht kann er von Ihnen gleich auch die Telefonnummer Ihres Gärtners bekommen.«

»Jake kann sofort mit mir rüberkommen. Es ist ohnehin höchste Zeit, dass ich Sie nicht weiter nerve.« Phoebe steht auf und hofft, dass sie nicht übereifrig wirkt, besonders, da Jake sie nun mit durchdringenden Blicken ansieht.

»Ich stehe in Ihrer Schuld. Kommen Sie morgen wieder vorbei, wenn Sie möchten. Ron hat dann noch eine lange Schicht, und ich sollte bis dahin diese Küche so weit hingebracht haben, dass ich für uns Frühstück machen kann. Aber kein Zwang.«

Phoebe möchte die Einladung ausschlagen. An diesem Punkt in ihrem Leben kommt es ihr so vor, als müsste dieser eine nachbarliche Besuch bis mindestens Weihnachten reichen. Doch es fällt ihr schwer, zu dieser Frau Nein zu sagen, die eindeutig ein wenig freundliche Gesellschaft gebrauchen könnte. »Also gut. Dann sehen wir uns morgen.«

»Vielleicht bringen Sie Ihr Buch mit, damit ich es lesen kann.« Vicki zwinkert ihr zu.

»Sehr komisch«, erwidert Phoebe mit einem Grinsen.

Jake folgt ihr aus der Haustür. Seit sie vorhin draußen war, ist es noch viel heißer geworden, doch sie ist sich nicht sicher, ob sie das allein auf das Wetter schieben kann. Was genau hat sie eigentlich hier vor?

»Sie haben also ein Buch geschrieben?«, fragt Jake.

»Nicht so richtig.«

»Also, wenn Sie eins schreiben würden, was für eines wäre das?«

»Was für Fußballmamas, die SM mögen. Ein hundertprozentiger Megaseller.«

»Ah, ich mag ja lieber Science-Fiction. Wenn Sie was für Fußballmamas mit SM im Weltall machen, lese ich es ganz bestimmt.«

Sie lacht. »Das merke ich mir.« Sobald sie vor der Garage stehen, tippt sie den Code ein, um eine der Türen hochzufahren, und macht sich auf die Reaktion gefasst, wenn er gleich sieht, was da drinnen steht.

»Ach du Scheiße! Ist das ein 458?«

Daniels ach so kostbarer Ferrari ist stets ein garantierter Volltreffer. Sie denkt an die Szene aus *Ferris macht blau*, in der Ferris auf das verbotene Auto in Camerons Garage scharf ist, doch sie spricht diese Szene nicht an, obwohl sie den Dialog beinahe wortwörtlich kennt, genauso wie sie alle Orte weiß, an denen hier gedreht wurde. Der Film ist anderthalb Jahrzehnte älter als Jake, so ähnlich wie sie.

»Der da ist tatsächlich noch eine Nummer seltener«, antwortet sie. »Allerdings weiß ich nicht viel darüber.« *Und es ist mir auch egal*, denkt sie.

»Der gehört Ihnen, und Sie wissen nichts darüber?«

»Er hat meinem Vater gehört. Der war ein begeisterter Autosammler. Aus irgendeinem Grund hat er gemeint, ich solle den hier nach seinem Tod bekommen.« Sie kannte den genauen Grund dafür. Ihrem Vater war sehr wohl bewusst gewesen, wie sehr sie es hasste, dass er zwanghaft alle möglichen Dinge hortete, die auch nur im Entferntesten protzig waren, wie zum Beispiel die seltensten Autos der Welt. Dieser Ferrari lag ihm am meisten am Herzen, nicht nur unter seinen Autos, sondern unter all seinen Besitztümern. Etwa drei Wochen vor seinem Tod wurde der Wagen auf einem Tieflader hier angeliefert, mit einem Begleitschreiben, in dem stand, seine beiden liebsten Schätze gehörten zusammen. Das musste jedem, der nicht wusste, was für ein Meistermanipulator ihr Vater war, als eine sehr herzliche Geste erscheinen. Daniel hatte sich darauf verlassen, dass sie zu sehr in einen emotionalen Zwiespalt geraten würde, um den Wagen zu verkaufen, und damit hatte er recht gehabt. Nun steht das Ding also hier, in ihrer Garage verborgen wie eine geheime Verletzung. Aber sie phantasiert oft, dass sie mit einem Baseballschläger darauf losgeht. Vielleicht sogar mit einem Kanister Benzin und einem Streichholz.

»Klingt ganz so, als wäre Ihr Dad ein interessanter Typ gewesen.«

Phoebe tackert sich ein Grinsen aufs Gesicht. »Langweilig war er ganz bestimmt nicht.«

»Sind Sie schon damit gefahren?«

»O Gott, nein. Der Ehemann ist damit einmal um den Block gefahren, aber das war wirklich furchterregend.« Genauso furchterregend, wie Daniel gewesen war, fügt sie in Gedanken hinzu, während ihr auch die seltsame linguistische Variante in Bezug auf Wyatt auffällt. Nicht »mein« Ehemann, sondern, »der« Ehemann. Bereits jetzt kappt sie die Taue ihrer ehelichen Verbindung in der Hoffnung, verfügbarer zu wirken. Aber so, wie die Dinge in ihrer Ehe laufen, ist ein wenig Abstand denn so weit von der Wahrheit entfernt? »Der Typ, mit dem ich zufällig zusammenlebe«, das wäre wahrscheinlich die treffendste Beschreibung, aber das würde sehr merkwürdig klingen. Ehrlichkeit ist nicht immer die beste Politik.

Es sieht nicht so aus, als hätte Jake irgendwas bemerkt. Er mustert jede Kurve und Rundung am Chassis des Ferrari genau.

»Ziemlich lächerlich, nicht?«, sagt sie.

»Ich finde, ›atemberaubend‹ ist das treffendere Wort.«

Sie verdreht die Augen, wo er es nicht sehen kann. Außenstehende kapieren es nie, sogar solche wie Jake, die nicht unbedingt in Armut aufgewachsen sind. Vielleicht wird er, wenn er älter ist, begreifen, was für eine gigantische Ablenkung all dieses Zeug ist. Ihr Vater hat in seinem Leben so viele Dinge angehäuft, weil er hoffte, ihr Glanz und ihre astronomischen Preise würden darüber hinwegtäuschen, dass er ein schrecklicher Mensch war. Zu seinen Lebzeiten funktionierte das ganz ordentlich, jetzt nicht mehr so sehr. Er hatte nur das Glück, dass die Leute erst nach seinem Tod offen und ehrlich über ihn gesprochen haben. Dann wiederum wusste er wahrscheinlich, dass die Wahrheitsbombe explodieren würde, und erwartete von ihr, dass sie sich auch diese Bürde auf die Schultern lud, genau wie diesen gottverdammten Wagen.

»Sie sind also auch ein Autofreak, schließe ich daraus?«, vermutet sie.

Jake zuckt die Achseln. »Ein bisschen. Aber selbst wenn mir Autos egal wären, würde ich bei dem hier ins Schwärmen kommen.« Er hat die Hände hinter dem Rücken verschränkt, als betrachte er in einem Museum ein kostbares Exponat. Dabei zeichnen sich seine ohnehin schon eindrucksvollen Schultermuskeln im starken Relief ab. Jetzt wird ihr klar, dass sie beide von der Straße aus nicht mehr zu sehen sind, und jede ihrer Körperzellen beginnt mit einer Energie zu prickeln, die sie seit Jahren nicht verspürt hat. Sie erinnert sich daran, dass sie als viel jüngere Frau, die sich gerade allmählich in ihre Sexualität findet, dasselbe Gefühl gehabt hat, als sie die Wirkung austestete, die sie auf Jungs ihres Alters, aber auch auf ältere Männer ausübte. Damals hat sie etwas entdeckt, das sich beinahe wie eine Supermacht angefühlt hatte. Es lag nicht nur daran, dass sie hübsch war und eine tolle Figur hatte, obwohl das nicht schadete. Es war etwas Unsichtbares, eine tiefe, beinahe magnetische Quelle eines Charismas, das jeden, bei dem sie es anwendete, verrückt auf sie machte. Irgendwann um die Zeit herum, als sie Wyatt kennenlernte, hatte sie diese Macht sicher eingemauert und allmählich vergessen, dass es sie gab. Sie hatte nicht mehr das Gefühl, so etwas zu brauchen, nicht als sie jemanden gefunden hatte, der sie auch dann mochte, wenn sie sich von ihrer schlechtesten Seite zeigte. Doch jetzt beginnt der Mörtel zwischen den Backsteinen dieser Mauer zu bröckeln, und sie verspürt wieder ein wenig von dieser Macht, selbst wenn ihre älteren, gar nicht mehr geübten Hände sie nicht mehr so recht in den Griff bekommen.

»Berühren ist nicht verboten, wenn Sie wollen«, sagt sie und tritt ein wenig näher an ihn heran. »Vielleicht lass ich Sie sogar rein.«

Jetzt hat sie es ausgesprochen und schreit innerlich auf. Die Worte hängen zwischen ihnen wie ein schwerer Moschusduft, der ihn entweder näher zu ihr hinziehen oder vertreiben wird. Vielleicht hat er auch keine Ahnung und nimmt alles wörtlich. Es wäre wahrscheinlich sogar in Ordnung, wenn er so vom Reiz des Ferrari gefesselt wäre, dass er sie überhaupt nicht gehört hat. Ja, so soll bitte das Ergebnis sein, denn das hier ist dämlich. So gottverdammt dämlich. Sie ist keine siebzehn mehr. *Werd erwachsen, Phoebe. Du willst Aufregung, dann geh lieber joggen. Es gibt bessere Methoden für die Ausschüttung von Endorphinen.*

Er wendet sich vom Auto ab und blickt mit dem ruhigen, selbstbewussten Blick eines viel älteren Mannes auf sie hinunter. »Wenn ich das täte, könnte ich mich ziemlich blamieren.«

Jetzt besteht kein Zweifel mehr, dass er sie verstanden hat, auch alles zwischen den Zeilen, und es ist für beide ein entscheidender Augenblick gekommen. Die Tür steht weit offen. Sie können hindurchschreiten, wenn sie wollen. Aber er wartet ab, dass sie den ersten Schritt macht. Natürlich. Mit wie vielen Frauen ist er in seinem Leben denn schon zusammen gewesen? Mit einer? Mit höchstens zwei? Er könnte sogar noch völlig unerfahren sein. Und dieser Gedanke ist der Eiszapfen, der ihre Seifenblase platzen lässt.

Sie räuspert sich und tritt einen Schritt zurück. Ihr Verlangen ist plötzlich abgeebbt, macht Platz dafür, dass sich die Vernunft wieder durchsetzen kann. Jetzt will sie nur noch ins Bett zurück. Allein.

»Also gut, dann will ich Ihnen mal zeigen, wo der Rasenmäher steht«, sagt sie. Die Scham hat gesiegt, zumindest fürs Erste.

INTERMEZZO

Es ist eine neue Familie in die Nachbarschaft gezogen, aber wann bist du denen bloß nähergekommen, Mrs. Miller? In all den Wochen, in denen wir nun schon in dieser Pattsituation gefangen sind, habe ich nie gesehen, dass du auch nur einen Schritt vor die Haustür gemacht hast. Ich hatte schon die Hoffnung aufgegeben, dass du das je tun würdest, also konnte ich meinen Augen kaum trauen, als ich sah, wie du vom Haus der Neuen zurückkamst, noch dazu mit so einem Sahneschnittchen im Schlepptau. Du warst so mit dem jungen Mann beschäftigt, dass du nicht einmal bemerkt hast, wie ich gerade an meinem üblichen Parkplatz vorfuhr. Seitdem ist er ein paarmal bei euch gewesen, genau wie eine Frau, die aussieht, als könnte sie seine Mutter sein. Aber nie beide gemeinsam. Was führst du im Schilde, frage ich mich – spielst du trautes Heim oder spielst du mit dem Feuer? Lass dich nicht zu sehr ablenken. Ich möchte nicht, dass du vergisst, wer hier wirklich wichtig ist.

Auch ich war in letzter Zeit mit den Gedanken woanders. Gleich als ich Jesse Bachmann kennenlernte, wusste ich von der ersten Sekunde an, dass er ein Eins-a-Arschloch ist. Es fing schon damit an, wie seine toten Fischaugen über meinen ganzen Körper wanderten, als sei der ein hübscher Mantel, den er gern einmal anprobieren würde. Und weiter ging es mit schlüpfrigen Witzen, gewöhnlich über Frauen, die er in meiner Hörweite im Pausenraum oder an der Laderampe den Getränkeverkäufern und anderen männlichen Angestellten erzählte, die meist höflich grinsten, bevor sie sich zurückzogen. Mir fiel auch auf, wie die anderen Mädels in seiner Gegenwart reagierten, wie sie sich verkrampften und ihre Ellbogen umklammerten, als sei gerade ein böser Geist in den Raum getreten.

Und habe ich schon erwähnt, dass dieser Widerling der Schichtleiter für das Bedienungspersonal ist? Technisch gesehen ist er zwar nicht mein Chef, eigentlich niemandes Chef, aber er dehnt diesen Begriff gern so weit, wie sie es ihm durchgehen lassen. Du hast ihn vielleicht sogar schon gesehen. Er ist der schwerfällige Rotschopf, dessen Vorstellung von einem Lächeln ein leichtes Verziehen der Lippen ist, wobei er eher so aussieht, als versuche er gerade, eine besonders hartnäckige Verstopfung loszuwerden. Ich hätte ihn liebend gern weiter ignoriert, doch im Lauf der letzten Woche habe ich immer öfter aus dem Augenwinkel gesehen, wie er mich beobachtete, wenn er meinte, ich könne ihn nicht sehen. Oh, Ironie des Schicksals.

Ich glaube, er hat nur darauf gewartet, dass ich noch ein wenig heranreife, mich im Job gut eingewöhne, ehe er zuschlug. Ich denke, so hat er es mit beinahe jeder Frau hier gemacht. Also habe ich mich seelisch auf den Augenblick vorbereitet, der dann schließlich gestern kam. Ich hatte gerade zum Arbeitsschluss gestempelt und mich wieder umgedreht, da stand er plötzlich dicht neben mir und spuckte mir mit jedem fauligen Atemzug rotzfrech den Anspruch entgegen, dass ihm das zustand.

»Die Antwort ist Nein, Jesse«, sagte ich.

Er zuckte zusammen, eindeutig verdattert. Das hatte er so nicht geprobt. Zurückweisung hatte er unter Umständen erwartet, wenn nicht sogar erhofft. Typen wie Bachmann brauchen Zurückweisung, um damit ihr Weltbild zu nähren, dass alle Frauen Schlampen sind und sie hassen. Aber vorauseilende Zurückweisung? Damit rechnen sie nie, und sie bringt sie um das Vergnügen, zuzusehen, wie ihre Opfer sich winden. »Du wusstest doch nicht einmal, was ich sagen wollte«, platzte es aus ihm heraus.

»Die Antwort ist trotzdem Nein.« Ich schob mich an ihm vorüber.

»Das war's dann? Ich krieg nicht mal eine Chance?«

»Nein.« Ich ging weiter.

Er murmelte irgendwas vor sich hin, das verdächtig nach »Scheißhure« klang. Genau aufs Stichwort. Eine letzte spitze Bemerkung muss es immer geben, und er entschied sich eben für die Schlimmste. Mein einziger Fehler war, zu glauben, damit wäre die Sache zu Ende.

Doch zwischen gestern Abend und heute Morgen habe ich bereits drei anonyme E-Mails von verschiedenen Adressen bekommen. Außerdem eine Reihe von Anrufen von unterschiedlichen Telefonnummern, bei denen sofort wieder aufgelegt wurde, und ich vermute, dass alle Nummern falsch waren. Und als ich heute Morgen aus dem Auto stieg, stellte ich fest, dass jemand mit rosa Nagellack das wunderbare Wort »Fotze« auf die Fahrertür gepinselt hatte, was bedeutet, dass er mitten in der Nacht, während ich schlief, da draußen bei meinem Auto war.

Also denke ich mal, da habe ich mir einen Feind eingehandelt. Normalerweise bin ich diejenige, die mitten in der Nacht durch die Gegend schleicht. Im Augenblick ist meine Aufmerksamkeit auf Bachmann gerichtet. Er hat dir ein bisschen Zeit verschafft.

KAPITEL 6

Phoebe öffnet die Tür, und vor ihr steht Vicki, die eine Quiche und eine Flasche Weißwein in den Händen hält. Sie ist eine halbe Stunde zu früh dran. Doch Vicki scheint von Natur aus immer ein paar Minuten der Zeit voraus zu sein, als könne sie es gar nicht abwarten, endlich woanders zu sein. Phoebe kann das überhaupt nicht nachempfinden, doch da in ihrem Leben sonst nichts passiert, kann sie sich mit Leichtigkeit auf Vickis Eigenheit einstellen.

»Guten Morgen«, sagt sie und während sie zur Seite tritt, um Vicki hereinzubitten, schaut sie ihr aus reiner Gewohnheit verstohlen über die Schulter. Das blaue Auto ist noch nicht da. Da ist jemand aber spät dran. Sie hält einen Augenblick inne. Gestern hat sie den Wagen auch nicht gesehen. Wann war er eigentlich zum letzten Mal hier? Das sollte in ihrem kleinen Notizbuch stehen, doch erst einmal marschiert Vicki an ihr vorbei ins Haus. Diese Sache muss also bis später warten.

»Ich könnte mich sofort drauf stürzen«, meint Vicki und hält die Flasche in die Höhe.

»Du hättest dir wirklich nicht so viel Mühe machen müssen.« Phoebe schiebt die Quiche zum Aufwärmen in den Ofen. »Ich habe nur geschnittenes Obst gekauft. Jetzt stehe ich ganz schlecht da.«

»Glaub mir, das ist kein Problem. Du weißt doch, ich backe gern.«

Es ist ihre fünfte gemeinsame Mahlzeit in den drei Wochen seit ihrem ersten Morgen in Vickis Küche. Zwei dieser Treffen haben in Restaurants stattgefunden, weil Vicki darauf bestanden hat, dass Phoebe ihr zeigt, was in der Stadt gerade im Trend ist, obwohl darin auch mitzuschwingen schien, dass Phoebe dringend aus ihrer Einsiedlerklause treten und wieder mehr unter Leute gehen müsse. Innerlich grummelte sie darüber, doch letztlich war sie doch immer froh, wenn sie einen Burger vom *Lantern* zwischen die Zähne bekam oder ein Mule-Cocktail im *Maevery Public House* schlürfte, also an Orten, wo sie und Wyatt damals, als sie gerade hergezogen waren, öfter hingingen. Die anderen Treffen haben in Phoebes Küche oder auf der Terrasse hinter ihrem Haus stattgefunden. Allerdings ist Phoebe sicher, dass Vicki sie beim nächsten Mal wieder unter Leute zerren wird. Sie hat bereits einige andere Lokale erwähnt, die ihr aufgefallen sind.

Beim nächsten Mal. Das bedeutet wohl, dass Vicki inzwischen eine richtige Freundin geworden ist. Sie teilen nicht nur ihr Essen miteinander, sie haben auch Telefonnummern, SMS, Rezepte und Klatsch und Tratsch über Berühmtheiten miteinander geteilt. Sehr viel tiefer sind sie nicht vorgedrungen. Sie haben sich auch noch nicht in den sozialen Medien miteinander angefreundet, doch das kommt nur daher, dass Phoebe nach dem Tod ihres Vaters alle ihre Accounts deaktiviert hat. Und das ist gut so, denn über all das hat sie Vicki noch keinen reinen Wein eingeschenkt. Vielleicht hat Vicki die Verbindung auch schon selbst hergestellt und sagt aus purer Höflichkeit nichts. Wenn das stimmt, wäre sie dadurch Phoebe nur noch sympathischer.

Wyatt wäre wahrscheinlich stolz auf sie, weil sie sich um diese Freundschaft bemüht – das heißt, wenn sie sich entschieden hätte, ihm davon zu erzählen. Dass sie das noch nicht gemacht hat, liegt eher daran, dass sie nun getrennt an verschiedenen Enden des Hauses leben, doch sie glaubt auch, dass sie diesen Teil ihres Lebens gern für sich selbst behalten möchte. Wenn Wyatt davon wüsste, würde er vielleicht dazustoßen wollen und versuchen, daraus ein Paartreffen zu machen, und das kommt überhaupt nicht infrage. Zum Glück hat Vicki dergleichen nie erwähnt. Genau wie Phoebe scheint sie damit zufrieden zu sein, diese kleine Oase unter Freundinnen für sich zu behalten.

Natürlich ist es nicht unbedingt eine Oase. Obwohl das Vicki oder sonst jemandem größtenteils nicht bekannt ist, lebt in dieser Oase noch eine dritte Person: Jake. Er kommt inzwischen so regelmäßig hierher, um den Rasen zu mähen, dass Phoebe ihrem Gärtnerdienst gekündigt hat. Sein Versuch, hier so spät in der Saison noch einen Job für den Sommer zu finden, war sowieso nicht von Erfolg gekrönt, also erweist sie ihm damit einen Gefallen, genau wie er ihr. Wyatt hat sich zu dieser Veränderung nicht geäußert, doch er kümmert sich kaum je um Dinge, die am Haus anfallen.

Phoebe hat Jake auch für verschiedene andere Arbeiten angestellt, mit denen sie Wyatt längst nicht mehr in den Ohren liegt: Glühbirnen auswechseln, die sie nicht erreichen kann; die Regenrinne saubermachen; Gemälde aufhängen, die sie vor Jahren gekauft, aber nie an die Wand gebracht hat; kleine abgeblätterte Stellen am Verandageländer und an den äußeren Türrahmen ausbessern; den Gartenschuppen und den Speicher aufräumen; und natürlich den Ferrari abstauben. Es ist zwar schön, dass bestimmte Aufgaben endlich erledigt werden, aber sie verschließt die Augen nicht vor ihren wahren Beweggründen. Jake um sich zu haben muntert sie auf wie ein dreifacher Espresso. Sie liebt es, seine mühelos kraftvollen Körperbewegungen zu betrachten, die ihm ausdauerndes Tennisspielen verliehen hat, doch er ist auch ein sehr interessanter Gesprächspartner. Seine sündhaft teure Privatschulbildung zeigt sich in seinem Wissen über Bücher, Politik und Sprachen.

Die intensiven Blickkontakte dauern jedes Mal einen Hauch länger, als sie sollten, und es ist erstaunlich, wie viele unausgesprochene Worte sich in eine einzige Sekunde quetschen lassen. Doch Phoebe überlegt, solange sie ihn nicht berührte, könne sie diese stillen Blicke weiter genießen. Was so ähnlich klingt, als redete sich eine Pyromanin ein, solange sie Sicherheitsstreichhölzer verwende, würde sie niemals ein Haus niederbrennen.

Zumindest wird er bald zur Uni weggehen. Bis zum Labor Day wird ja diese lächerliche kleine Vernarrtheit für immer erloschen sein.

Vicki nimmt sich ein Weinglas aus dem Schrank und den Korkenzieher, der neben dem Weinregal bereitliegt, und lässt sich auf ihrem üblichen Platz am Tisch nieder, auf demselben Platz, wo Wyatt früher morgens immer saß, als sie noch zusammen frühstückten. Ihre neue Freundin ist offensichtlich inzwischen bestens mit der Umgebung vertraut. Aber sie haben sich ja auch die letzten drei Male in Phoebes Küche getroffen, und es sieht so aus, als würde das noch eine ganze Weile so weitergehen. Vicki behauptet, ihr Haus sei für Gäste immer noch zu spartanisch eingerichtet, da sie und Ron sich anscheinend nicht einmal über die einfachsten Dinge wie zum Beispiel Farben und Möbel einigen können. Phoebe glaubt, dass noch ein wenig mehr dahintersteckt, wie vielleicht, dass Ron es nicht gern sieht, wenn seine Frau Gäste hat. Doch sie ist in jedem Fall froh, die Rolle der Gastgeberin zu übernehmen, denn sie hat zwar neue Menschen in ihr Leben gelassen, fühlt sich aber immer noch in ihren eigenen vier Wänden am wohlsten.

Phoebe beobachtet eine Minute lang, wie Vicki sich damit abmüht, den Korken aus der Flasche zu ziehen, ehe sie sich entschließt, dazwischenzugehen. »Soll ich das machen?«

Vicki wirft ihr einen verlegenen Blick zu. »Würdest du das tun? Wie ich mich kenne, lasse ich das ganze verdammte Ding noch fallen.«

In dieser speziellen Fertigkeit ist Phoebe bestens geübt, öffnet also rasch die Flasche und reicht sie Vicki zurück. Ihre

Freundin sieht nicht besonders gut aus, blass und ein wenig schwach, als bräuchte sie möglicherweise diesen Wein, um gegen einen Kater anzukämpfen, auch etwas, womit Phoebe einige Erfahrung hat. Während Vicki sich ein ordentliches Glas einschenkt, fällt Phoebe auf, wie hager sie aussieht. Obwohl sie ohnehin zierlich ist, muss sie noch ein paar Pfund verloren haben, doch so, wie sie angezogen ist, kann man das schwer sagen. Sie trägt eine weite rosa Karobluse mit langen Ärmeln, ein bisschen zu hoch zugeknöpft. Im Hochsommer ist das eher ungewöhnlich. Phoebe erinnert sich an den Bluterguss, den sie an Vickis Arm gesehen hat, als sie sich kennengelernt haben, und ihr wird unbehaglich zumute. Gibt es etwas Neues zu verdecken?

Obwohl sie beide schon einige Zeit mit vertrauten Gesprächen verbracht und über ihre Ehemänner gejammert haben, wurden ernste Themen bisher vermieden. Doch die Fragen sind Phoebe nie aus dem Kopf gegangen. Vicki scheint immer ein wenig zu überspannt, zu angefressen, ein bisschen wie ihre Fingernägel. Am Morgen nachdem sie den Napiers ihren Rasenmäher geliehen hatte, hat Phoebe schließlich Ron aus der Nähe gesehen. Er war früher von seiner Schicht im Krankenhaus zurückgekommen und klagte über Kopfschmerzen, also war seine Laune nicht besser als am Umzugstag. Zwar war er recht höflich und bedankte sich, doch er schien auch verbittert zu sein, als hätte ihn diese nachbarliche Geste eher in Verlegenheit gebracht. Allerdings können sich manche Leute schon seltsam verhalten, wenn sie Hilfe annehmen müssen, und Ron scheint der Typ Mann zu sein, dem ungeheuer viel an seinem männlichen Stolz liegt. Was ihn wohl auch zu dem Typ Mann machen könnte, der seine Frau misshandelt.

Phoebe beschließt, dass es jetzt vielleicht an der Zeit sein könnte, ihre Freundschaft mit Vicki auf die nächste Stufe zu heben. »Hey, ist alles in Ordnung?«

Vicki nimmt einen großen Schluck aus dem Glas und stößt einen Seufzer aus. »So schlimm sehe ich aus, was?«

»So weit würde ich nicht gehen, aber aus meiner persönlichen Erfahrung kann ich sagen, dass ich, wenn ich bereit bin, schon zum Frühstück eine Flasche Wein zu kippen, keinen großartigen Tag habe.«

»Da liegst du nicht weit daneben. Aber lass uns erst trinken und etwas essen.«

Phoebe nickt und greift nach der Flasche. »Damit kann ich mich anfreunden.«

Nachdem die Quiche aus dem Ofen ist, richtet Phoebe große Stücke davon auf Tellern neben den Ananasscheiben und Erdbeeren an, die sie gekauft hat, und sie verlagern das Ganze auf die Veranda hinter dem Haus, weil Vicki normalerweise gern raucht, während sie sich unterhalten. Phoebe hat letzte Woche für sie einen Aschenbecher gekauft, den sie immer sofort abwäscht und versteckt, nachdem ihre Freundin gegangen ist. Wyatt würde sich freuen, wenn er wüsste, dass Phoebe eine Freundin zu Besuch hat, aber jegliche Indizien für Zigaretten würden bei ihm einen hysterischen Anfall auslösen.

»Okay, Essen ist abgehakt«, sagt Phoebe nach ein paar Bissen. »Raus mit der Sprache.«

Vicki legt ihre Gabel ab und wischt sich mit dem Handrücken über den Mund. »Ron und ich hatten gestern einen ziemlich schlimmen Streit. Das ist keine große Überraschung, aber es war schlimmer als sonst. Ich mache mir Sorgen, dass er mich verlässt. Besonders jetzt, wenn Jake bald zur Uni geht.« Bei diesen letzten Worten bricht ihr die Stimme, aber sie räuspert sich und reißt sich zusammen.

»Worum ging es denn?«, fragt Phoebe und verkneift sich die Frage, warum das denn so ein großer Verlust wäre. Bestenfalls ist Ron ein schlecht gelaunter Mistkerl. *Nimm seinen Unterhalt, Schätzchen; auf den Rest kannst du verzichten.*

»Ich weiß nicht einmal, wo ich anfangen soll.« Vicki schweigt einen Augenblick, als sammle sie ihre Gedanken. »Im Augenblick kommt einfach aus allen Richtungen jede Menge auf mich zu. Rons Job, unsere Ehe, meine Mutter...«

»Du hast mal erwähnt, dass deine Mutter krank ist. Das allein ist ja schon stressig.«

»Sie ist eigentlich bereits den größten Teil meines Lebens in einem Pflegeheim. Ich erinnere mich noch daran, wie sie war ehe ... ehe sie krank wurde, aber ich kann nicht glauben, dass es schon über fünfundzwanzig Jahre her sein soll.« Sie seufzt und senkt den Kopf. »Es fällt mir wirklich schwer, über sie zu reden.«

»Es geht schon in Ordnung, wenn du das nicht möchtest. Ich verstehe das.«

Plötzlich stößt Vicki ein kurzes, schrilles Lachen aus, die Art von Lachen, an der sich kaum erkennen lässt, ob jemand belustigt oder wütend ist. »Wirklich?«

»Ich weiß, wie es sich anfühlt, seine Eltern zu verlieren. Meine Mutter ist gestorben, als ich dreizehn war.« Ihre Stimme bekommt einen defensiven Tonfall. Versucht Vicki, sie zu einem Wettbewerb herauszufordern, wem mehr schreckliche Dinge passiert sind? *Lass die Sache lieber auf sich beruhen, Phoebe. Die Frau ist eindeutig gerade mit den Nerven am Ende.* Phoebe nimmt einen großen Schluck Wein.

»Als wir hierherkamen, hatte ich einen Plan, weißt du? Wir hatten in den vorangegangenen Monaten die reinste Hölle, aber ich war mir sicher, dass wir hier einen Neuanfang machen könnten, dass wir alles wieder so zusammenbekommen, wie es früher war. Doch das hat nicht so ganz funktioniert. Ich komme mir vor wie eine gottverdammte Idiotin.« Inzwischen redet Vicki lauter und schneller, gestikuliert mit ihrem fast leeren Glas. Der Alkohol zeigt anscheinend bereits seine Wirkung.

»Du gewöhnst dich erst hier ein«, erwidert Phoebe. »Es sind doch erst ein paar Wochen.«

Vicki fährt fort, als hätte sie nichts gehört. »Ron hasst seinen neuen Job, er sagt, er habe das Gefühl, er wäre *runtergestuft* worden.« Sie verdreht die Augen. »Ja, okay, Mann. Ich weiß schon, dass du nicht mehr deine schicke Praxis in Beverly Hills hast, aber du bist doch immer noch ein gottverdammter Neurochirurg in einer der besten Kliniken des Landes. Von wegen *runtergestuft!* Er hat Glück, dass er in diesem Krankenhaus überhaupt noch Arzt ist und nicht Hausmeister.«

Sie schweigt einen Augenblick, und die Worte hängen zwischen ihnen. Phoebe liegt die Frage auf der Zunge, was genau denn mit Rons Job passiert ist, aber dafür scheint die Zeit noch nicht reif zu sein. Vicki redet sich weiter in Rage, will noch mehr loswerden. »Und dann mein Sohn! Ich habe das Gefühl, dass er drauf und dran ist, alles hinzuschmeißen. Stanford erwähnt er kaum noch. Weißt du, wie viele Jahre ich hinterher war, bis der Junge die richtigen Schulnoten und sportlichen Erfolge für ein Stipendium hatte? Jetzt hat er eine Vollförderung bekommen, und es sieht so aus, als sei er drauf und dran, das alles zu verspielen. Ich nehme an, das ist auch meine Schuld.«

Phoebe zieht eine Augenbraue in die Höhe. Jake hat ein Stipendium? Interessant, wenn man bedenkt, was für einen Prestige-Job sein Daddy hat. Neurochirurgen aus Beverly Hills können es sich normalerweise leisten, ihre Kinder ohne diese Art von Unterstützung auf die Uni zu schicken. Phoebes Neugier ist groß, aber Vicki redet immer weiter.

»Ron und ich, wir schreien uns jetzt eigentlich nur noch an. Ich bin überrascht, dass du unsere Streitereien nicht bis hierher hören kannst. Oder hast du das etwa? Keine Sorge, du bringst mich nicht in Verlegenheit, wenn du Ja sagst. Ich schäme mich schon für uns alle genug.«

»Ich habe nichts gehört. Dieses Haus ist die reinste Festung.«

Vicki zieht ihre Menthol-Zigaretten hervor und zündet sich noch eine an. »Hast du ein Glück. Unseres ist löchrig wie ein Schweizer Käse. Undichte Fenster, das Dach hat ein Leck, die Klimaanlage funktioniert nicht richtig. Egal was, es muss repariert werden. Das Haus ist der reinste Schrotthaufen.«

Phoebe runzelte die Stirn. »Musstet ihr nicht einen Gutachter ins Haus schicken, bevor ihr es gekauft habt?«

»Da muss ich dir wohl jetzt reinen Wein einschenken: Wir haben es eigentlich nur gemietet.« Sie neigt den Kopf, als sei sie zutiefst beschämt. Phoebe kann ihre Verzweiflung ein wenig verstehen, zumindest vom Prestige-Standpunkt aus gesehen, doch ein Weltuntergang ist das nun wirklich nicht. Vicki sollte vielmehr eher erleichtert sein, keine Hypothek auf die Bruchbude am Hals zu haben.

»Na ja, dann sind doch die Besitzer für diese Reparaturen verantwortlich, oder nicht?«

Vicki seufzt. »Sollte man meinen. Doch der Mietvertrag, den wir geschlossen haben ... Es ist alles ziemlich überstürzt passiert. Ich habe gedacht, wir könnten uns um solche Kleinigkeiten, die vielleicht zu machen sind, selbst kümmern. Ich bin davon ausgegangen, dass ein Haus in dieser Gegend wohl nicht so viele Reparaturen braucht. Ich war echt blöd!«

»So ein Mist!« Das ist ihre Standardantwort, wenn ihr sonst nichts Aufmunterndes einfällt, denn, ja, besonders schlau war das nicht gewesen. Lake Forest ist eine schicke Gegend mit altehrwürdigen Familienanwesen im Wert von Millionen, doch letzten Endes sind auch das nur Häuser, und viele davon sind ziemlich alt. Wenn sie nicht gepflegt werden, verfallen sie, genau wie jeder andere Haufen aus Holz und Steinen.

»Ron war auch mit allem einverstanden.« Sie hält inne. »Na ja, beinahe jedenfalls. Er wollte nicht, dass wir dieses Haus nehmen, hat sich aber schließlich doch überreden lassen. Und alles war gut, bis die Dinge anfingen, den Bach runterzugehen. Jetzt ist auf einmal alles meine Schuld, und er erinnert mich bei jeder sich bietenden Gelegenheit daran. Aber wir mussten uns ja auch seinetwegen mit dem Umzug so beeilen.« Vicki nimmt einen weiteren langen Zug von ihrer Zigarette und wischt sich die Augen.

»Warum wollte er denn so rasch umziehen?«

»Er hat seinen Job verloren.«

»Oh, das tut mir leid.«

»Muss es nicht. Er ist eigentlich ein Kurpfuscher. Er hat diesen Posten am Northwestern nur bekommen, weil er immer noch ein paar Freunde in gehobenen Positionen hat. Geht das nicht immer so? Es heißt ja, die Sahne schwimmt immer oben auf der Milch. Dabei vergessen die Leute gern, dass Scheißc auch oben schwimmt. Über kurz oder lang vermasselt er das hier auch und fliegt raus, und wir gehen alle mit ihm vor die Hunde.«

Phoebe zuckt zusammen. Vicki ist eindeutig beschwipst, eigentlich sogar schon ziemlich betrunken. Sie leert ihr Glas und schenkt sich den Rest aus der Flasche ein, bis es randvoll mit Chardonnay ist. »Ist das okay?«, fragt sie, als würde Phoebe jetzt noch Einspruch erheben.

»Nur zu.« Zum ersten Mal seit längerer Zeit hat sie nicht das Gefühl, ihre gegenwärtigen Sorgen ertränken zu müssen. Zumindest hat sie ein gutes Dach über dem Kopf. Zumindest ist ihr Anteil am Noble-Vermögen sicher verwahrt vor den aktuellen Nachwehen, die die Dummheit ihres Vaters ausgelöst hat, beinahe so, als hätte er dafür Vorsorge getragen. Auf einmal hat Phoebe Gewissensbisse, wenn sie auch nicht sicher ist, warum.

»Schon seltsam, wie alles so zu Bruch gehen kann, dass du

dich fragst, ob es nicht nur eine höhere Macht gibt, sondern ob diese Macht auch noch einen persönlichen Rachefeldzug gegen dich führt, verstehst du?«

»O ja, das verstehe ich«, stimmt Phoebe zu. Allerdings nicht so, wie Vicki meint. Sie denkt zunächst an die vielen unglücklichen Ehefrauen ihres Vaters, und an all die anderen ruinierten Leben, die er in seinem Kielwasser hinterlassen hat und von denen täglich weitere zum Vorschein kommen. Sie kann verstehen, dass sich das alles so anfühlen kann, als bestimme eine höhere Macht dein Leben, weil für viele Leute Daniel Noble diese höhere Macht war.

»Es ist ein Alptraum, Phoebe. Nein, nicht nur ein Alptraum. Mehrere. Plural. Einer geht in den anderen über. Ich warte eigentlich ständig nur noch drauf, dass die nächste Katastrophe passiert. Vielleicht hat Ron bald einen weiteren Prozess wegen eines ärztlichen Kunstfehlers am Hals und vermasselt auch diesen Job. Ich rechne praktisch damit.«

Phoebe schüttelt den Kopf. »Wow.«

Vicki schaut sie mit einem schiefen Grinsen an. »Da bist du sprachlos, was?«

»Es tut mir leid. Ich weiß nie, was ich bei solchen Dingen sagen soll.«

»Schon in Ordnung. Ich kapier's. Mein Leben ist ein einziges beschissenes Durcheinander. Jeden Tag stehe ich auf und schaue in den Spiegel, und mir fällt auch nur eins ein: wow!«

Allmählich bereut Phoebe, dass sie diese Büchse der Pandora geöffnet hat. Obwohl Vicki schon ordentlich Dampf abgelassen hat, scheint sie doch noch eine weitere Gezeitenwelle von Schmerz und Wut zurückzuhalten. Das lässt die Frage aufkommen: Wie viel schlimmer wird das noch, und läuft es am Ende auf irgendeine besondere Bitte raus? Phoebe bekommt einen säuerlichen Geschmack im Mund, als sie sich daran erinnert, warum sie es immer vermieden hat, Leute zu nah an sich heranzulassen. Diese Erwartungen kommen doch immer irgendwann, nicht wahr? Und in vielen Fällen halten sie einem die Hand auf.

Ein Gefühl der Scham überfällt sie, als ihr klar wird, wie sehr sie gerade ihrem Vater ähnelt. Vicki sucht nur eine Freundin, die ihr zuhört. Es ist nicht fair, ihr irgendeine andere Absicht zu unterstellen. Und was, wenn sie tatsächlich um Hilfe bittet? Vor fünf Minuten war Phoebe noch froh, sie ihre Freundin nennen zu können. Und Freunde helfen einander.

Aber wäre es nicht auch ein wenig unfair von Vicki, Phoebe jetzt in eine Lage zu manövrieren, in der sie Ja sagen oder riskieren müsste, das Verhältnis zu ihren Nachbarn dauerhaft zu belasten? Vicki scheint nicht diese Art von Person zu sein, aber sie kennen einander erst ein paar Wochen. Und wenn Phoebe in letzter Zeit eines über Menschen gelernt hat, so ist es, dass man sie ein Leben lang kennen kann und doch feststellen muss, dass sie Fremde sind.

Trotz ihrer Zweifel sagt Phoebe jedoch das einzige Andere, was ihr in den Kopf kommt, das Einzige, was ihr angemessen erscheint, wenn eine Freundin einem ihre Sorgen anvertraut: »Kann ich irgendwas tun, um dir zu helfen?«

Auf Vickis Gesicht spiegeln sich Erleichterung, Überraschung und ... Feindseligkeit? Phoebe fragt sich, ob sie in ein Fettnäpfchen getreten ist, doch Vicki kippt den Rest ihres Weins herunter, stellt das Glas hin und holt tief Luft. »Eigentlich geht es um meine Mutter. Sie ...«

In diesem Augenblick klingelt es zweimal schnell hintereinander an der Tür, und beide Frauen schrecken zusammen. Vicki kippt sich dabei den Teller mit dem beinahe unberührten Essen auf den Schoß und schreit verärgert auf, als die Quiche und ihre Gabel von dort auf die Steinplatten der Veranda rutschen. »Oh, verdammt!«

»Geht schon in Ordnung.« Phoebe steht auf. »Ich bin gleich zurück.«

Sie schwebt zur Terrassentür, ist erleichtert, dass die Spannung auf diese Weise unterbrochen wurde. Es ist im Augenblick egal, wer an der Tür ist. Ihr ist völlig gleichgültig, ob es ein Bibelverkäufer ist oder gar ein Reporter, der sich nach ihrem Vater erkundigen will. Als sie jedoch Jake sieht, vollführt ihr Herz den üblichen Freudensprung, und sie strahlt übers ganze Gesicht. Sie hat überhaupt nicht damit gerechnet, ihn heute zu sehen. »Hey, was gibt's?«

Er lächelt nicht zurück. Wenn überhaupt, so sieht er ein wenig bleich aus. Und sein T-Shirt ist vorn pitschnass. »Ist meine Mutter noch da?«, fragt er.

»Ja, komm rein.«

Sie führt ihn in Richtung Terrasse, doch Vicki ist bereits in der Küche und stellt gerade ihren Teller in die Spüle. Als sie ihren Sohn sieht, runzelt sie die Stirn. »Was ist los?«

Er räuspert sich und tritt unruhig von einem Bein aufs andere. »Ähm, also, die Küche ist überflutet.«

Vicki reißt die Augen auf. »*Überflutet?* Was hast du *gemacht?*«

»Ich habe nur die Spülmaschine eingeschaltet, wie du es mir gesagt hast. Und dann kam Wasser unter der Spüle raus. Sieht ganz so aus, als wäre einer der Schläuche kaputt. Ich habe gleich das Wasser am Absperrventil abgedreht, aber ich glaube, wir müssen, du weißt schon, jemanden herrufen.«

»Also bitte! Wenn es nur ein Loch im Schlauch und ein bisschen Wasser ist, kann ich mich selbst drum kümmern.«

Er seufzt erneut. »Es ist nicht nur das. Als ich das Wasser abgestellt habe, ist das Ventil irgendwie ... abgebrochen. Ich habe das Leck mit Isolierband in den Griff bekommen, aber nur gerade so eben.«

Vickis Gesicht hat inzwischen beinahe die Farbe von Roter Bete. »Warum hast du das Wasser nicht am Haupthahn abgestellt?«

»Ich weiß nicht, wo der ist. Ich habe in der Nähe des Boilers nachgeschaut, aber ich bin kein Installateur.«

Vicki ballt die Fäuste und fuchtelt mit den Armen. »Na großartig! Einfach … einfach perfekt!« Sie wendet sich zu Phoebe, und auf ihrem Gesicht tobt eine Wut, die beinahe anklagend wirkt. »Siehst du jetzt, womit ich es hier zu tun habe? Ich kann nicht mal eine einzige verdammte Stunde Pause machen!«

Phoebe macht den Mund auf, ist jedoch nicht sicher, was sie in dieser Situation sagen kann und was nicht völlig daneben ist. »Wow« ganz bestimmt nicht. Aber es ist auch gleichgültig, denn Vicki stürmt bereits auf die Haustür zu, Jake dicht auf den Fersen. Er wirft noch einige entschuldigende Blicke über die Schulter zu Phoebe zurück. Sekunden später fällt krachend die Tür zu, und Phoebe bleibt in einem Vakuum der Stille zurück. Sie überlegt gerade, ob sie sich noch ein Stück von Vickis Quiche genehmigen soll, als das Telefon klingelt. Es ist Wyatt. Sie ist versucht, ihn auf den Anrufbeantworter sprechen zu lassen, doch irgendwie muss sie diese Leere mit einer anderen Stimme füllen, selbst wenn die in letzter Zeit nicht besonders freundlich gewesen ist. Sie kann sich auch nicht daran erinnern, wann er sie das letzte Mal von der Arbeit aus angerufen hat. Es könnte ja eine Art Notfall sein. Doch warum sollte sie noch immer sein Hauptkontakt sein, wenn ihm etwas zugestoßen ist?

»Hallo?«

»Oh. Hey.« Im Hintergrund hört man Papier rascheln.

Phoebe wartet ein paar Sekunden ab und runzelt die Stirn. »Was gibt's?«

»Tut mir leid, ich habe nicht damit gerechnet, dass du rangehst. Ich wollte dir nur eine Nachricht hinterlassen.«

»Wenn du nicht wirklich mit mir reden wolltest, hättest du auch eine SMS oder eine E-Mail schicken können.«

»Das habe ich nicht gemeint.« Er seufzt. »Hör mal, es tut mir leid. Ich habe nur angerufen, um dir zu sagen, dass ich diese Sache, die wir vor einiger Zeit mit Gene und Sarah vereinbart haben, abgesagt habe. Das wäre an diesem Wochenende gewesen.«

Sie braucht ein bisschen, um in Gedanken die nötigen Verbindungen herzustellen. Gene. Gene Fielder, Wyatts Kollege in der Praxis. Er ist auf Verhaltenstherapie für Kinder spezialisiert. Für Phoebe und Wyatt sind Gene und seine Frau in den letzten paar Jahren dem Begriff »gemeinsame Freunde« wohl am nächsten gekommen, aber sie kann sich nicht daran erinnern, wann sie sie zum letzten Mal gesehen hat. Zu Weihnachten? »Was war das noch mal?«

»Das Jazzfestival in Englewood.«

»Ah.«

Schweigen. Dann sagt er: »Ich weiß, dass du Jazz ohnehin nicht magst.«

»Ja, ich hasse Jazz. Seltsam, dass du überhaupt zugesagt hast.« Sie weiß, dass dies die Lage zwischen ihnen nur weiter verschlimmern wird, aber sie kann es sich nicht verkneifen. Jeder Tag scheint ihr einen neuen Grund dafür zu liefern, sich zu ärgern. Es ist nicht das erste Mal, dass Wyatt einem Vorhaben zugestimmt hat, das einem von ihnen oder beiden keinen Spaß machen würde, nur weil er einfach nicht Nein sagen kann. Das mit dem Jazzfestival klingt nicht einmal so, als wäre es so furchtbar, wie zum Beispiel die Sache damals, als Gene sie zu einer Verkaufsveranstaltung für eine windige Immobilie in Florida eingeladen hat, doch trotzdem hätte dieser Abend für sie mit Kopfschmerz geendet.

»Es war nur ein Versuch, ein wenig gesellig zu sein. Du weißt schon, Zeit mit Freunden zu verbringen.«

Sie könnte ihm erwidern, dass sie tatsächlich Freunde hat und in letzter Zeit ziemlich gesellig gewesen ist, schönen Dank auch, aber es hat in dieser Küche heute bereits einen emotionalen Zusammenbruch gegeben, und sie will nicht noch einen hinzufügen. »Warum gehst du dann nicht hin? Ich muss doch nicht auch für dich mit gesellig sein.«

Er schweigt eine halbe Minute, sagt dann: »Ich weiß nicht. Vielleicht.«

»Na gut, also, wenn das alles war, dann reden wir später.«

Er hebt an, will noch etwas sagen, aber sie legt auf.

Eine Stunde später klingelt es erneut an der Tür. Phoebe hat schon beinahe beschlossen, das zu ignorieren und weiter die hirnlose Realityshow im Fernsehen anzuschauen, die sie eingeschaltet hat, um die Gedanken zu übertönen, die laut in ihrem Kopf widerhallen. Doch es könnte Vicki sein, die zweifellos für heute Morgen eine Entschuldigung loswerden möchte. Falls das überhaupt nötig ist. Es ist ja nicht so, als hätten sie sich gestritten. Trotzdem hat Phoebe beinahe das Gefühl, als wäre es so gewesen, als hätte sich ein Teil von Vickis Wut auch gegen sie gerichtet, obwohl sie den Grund dafür nicht verstehen kann.

Wyatt würde das mit der ganzen Weisheit des hochgeschätzten Psychoexperten als Projektion bezeichnen. Phoebe ist in der letzter Zeit nicht besonders zufrieden mit sich selbst gewesen. Sie versteckt sich wie ein Feigling vor der Welt, um nicht die Schande ihres Vaters zu erben. Sie wirft begehrliche Blicke auf einen Teenager. Sie hat zugelassen, dass ihre Ehe völlig aus den Fugen geraten ist. Außerdem hat sie zugenommen. Und sie säuft wie ein Loch. Daher wird sie ihren Selbsthass garantiert überall widergespiegelt sehen. Das ist ganz allein ihr Problem, nicht das von irgendjemand anderem. Vicki ist nicht wütend auf sie. Sie ist einfach nur allgemein wütend. Vielleicht ist Phoebe bald selbst an der Reihe und erzählt ihr von ihrem sogenannten »Leben auf der Sonnenseite« als Kind eines skrupellosen Industriemagnaten.

Sie steht vom Sofa auf und linst durch die Jalousie, doch es steht nicht Vicki, sondern Jake vor der Tür. Er schaut sogar noch finsterer drein als vorhin, aber zumindest ist er trocken, trägt ein schlichtes weißes Shirt und Jeans. Sie macht die Tür auf.

»Kann ich reinkommen?«, fragt er.

Sie tritt zur Seite, um ihn vorbeizulassen, und mustert erneut die Straße. Immer noch kein blaues Auto heute. Diesmal nimmt sie sich kurz Zeit, um in ihrem Notizbuch nachzusehen. Der letzte Tag, an dem sie eine Aufzeichnung gemacht hat, war der Dienstagmorgen. Heute ist Freitag. Vielleicht ist ein Polizist vorbeigekommen, als Phoebe gerade nicht hingeschaut hat. Ob sie will oder nicht, sie verspürt angesichts dieser Möglichkeit einen kleinen Stich der Enttäuschung.

Jake lehnt an der Kücheninsel, die Arme nachdenklich vor dem Körper verschränkt. Das Schweigen ist so unangenehm, dass sie beinahe herausgeplatzt wäre: *Meine Güte, haben wir heute nicht alle eine super Laune?* Stattdessen lehnt sie sich neben ihm an die Kücheninsel. »Möchtest du was trinken? Oder ein Stück von der Quiche deiner Mutter?«

Er schüttelt den Kopf. »Ich wollte mich für das entschuldigen, was hier vorhin los war.«

»Das ist nicht nötig. Ist alles wieder in Ordnung?«

»Im Augenblick schon. Wir haben das Wasser abgestellt, bevor die Sache noch schlimmer wurde. Heute Abend kommt der Installateur. Meine Mutter ist im Augenblick da drüben und versucht, durch Meditation zu vermeiden, dass sie der Schlag trifft. Das ist alles so dämlich.«

Er fährt sich mit der Hand durchs Haar, und ein paar Strähnen fallen ihm in die Augen. Beinahe im Reflex langt sie nach oben und streicht sie zurück, bemerkt dann sofort, wie intim diese Geste ist. Vertraut. Sie hat ihn bisher noch nie berührt. Sein tiefer Blick verrät ihr, dass ihm ähnliche

Gedanken durch den Kopf gehen, doch das scheint ihn nicht abzuschrecken. Stattdessen streckt er den Arm aus, um ihr ebenfalls eine kleine Haarsträhne hinters Ohr zu streichen. Er bewegt sich langsam, absichtsvoll, und seine Fingerspitzen verharren ein wenig dort, um dann sanft an ihrem Kinn entlangzugleiten, ehe sie loslassen. »Bei dir war auch was in Unordnung«, sagt er.

Phoebe versucht, sich zu beschäftigen, indem sie an der Spüle ein Glas Wasser holen geht. Sogar im Rücken kann sie seinen Blick noch spüren. »Ihr seid ja erst vor ein paar Wochen hier hergezogen, weißt du«, sagt sie. »Das wird sich für deine Mutter schon bald alles entspannen, da bin ich mir sicher.« Genauso gut könnte sie über sich selbst sprechen. Allerdings entspannen sich in ihrem Inneren die Dinge keineswegs, ganz im Gegenteil. Sie zwingt sich, das Wasser zu trinken. Es fließt ihr in harten, laut hörbaren Schlucken durch die Kehle.

»Ich bezweifle, dass es für sie leichter wird.«

»Doch, bestimmt!«, erwidert sie.

»O nein. Die Dinge sind für Vicki Napier nur dann normal, wenn sie zu kämpfen hat. Größtenteils genießt sie, was hier gerade passiert, weil sie dann das Opfer spielen kann. Es ist nur einfach total peinlich, wenn sie so explodiert wie vorhin gerade. Ihr ist völlig egal, wie sich dann die anderen Leute ringsum fühlen. Es geht immer nur um sie, weißt du?«

»Schmerz und Stress können Menschen egoistisch machen, ohne dass sie es merken.«

»Natürlich fühlt sie sich jetzt furchtbar, weil sie sich so benommen hat. Ich habe ihr aber gesagt, dass das nicht reicht.«

»Verurteile die Leute nicht gnadenloser, als sie es selbst schon tun, Jake.«

Er seufzt. »Ich weiß, du hast recht. Aber je länger du sie kennst, desto mehr wirst du begreifen, was ich meine. Ja, zunächst wirkt sie ziemlich cool, aber glaube mir ...« Er unterbricht sich. Beinahe will sie ihn drängen, diesen Gedanken zu Ende zu führen, aber will sie wirklich mehr wissen? Im Augenblick hat Phoebe das Gefühl, dass sie tiefere Einsichten in das total gestörte Familienleben der Napiers bekommen hat, als ihr lieb ist. Vielleicht ist die Zeit gekommen, auf etwas mehr Undurchsichtigkeit zu beharren, damit sie gute Nachbarn bleiben können.

»Nun, ich bin bereit, die Sache zu vergessen. Sie fühlt sich ohnehin schon schlecht genug – das würde ich an ihrer Stelle auch tun.«

»Das stimmt wahrscheinlich, aber ich bezweifle, dass du dich je so benehmen würdest.«

Sie dreht sich wieder zu ihm hin. »Und das weißt du so genau, ja?«

»Ich glaube, inzwischen habe ich eine ganz gute Vorstellung davon, wie du bist.« Er grinst. In ihrem Bauch flackert ein Körnchen Glut auf. »Du bist cool. So wie … Blake Lively oder Keira Knightley.«

Phoebe prustet los. »Wow, Jake! Hast du was getrunken?« Sie wünscht, sie hätte das getan. Es wird mehr als ein Liter Wein nötig sein, um das Teenager-Mädchen in ihrem Kopf zum Schweigen zu bringen, das vor Freude kreischt, weil es mit zwei wunderschönen Schauspielerinnen verglichen wurde.

Er gesellt sich an der Spüle zu ihr, steht so nah bei ihr, dass sich ihre Schultern berühren. Diese Nähe ist aufreizend, genauso wie der Duft seines Aftershave. »Hast du heute irgendwas für mich zu tun?«

Sie hebt den Kopf, um zu ihm aufzuschauen. Seine Augen sind so blau, dass sie sicher ist, sie würde hineinstürzen und darin ertrinken, wenn sie ihn weiterhin anstarrt. »Jake«, fängt sie an und fragt sich, wohin das eigentlich führen soll.

»Ich brauche einfach Ablenkung. Bitte zwinge mich nicht, wieder da rüberzugehen.«

»Du könntest joggen gehen«, schlägt sie vor.

»Darüber habe ich auch schon nachgedacht. Aber irgendwie ziehe ich deine Gesellschaft vor.« Er stupst sanft mit seiner Schulter an ihre, wieder so eine winzige Bewegung, hinter der sich eine ganze Wagenladung Vertrautheit verbirgt.

Okay, das war's dann. Höchste Zeit, wieder die Erwachsene im Raum zu sein, Phoebe. Gesteh dir ein, dass da was zwischen dir und ihm ist, und dann schick ihn weg, bevor du was wirklich Blödes machst.

Doch nach diesem Morgen ist ihr Gleichgewicht alles andere als stabil. Es fällt ihr schwer, die richtigen Worte herauszubringen, doch sie schafft es mit höchster Anstrengung, die Silben herauszuwürgen: »Ich glaube nicht, dass du weiter herkommen solltest.«

Er schüttelt den Kopf. »Bitte sag das nicht.«

»Ich muss hier das Richtige tun.« *Ja, so gehts. Leicht ist das nie, doch es lohnt sich immer.* Doch stimmt das wirklich? Das Richtige tun, das bedeutet, dass sie wieder allein und betrunken vor dem Fernseher sitzen wird. Dass sie immer noch auf derselben plattgesessenen Stelle auf dem Sofa sitzen wird, wenn Wyatt nach Hause kommt. Der Typ, der wusste, dass sie Jazz hasst, aber trotzdem mit ihr auf ein Jazzfestival gehen wollte. Der Typ, der sie mit seinem traurigen, trübseligen Gesicht daran erinnern will, was für eine kaltherzige Zicke sie ist.

Es ist keineswegs die Aussicht darauf, das Richtige zu tun, die ihr Herz mit voller Macht hämmern lässt oder ihr das Gefühl vermittelt, auf einer hohen, schmalen Felskante zu stehen, mit nichts als einem Paar zweifelhafter Flügel und dem starken Drang, sich in die Tiefe zu stürzen. Vielleicht ist genau deswegen das Richtige das Falsche. Zumindest im Augenblick. *Oh, wie wir uns in die Tasche lügen!* Sie schiebt diese stichelnde Stimme weit von sich.

Jake dreht sich zu ihr hin, schließt damit jeden letzten

Luftspalt zwischen ihnen. »Ich gehe, wenn du das möchtest. Aber warum habe ich das Gefühl, als wollten wir beide etwas anderes?«

Woher nimmt er in seinem zarten Alter ein solches Selbstbewusstsein? Sie macht den Mund auf, um etwas zu sagen, bringt aber die notwendige Lüge nicht heraus. *Schauen wir einmal, wie sich die nächsten paar Minuten entwickeln. Du kannst diese kleine Vernarrtheit erst hinter dir lassen, wenn du ihr ein bisschen nachgegeben hast. Betrachte es als einen Versuch, dich selbst zu heilen.*

Sie küsst ihn, ehe sie eine vernünftige Ablehnung seiner lächerlichen Idee aussprechen kann. Er erwidert den Kuss eifrig, wirkt erfahren, aber nicht zu sehr, mehr als willig, sich ihrer Führung anzuvertrauen. »Wir können keinen Sex haben«, flüstert sie. »Ich habe keine Kondome.«

»Ist in Ordnung.«

Je länger sie sich küssen, während ihre Hände zuerst über, dann unter die Kleidung des Gegenübers wandern, desto größer ist die Folter, die sie verspürt, da sie weiß, dass sie ihn nicht so haben kann, wie ihr Körper ihn am meisten begehrt. Also wählt sie den nächstbesten Weg zur Befriedigung, nimmt seine Hand und führt sie zwischen ihre Beine. Er ist geschickter, als sie erwartet hätte. Sie zieht ihn eng an sich, und ihr Orgasmus erfasst sie so vollständig, dass sie erst bemerkt, wie tief sie ihre Fingernägel in seine Schulter gekrallt hat, als er vor Schmerz aufschreit. »Tut mir leid«, haucht sie, lässt ihn los und lehnt sich an die Theke zurück, da ihre Beine zu wackelig sind, um sie im Augenblick aufrecht zu halten. Jake sieht nicht aus, als erginge es ihm viel besser, als er einen langen, zittrigen Seufzer ausstößt und sich wieder neben sie stellt.

»Ist das gerade wirklich passiert?«, fragt er.

»Ja, ich glaube schon.« Diesen Teil zuzugeben, das ist leicht. Schwierig ist, sich einzugestehen, dass es nicht genug war. Dieses Ding, das sie auf diese Art zu verscheuchen hoffte, ist nun hellwach und hungrig.

Als hätte er ihre Gedanken gehört, fragt er: »Wird das unser einziges Mal bleiben?«

»Du weißt, dass es nicht mehr als das werden kann. Ich bin verheiratet. Du gehst bald zur Uni.« *Außerdem bin ich mit deiner Mutter befreundet.* Sie glaubt nicht, dass sie das aussprechen muss. Es ist der unsichtbare Elefant im Raum, ein Elefant, der sie wahrscheinlich ersticken wird, wenn sie es zulässt.

»Damit komme ich klar.« Er streichelt ihr sanft den Arm, und ihr läuft eine Welle von Gänsehaut über den Körper.

Sie legt ihm den Kopf auf die Schulter, und seine Arme schmiegen sich um ihre Hüften, ziehen sie näher heran. Schon jetzt hat sie das Gefühl, dass sie sich für die nächste Runde aufwärmt, doch nicht bevor ein paar grundlegende Regeln abgehakt sind. »Wir müssen vorsichtig sein. Großer Gott, wenn jemand das rauskriegt...«

»Keine Sorge, das schaffen wir.«

Sie denkt an ihre Freundin in dem blauen Auto, eine potenzielle Zeugin. »Du kennst doch den Radweg, der hinter unseren Häusern durch den Wald geht, ja?«

»Klar. Da jogge ich die ganze Zeit.«

»Nimm immer den, wenn du ab jetzt kommst und gehst. Da ist das Risiko nicht so groß, dass dich jemand sieht.«

»Okay.« Er grinst. »Jetzt komme ich mir ein bisschen wie dein Mitverschwörer vor.«

»Ja, ich denke, so kann man es auch nennen.« Das ist ihr jedenfalls lieber als »jugendlicher Liebhaber«.

Er sieht sie an. Zunächst wirkt er ernst, doch dann blitzt ein Funken Übermut in seinen Augen auf. »Also, jetzt muss ich noch einmal fragen: Hast du heute irgendwas für mich zu tun?«

Da fallen ihr ein, zwei Dinge ein.

INTERMEZZO

Ich weiß, du hast in letzter Zeit viel damit zu tun gehabt, dich mit deinen neuen Nachbarn anzufreunden, doch du musst auch bemerkt haben, dass ich nicht so oft hier gewesen bin. Heute bin ich ziemlich knapp dran, doch ich musste unbedingt noch vor meiner Morgenschicht vorbeikommen. Ich kann nicht zulassen, dass du glaubst, ich hätte dich vergessen, obwohl ich zunächst dachte, es wäre so, da sich die Jalousie vorne kaum einmal bewegt hat, nachdem dein Mann aus dem Haus war. Aber schließlich warst du doch da. Ein bisschen spät, doch besser spät als nie. Es ist ein tolles Gefühl, zu wissen, dass du noch nach mir Ausschau hältst.

Du kannst Jesse Bachmann die Schuld an meiner Abwesenheit geben; das Verhalten dieses schmierigen kleinen Schattenmanns eskaliert nämlich. Er hat angefangen, mir das Leben im Geschäft sehr viel schwerer zu machen, droht, mich für die kleinsten Verstöße anzuschwärzen, wenn ich zum Beispiel eine oder zwei Minuten zu spät stemple oder nicht zu den vorbestimmten Zeiten die Einkaufswagen vom Parkplatz hole, obwohl wir nicht genug Personal an den Kassen haben. Von da an habe ich auch beunruhigendere Dinge bemerkt, zum Beispiel, dass sich jemand an dem Essen und den Getränken, die ich im Kühlschrank des Pausenraums gelassen habe, zu schaffen gemacht hat – das Sandwich plattgedrückt, den Verschluss an meiner Wasserflasche geöffnet. Ich habe alles weggeworfen, ohne es noch einmal anzurühren, und kaufe mir jetzt einfach im Feinkostladen nebenan mein Essen.

Und nun greift er auch auf diesen Teil meines Lebens über. Vor ein paar Tagen habe ich eine E-Mail mit Bildern meines Autos erhalten, wie es genau an dieser Stelle hier steht. So hat er mich wissen lassen, dass er mir auch außerhalb der Arbeitszeiten nachstellt. Obwohl es für mich sehr unangenehm ist, bin ich doch beeindruckt von seinem Geschick als Stalker. Es ist völlig offen, wie weit er es noch treiben wird, doch ich vermute, gut wird es für mich nicht ausgehen.

Wärst du eine Freundin, die sich all dies anhört, so würdest du wahrscheinlich glauben, ich sollte schon jetzt große Angst haben. Du würdest auch fragen, warum ich mit dieser Sache noch nicht zu unserer Chefin gegangen bin oder vielleicht sogar zur Polizei. Leider lässt sich alles, was er bisher gemacht hat, nur schwer eindeutig auf ihn zurückführen, ohne dass dabei der Verdacht aufkommt, ich litte an Verfolgungswahn. Also habe ich mit diesem Gedanken im Hinterkopf eine kleine Absicherung gegen diesen Mistkerl in die Wege geleitet, indem ich das tue, was ich am besten kann.

Gestern war zufällig Inventur, und das geht üblicherweise bis spät in die Nacht. Ich konnte es so einrichten, dass ich den Abend frei hatte. Bachmann, der bei den Vorgesetzten auf der untersten Stufe der Leiter steht, hatte dieses Glück nicht. Er hat dafür gesorgt, dass jeder in Hörweite mitbekommen hat, wie wenig ihm das gefiel. Ich wusste schon, wo er wohnt. Er ist nicht der Einzige, der in den Personalakten rumschnüffeln kann. Die Geschäftsleitung ist in Sachen Sicherheit bei diesen Dingen recht nachlässig.

Wie es dem Klischee des zornigen Außenseiters entspricht, wohnt Bachmann tatsächlich noch bei seiner Mutter, allerdings nicht im Keller. Er haust in einem Zimmer über ihrer Garage, die sich hinter einem netten, kleinen Haus etwa acht Meilen nordwestlich von Lake Forest befindet. Auf dem Anwesen waren keine Kameras oder Alarmanlagen, zumindest das konnte ich bei meinem kurzen Überblick feststellen, aber das biometrische Schloss, das er an der Tür angebracht hat, war echt ein Witz. Ich brauchte nur eine Büroklammer, um es zu überbrücken und manuell zu öffnen. Aber dass er es für so viel sicherer hielt als eine hochwertige traditionelle Verriegelung verriet mir bereits, dass er einiges zu verbergen hatte. Ich hatte ein Gefühl wie Weihnachten, als ich den ersten Schritt in seine Wohnung machte.

Wenn man bedenkt, wie viel Vertrauen Bachmann diesem schicken Smart-Schloss schenkt, so hat er sich keine sonderliche Mühe gegeben, die Dinge zu verstecken, die sich hinter dieser Tür befinden. Klar, sein Computer war passwortgeschützt, wie das heutzutage bei jedem ist, aber ich brauchte gar keinen Zugriff angesichts dessen, was da so ungeniert frei herumlag. An die Wand neben seinem Bett hatte er Dutzende von ausgedruckten Fotos gepinnt, auf denen Standbilder von den Sicherheitskameras aus dem Geschäft zu sehen waren, alle von Kundinnen oder weiblichen Angestellten, mich eingeschlossen. Er hatte sie mit äußerst charmanten Spitznamen versehen. Unsere Geschäftsführerin: »Theresa mit den Donnertitten«. Eine unserer Kassenangestellten aus der Nachtschicht: »Beinahe Illegale Bailey«. Bei mir stand schlicht »Fiese Hure«, ich war ihm nicht einmal eine Alliteration wert. Genauso lautete auch seine Anrede für mich in den E-Mails. Nicht dass ich noch mehr Beweise dafür gebraucht hätte, dass er hinter den Fotos von meinem Auto steckte, aber trotzdem war es eine nette Bestätigung.

Ich entdeckte auch seine Vorliebe für die guten alten gelben Notizblöcke. Der hohe Stapel neben seinem Bett hätte mich tagelang amüsieren können, hätte ich die Zeit oder Lust gehabt, mir dieses weinerliche Manifest eines von allen zurückgewiesenen Narzissten anzutun, doch bereits der oberste war für meine Zwecke gut genug. Ich machte einige

Fotos von den Seiten, ebenso von seiner Fotocollage an der Wand, ehe ich mich mit meinem kleinen Hauptgewinn wieder auf den Weg machte.

Nun muss ich nur noch entscheiden, was ich mit diesen Informationen tun will. Erzähle ich Bachmann, was ich gegen ihn in der Hand habe, und zwinge uns beide dadurch in ein widerwilliges Patt? Oder lasse ich die Bombe hochgehen und lege alles Theresa mit den Donnertitten vor? Beide Optionen sind aus verschiedenen Gründen verlockend. Ich lasse die Sache erst einmal ein wenig vor sich hinköcheln.

Heute bin ich weit länger hier bei dir als sonst, aber seit ich angekommen bin, hat etwas anderes meine Aufmerksamkeit erregt, und das möchte ich noch zu Ende betrachten. Ist dir zufällig aufgefallen, dass deine neuen Nachbarn da drüben ein ziemlich öffentliches Drama veranstalten? Sie lassen gern die Fenster mitten im Sommer weit offen stehen, was seltsam ist. Vielleicht ist die Klimaanlage kaputt, aber warum auch immer, der Lärm ihrer Streitereien dringt bis hierher zu mir, und heute Morgen ist da keine Ausnahme. Meistens höre ich nur den Ehemann, doch manchmal auch sie; sie trägt einen leiseren Unterton bei, wie eine einsame Flöte in einer Sinfonie von Blechbläsern und Schlagzeug. Die Worte sind schwer auszumachen, doch der Tonfall und die Tonhöhe sind verräterisch genug. Menschen, die so brüllen wie dieser Kerl, sind innerlich völlig zerbrochen. Das erinnert mich ein bisschen zu sehr an zu Hause.

Wenn man vom Teufel spricht. Heute scheint der Herr des Hauses schon früh aufgegeben zu haben. Jetzt geht er auf der Veranda vor dem Haus unruhig auf und ab, fährt sich mit den Händen durchs Haar. Beruhige dich, Bruder, ehe du noch eine Herzattacke kriegst. Er kickt gegen das Verandageländer, was ziemlich wehtun muss. Es sieht nicht so aus, als hätten diese Slipper Stahlkappen. Und jetzt schaut er zu mir hin, und das erscheint mir wie das letzte Stichwort zum Wegfahren. Ich weiß, dass du mich noch immer im Auge hast, aber ich hoffe doch, dass du auch bei diesen Leuten gut aufpasst.

KAPITEL 7

Die letzte Stunde haben sie tief unter den Laken vergraben verbracht, aneinandergepresst wie zwei Löffel, sind dabei immer wieder zwischen Wachen und Schlafen hin- und hergedämmert. Wenn sie die Augen geschlossen hält, kann sie sich beinahe einreden, es sei nicht der Junge von nebenan, mit dem sie nun seit fast zwei Wochen jeden Nachmittag schläft. Doch wenn sie zu lang in dieser reglosen Stille liegt, öffnet sich in ihrem Kopf ein Vorhang und gibt den Blick auf den dunklen Abgrund frei, der mit all ihren schlimmsten Befürchtungen angefüllt ist. Zum Beispiel dass bei Wyatt ein Termin ausfällt und er früher nach Hause kommt. Es mag sein, dass sie nur einen winzigen Schritt von der Scheidung entfernt sind, doch wenn er das hier entdeckt, würde die Scham sie erdrücken. Noch schlimmer wäre es, wenn Vicki es herausfinden würde, und es gibt unzählige Möglichkeiten, wie das geschehen könnte. Junge Leute können so unbekümmert sein. Vielleicht lässt er sein Handy am falschen Ort liegen und enthüllt dabei einige saftige Textnachrichten oder Bilder, die sie einander geschickt haben. Oder eines seiner Hemden, an dem noch Phoebes Duft haftet, gerät zu nahe an Vickis Nase; sie hat Phoebe bereits zweimal ein Kompliment darüber gemacht, dass sie Black Opium als Parfüm benutzt.

Doch was ihr mehr Qualen bereitet als jedes Alptraum-Szenario vom Erwischtwerden ist die Stimme ihres eigenen Gewissens, die ihr zuflüstert, dass sie auch nicht besser ist als ihr Vater. Einen Ehepartner mit einem so jungen Menschen zu betrügen, das ist Daniel, wie er im Buche steht. Und genau wie er genießt sie den Nervenkitzel, den ihr dieses Kräfteverhältnis bereitet. Unter all den Verhaltensweisen ihres Vaters, mit denen sie nichts anfangen konnte – seinem Verlangen, Geld anzuhäufen, seinem derben Humor, der allzu oft grausam war, seinem allzu protzigen Geschmack in Sachen Dekor und Autos –, ist dies die einzige, die sie nachempfinden kann, und dieses Gefühl hasst sie. Genau wegen ihres Vaters ist sie im Augenblick sehr viel anfälliger für prüfende Blicke. Sie gehört nicht direkt zu Daniels Welt – sie arbeitet nicht für sein Unternehmen, ist in keiner Weise seine Sprecherin –, doch der Name Noble ist in letzter Zeit in aller Munde. Falls diese Affäre in den Medien ins Gespräch käme, würden die Folgen sie völlig zerschmettern. Und hat sie so bald schon vergessen, dass sie immer noch jemand beobachtet? Das blaue Auto ist in letzter Zeit nicht mehr ganz so oft vorbeigekommen, doch aufgehört haben die Besuche keineswegs, und sie ist sich nicht sicher, was geschehen muss, ehe sie schließlich enden.

Sie verhält sich mehr und mehr wie eine Drogensüchtige, der es um nichts als ihren täglichen Fix geht. Der kann vielerlei Gestalt annehmen: Es kann der erste Kuss des Tages sein, das Gefühl seiner warmen Haut, die sich gegen ihre presst, wenn sie rasch alle Kleidung abwerfen, die sie trennt; der Augenblick, wenn sie nicht sicher ist, ob sie noch zu einem weiteren Orgasmus fähig ist, und sich dann selbst vom Gegenteil überzeugt. Diese Wonne stellt alle drohenden Konsequenzen in den Schatten, ganz gleich, wie grausig sie sein mögen. Wenn sie das nicht in den Griff bekommt, wird es ihr Ruin sein.

Zumindest gibt es für all das ein Ablaufdatum. In ein paar Wochen bricht er nach Stanford auf, mit einem schönen Päckchen voller Erinnerungen, die ihn wärmen, bis er eine Gleichaltrige findet. Bis dahin machen sie Überstunden, um so viel wie möglich in die gestohlene Zeit zu packen, die sie jeden Tag miteinander verbringen, und dabei ist daraus sehr rasch mehr als eine Affäre geworden, was ebenso wunderbar wie beunruhigend ist. Sie kochen füreinander. Sie schauen die Lieblingssendungen des anderen an. Sie haben einen ähnlichen Humor, verfallen eher in den ironischen Ton und den Witz eines viel reiferen Paars als in die zuckersüßen romantischen Plattitüden der Jungen und Naiven. Sie hat mit ihm auch offen über ihren Vater und all den Schmerz gesprochen, den er ihr zu seinen Lebzeiten und noch nach seinem Tod bereitet hat. Da Jake in seiner jugendlichen Weltsicht recht und unrecht, fair und unfair in stärkerem Kontrast wahrnimmt, kann er sie so trösten und bestärken, wie das Wyatt im Pragmatismus seiner mittleren Jahre niemals könnte. In ihren besten Momenten hat sie das Gefühl, erneut die Anfangszeiten ihrer Beziehung zu Wyatt zu durchleben, was ihr wiederum das Gefühl gibt, wieder neunzehn zu sein.

Doch Alter und Erfahrung sind nie weit genug weg, erinnern sie ständig daran, dass diese Gefühle nur eine Illusion sind. Wenn Jake jeden Nachmittag das Haus durch die Hintertür verlässt, kehrt Phoebe in die Wirklichkeit eines Lebens mit einem Mann zurück, der seine Verachtung für sie nicht mehr verhehlen kann. Er knallt jede Tür zu, hackt jedes Wort, das er mit ihr wechseln muss, auf eine einzige frostige Silbe zurück. Er leert weit mehr Flaschen seines geliebten Bourbon, jedoch meist hinter der geschlossenen Tür des Gästeschlafzimmers, wo er keineswegs zufällig ziemlich viel John Coltrane und Miles Davis hört, und zwar gerade laut genug, um sie zu irritieren. Aber ist das nicht das Endstadium des hässlichen Fegefeuers in den meisten Beziehungen, ehe sie unvermeidlich völlig ausgeblendet werden?

Sie betrachtet diese Affäre mit Jake nicht als Ausnahme und würde das auch nie tun, selbst wenn sie nicht ohnehin schon mit so vielen moralischen Verfehlungen vorbelastet wäre. Sie trägt dieses Wissen über die Zukunft in sich wie einen geheimen Tumor. Und es hat keinen Sinn, Jake zu sagen, dass er eines Tages denselben Tumor haben wird. Er wird ihn selbst entwickeln müssen, und erst dann wird er es verstehen. Er wird wahrscheinlich nicht ihren Namen tragen, wenn er ihm schließlich widerfährt, doch sie hat eindeutig das Samenkorn dafür eingepflanzt.

So sehr sie der Gedanke schmerzt, kann Jakes Aufbruch nach Kalifornien ihr gar nicht früh genug kommen. Er soll ihr diesen Augenblick wie aus den *Brücken von Madison County* bescheren und sie dann zu so etwas Ähnlichem wie gesundem Menschenverstand zurückkehren lassen. Ihre Ehe ist jetzt nicht mehr zu retten, doch es gibt ein Leben jenseits der Scheidung, falls sie den Mut aufbringt, dorthin aufzubrechen.

Sie dreht sich auf die Seite, um ihn anzusehen, und ist von Neuem überwältigt davon, wie attraktiv er ist. Es ist viel zu einfach, sich vorzustellen, wie sie die ganze Nacht neben ihm schläft, um dann aufzuwachen und den ganzen Tag miteinander zu planen.

»Was wäre, wenn wir jetzt hiermit aufhörten?«, fragt sie. »Wäre das schlimm für dich?«

»Ja.« Er ist kein Freund vieler Worte, und das ist eines der Dinge, die sie an ihm am liebsten mag. Er weiß, was er will, was sogar bei einem doppelt so alten Mann selten ist. »Willst du damit sagen, dass du Schluss machen möchtest?« Er hat ein schiefes Grinsen aufgesetzt, aber das ist nicht nur scherzhaft gemeint.

»Nein, aber Schluss wird bald sein, ganz gleich, was wir möchten. Stanford ruft.«

Er seufzt und dreht sich auf den Rücken. »Ich versuche, nicht darüber nachzudenken. Aber meine Mutter redet unaufhörlich darüber, beinahe so, als könne sie es nicht abwarten, mich endlich los zu sein.«

Er hat seine Mutter noch nie direkt erwähnt, seit sie hiermit angefangen haben, und das war gut so, wenn man bedenkt, dass Phoebe und Vicki mehr oder weniger ihren alten Rhythmus aus der Zeit vor dem ungemütlichen Brunch wieder aufgenommen haben. Phoebe hat damit zu kämpfen, diese beiden sehr unterschiedlichen Welten in ihren Gedanken getrennt zu halten. Doch nun setzt sie sich auf und zeigt Interesse, denn zwischen ihr und Vicki hat sich einiges verändert, oder nicht? Ihre Freundin scheint distanzierter, nicht mehr so bereit zu offenen Gesprächen. Sie hat nie wieder über Probleme mit dem Haus oder Ron gesprochen, und Phoebe hat gezögert, weil sie durch eine Frage nicht eine erneute emotionale Flut auslösen wollte. Es erscheint einfacher, ein fröhlicher Hafen zu sein, in dem Vicki vor allem, was ihr zu schaffen macht, Zuflucht nehmen kann, und sollte einmal die Zeit kommen, in der sie mehr braucht, wird Phoebe tun, was immer sie kann.

Aber sie kann sich die Neugier darüber, was da drüben passiert, nicht verkneifen. Wie auch, nach dem winzigen Einblick, den sie hinter den Vorhang bekommen hat?

»Ich bezweifle sehr, dass sie dich loswerden will. Sie möchte einfach nur, dass du diese Gelegenheit, die sich dir bietet, genießt und begreifst, was für ein Glück du hast.«

Er lacht leise. »Das Komische an der Sache ist, dass ich in Kalifornien bleiben wollte, als sie die Entscheidung getroffen hat, hierher umzuziehen. Ich hatte geplant, so lange bei Freunden zu wohnen, bis ich im Herbst in Stanford anfange, doch sie wollte davon nichts wissen, meinte, sie wolle die Familie nicht früher als unbedingt nötig trennen. Mein Dad hat sich auf ihre Seite geschlagen, denn er wollte nicht noch ein Thema, über das sie streiten würden. Schließlich habe ich nachgegeben und sie auf dem ganzen Weg bis hierher dafür gehasst. Ich wollte, dass ihr das alles hier um die Ohren fliegt. Teilweise will ich das übrigens immer noch, denn sie hat unser Leben nur wegen so einer Schnapsidee auf den Kopf gestellt ...« Er unterbricht sich und starrt eine Weile auf seinen Schoß, schüttelt dann den Kopf. »Es ist eigentlich nicht mehr wichtig, denn jetzt bin ich froh, dass es so gekommen ist. Hierherzuziehen, das ist tatsächlich das Beste, was mir je passiert ist.«

Jetzt ist es an Phoebe, den Kopf zu schütteln, denn sie ahnt, was gleich kommen wird. Es rast auf sie zu wie die aufgeblendeten Scheinwerfer eines Lastwagens auf einer einsamen Landstraße, und die Panik lässt sie erstarren. »Jake ...«

»Stanford wird unter Umständen überbewertet, auch Chicago hat tolle Unis. Du und dein Vater, ihr seid beide auf der Northwestern gewesen, stimmt's? Ich sehe das so: Wenn es für die Nobles gut genug war, ist es auch gut genug für mich.«

Sie weicht ein wenig vor ihm zurück. »Warum machst du das?«

»Was?«

»Deine Pläne aufgeben. Du kannst doch nicht einfach solche spontanen Entscheidungen treffen! Stanford ist eine tolle Sache, und jetzt ist es ohnehin zu spät, sich irgendwo anders für den Herbst noch einzuschreiben. Du willst meinetwegen deine Ausbildung aufs Spiel setzen?«

»Na gut, dann mache ich ein Jahr Pause und überlege mir alles noch einmal. Da wäre ich ja kaum der Erste. Warum wäre das so schrecklich, wenn ich mich entscheiden würde, noch hierzubleiben?«

Sie will ihm all die offensichtlichen Fakten in sein hübsches Gesicht schreien: Weil es, je länger diese Sache geht, immer wahrscheinlicher wird, dass man sie erwischt. Und die Aussicht darauf, dass es nur eine kurze Affäre würde, war doch der einzige Grund, warum sie das alles zugelassen hat. Aus den *Brücken von Madison County* werden doch erst die *Brücken von Madison County*, als Francesca sich weigert, mit Robert fortzugehen. Sich an ihre Verpflichtungen erinnern, das ist Phoebes einziger Weg zur Erlösung; sonst unterscheidet sie sich in nichts von Daniel, ruiniert alle Leben, die sich zwischen sie und das, was sie will, stellen.

»Ich habe von Anfang an gesagt, dass das hier nirgendwohin führen kann, und du hast mir zugestimmt. Du hast gesagt, es mache dir nichts aus, dass es eine ganz lockere Sache ist.«

Er grinst. »Aber du willst nicht, dass ich gehe. Eigentlich nicht. Gib's zu.«

»Es ist egal, was ich will. Du kennst meine Lage. Wenn wir noch viel länger so weitermachen, wird es gefährlich.«

Er zieht die Augenbrauen in die Höhe. »Gefährlich? Das ist ein bisschen sehr dramatisch, meinst du nicht? Was passiert denn, wenn die Leute es rausfinden? Ich glaube, es wäre tatsächlich eine Erleichterung, das hier nicht mehr wie ein schmutziges Geheimnis behandeln zu müssen.«

»Aber es ist ein schmutziges Geheimnis! Großer Gott, du bist doch noch ein halbes Kind, Jake.«

Er zuckt zusammen, und sein Gesicht rötet sich. Noch nie hat sie etwas dergleichen zu ihm gesagt, ihn nie so herablassend behandeln wollen, denn dann würde sie sich nur wie eine Scheinheilige fühlen. »Ich bin kein Kind. Ich bin achtzehn. Und vor einer halben Stunde war ich dir auch noch nicht zu jung«, merkt er an, natürlich völlig zu Recht.

Sie hat das Gefühl, sich gleich übergeben zu müssen. »Das stimmt, es tut mir leid. Aber deine Mutter und ich, wir sind Freundinnen, Jake. Dadurch sind wir in einer sehr unsicheren Lage, findest du nicht?«

Er zuckt widerwillig mit den Achseln, was nicht die Reaktion ist, die sie sich wünscht.

»Und du kennst die Situation mit meinem Vater. Wenn zusätzlich zu all den anderen Dingen, die die Leute über ihn sagen, noch rauskommt, dass seine Tochter eine … Perverse ist …«

Er seufzt. »Phoebe, ich glaube, du übertreibst maßlos.«

Ihr steht der Mund weit offen. Einen Augenblick lang glaubt sie, dass sie Halluzinationen hat, dass sich Jakes und Wyatts Gesichter überlagern, denn nun klingen die Worte der beiden genau gleich. »Wie kannst du nur plötzlich so abfällig mit mir reden?«

»Das tue ich nicht! Ich sage nur, dass irgendwann Gras über die schlechten Pressemitteilungen wächst. Du bist nicht dein Vater.«

»Du kennst meinen Vater nicht, Jake, und mich kennst du auch nicht allzu gut.«

Er starrt sie verletzt und verwirrt an. »Vielleicht hast du recht, aber ich weiß, dass du jetzt egoistisch bist, und du merkst das nicht mal, weil du dich von der Welt abgeschottet hast und die Dinge nur auf deine Weise sehen kannst.«

Sie steht auf, als hätten die Laken plötzlich begonnen, ihr die Haut zu versengen. Ihr Bademantel ist über einen in der Nähe stehenden Stuhl gebreitet, und sie greift nach ihm, um sich zu bedecken. »Wage es bloß nicht, mich zu analysieren. Ich bin schon mit einem verdammten Psychofritzen verheiratet.«

Er steigt auch aus dem Bett, scheint aber nicht im Geringsten daran zu denken, sich zu bedecken. Warum auch? Er argumentiert ja, dass er nichts zu verbergen hat. »Hör mal, ich sage nicht, dass es leicht wird, besonders zu Anfang nicht. Ja, meine Eltern werden wütend sein. Ja, es ist sogar möglich, dass ein Klatschreporter in einem Blog oder einem Tweet, den niemand je sieht, etwas über die Tochter von Daniel Noble zu sagen hat. Aber du musst doch zugeben, dass du glücklich bist, wenn wir zusammen sind. Warum willst du nicht mehr davon? Warum hast du solche Angst vor dieser Sache, was immer sie sein mag?«

Sie fühlt sich plötzlich so wie damals, als Wyatt ihr seine hinreißenden Adoptionsbroschüren vorgelegt hat, und wieder einmal führt sie die Stecknadel, um jemandem seine

Seifenblase platzen zu lassen. Diesmal hasst sie diese Rolle sogar noch mehr, denn es war nicht vorgesehen, dass sie je streiten würden. So war die Abmachung nicht gewesen.

»Glück, das ist Scheiße. Damit sollte man nur kleine Augenblicke beschreiben, kein ganzes Leben. Was wir getan haben, bedeutet außerhalb dieses Zimmers einen Scheiß. Und da muss ich schließlich leben.«

»Glaubst du wirklich, du kannst mir das einreden? Hier geht es um mehr als nur Sex.«

»Meinst du, dass du der Erste bist, den ich nur zum Spaß gevögelt habe?«

Sein Gesicht verfinstert sich. »Tu das nicht. Du versuchst jetzt nur, mir wehzutun.« Da ist er, der Nerv, nach dem sie gesucht hat.

»Ich weiß, was passiert, wenn die Leute an dieser Idee vom Glück kleben bleiben, okay? Sie denken, hey, Sex macht Spaß, und es gibt ein paar Sachen, die wir beide mögen. Das muss also bedeuten, dass wir glücklich sind! Wir wollen für immer zusammenbleiben, und wir werden ewig glücklich sein! Aber das ist eine Lüge, und ich habe die Nase voll davon, sie mir zu erzählen. Wenn du schlau bist, hörst du auf mich und glaubst genauso wenig weiter an diesen Scheiß. Und du glaubst auch nicht mehr daran, dass ein paar Tröpfchen Glück es wert sind, Menschenleben zu zerstören. Das hat mein Vater sein Leben lang gemacht, und ich kann das nicht. Ich habe eindeutig schon jetzt genug Schaden angerichtet.«

»Das meinst du nicht ernst. Gar nichts davon!«

»Wenn du mir noch ein einziges Mal sagst, was ich deiner Meinung nach glaube, dann mache ich jetzt Schluss, für immer.«

Er geht nun auf und ab, nimmt eine bullenartige Haltung an, gleicht dabei erschreckend seinem Vater an dem Tag, als Phoebe ihn zum ersten Mal gesehen hat. Sie fragt sich, wie tief diese Ähnlichkeit zu Ron tatsächlich geht. Wird auch er Blutergüsse hinterlassen? Sie möchte ihn beinahe auf die Probe stellen, ihm noch einen weiteren kleinen Stoß geben, nur um das zu sehen. Aber er wendet sich ab und zieht sich rasch an. Der Knoten in Phoebes Bauch löst sich, jedoch nur ein wenig. Dahinter lauert eine frische Übelkeit, da nun die erfreuliche kleine Ablenkung, die sie für sich gebastelt hat, in Flammen aufgeht. Als er fertig ist, geht er zur Schlafzimmertür und schaut zurück, wartet ab, ob sie ihre Meinung noch einmal ändert. Ein Teil von ihr, und keineswegs ein kleiner, will genau das machen: zurückkehren zu den weichen Laken und der warmen Stille und ihn anflehen, alles zu vergessen, was sie gerade gesagt hat, doch sie hält ihre steinerne Fassade aufrecht. Wenn sie jetzt nicht zu ihren Überzeugungen steht, verliert sie das letzte bisschen Selbstachtung, das sie noch hat.

Sie geht auf den Treppenabsatz, als er die Stufen hinunterstampft. Er legt gerade seine Hand auf den Türknauf, da ruft sie: »Stopp, geh nicht vorne aus dem Haus!« Als sie das letzte Mal nachgesehen hat, stand das Auto da draußen, und es ist noch zu früh, als dass es schon fort sein könnte. Außerdem, was ist, wenn Vicki auf der Veranda ist und ihre morgendliche Zigarette raucht? Wenn sie ihren Sohn wie einen abgewiesenen Liebhaber aus Phoebes Haustür stürmen sähe, hätte sie sicherlich ein paar Fragen.

Jake dreht sich zu ihr um, das Kinn trotzig vorgereckt, die Augen blitzend. Oh, wie sie diesen wütenden Blick hasst! »Bisher hast du in allem deinen Willen bekommen. Jetzt bin ich dran.«

Sie rennt die Treppe hinunter und blockiert die Tür. »Sei nicht dumm! Die Leute werden dich sehen!«

»Nach alledem, glaubst du da wirklich, dass mir das was ausmacht?« Er schiebt sie zur Seite und öffnet die Tür. Die Zeit verlangsamt sich unendlich, als Phoebes Blick auf das blaue Auto fällt, das an der üblichen Stelle parkt. Dass sich Vicki nicht auf der Veranda der Napiers aufhält, ist eine kleine Gnade, als die heiße Sommerluft Phoebes nackte Haut trifft. Im Eifer ihres Streits hat sie den Bademantel nicht zugebunden, und darunter hat sie nichts an. Sie knallt rasch die Tür zu, doch es ist zu spät.

Von Panik und Wut ergriffen, will sie schreien. Sie will etwas zerbrechen. Stattdessen holt sie tief Luft und geht auf der Suche nach ihrem getreuen Cabernet in die Küche. Doch dann kommt ihr ein anderer Gedanke: Stattdessen biegt sie zum Schnapsschrank ab, wo sie Wyatts Bourbon findet. Es ist nicht ihr Lieblingswhiskey, aber jetzt braucht sie etwas, damit die Wände dieses Hauses und die Stimmen in ihrem Kopf sie nicht weiter verhöhnen. Sobald sie sich auf dem Sofa niedergelassen hat, nimmt sie drei große Schlucke direkt aus der Flasche und schaltet dann den Fernseher ein. Es dauert nicht lange, bis sie irgendeine bescheuerte Show mit Live-Publikum findet und den Ton laut aufdreht. Wenn sie sich große Mühe gibt und weiter aus der Flasche nippt, wird sie schließlich glauben, dass die Leute aus dem Fernsehen bei ihr im Zimmer sind.

KAPITEL 8

Sie schreckt aus dem Schlaf auf, weil das Telefon klingelt, und die Sonne blendet sie. *Jake. Bitte mach, dass er es ist.* Sie kann an nichts anderes denken als daran, dass sie gestern einen Fehler gemacht hat und den unbedingt wiedergutmachen muss.

Doch er ist es nicht. Es ist Vicki, und Phoebes Mund wird trocken. Was, wenn sie gestern gesehen hat, wie er aus der Haustür rannte, und er ihr in seinem verstörten Zustand alles erzählt hat?

»Dann würde sie nicht anrufen«, sagt Phoebe ins leere Schlafzimmer hinein. Dann wäre entweder Vicki oder Ron hier und würde Phoebe die Tür eintreten. Sie geht ans Telefon.

»Hallo?«

»Guten Morgen, mein Sonnenschein. Oder vielmehr guten Nachmittag. Du hast mich versetzt! Ich rufe schon den ganzen Morgen an.«

Phoebe schaut auf die Uhr. Es ist kurz nach zwölf, etwa zwei Stunden nach der üblichen Zeit für den gemeinsamen Brunch. Ein rascher Blick auf das Telefon zeigt, dass sie eine Reihe von Anrufen von Vickis Nummer verpasst hat. Der jetzige hat sie auch nur zufällig am Rand des Wachseins erwischt. Zum Glück hört es sich nicht so an, als wäre Vicki deswegen sonderlich vergrätzt. »Mist. Tut mir leid. Ich habe nicht mal die Türklingel gehört. Ich war völlig weg vom Fenster.«

»Ich verstehe. Schlimme Nacht?«

Im Nebel ihres Katers taucht die Erinnerung an eine kurze Diskussion mit Wyatt auf.

»Ich kann dir die Telefonnummer von jemandem geben, mit dem du reden kannst, Phoebe«, begann er.

»Worüber reden?«

Sein Blick fiel auf die fast leere Bourbonflasche auf ihrem Schoß. »Muss ich dir das wirklich erklären?«

»Ja. Dieses eine Mal sag mir ausnahmsweise genau, was du denkst, statt um den Brei rumzureden. Das habe ich schon immer an dir gehasst. Mein Vater übrigens auch.«

Sein Gesicht verdunkelte sich wie eine Donnerwolke, und sie machte sich auf den Blitzschlag gefasst. Aber er kam nicht. Stattdessen ging Wyatt mit großen Schritten aus dem Zimmer. Allerdings ist sie nicht sicher, ob er das Haus verlassen hat oder sich in seiner Jazz-Höhle vergraben hat, denn schon bald darauf hat sie wohl das Bewusstsein verloren. Irgendwann muss sie es geschafft haben, sich nach oben zu schleppen, obwohl sie sich auch daran nicht erinnern kann.

Vicki lacht leise. »Dein Schweigen verrät mir, dass es tatsächlich eine schlimme Nacht war.«

»Das kann man wohl sagen. Können wir die Sache auf morgen verschieben?«

»Auf keinen Fall. Ich habe beschlossen, dass ich als deine neueste und, wenn wir ehrlich sind, einzige Freundin darauf eingeschworen bin, alle unsere Pläne einzuhalten, weil wir sonst beide in den trüben Gewässern der Langeweile weißer Vorstadtfrauen ertrinken.«

Trotz ihrer hämmernden Kopfschmerzen muss Phoebe lachen. Kein Bourbon mehr für sie, nie wieder. »Hast du heute die doppelte Menge Glückspillen geschluckt oder was?«

»Woher wusstest du, dass Mittwoch mein Tag für die doppelte Dosis ist? Jetzt steh auf und sieh zu, dass du dich wirklich schick zurechtmachst. Ich führe uns beide heute aus.«

Kalte Seile ziehen sich um Phoebes Eingeweide zusammen. »Aus?«

»Ja, Rip van Winkle. Aus. Lass uns ins Dorf gehen und mit unseren American-Express-Karten rumwedeln. Seit ich hier angekommen bin, will ich schon all diese süßen kleinen Läden auskundschaften.«

Phoebe stöhnt leise. Sie hat an Vicki immer am liebsten gemocht, dass sie sich überhaupt nicht für Dinge wie Ausgehen oder Einkaufstouren unter Mädels interessiert. Aber zumindest will sie jetzt nur in die Läden um die Ecke gehen und nicht zur Magnificent Mile. Mitten an einem Wochentag wird es dort ruhig zugehen. »In Ordnung. In einer Stunde bin ich fertig.«

»Bazinga!«, ruft Vicki. »Das sagt man doch noch, oder? Komm rüber, wenn du so weit bist. Das Wetter ist schön genug, da könnten wir sogar zu Fuß gehen, wenn du möchtest.«

Beinahe stöhnt sie wieder. Körperliche Bewegung? »Klingt toll!«, erwidert sie, bemüht sich um einen putzmunteren Tonfall, nur um festzustellen, dass es gar nicht klappt.

Nach dem Telefongespräch legt sie sich noch ein paar Minuten hin, weil sie hofft, sich so ein bisschen aufbauen zu können. Vielleicht könnte Vicki ihr was von dem abgeben, was sie da anscheinend gerade genommen hat. Sie fragt sich, ob etwas geschehen ist, was die Situation der Napiers verändert hat. Vielleicht ein warmer Geldregen? Es ist ja schwierig, auf Shoppingtour zu gehen, wenn man pleite ist.

Mit einem tiefen Seufzer steht sie aus dem Bett auf und schleppt sich zur Dusche. Danach fühlt sie sich beinahe wieder wie ein Mensch und sieht dem Tag mit mehr Zuversicht entgegen. Wie lange ist es überhaupt her, dass sie das Haus verlassen hat, um irgendetwas anderes zu tun, als ein paar Lebensmittel einzukaufen? Ein bisschen Frustshoppen würde ihr gut tun. Außerdem ist es tatsächlich ein schöner Tag. Nicht zu heiß oder zu stickig, perfekt für einen gemütlichen Spaziergang. Und da gibt es eine tolle kleine europäische Konditorei, in der sie jede Kalorie, die sie beim Gehen verbrannt haben, gleich wieder auffüllen könnten. Das überzeugt sie komplett.

Nachdem sie sich das nasse Haar gekämmt hat und wieder in das verdunkelte Schlafzimmer getreten ist, um sich anzuziehen, sieht sie, dass jemand auf der Bettkante sitzt, und sie schreit auf. Dann begreift sie. »Jake?« Über genau einen solchen Augenblick hat sie gestern Abend phantasiert: dass er den Schlüssel, den sie ihm gegeben hat, benutzt, das Haus betritt und wieder mit ihr ins Bett schlüpft, als sei nichts geschehen. Und dann hat sie sich dafür getadelt, solche unrealistischen Vorstellungen zu haben.

Er kommt zu ihr, und seine Augen schimmern im Dämmerlicht. »Ich war ein solches Arschloch. Wir müssen gar nichts tun, was du nicht willst. Es tut mir so leid.«

»Halt den Mund.« Sie packt ihn beim T-Shirt und zieht ihn zu sich heran. »Wir haben nur ein paar Minuten. Zeig mir, wie sehr du mich vermisst hast.«

Wenig später spaziert Phoebe mit Vicki an der malerischen Ansammlung von Geschäften im Market Square von Lake Forest entlang, und ihr schlechtes Gewissen drückt sie wesentlich weniger, als sie erwartet hätte. Ehe sie sich für den Tag voneinander verabschiedet haben, sind sie und Jake übereingekommen, einfach nur jeden Augenblick zusammen zu genießen, wie er sich ergibt, und dasselbe Prinzip wendet Phoebe auch auf den jetzigen Moment an. Es bedeutet, dass sie dickere Wände zwischen den verschiedenen Schubladen in ihrem Kopf ziehen und sich ungeheure Mühe geben muss, um zu verhindern, dass das Gespräch auf persönliche Themen kommt, die sie daran erinnern, wer genau Vicki ist. So gerät sie zwar in gefährliche Nähe der Gewässer der Selbsttäuschung, aber es ist ja immer nur für ein paar Stunden. *Es ist ganz leicht, Phoebe. Behalte einfach deine harten Grenzen bei, dann schaffst du es unter Umständen, nicht jeden Tag in Embryonalstellung zusammengerollt zu beenden.*

So viel ist Phoebe lange nicht mehr zu Fuß gegangen, doch sie hat immer Gefallen an Spaziergängen durch das Ensemble historischer Gebäude gefunden, aus denen sich der Market Square zusammensetzt. Mit den Ziegel- und Stuckfassaden, den Dachgiebeln, den offenen Innenhöfen und den eleganten Bäumen und Gärten, die besonders in dieser Jahreszeit so üppig sind, erinnert sie dieses Einkaufsviertel an die Europareisen, die sie als Jugendliche mit ihren Eltern unternommen hat. Es erfüllt sie mit Scham, dass sie in Gehweite eines solchen Ortes wohnt und an den meisten Tagen kaum die Energie aufbringt, das Haus zu verlassen, und sie nimmt sich ernsthaft vor, öfter hierher zu kommen, mindestens einmal in der Woche. Und dabei weiß sie, dass solche Versprechen, die man sich selbst gibt, die zerbrechlichsten überhaupt sind.

Allerdings lässt sie die Anzahl der Einkaufstüten, die sie bisher angehäuft haben, doch wünschen, sie hätte darauf bestanden, mit dem Auto zu fahren. Als sie bei Williams-Sonoma die Kasse erreichen, ist sie drauf und dran, den Vorschlag zu machen, Jake eine SMS zu schicken, er solle kommen und sie abholen (so viel zu den harten Grenzen). Doch dann stoßen sie auf ein völlig anderes Hindernis, als die muntere junge Frau, die Vickis ausufernden Berg von Haushaltswaren in die Kasse eingegeben hat, ein bisschen weniger munter wird. »Es tut mir leid, Madam, aber hier steht, dass Ihre Kreditkarte nicht gültig ist.«

Vicki runzelt die Stirn. »Wie bitte? Das kann nicht stimmen. Können Sie es noch einmal probieren?«

»Selbstverständlich«, erwidert die junge Frau, eher weil sie sich verpflichtet fühlt, den Kontakt zur Kundin nicht abbrechen zu lassen, als aus der Überzeugung, dass eine ungültige Karte durch bloßes erneutes Durchziehen auf einmal funktioniert. Kurz darauf schüttelte sie den Kopf, und diesmal schleicht sich bereits ein Hauch Angst in ihre Augen, weil sie sich auf eine höchst unangenehme Situation gefasst macht. »Es tut mir wirklich leid. Wieder abgelehnt.«

»Aber das ist völlig absurd!«, ruft Vicki, und die junge Frau weicht ein wenig vor ihr zurück. »Ich versichere Ihnen, es sollte mit dieser Karte kein Problem geben. Ich benutze sie schon den ganzen Nachmittag, und ich kenne meinen Kontostand.« Sie fängt an, in ihrer Brieftasche nach einer anderen Kreditkarte zu wühlen, murmelt leise vor sich hin, und rote Flecken blühen auf ihren Wangen auf. Phoebes Angst steigert sich, als sie sich an Vickis Gefühlsausbruch von dem Tag erinnert, als die Geschirrspülmaschine ein Leck hatte, und sie fragt sich, ob die Tatsache, dass sie sich an einem öffentlichen Ort befinden, wohl einen ähnlichen Zusammenbruch verhindern kann. Phoebe nimmt kurz Blickkontakt mit der Angestellten auf und versucht so, der armen Frau zu versichern, dass sie nicht zulassen wird, dass diese Sache aus dem Ruder läuft. Vicki steckt eine andere Karte in den Schlitz des Lesegeräts. »Mit der sollte es keine Probleme geben.«

Die junge Frau grinst nervös, während sie wartet. Nach qualvollen fünfzehn Sekunden, in denen sich Phoebe fragt, ob Vicki tatsächlich versucht, mit Kreditkarten einzukaufen, die beinahe am Limit sind, ertönt wiederum das verräterische Piepsen einer abgelehnten Karte. Die Farbe weicht aus dem Gesicht der Angestellten, doch sie hat gerade eben den Mund aufgemacht, als Phoebe mit ihrer Karte dazwischengeht. »Hier, versuchen Sie es mit meiner.«

»Phoebe, nein!« Vicki ruft das, als hätte sich ihre Freundin gerade vor einen fahrenden Bus geworfen, um ihr das Leben zu retten.

»Vicki, doch. Ich habe dir gesagt, dass ich dich nicht ohne diese Weinkaraffe hier rauslasse, und das habe ich ernst gemeint.«

»Mit dem System hier muss was nicht stimmen. Ich kann alles zurückbringen und später noch einmal wiederkommen.« Vickis Stimme klingt nicht sonderlich überzeugend, und die Tränen in ihren Augen deuten darauf hin, wie genau sie weiß, dass hier nicht die Technik versagt hat. Phoebe bemerkt zudem mit erheblichem Unbehagen, wie sehr diese Augen denen von Jake ähneln.

»Wie auch immer, ich übernehme das gerne. Also entspann dich, ja?«

Sie tätschelt ihrer Freundin sanft die Schulter und hofft, sie damit zu beruhigen, während sich ihr die Eingeweide verkrampfen, so sehr schämt sie sich für Vicki mit. Alles andere, was sie sonst sagen könnte, damit ihre Freundin sich besser fühlt (»Ich habe mehr Geld, als ich ausgeben könnte« oder »Ein paar Hundert Dollar sind für mich ein Klacks«), würde nur alles viel schlimmer machen. Als die Kasse eine kilometerlange Quittung ausspuckt, reicht die Angestellte sie Phoebe mit einem dankbaren Blick. »Herzlichen Dank, Ladys! Noch einen wunderschönen Tag!« Ihre übertrieben muntere Stimme lässt Vicki zusammenzucken.

»Aber gern«, sagt Phoebe, nimmt die Einkaufstaschen und führt Vicki aus dem plötzlich so bedrückend wirkenden Geschäft. Auf dem Gehweg reicht sie Vicki ihre Tüte.

»Das wäre wirklich nicht nötig gewesen«, sagt Vicki.

O doch, ich glaube schon, denkt Phoebe. *Zumindest um der armen Angestellten da drinnen eine Ladung unverdienten Zorn zu ersparen.* »Hey, um die Ecke ist diese wunderbare europäische Konditorei. Komm, wir gehen hin und stopfen uns mit Zucker voll.«

Vicki schüttelt den Kopf. »Ich weiß nicht. Ich will einfach nur nach Hause, glaube ich.«

»Hör zu, dazu wollte ich dich ohnehin einladen. Ich bestehe auf Kuchen.«

Vicki lächelt schwach. »Kuchen klingt ziemlich gut, jetzt wo du's sagst.«

»Na also!« Sie haken sich unter und gehen. Die winzige Konditorei ist herrlich leer, also können sie sich damit Zeit lassen, die Leckereien zu bewundern, die unter dem gewölbten Glas wie essbare Kunstwerke ausgestellt sind. Vicki bittet Phoebe, etwas für sie auszusuchen. Phoebe entscheidet sich für ein Stück Schwarzwälder Kirschtorte, ein Himbeer-Mandel-Törtchen, eine kleine Auswahl französischer Macarons und zwei Tassen Kaffee. An einem Tisch in einer hinteren Ecke baut sie die Schätze zwischen ihnen auf.

»Das können wir niemals alles essen«, meint Vicki.

»Mit dieser Einstellung bestimmt nicht.« Phoebe nimmt eine Gabel zur Hand und macht sich über die Torte her. Sie schmeckt genauso göttlich, wie sie es in Erinnerung hat, und Phoebe nimmt sich vor, regelmäßig für ein solches Stück hier herzukommen. Zum Mitnehmen. »Eine bessere Kombination als Kirschen und Schokolade findest du nirgends. Niemals!«

Vicki nimmt einen Bissen und verdreht verzückt die Augen. »Du hast recht. Mein Gott!«

Schweigend essen sie ein paar Minuten, probieren alles. Mit einem Seufzer legt Vicki die Gabel weg und nippt an ihrem Kaffee. »Danke, Phoebe. Ehrlich. Ich … ich weiß nicht einmal, was ich sagen soll.«

»Wie schlimm ist es denn im Augenblick? Du kannst es mir ruhig erzählen.«

Nach einer langen Pause erwidert Vicki: »Schlimm. Und anscheinend viel schlimmer, als ich dachte, da ich nicht einmal einkaufen gehen kann, ohne mich in Verlegenheit zu bringen.« Die Tränen fließen über und beginnen ihr über die Wangen zu rollen. »Ich habe schon eine ganze Weile das Gefühl, als rückten die Wände mir immer näher. Uns allen. Manchmal glaube ich, dass der einzige Grund, warum ich immer noch weiter atme, Jake ist, das Wissen, dass er eine Chance hat, hier rauszukommen und etwas aus sich zu machen. Zumindest das habe ich richtig gemacht, weißt du?«

Sie sinkt schluchzend in sich zusammen. Phoebe, die sich nun ganz hohl vor Scham fühlt, lässt sie sich ausweinen, teils weil das oft das Beste ist, was man für jemanden tun kann, der leidet, doch auch weil sie einen Augenblick zum Nachdenken braucht. Was wird mit Vicki passieren, wenn sie herausfindet, dass ihre einzige verbleibende Hoffnung eine Illusion ist? Vielleicht wäre es leichter, wenn nicht alles andere auch so jämmerlich wäre. Als der Sturm zu leisem Schniefen abebbt, trifft Phoebe eine Entscheidung. Die ist das genaue Gegenteil von allem, was ihr Vater ihr je über Freunde und Geld beigebracht hat, aber sie ist auch glücklich über jede Gelegenheit, ihm jetzt zu trotzen.

Sie macht ihre Handtasche auf und zieht ein kleines, braunes italienisches Lederetui hervor, das Daniel ihr zum achtzehnten Geburtstag geschenkt hat. Sie muss beinah über die Ironie des Schicksals lachen, über das, was sie jetzt gleich tun wird. Sie klappt das Etui auf, nimmt den 14-karätigen Goldfüller heraus, der darin steckt, ebenfalls ein Geschenk von Daniel. »Was würde reichen, um euch eine Weile über Wasser zu halten?«, fragt sie.

Vicki schaut sie mit gerunzelter Stirn und tränenfeuchten Augen an. »Was?«

Phoebe beginnt, Vickis Namen auf den Scheck zu schreiben. »Wären zehn Riesen genug? Damit solltest du ein paar Rechnungen und Hausreparaturen berappen können, oder? Das verschafft dir ein bisschen Luft.« *Was wird passieren, wenn du rausfindest, dass ich eine Affäre mit deinem Sohn* habe? Denn wenn er beschließt, dir das Herz zu brechen, indem er Stanford sausen lässt, ist es nur eine Frage der Zeit, bis du rausfindest, was der Grund dafür ist. Gibt es einen Preis, der zumindest einen Teil dieses Schmerzes lindert? Vielleicht sollte sie noch weitere zehn dranhängen, nur um sicher zu sein. Gewissensgeld. Das ist es doch in Wirklichkeit, oder nicht? Und sie glaubt allen Ernstes, dass sie ihrem Vater trotzt? Das hier ist haargenau Daniels Ding. Wieder meldet sich dieses Brennen im Magen, aber nun ist es zu spät.

»O Gott«, sagt Vicki und schlägt die Hände wieder vors Gesicht. »Nichts von alledem hatte ich mir so vorgestellt.«

»Von was?«

»Einfach... alles. Schau mich an. Hier sitze ich und heule über einem beinahe völlig niedergemachten Stück Torte, nachdem du vorhin schon meine verdammten Küchensachen bezahlt hast, und nun erbarmst du dich meiner und machst so was. Ich habe mich mal wieder total blamiert.«

»Nun, aus eigener Erfahrung kann ich dir versichern, dass sich die Dinge kaum je so entwickeln, wie du es erwartest. Ich kann dir auch sagen, dass ich dir helfen möchte, und genau das werde ich tun.« Phoebe unterschreibt den Scheck, reißt ihn aus dem Heft, reicht ihn über den Tisch. »Und jetzt halt den Mund und nimm mein Geld.«

Vicki betrachtet den Scheck ein paar Sekunden lang und bricht dann in schallendes Gelächter aus.

»Was ist?«, fragt Phoebe verwirrt.

»Nichts. Nur ...« Vicki beginnt erneut zu lachen, und Phoebe fragt sich, ob sie nun endgültig zusammenbricht. »Es tut mir so leid. Ich weiß, dass es völlig unpassend ist, ausgerechnet jetzt zu lachen. Aber deine Schecks... sind das wirklich Kätzchen mit kleinen Kronen auf dem Kopf?«

Nun schnaubt auch Phoebe vor Lachen. »Erwischt. Ich bin ein total verspieltes Mädchen. Also, nimmst du jetzt dieses Ding oder muss ich betteln?«

Vicki starrt den Scheck an. »Ich bin sprachlos, Phoebe. Echt. Mein Sohn sagt, niemand unter sechzig schreibt noch Schecks. Wenn ich ihm erzähle, dass eine so coole Frau wie Phoebe Miller Schecks hat, besorgt er sich vielleicht auch welche. Allerdings wahrscheinlich mit *Star Wars* drauf.«

Phoebe, die sehr gut über dieses spezielle Interesse von Jake informiert ist – sie haben bereits die erste Trilogie zusammen gesehen und planen, sich bald die neueren Filme vorzunehmen –, nickt. »Ich bin wohl ein bisschen altmodisch. Mein Vater hat mir beigebracht, immer Papier zur Hand zu haben, für alle Fälle.« *Und es ist auch nicht so sexy, wenn man in aller Eile eine emotionale Bestechungssumme rausrücken will und dann nach der PayPal-Adresse fragen muss*, überlegt sie. *Dazu bedient man sich eines ledernen Scheckbuchetuis für fünfhundert Dollar und eines goldenen Füllers.*

Das Lächeln schwindet aus Vickis Gesicht, als sie den Scheck etwas länger betrachtet. »Ich wette, dass Daniel dir auch jetzt noch eine Menge Dinge beibringt.«

Phoebe stockt der Atem. Sie hat Vicki nie von ihrem Vater erzählt, obwohl es vermutlich für jeden recht einfach ist, mit einer schnellen Google-Recherche alle schmutzigen Details herauszufinden. Ein paarmal hätte sie es während ihrer Gespräche beinahe angesprochen, aber irgendetwas hat sie immer daran gehindert. Keine gute Überleitung vielleicht, oder der Wunsch, nicht schon wieder all diese Dinge vor einem neuen Gesprächspartner auszupacken. Und jetzt steht dieses Wissen zwischen ihnen wie ein verrottender Kadaver. Es war schon schwer genug, Jake alles zu erzählen.

Vicki scheint zu begreifen, dass sie Phoebe in Verlegenheit gebracht hat, und setzt eine bedauernde Miene auf. »O Gott, tut mir leid«, sagt sie. »Ich muss wohl zugeben, dass ich ein bisschen online geschnüffelt habe. In Anbetracht all der Frauen, die sich mit Horrorgeschichten über ihn zu Wort gemeldet haben, kann ich es dir nicht verübeln, dass du damit lieber hinter dem Berg hältst.«

»Nein, ist schon in Ordnung. Ich weiß, dass ich mich nicht ewig verstecken kann. Irgendwie ist es ja schrecklich, dass ich glaube, das ginge, wenn man bedenkt, was er so vielen Menschen angetan hat.«

Vicki legt ihre Hand auf Phoebes Arm, und ihre Augen bekommen einen stählernen Ausdruck. »Das sind ganz allein seine Verfehlungen, nicht deine, Phoebe. Und als seine Tochter bist du doch in dieser ganzen Angelegenheit ebenso sehr Opfer wie alle anderen.« Es sieht aus, als hielte Vicki angestrengt noch einen ganzen Schwall anderer Wörter zurück.

»Was ist?«, fragt Phoebe.

Vicki beugt sich näher zu ihr hin und senkt die Stimme. »Ich verstehe völlig, wenn du es mir nicht sagen willst, aber … er hat dich doch nicht, du weißt schon, auch auf diese Weise verletzt, oder?«

Es dauert einen Augenblick, bis Phoebe begreift, was Vicki gemeint hat, aber als ihr ein Licht aufgeht, schüttelt sie vehement den Kopf. »O Gott, nein. Er hat mich nie angerührt. Wenn überhaupt, dann musste ich die meiste Zeit darum kämpfen, dass er meine Existenz überhaupt wahrgenommen hat.«

»Na ja, das klingt ganz so, als hätte dir der Scheißkerl tatsächlich einen Gefallen getan. Entschuldige die Ausdrucksweise.«

Phoebe will gerade beteuern, dass sie daran keinen Anstoß nimmt, als Vickis Telefon klingelt. »Moment, wir reden gleich weiter«, sagt Vicki. Sie schaut auf das Display und verdreht die Augen, ehe sie antwortet.

»Hallo, Schatz.« Das Lächeln vergeht ihr ein wenig. »Ich trinke gerade mit Phoebe in der kleinen Konditorei am Market Square einen Kaffee.« Sie legt eine Pause ein, zieht die

Stirn in tiefe Falten. »Ja, wir haben ein bisschen was einge-kauft. Wieso?«

Vickis Mund steht offen. »Überwachst du ...« Eine wei-tere Pause. Diesmal kann Phoebe die wütende Stimme aus dem Lautsprecher quellen hören, und ihre Nerven beginnen wieder zu prickeln.

»Das ist doch lächerlich, Ron. Spar dir die Mühe, okay?« Dann nimmt sie das Telefon vom Ohr und sieht es eine Se-kunde lang an. »Hat der Schweinehund jetzt gerade einfach aufgelegt?«

»Was ist los?«, fragt Phoebe.

»Mein Mann ist wieder einmal sauer. Nichts Neues. Jake hat ihm gesagt, ich wäre einkaufen, und er hat meine Kredit-karten gesperrt. Er sagt, er sei unterwegs, um mich abzuho-len. Als wäre er mein verdammter Vater!«

Sie schauen zur Tür. Wie gerufen tritt Ron vor die Glas-scheibe und linst kurz ins Innere des Cafés. Phoebe verspürt unerklärliche Gewissensbisse, als hätte man sie bei etwas Unanständigem erwischt. Als wäre diese kleine Einkaufstour ihre Idee gewesen. Hätten sie es doch nur beim Brunch be-lassen, dann würde all das jetzt nicht geschehen.

»Möchtest du, dass ich mit ihm rede?«, fragt sie, fühlt sich dann aber sofort idiotisch. Als hätte sie, jetzt, da sie das ma-gische Scheckbuch und den goldenen Füller gezückt hat, da-durch die Befugnis, in allen häuslichen Streitereien als Vi-ckis Leibwächterin aufzutreten.

»Ich mach das schon«, erwidert Vicki und steht auf, um nach draußen zu ihrem Ehemann zu gehen.

Phoebe beobachtet die Szene, die sich nun wie in einem Stummfilm auf dem Gehsteig entwickelt. Auch die beiden Angestellten der Konditorei starren fasziniert hinaus, als Ron beinahe sofort beginnt, unruhig auf- und abzugehen, dabei gelegentlich seine Tirade mit wilden Gesten unter-streicht. Die Hände in die Hüften gestützt, versucht Vicki, eine selbstbewusste Haltung einzunehmen, aber es dauert nicht lange, bis ihre Schultern heruntersacken und sie die Arme vor der Brust verschränkt. Dann scheint sie Ron tränenreich anzuflehen, er bleibt stehen und schließt die Augen. Während Vicki weiterspricht, rückt er näher zu ihr, legt ihr die Hände auf die Schultern. Phoebe verkrampft sich, fragt sich, ob nun der Augenblick gekommen ist, in dem er beginnt, seine Frau entweder zu ohrfeigen oder zu schütteln. Sie bemerkt, dass auch auf der anderen Straßenseite Leute stehen geblieben sind, um sich das Drama der Napiers anzuschauen. Doch anstatt die Situation zu eskalieren, legt Ron seine Stirn an Vickis Stirn, spricht ein paar Worte und küsst sie auf die Schläfe. Er flüstert ihr etwas ins Ohr, und Vicki nickt. Dann geht er fort, wirft vorher noch einen vernichtenden Blick auf die Konditorei. Phoebe sitzt weit genug im Inneren, weiß also, dass er sie nicht wirklich sehen kann, doch trotzdem ist sie sich sicher, dass dieser Blick ihr zugedacht war.

Vicki wischt sich rasch übers Gesicht und kommt wieder herein, mit hoch erhobenem Kopf und entschlossener Körperhaltung. Sie setzt sich nicht wieder hin. »Er wartet im Auto auf mich«, sagt sie. »Ich lasse dich nur sehr ungern so hier sitzen. Besonders nach allem...«

Phoebe schüttelt den Kopf. »Um mich brauchst du dich nicht zu sorgen. Aber um dich schon. Es sieht ganz so aus, als sei er am Rande der Verzweiflung, Vicki.«

»Ich weiß, wie es aussieht. Ron kann ein Arschloch sein, das ist klar, aber ich kann da voll mithalten. Glaub mir. Bald wird alles besser. Und das habe ich dir zu verdanken.« Sie beugt sich hinunter, um ihre Einkaufstaschen zu nehmen, und küsst Phoebe auf die Wange. »Ich rufe dich später an.«

Als sie fort ist, starrt Phoebe wie benommen auf die Überreste ihres Zuckergelages und sagt sich, jetzt wäre es wohl das

Beste, sich auf den Heimweg zu machen, um der Versuchung zu entgehen, alles aufzuessen. Doch auf diesem Pfad der Vernunft kommt sie nicht besonders weit. Sie nimmt die Gabel zur Hand und verputzt alles. Und schließlich ruft sie zum endgültigen Abschied von jedem Gedanken an ein gesundes Leben ein Taxi, das sie nach Hause bringen soll.

INTERMEZZO

Ich habe Mist gebaut, Phoebe. Schlimmen Mist. Es wird kaum mehr als einen, höchstens zwei Tage dauern, bis die Polizei lückenlos die Verbindung zwischen dem toten Kerl im Lager und der Angestellten hergestellt haben, die gestern dafür gesorgt hat, dass er rausfliegt, und die heute mysteriöserweise nicht zur Arbeit erschienen ist. Ich denke, ich muss dir nicht sagen, wie meine Entscheidung letztlich ausgefallen ist, was ich mit den Fotos anfangen sollte, die ich in Bachmanns Wohnung gemacht habe. Ich habe sie eine Weile gehortet, wollte abwarten, ob sich die Lage verbessert, doch seine Nachrichten kamen immer weiter. Ich habe ihn sogar gewarnt, er solle damit aufhören. Er dachte, ich wolle nur besonders gerissen sein.

Angesichts dessen, was geschehen ist, frage ich mich manchmal, ob ich anders mit ihm hätte umgehen sollen, doch ich werde das Gefühl nicht los, dass ihn dann eben irgendwas anderes getriggert hätte, mit demselben Ergebnis. Typen wie Bachmann laufen wie auf Schienen, gewöhnlich in Richtung Katastrophe.

Mein Telefon klingelt schon den ganzen Morgen. Theresa, meine Chefin und unwissentliche Kampfgefährtin, hat vielleicht nicht sofort kapiert, wer gestern Morgen den unbeschrifteten Umschlag mit den Fotos auf ihrem Schreibtisch hinterlassen hat, der noch eine kurze Notiz darüber enthielt, wem diese Bilder gehörten. Die anonyme Methode war die beste Art, damit umzugehen. Ich konnte ihr ja schlecht erklären, dass ich bei ihm eingebrochen bin. Dann hätte sie uns wahrscheinlich beide rausgeworfen.

Während meiner Schicht hat sie kein Sterbenswörtchen

zu mir gesagt. Ein paar Angestellten war aufgefallen, dass Bachmann nicht an seinem üblichen Posten war, und einige gaben laut der Hoffnung Ausdruck, dass er entweder gekündigt hatte oder rausgeflogen war. Ich fand, dass Theresa ein bisschen blass aussah und ruhiger wirkte, trotz ihrer professionellen Fassade. Den Grund dafür kannte ich.

In den Voicemails klingt ihre Stimme beinahe wie die einer besorgten Freundin. Inzwischen weiß sie wahrscheinlich, wer diesen Umschlag auf ihren Schreibtisch gelegt hat, und ich möchte wetten, dass sie die Sache bereits der Polizei übergeben hat. Genauso leicht kann ich mir vorstellen, dass ein Detective hinter ihr steht und ihr die Zeilen diktiert, die mich ermutigen sollen, in den Laden zu kommen, damit wir reden können. Wieso auch sollte sie nicht kooperieren? Sie hat nur ihren Job gemacht. Und jetzt hat sie die Polizei von Lake Forest am Hals, meterweise gelbes Absperrband und die drohende Gefahr von jeder Menge schlechter Presse am Horizont, die den braven Bürgern der Stadt jede Lust darauf nimmt, ihre überteuerten Lebensmittel zu kaufen.

Bachmann hätte die Sache wahrscheinlich besser verkraftet, wäre Theresa ein Tom gewesen. Von einer Frau rausgeschmissen zu werden, das war ein Tiefschlag zu viel für sein zartes Ego. Wir haben Glück gehabt, dass er nicht in den Laden gekommen ist und um sich geschossen hat. Stattdessen hat er sich entschlossen, nur mich zu attackieren.

Da es bis etwa sechs Uhr heute Morgen ruhig war, denke ich, dass ihn Andy Dailey, der Manager an der Anlieferungsrampe, hinter den turmhoch gestapelten Paletten mit Limonadenflaschen gefunden hat, wo ich ihn zurückgelassen hatte, denn Andy ist gewöhnlich der Erste, der in den frühen Morgenstunden in den Laden kommt. Tut mir leid, Andy. Du bist ein netter Typ, der die Alpträume nicht verdient hat, die dir all das wahrscheinlich dein Leben lang bescheren wird. Das ist meine Schuld.

Zuerst dachte ich, ich könnte einfach zur üblichen Zeit bei der Arbeit auftauchen und mich schockiert zeigen wie jede andere unschuldige Angestellte, aber kaum hatte ich all die roten und blauen Lichter auf den Polizeiautos und die Männer in Uniform gesehen, die sich im Eingang zum Laden drängten, da wusste ich schon, dass ich keine Chance hatte, hier ungeschoren rauszuspazieren. Also bin ich weitergefahren, eigentlich den ganzen Tag in ständiger Bewegung geblieben. Ich weiß, dass ich so weit von dieser Stadt wegfahren sollte, wie ich nur kann. Das wäre die klügste Entscheidung. Doch jedes Mal, wenn ich über ein neues Ziel nachdenke und überlege, dass ich mein Leben wieder einmal ganz neu beginnen muss, erinnere ich mich daran, warum ich überhaupt hierhergekommen bin. Meine Arbeit ist noch nicht erledigt. Du kannst mir helfen.

Ich wünschte nur, ich könnte mir die Erinnerung daran wegschrubben.

Ich glaube nicht, dass er den Laden überhaupt verlassen hat, nachdem Theresa ihn rausgeschmissen hatte. Er hat wohl seine Sachen zusammengesucht und sich dann im Lager versteckt. Das ist nicht weiter schwierig. Da hinter dem Laden ist eine düstere und trübe Höhle, bis unter die Decke mit Waren vollgestapelt, und sie wird weitaus weniger überwacht, als man meinen würde. Da wir für diesen Tag keine Lieferungen auf dem Plan hatten, war der Raum mehr oder weniger unbesetzt. Es kommen und gehen während des Tages immer wieder mal externe Lieferanten, doch die hätten sich nichts weiter dabei gedacht, wenn sie Bachmann gesehen hätten.

Dass mir nichts von alldem in den Kopf gekommen war, als ich dort hinten hinging, um kurz vor Ladenschluss meinen Müll wegzuwerfen, ist haargenau der Grund, warum Bachmann jetzt tot ist. Meine Gedanken waren eher auf einen potenziellen Hinterhalt auf dem Weg zum Auto gerichtet, aber im Nachhinein hätte mich das nicht annähernd so sehr mit Sorge erfüllen sollen. Denn der Parkplatz ist gut beleuchtet und hat Überwachungskameras. Im Lagerraum ist das anders, dort gibt es überhaupt keine Kameras. Zum ersten Mal in meinem Leben bedaure ich, dass ich nicht von einer Überwachungskamera erfasst wurde.

Wenn es ein Videoband gäbe, wüsste die Polizei ohne Zweifel, dass es Notwehr war. Ohne Video gibt es nur meine Aussage. Gestern hatte ich einige rote Stellen am Hals, wo er mich gepackt hat. Leider sind die inzwischen verblasst. Meine Kopfhaut schmerzt noch, weil er mich an den Haaren gerissen hat, aber Schmerz ist ja unsichtbar. Genauso unsichtbar wie die Erinnerungen an den Fischgestank seines Atems, als er sich gegen mich presste und flüsterte: »Du schuldest mir was, du Schlampe. Und jetzt halt still, oder ich brech dir deinen verdammten Hals.«

Er hatte sich allerdings unbefugt dort hinten aufgehalten, und wahrscheinlich hat inzwischen die Polente längst alles aus seiner Garagenwohnung gesichtet. Doch obwohl diese Punkte alle für mich sprechen, würden sich die Polizisten sicher fragen, wie ich es geschafft haben kann, seine Oberschenkelschlagader so sauber mit dem Messer zu erwischen, während er mich angriff. Die haben was gegen Antworten wie »Glück« oder »Zufall«, selbst wenn sie stimmen. Sie würden auch fragen, warum ich nicht in den Laden rausgerannt bin, als ich gesehen habe, wie er hinter der Wand aus Paletten hervorgeschlichen kam, die am nächsten bei mir stand. Meine Antwort wäre zu gleichen Teilen unbefriedigend und floskelhaft: Ich war völlig erstarrt. Bis ich begriffen hatte, dass es Bachmann war, hatte der mich bereits gepackt. Er war stärker, als ich es von ihm erwartet hatte, als hätte er so etwas entweder schon mal gemacht oder zumindest schon so lange darüber phantasiert, dass es jahrelanges Training ersetzte.

Es kann schon sein, dass die Polizei all diese Antworten akzeptiert, doch dann würde die Sprache auf die SMS-Nachrichten kommen, die wir wenige Stunden vor diesem Angriff ausgetauscht haben. Sie würden sehen, dass er sehr konkrete Drohungen schickte (»Ich krieg dich, du Hure«). Und meine schnodderige Antwort (»Versuch's doch«) hätte man als Provokation verstehen können.

Sie hätten sicher auch Fragen zu dem Butterfly-Messer gehabt, das ich benutzt habe: zum Beispiel, wo ich es herhatte und warum das eingravierte Monogramm nicht zu meinen Initialen passt. Irgendjemand hätte vielleicht sogar erkannt, dass es aus der Kommodenschublade eines ortsansässigen Steuerberaters gestohlen war, falls besagter Steuerberater bei der Polizei Anzeige erstattet hatte. Dann würden erst die wirklich bohrenden Fragen losgehen. Sie würden mich in einen muffigen, schmuddeligen Raum einsperren und alle Tricks aus ihrem Arsenal einsetzen, um mich im Verlauf mehrerer Stunden kleinzukriegen. Selbst wenn ich meine komplette Sammlung an gestohlenem Zeug loswürde, dazu noch die Kurier-Verkleidung und die Einbrecher-Werkzeuge, würden sie es irgendwie schaffen, mich dazu zu bringen, dass ich jede Sünde beichte, die ich je begangen habe, und gleich noch ein paar erfundene dazu. Ich habe im Fernsehen genug Krimis gesehen, um zu wissen, wie sowas funktioniert.

Im Moment ducke ich mich also ängstlich weg wie ein verschrecktes Tier während eines schlimmen Unwetters. Und ja, ich benutze das Wort. »Verschreckt«. Es kommt mir jetzt viel passender vor. Jedes Mal, wenn ich glaube, einen ruhigen Ort gefunden zu haben, an dem ich ein wenig Luft schnappen und einen Moment die Augen schließen kann, spüre ich wieder aufs Neue, wie er mich packt, mich gegen die Wand presst, während er mit der einen Hand ungeschickt am Knopf meiner Jeans nestelt, mit der anderen meinen Hals umfangen hält. Ich spüre den kalten Stahl des

Messers, das ich vorsichtig aus der Tasche ziehe; den warmen Strom seines Bluts an der Hand, während ich in blinder Wut wild und rasch auf seinen Oberschenkel einsteche; ich sehe, wie seine Lippen weiß werden, seine Augen glasig, wie der Hass für immer dort einrastet. Und schließlich sehe ich, wie all die naiven Pläne, die mich nach Lake Forest gebracht haben, in die Brüche gehen.

Doch so aussichtslos all das klingt, das Spiel ist noch nicht zu Ende. Interessanterweise glaube ich, dass du mir neulich morgens, ohne es auch nur zu bemerken, eine neue Karte in die Hand gegeben hast, die ich ausspielen kann. Das wäre mir wohl nie klar geworden, bis die Umstände mich zwangen, all meine Optionen zu überdenken. Und die Sache ist die: Ich tu dir vielleicht sogar einen Gefallen, denn du sitzt ja auch ein bisschen in der Klemme.

Keine Sorge, ich verurteile dich nicht, weil du mit deinem jugendlichen Nachbarn schläfst, selbst wenn seine Mutter deine beste Freundin ist. Das geht mich nichts an, und da ich gerade einen Kerl umgebracht habe, bin ich die Letzte, die was über schlechte Entscheidungen sagen sollte. Doch du hättest vielleicht daran denken sollen, ein bisschen was anzuziehen, bevor er die Tür aufriss, um davonzustürmen. Ich nehme an, dazu war wohl keine Zeit. So bestürzt wie der aussah, muss das ein Mordsstreit gewesen sein. Hast du zufällig bemerkt, dass ich da draußen war? So schnell, wie du die Tür wieder zugeknallt hast, würde ich darauf wetten. Keine Sorge. Viel habe ich nicht gesehen. Aber genug.

Es wäre doch echt schade, wenn das sonst jemand rausfinden würde. Sein Papa hat bereits Probleme mit Jähzorn, und die liebe Mama scheint ihre neue Freundin von nebenan wirklich sehr zu mögen. Und dann wäre da natürlich noch dein Ehemann, der pflichtgetreu jeden Morgen zur Arbeit geht und wahrscheinlich keinen Schimmer hat, was seine Frau zu Hause so treibt und mit wem. Noch mal, ich fälle hier kein Urteil, aber du webst dir da gerade ein sehr dünnes Netz. Und noch dazu an einer so heiklen Stelle, wo es jeder im Vorübergehen mühelos zerreißen kann.

Ich denke, du begreifst, worauf ich mit alldem hinaus will. Stolz macht es mich nicht gerade, aber mir gehen die Optionen aus. Höchste Zeit, dir einen kleinen Denkanstoß zu verpassen.

KAPITEL 9

Um die Wogen ihres jüngsten Streits weiter zu glätten, überrascht Phoebe Jake mit einer nachträglichen Geburtstagsfeier im Bett. Nachdem sie gemeinsam Gourmet-Pralinen und eine Flasche Champagner genossen haben, überreicht sie ihm ein kleines Geschenk. Es hat sie einige Mühe gekostet, auf das Richtige zu kommen. Zu extravagant durfte es nicht sein, sonst hätte es Verdacht erregt, wenn seine Eltern zufällig darauf gestoßen wären. Am wichtigsten war, dass es eine persönliche Bedeutung hatte, etwas, das er anschauen und das ihn an sie erinnern würde, ganz gleich, wo er in seinem Leben hingeriet.

Sie entschied sich für einen gerahmten Originaldruck von Daniels Ferrari, der als Concept Art zusammen mit dem Auto bei ihr angekommen war und seitdem im Gästezimmer im Schrank gelegen hatte. Auf die Rückseite schrieb sie eine kleine Notiz (*Deine andere Lieblingsbeschäftigung …*). Unterschrift nicht nötig. Obwohl er immer noch nicht damit fahren durfte, hat sie ihm ein paarmal erlaubt, sich in den Wagen zu setzen und den Motor anzulassen. Sie haben das Auto auch auf andere Weise eingeweiht, für sie eine äußerst befriedigende Methode, es Daniel heimzuzahlen, dass er ihr den Ferrari überhaupt aufgehalst hat. Es gefällt ihr, dass der Druck nun jemandem gehört, der ihn tatsächlich zu schätzen weiß, doch noch mehr, dass sie ein weiteres Stück ihres Vaters losgeworden ist. Seit er das Geschenk ausgepackt hat, hat Jake ihr bereits einige Male seine ungeheure Dankbarkeit bewiesen. Phoebe plant, diesen Tag in eine mentale Zeitkapsel einzuschließen und dort regelmäßig vorbeizuschauen.

Sie hat ihn nach ihrem Streit nicht noch einmal gefragt, ob er sich weiter Gedanken über seine College-Pläne gemacht hat. Immer wieder grübelt sie über Vicki nach, wie sie gestern in der Konditorei mit Tränen in den Augen davon geredet hat, dass Jakes Zukunft ihre einzige verbliebene Hoffnung sei. Sie kann das Gespräch darüber nicht ewig hinausschieben, doch Phoebe hat beschlossen, nicht mit Jake zu streiten, falls er sich zum Bleiben entscheiden sollte. Sie will das, was vor zwei Tagen geschehen ist, nicht wiederholen. Irgendwie werden sie gemeinsam eine Lösung finden.

Seit ihrem seltsamen Einkaufsbummel hat sie Vicki nicht gesehen, obwohl die ihr gestern Abend eine SMS geschickt hat, um ihr mitzuteilen, es sei alles in Ordnung, und ihr erneut für das Geld zu danken. Seither hat Phoebe mit sich gerungen, ob dieses Geschenk eine kluge Idee gewesen war, und sich gefragt, ob das nun dazu führen würde, dass Vicki sie nur noch als Geldgeberin sieht. Aber hat Phoebe das Recht, weitere Bitten um Hilfe auszuschlagen, angesichts dessen, was sie mit Jake treibt? Was ist, wenn die Napiers es bereits wissen und nur auf die Gelegenheit warten, Phoebe zu erpressen, wenn sie versucht, Hilfe zu verweigern? Bei diesem Gedanken werden ihr die Knie weich, doch sie tut ihn rasch als lächerliche Idee ab. Phoebe hat Vicki das Geld aus freien Stücken angeboten; Vicki hat nicht darum gebeten und wäre bei dem bloßen Gedanken daran wahrscheinlich tausend Tode gestorben. Und insbesondere scheint sie nicht die Art von Mutter zu sein, die ihren Sohn als Druckmittel missbrauchen würde.

Doch alles ist käuflich, wenn der Preis stimmt, und für jeden Menschen können sich Umstände ergeben, wenn sich scheinbar unverrückbare Bindungen und Sitten auflösen wie Sekundenkleber in Aceton, vor allem dann, wenn es ums eigene Überleben geht. Von wie viel Geld würde sich Phoebe im Verlangen, ihre Eitelkeit zu schützen, wohl trennen? Sie weiß, dass es mehr als zehn Riesen sind, aber es muss doch eine Grenze geben, ab der sie bereit sein muss, sich voll und ganz auf Jake einzulassen und zu sagen, dass er jede Demütigung wert ist, die sich aus einer Enthüllung ergeben könnte. Ganz gewiss scheint er bereit, das für sie auf sich zu nehmen, aber er hat auch so viel weniger zu verlieren. Wenn überhaupt, so würde er aus dieser Sache als eine Art Held hervorgehen, der Junge von nebenan, der sich die alternde Erbin geschnappt hat. Sie konnte schon bildlich vor sich sehen, wie er Angebote für Interviews oder Auftritte in drittrangigen Reality-Shows abwimmeln muss. Amerika würde sich begeistert auf seine Story stürzen.

Und bisher hat sie nicht einmal darüber nachgedacht, wie Wyatt reagieren könnte, falls er es herausfand. Sie stellt sich vor, dass er in seiner typischen, leicht verklemmten Art wohl wirklich bestürzt wäre. Aber was ist, wenn sie das zu Unrecht vermutet? Die Ereignisse der letzten Zeit haben das bisschen gegenseitigen Respekt, das es zwischen ihnen noch gibt, beinahe vollständig dahinschmelzen lassen. Wyatt könnte sich entschließen, sich einen wirklich bissigen Anwalt zu nehmen und die Sache vor Gericht auszutragen, oder möglicherweise würde er eine andere Methode finden, sowohl seinen Opferstatus als auch das Debakel mit ihrem Vater auszuschlachten. Zum Beispiel mit einem Exklusiv-Interview, das er irgendeinem Star-Journalisten gibt, oder einem schockierenden Enthüllungsbuch über das Leben mit der Tochter des berüchtigten Daniel Noble? Die könnten es *Wie der Vater, so die Tochter* nennen.

Sie kneift die Augen fest zu und schiebt all diese Gedanken weit von sich, drückt sich an Jakes Brust, nimmt das tröstliche und stetige Klopfen seines Herzschlags in sich auf, passt ihren Atemrhythmus an seinen an. Wann immer die Realität sich zur Stelle meldet und sie eine Fluchtmöglichkeit braucht, hilft ihr diese Melodie weiter. Sie dämmert gerade in den Schlaf, als es an der Tür klingelt. Beide setzen sich reflexartig und beinahe schuldbewusst auf.

»Mach nicht auf«, sagt Jake. »Das ist vielleicht nur ein Vertreter.« Es hört sich nicht so an, als sei er von seiner eigenen Theorie überzeugt.

Wie als Reaktion klingelt es noch zweimal kurz hintereinander, und das löst eine Lawine all ihrer Super-GAU-Gedanken aus. Es ist Vicki. Sie hat alles rausgekriegt. Ihre Rache wird auf dem Fuße folgen, denn sie kämpft mit der Brutalität einer Löwin, die ihr Junges beschützt. Phoebes Adrenalinspiegel schnellt in die Höhe, ihr wird heiß, und gleichzeitig bibbert sie. Doch als Jake ihr eine Hand auf die Schulter legt, spürt sie, wie die Ruhe über sie kommt. »Es ist nicht meine Mom. Die hat einen Zahnarzttermin. Ich habe vor fünfzehn Minuten auf Facebook gesehen, dass sie sich dort angemeldet hat.«

Sie atmet wieder ein bisschen leichter. Dem Himmel sei Dank für das neuzeitliche Bedürfnis, jedes auch noch so unwichtige Detail mit der Weltöffentlichkeit zu teilen. Es klingelt wieder, als sie aufsteht und sich den Morgenmantel umlegt. »Bleib liegen. Wer immer es ist, niemand hat einen Grund, hier hochzukommen.«

Sie schließt die Tür hinter sich, geht die Treppe hinunter und blickt durch den Spion. Ihr Magen macht einen kleinen Sprung, als sie Ron dort stehen sieht. Es ist nicht ihr schlimmster Alptraum, der Wirklichkeit geworden ist, doch sie hat keinen Grund zu der Annahme, dass Ron gute Nachrichten bringt oder dass er aufgibt und fortgeht, wenn sie nicht aufmacht. Danach sieht es keineswegs aus. Sie holt tief Luft und öffnet die Tür, späht ihm über die Schulter, um nach dem blauen Auto Ausschau zu halten. Heute Morgen war es eine Weile da, doch nun ist es fort.

Ron scheint mindestens die letzten paar Tage weder geschlafen noch gegessen zu haben, nach den dunklen Ringen unter seinen Augen zu schließen und danach, wie seine Kleider an ihm herunterhängen. Ein süßsaurer Biergestank wabert um ihn herum, ein bisschen problematisch, da er doch angeblich Hirnchirurg ist.

Phoebe hat schon immer gespürt, dass Ron nicht viel für sie übrig hat, doch heute ist seine Verachtung so offenkundig wie der Alkohol in seinem Atem. Dann schaut sie zu seinen Füßen und sieht dort eine weiße Plastiktüte von Williams-Sonoma stehen. Jetzt wird das Bild schon etwas klarer. Er ist wegen gestern hier. Sie hätte es wissen müssen.

»Phoebe. Ich komme anscheinend ungelegen.« Er blickt auf ihren Morgenrock, verurteilt sie schweigend, als könnte ausgerechnet er sich das erlauben.

»Eigentlich nicht. Was ist los?« Sie klopft sich im Geiste anerkennend auf die Schulter, weil ihr Tonfall so leicht und freundlich ist.

»Ich muss mit dir reden. Kann ich reinkommen?«

Der Gedanke daran, dass er sich in ihrem Haus aufhält, während sich Jake in der Nähe versteckt, erfüllt sie mit heftigem Entsetzen, doch sie kann sich keinen Grund ausdenken, warum sie Nein sagen sollte, der nicht unverblümt feindselig wäre. Und im Augenblick scheint es unklug, Ron zu provozieren. Sie tritt zur Seite, um ihn einzulassen, und führt ihn dann ins Wohnzimmer. Ihr Rücken ist ganz steif, so als mache sie sich darauf gefasst, dass er handgreiflich wird. Im Wohnzimmer bittet sie ihn, irgendwo Platz zu nehmen, und bietet ihm etwas zu trinken an.

»Scotch und Soda, wenn du das hast.«

Sie schenkt kommentarlos ein. »Brauchst du Eis?«

»Nein, passt so.«

Sie reicht ihm das großzügig eingeschenkte Glas. Er stürzt es nicht in einem einzigen Zug herunter, doch das leichte Zittern seiner Hände verrät, dass er das sehr gerne täte. Plötzlich geht ihr auf, dass er vielleicht so trinkt, weil er eher ängstlich als wütend ist. Das beruhigt ihren Magen allerdings nur wenig. »Ist alles in Ordnung?«, fragt sie.

»Du weißt Bescheid über unsere Notlage.« Das ist keine Frage. Nur ein Tatbestand.

»Welche Notlage?«

Er starrt sie ausdruckslos an und zieht ein zusammengefaltetes Stück Papier aus seiner Brusttasche. Phoebe erkennt es sofort als den Scheck, den sie Vicki gestern ausgestellt hat. Die Katzenprinzessinnen starren sie an, verspotten sie mit ihrer süßen Unschuld.

»Wieso tust du so verschämt?«, fragt Ron.

Sie seufzt. »Okay, also gut. Ich habe deiner weinenden Frau geholfen. Sie hat mir erzählt, dass ihr zu kämpfen habt, und ich habe ihr kurzfristig Unterstützung angeboten. Geht's jetzt hier um deine verletzte Männlichkeit?«

Er runzelte die Stirn. Er scheint verwirrt zu sein. »Sie hat dich nicht darum gebeten? Sag mir die Wahrheit.«

»Natürlich nicht! Wieso denkst du so was?«

Er neigt den Kopf, als sei er tief ins Gebet versunken. Als er wieder zu ihr aufschaut, sieht es so aus, als wäre seine ohnehin schon bröckelnde Fassade noch um weitere zehn Jahre gealtert. »Weißt du, eigentlich ist es egal. Ich gebe dir den Scheck so oder so zurück. Es ist Zeit, dass ich diesem Wahnsinn ein für alle Mal ein Ende setze. Wir brauchen deine Hilfe nicht. Ich kann problemlos für meine Familie sorgen. Vielleicht hast du es vergessen, aber ich bin Arzt.«

»Nein, das habe ich nicht vergessen. Vicki hat mir erzählt, du hättest eine ... berufliche Krise.« Sie erinnert sich auch daran, dass Vicki das Wort »Kurpfuscher« verwendet hat. Phoebe weiß vielleicht nicht genau, was passiert ist, doch wenn ein Arzt ins Zimmer käme und so aussähe wie Ron im Augenblick, würde sie die Flucht ergreifen.

Seine Augen glitzern und verengen sich. Da ist sie wieder, die Wut. Es war nur ein kleiner Stupser nötig, um sie zum

Vorschein zu bringen. »Du solltest jetzt wirklich ganz vorsichtig sein. Du weißt einen Scheiß über mich.«

»Du hast recht. Ich kenne dich nicht, und ich will dich auch nicht kennenlernen. Aber ich habe genug gesehen, um zu wissen, dass du ein Tyrann bist. Du hast die Kreditkarten deiner Frau gesperrt, als sie ein bisschen einkaufen gegangen ist. Und die Blutergüsse an ihren Armen waren auch nicht zu übersehen.«

Sie ist darauf vorbereitet, dass er explodieren wird, und hat ihr Mobiltelefon griffbereit, nur für alle Fälle. Doch er starrt sie nur eine Sekunde an, dann lässt er erneut den Kopf sinken und schüttelt ihn. »Mein Gott, es ist schon unglaublich, wie sie dir die Gedanken völlig verdreht hat. Das muss man ihr wirklich lassen. Glaubst du, sie ist die Einzige, die Wunden davongetragen hat?« Er macht die obersten drei Knöpfe seines Hemdes auf, legt seine Schulter und damit eine Reihe von verkrusteten Kratzspuren frei.

In ihrem Kopf brechen alle Dämme, alle möglichen Fragen überfluten sie. Hat tatsächlich Vicki diese Spuren hinterlassen? Was sonst könnte er damit über sie andeuten? Doch es ist unnütz, ihn das zu fragen, denn wahrscheinlich lügt auch er. Die Wahrheit liegt irgendwo zwischen den beiden, und Phoebe hat nicht die Energie, um danach zu suchen. Sie möchte nur, dass beide sie in Ruhe lassen. Wie heißt doch das Sprichwort? Das hier ist nicht mein Zirkus, das sind nicht meine Affen. Es sind wirklich nicht ihre Probleme.

»Weißt du was? Ich hab genug. Ich wollte nur helfen. Vicki war für diese Hilfe dankbar. Du bist der Einzige, der anscheinend ein Problem damit hat. Die Böse in diesem Spiel bin nicht ich!«

»Lass das Theater, Süße. Der Apfel fällt nur selten weit vom Stamm, und dein Stamm ist verdammt morsch. Ich hab's gleich an dir gerochen, von Anfang an. Ich habe meiner

Frau gesagt, das fehlt uns gerade noch, uns mit einer Noble anzufreunden, aber sie hört ja nicht.«

Phoebe zuckt zusammen, als sie so herausgefordert wird. Natürlich weiß er, wer sie ist, denn Vicki wusste es auch. Wahrscheinlich haben sie eines Morgens beim Frühstück darüber geredet, Klatsch und Tratsch ausgetauscht, wie sie und Wyatt das manchmal gemacht haben, als sie noch miteinander sprachen. Plötzlich wird ihr unter Rons starrem Blick ganz kalt.

»Ich möchte, dass du jetzt gehst«, sagt sie. Wenn er nicht aufsteht, ruft sie die Polizei. Wenn er sich auf sie stürzt, ist sie nur einen Sprung von der Kücheninsel entfernt, wo ihr Messerblock steht.

Einen Augenblick lang sieht es so aus, als würde er ihren Erwartungen entsprechen und sich weigern. Seine Miene sagt ihr, dass ihn gefälligst niemand zum Gehen aufzufordern hat; er wird sie wissen lassen, wann er so weit ist. Doch irgendwo im sprudelnden Schaum seiner Gedanken bekommt er ein bisschen gesunden Menschenverstand zu packen, und allmählich verebbt seine Streitlust, wird seine Haltung schlaffer. Er leert das Glas und platziert es auf dem Beistelltisch, ehe er aufsteht. »Du hast recht. Ich gehe jetzt besser, ehe die Sache hier noch mehr aus dem Ruder läuft.« Er stapft auf die Tür zu. Als er dort angekommen ist, dreht er sich noch einmal um. »Eins sage ich dir: Du hältst dich gefälligst von meiner Frau fern. Und von meinem Sohn. Besonders von dem. Kapiert?«

Sie macht den Mund auf, doch es kommt nichts heraus. Das scheint ihn zufriedenzustellen. Nachdem er gegangen ist, schließt sie die Tür und verriegelt sie. Das Adrenalin, das sie in den letzten paar Minuten aufrecht gehalten hat, ebbt ab, und sie sackt auf dem Boden zusammen, zieht die Knie an die Brust, um sich zu beruhigen. Ein Glas Wein oder ein Löffel Eiscreme würde jetzt Wunder wirken. Oder Einsamkeit und irgendeine Schmonzette am Pool. Die einfachen Dinge haben bisher immer ausgereicht. Vor Daniels Tod. Vor dem blauen Auto. Vor dem Ruin ihrer Ehe. Vor der Ankunft der Napiers.

Sie hört Schritte auf der Treppe und fährt zusammen. Jake kommt nach unten; sie hat völlig vergessen, dass er die ganze Zeit dort oben war.

»Was war da gerade los?«, fragt er. »Das war mein Dad, nicht?«

»Ja, aber es war nichts, was dich betrifft.«

»Okay.« Eindeutig hält er es nicht für okay. Er ist verwirrt, als hätte er ein Theaterstück gesehen, in dem die Szenen in die falsche Reihenfolge geraten sind. »Aber es hat sich schlimm angehört.«

»Klar. Aber so ist mein Leben im Augenblick. Schlimmes scheint mich regelrecht zu verfolgen. Ich denke mal, das Universum hat beschlossen, dass ich an der Reihe bin.«

Er starrt sie mit sichtlich wachsender Besorgnis an. »Was hat er zu dir gesagt? Weiß er … Weiß er von uns?«

»Nein.« Zumindest glaubt sie das nicht, obwohl seine Warnung, sie solle sich besonders von Jake fernhalten, sie aufhorchen ließ. Fast will sie Jake von dem erzählen, was geschehen ist, aber es steht ihr nicht zu, ihn in die Probleme seiner Eltern einzuweihen. Das hat ihr nie zugestanden, wie Ron ihr gerade in Erinnerung gerufen hat. Sie hätte ihre Nase nicht in deren Angelegenheiten stecken sollen, wenn sie schon nicht die Finger von ihrem Sohn lassen konnte. »Es ist egal.«

Er beugt sich zu ihr, um sie zu umarmen, doch sie wird stocksteif. »Im Augenblick ist es keine so gute Idee, mich zu berühren.«

Er weicht verletzt zurück. »In Ordnung. Was immer du brauchst. Was kann ich tun, um das wieder in Ordnung zu bringen?«

Sie schaut zu ihm auf, spult zurück zu dem Gedanken, der ihr vorhin in der Geborgenheit nach dem Sex gekommen ist: dass Jake hierbleiben und trotzdem alles in Ordnung sein könnte. »Du musst nach Stanford gehen, Jake. Hier weg. Es ist alles viel zu chaotisch und wird nur noch schlimmer werden.«

Er schüttelt den Kopf. »In dem Punkt habe ich meine Meinung nicht geändert. Ich bleibe.«

»Herrgott nochmal, Jake. Warum tust du das?«

»Weil ich dich liebe.« Er zögert nicht einmal kurz. Seine Sicherheit ist so stark und unerschütterlich wie die Schwerkraft.

Sie lässt den Kopf wieder auf die Knie sinken. »Warum musstest du das sagen?«

Jake kniet sich vor sie hin. »Ich weiß, dass du dasselbe empfindest. Du hast so viel Angst. Warum kannst du dieser Sache nicht vertrauen? Was immer sonst im Augenblick noch los ist, zusammen können wir damit fertigwerden.«

Sie hebt den Kopf und schaut ihn erneut an. »Wie gut glaubst du mich zu kennen?«

»Ich würde sagen, ich kenne dich besser als die meisten Anderen.«

»Ach wirklich? Du weißt, welche Shows ich mag und wie ich meinen Kaffee trinke. Du kennst die Temperatur, die ich unter der Dusche bevorzuge, und meine Lieblingspositionen beim Sex.«

Er setzt sich kerzengerade auf. »Ich weiß auch, wie schwer es für dich war, mit einem Vater aufzuwachsen, der Frauen hasst, und dass du kein bisschen überrascht warst, als so viele von ihnen mit ihren Geschichten an die Öffentlichkeit gekommen sind. Ich weiß, dass du das Gefühl hattest, in die Enge getrieben zu sein und eine Familie gründen zu müssen, und dass deswegen deine Ehe am Ende ist. Ich weiß, dass du gern kochst und schreibst. Deine Lieblingskünstler sind Dale Chihuly und Henri Matisse. Du überlegst, einen Koch-Blog anzufangen.«

Sie ist beeindruckt, dass er so aufmerksam zugehört hat, doch er begreift noch immer nicht, worauf sie hinaus will. »Du hast dir also ein paar oberflächliche Einzelheiten gemerkt. Toll gemacht. Aber es ist unmöglich, irgendjemanden jemals vollständig zu kennen.«

»Du versuchst wieder, mich von dir zu stoßen. Aber das funktioniert nicht.«

»Mein Mann hat mich auch immer so angeschaut wie du gerade. Und umgekehrt ich ihn. Jetzt schleichen wir um einander herum wie zwei Katzen in einer dunklen Gasse. Sprich mit deinen Eltern. Die haben wahrscheinlich auch einmal das Gefühl gehabt, in einem Märchen zu leben, und wenn sie nur einen Funken Ehrlichkeit besitzen, erzählen sie dir dasselbe wie ich jetzt gerade. Das ist alles Scheiße. Die Leute verlieben sich in das, was sie sehen wollen, und mit der Zeit verblasst diese Illusion.«

Er verzerrt das Gesicht, während er zu einer weiteren leidenschaftlichen, romantischen Erwiderung ansetzt, doch wenn sie noch ein einziges Mal hört, dass mit der richtigen Person alles anders wird, kriegt sie einen Tobsuchtsanfall. Sie will nun nichts mehr als die tröstliche, leere Höhle ihres alten Lebens. »Im Augenblick muss ich nur allein sein. Bitte gesteh mir das zu.«

»Wir haben einander doch versprochen, dass wir uns nicht streiten würden. Dass wir es nicht zulassen würden, dass uns so etwas noch einmal auseinanderbringt.«

Sie streckt den Arm zu ihm hinüber und nimmt seine Hand. »Ich mache nicht mit dir Schluss.« Obwohl der Wunsch, ihre Hände von all dem hier reinzuwaschen, noch nie übermächtiger war. »Mein Hirn braucht einfach eine Pause. Ich rufe dich später an. Versprochen.«

Offensichtlich stellt ihn das nicht zufrieden, doch er nickt. Das bewundert sie an ihm, diese Fähigkeit, sich zurückzuziehen, wenn man ihn darum bittet, selbst wenn es ihm schwerfällt. »Okay. Wir reden heute Abend, ja?«

»Ja.«

»Verspricht es mir noch einmal.«

»Ich verspreche es.« Die Worte schmecken sauer, doch mit genug Wein sollte sie das weggespült bekommen.

* * *

Nachdem sie in aller Eile eine Flasche Cabernet niedergemacht hat, beschließt sie, dass heute ein Zwei-Flaschen-Tag ist, vielleicht sogar mehr. Warum zum Teufel sollte sie aufhören? Es ist ja nicht so, als hätte sie irgendwas Besseres zu tun. Die Wärme, die der Alkohol über sie spült, ist ein schwacher Ersatz für das befriedigte Leuchten, das sie eben noch mit Jake im Bett verspürt hat, aber das wird reichen müssen.

Es klingelt an der Tür, als sie gerade den Korken herauszieht, und sie fährt so heftig zusammen, dass sie die Flasche umwirft und einen Teil des kostbaren Inhalts auf die Arbeitsfläche verschüttet. »Scheiße, wer ist das jetzt schon wieder?«, murmelt sie laut in den Raum und registriert leicht belustigt ihr trunkenes Nuscheln. Vielleicht ist es Vicki, die kommt, um ein weiteres Klötzchen zu diesem wackeligen Jenga-Turm hinzuzufügen. Sie geht zur Tür und schaut durch den Spion. Niemand da. Nicht einmal ein Lieferwagen oder ihre alte Freundin von *Executive Courier Services*. Ein kleiner Stich der Furcht durchdringt ihre Wolke der Trunkenheit. Wer klingelt denn in dieser Nachbarschaft an der Tür und läuft weg? Oder hat sie sich das Ganze vielleicht nur eingebildet?

»Besoffener als ich dachte«, murmelt sie vor sich hin, öffnet jedoch trotzdem die Tür, nur um sicher zu sein. Nein, keiner da. Aber etwas fällt ihr ins Auge: Ein kleiner, weißer Umschlag liegt auf der Fußmatte. Auf die Vorderseite ist mit roter Tinte ihr Name gekritzelt, und plötzlich hat sie das Gefühl, dass ihr der Wein wieder hochkommt. Es wäre ihr sehr viel lieber gewesen, sie hätte sich das Türklingeln nur eingebildet. Geheimnisvoll zugestellte Umschläge, auf die jemand in Rot einen Namen gekritzelt hat, verheißen nie Gutes.

Sie schaut sich um, ist sich sicher, dass die Person, die den Umschlag hinterlassen hat, sie beobachtet. Weit kann sie noch nicht gekommen sein. Dazu ist ringsum alles zu still. Nicht einmal die Vögel singen; es ist, als hätten sie in ihrem Tagesablauf eine Pause eingelegt, um dies mit anzusehen. Rasch beugt sie sich hinunter, um die seltsame Lieferung aufzuheben, und knallt die Tür wieder zu.

Sie könnte den Umschlag wegwerfen. Besser noch, sie könnte das Mistding nach draußen zum Grill tragen und verbrennen. Aber sie kann es genauso wenig abtun, wie sie ein Schlangennest in ihrem Bett ignorieren könnte. Sie reißt den Umschlag auf, ehe ihre Zweifel dazwischentreten können, und zieht ein dünnes Blatt Papier heraus. Es ist mit roten Buchstaben bedeckt. Die Farbe der Warnung und des Blutes. Die Nachricht ist nur vier Sätze lang, doch die wirken wie Schrotkugeln aus nächster Nähe, und zum zweiten Mal heute versagen ihr die Beine den Dienst, und sie sinkt zu Boden.

Ich kenne dein Geheimnis mit dem Jungen von nebenan. Ich kann nicht versprechen, dass ich es für mich behalte. Was ist es dir wert? Du hörst von mir.

INTERMEZZO

Ich habe einen sehr großen Dominostein umgeworfen, obwohl ich kaum vorauszusagen wage, wie ab jetzt die Dinge
genau weiterfallen werden. Sehr viel hängt jetzt von dir ab,
nehme ich mal an. Ganz gleich, wie sich alles entwickelt,
ich möchte jedenfalls, dass du mir glaubst, wenn ich dir
sage, dass ich mir nicht vorgestellt habe, es würde für uns so
ausgehen. Aber ich hätte auch nie gedacht, dass ich einmal
einen Mann umbringen würde. Von wegen, wir kennen unsere Grenzen.

Jetzt ist es zu spät, das zurückzunehmen. Ich muss es
durchziehen und beten, dass du nichts Verrücktes unter-
nimmst. Man muss die Sache nicht noch schwieriger machen, als sie ohnehin schon ist.

KAPITEL 10

In der nächsten Stunde versucht sie, ihre Panik wegzutrinken, doch die bewegt sich nicht vom Fleck. Wenn überhaupt, so macht der Alkohol ihr die Angst deutlicher, und noch dazu wird ihr schlecht. Es ist die falsche Zeit, um ihr Hirn auszuschalten. Sie muss nachdenken. Besser auf Kaffee umsteigen.

Wer hat die Nachricht hinterlassen? Es ist eindeutig ein Erpressungsversuch, dieses neckische *Was ist es dir wert?* Ron mit seinem gekränkten Stolz und dem zurückgegebenen Scheck kommt also nicht infrage – genau wie alle anderen unter dem Dach der Napiers, wenn sie es sich recht überlegt. Die hatten ihr Geld schon in der Hand gehabt. Es wäre nicht sinnvoll, wenn sie es ihr jetzt mit Drohungen abpressen würden. Die offensichtliche Antwort ist ihre Freundin im Auto, diejenige, die mit wenigen Ausnahmen die ganze Zeit über hier war und sie beobachtet hat. Aber wie viel konnte sie – und inzwischen ist Phoebe überzeugt, dass diese Person eine Frau ist – wirklich wissen? Klar, da war der Tag, an dem sie Streit mit Jake hatte, als er aus der Haustür stürmte und für ein paar Sekunden den Blick auf eine nackte Phoebe freigegeben hat, aber ist das alles, was sie an Beweisen hat? Wenn ja, dann ist es nicht gerade viel, um darauf eine Erpressung aufzubauen.

Es sei denn, sie hat Bilder geknipst. Die könnten als Nächstes auftauchen, vielleicht irgendwo im Internet, wenn sie diese Nachricht einfach ignoriert. Phoebe stöhnt und greift beinahe wieder nach ihrem Wein, ehe sie sich bremst. Es ist Zeit, etwas zu unternehmen. Sie steht Todesängste aus, doch es ist die einzige Möglichkeit, es sicher zu wissen. Phoebe steht auf, geht vorne ans Fenster und linst durch die Jalousie, wie sie das wochenlang jeden Tag gemacht hat, hofft diesmal tatsächlich, ihre kleine Wächterin zu sehen.

Stattdessen schaut sie auf eine völlig leere Straße. Wenn sie es recht bedenkt, ist die Straße in letzter Zeit sehr oft leer gewesen. Was, wenn nach all dem das Auto niemals zurückkommt? Was, wenn die Absicht dahinter nur war, sie völlig aus der Fassung zu bringen, weil sie nun ständig darauf wartet, dass die Bombe platzt? Was für ein grausamer Scherz das wäre, schlimmer als die Drohung in der Nachricht.

Das Telefon klingelt, und sie schreit beinahe auf. Grummelnd schlurft sie zum Sofa, wo sie das Handy liegengelassen hat. Es ist Vicki. Am liebsten möchte sie den Anruf auf den Anrufbeantworter gehen lassen. Dieses Theater ist ungeheuer anstrengend geworden. Und es ist Theater, wenn sie Ron Glauben schenken kann. *Mein Gott, es ist schon unglaublich, wie sie dir die Gedanken völlig verdreht hat.*

Phoebe knirscht mit den Zähnen. Wenn sie jetzt nicht rangeht, kommen die Anrufe weiter. Und schon bald klingelt es an der Tür. *Du könntest das Telefon wegschmeißen, die Tür verbarrikadieren, nie wieder aus dem Haus gehen. Klar, Wyatt würde bei einem seiner Psycho-Kollegen im Krankenhaus anrufen und dich in eine Gummizelle stecken, aber dann wärst du wenigstens diesen Ort hier los, oder?*

»Hallo?«, sagt sie. Es fällt ihr schwer, die Schärfe völlig aus ihrer Stimme zu nehmen.

»Hey, Süße. Wie ist dein Tag bisher?«

Ziemlich großartig! Er hat mit einem wunderschönen Morgen mit deinem Sohn im Bett angefangen, dicht gefolgt von einer furchterregenden Begegnung mit deinem Ehemann, und dann als letztes Tüpfelchen auf dem I kam noch ein Erpresserbrief von meiner mysteriösen Stalkerin, die mir droht, mich als die lügende Schlampe bloßzustellen, die ich bin. Du weißt schon, ein typischer beschissener Wochentag.

»Oh… Geht schon. Was ist?«

»Du musst mir unbedingt sagen, dass ich dieses Riesenstück Schwarzwälder Kirschtorte nicht essen darf, das ich gerade in unserer kleinen Lieblingskonditorei mitgenommen habe. Seit gestern denke ich unaufhörlich daran. Das ist jetzt meine letzte Gelegenheit zur Erlösung, Phoebe. Du bist der Engel, der über mir wacht.«

Sie versucht zu lächeln, doch ihr Gesicht fühlt sich an wie eine spröde Maske, die jeden Augenblick zerbröckeln kann. »Dieses Kostüm hat mir noch nie gut gepasst. Iss den Kuchen.«

»Deswegen konnte ich dich wahrscheinlich gleich von Anfang an so gut leiden.« Die Worte klingen ein wenig dumpf, als spräche Vicki mit einem Mund voller dekadenter Torte. Nach ein paar Sekunden Schweigen fragt Vicki: »Ist bei dir alles in Ordnung?«

»Ich denke schon. Wieso?«

»Du klingst ein bisschen niedergeschlagen.«

Sie überlegt, ob sie Vicki mit einer Lüge abtun soll, doch das Thema Geld wird schon früher oder später wieder aufs Tapet kommen, jetzt, da Phoebe ihr Geschenk zurückhat. »Heute war dein Mann hier. Er hat den Scheck zurückgebracht, den ich dir ausgestellt habe, dazu noch deine Einkäufe von Williams-Sonoma. Wusstest du das?«

Vicki schweigt lange. Zumindest kommt es Phoebe unter den gegebenen Umständen lange vor. »Dieser verlogene, arrogante Arsch.« Die Stimme ihrer Freundin ist leise, die Worte sind scharf wie Dolche. Phoebe kann sich vorstellen, wie Vicki da drüben sitzt und immer wieder mit ihrer Gabel auf den Kuchen einsticht, ihn zu Schokoladen-Kirsch-Matsch niedermacht.

»Was immer zwischen euch beiden ist, ich glaube, ich muss mich ab jetzt da einfach raushalten. Ich habe gedacht, ich könnte helfen, aber das hat eindeutig nur mehr Probleme verursacht, und von denen habe ich schon mehr, als ich bewältigen kann, weißt du?«

»Hör zu, ich habe das alles von Anfang an falsch angefangen, aber ich glaube, wo du und ich jetzt Freundinnen sind ... Es ist Zeit, dass ich ein paar Dinge erkläre. Kann ich rüberkommen?«

»Jetzt gerade passt es für mich nicht so gut.« Und es wird nie gut passen. Phoebe, gefangen zwischen den scharfen Worten eines sich duellierenden Ehepaars, das etwa so stabil ist wie Essig mit Backpulver, spürt, dass sie sich bereits abkapselt, und sie weiß, wenn das einmal geschieht, wird sie sich nie wieder öffnen.

»Also gut, dann morgen«, sagt Vicki mit Nachdruck. »Ich weiß, ich bin die totale Langweilerin, aber das hier ist mir wichtig, Phoebe. Bitte.«

Ob Phoebe will oder nicht, sie ist neugierig darauf, was Vicki zu sagen hat, doch wieder kommen ihr Rons Worte in den Kopf: *Sie hat dir die Gedanken völlig verdreht.* Und auf dem Fuße folgt gleich die Nachricht von der Fußmatte: *Ich kenne dein Geheimnis mit dem Jungen von nebenan.*

Plötzlich ist ihr so kalt, dass sie zu zittern beginnt. Haben all diese Dinge, die ihr durch den Kopf wirbeln wie Müll in einem Tornado – das Auto, die Nachricht, die Probleme der Napiers, die schäbigen Enthüllungen über ihren Vater und nun Vickis dringende Bitte um ein Treffen –, irgendwie miteinander zu tun? Wie sonst soll sie sich diese zunehmende Gewissheit erklären, dass jeden Augenblick eine Falle über ihr zuschnappen könnte?

Ach, komm schon, du leidest an Verfolgungswahn. Nur weil du einzelne Punkte vor dir siehst, bedeutet das noch lange nicht, dass du anfangen musst, sie miteinander zu verbinden.

Vielleicht stimmt das, aber es ist doch immer noch ein ziemlich unordentlicher Haufen Punkte, und verschwinden werden sie nicht. Im Gegenteil, sie scheinen sich mit furchterregender Geschwindigkeit zu vermehren. Schon bald werden sie alle zu einem einzigen hässlichen Klecks verschwimmen. Was immer Vicki ihr zu sagen hat, wird diesen Vorgang nicht aufhalten. Dinge, für die man ein persönliches Gespräch verabreden muss, weil man sie am Telefon oder in einer SMS nicht sagen kann, sind selten etwas Gutes. Phoebe ist sich sicher, dass sie nach dem morgigen Brunch noch tiefer im Graben stecken wird, mindestens jedoch in einem anderen Graben.

»Ja, morgen geht«, sagt sie, hauptsächlich, um das Gespräch zu beenden. Inzwischen pocht ihr Herz so heftig, dass es ihr in der Brust schmerzt.

»Also zu unserer üblichen Zeit für den Brunch?« In Vickis Stimme ist Erleichterung zu hören.

»Das klingt prima.« Nein, es klingt nicht prima. Sie ist sich ziemlich sicher, dass sie morgen die Tür nicht aufmachen wird, wenn Vicki rüberkommt. Besser noch, sie könnte einfach rasch die Flucht ergreifen, ehe ihre Nachbarin auftaucht. So müsste sie nicht darauf warten, dass das Klingeln an der Tür höhnisch von den Wänden widerhallt.

Sie hält die Luft an. Flucht. Das ist mal eine Idee!

»Gut. Dann bis morgen«, sagt Vicki und scheint eine Bestätigung zu suchen, die Phoebe ihr nicht geben kann.

»Okay.« Sie legt auf. Als sie wieder allein in ihrer viel zu stillen Küche steht, fängt ein Wort an, ihr wie ein Derwisch durch den Kopf zu tanzen: *Flucht.*

Ja sicher, renn einfach vor all deinen Problemen weg. Wie erwachsen, Phoebe.

Mit einem resignierten Seufzer beginnt sie, diesen Gedanken beiseitezuschieben. Aber andererseits… hätte genau so etwas nicht ihr Vater gesagt? Sie kann förmlich hören, wie seine tiefe Stimme es ausspricht, wie er die sarkastische Sichel schwingt, mit der er stets Menschen niedermähte, die ihm zu groß geworden waren. Besonders die Frauen in seinem Leben. Erneut flammt ihre Rebellion gegen alles auf, was mit Daniel zu tun hat. Und nun wischt sie stattdessen ihn weg. Daniel verdient hier kein Mitspracherecht, eigentlich nie, wenn man bedenkt, welche Rolle er dabei gespielt hat, dass sie überhaupt an diesen Punkt gekommen ist.

Und ist es wirklich so eine furchtbare Idee? *Flucht.* Das Wort fühlt sich an wie Eiscreme auf einer brennenden Zunge. Flucht vor all dem Dreck, der sich in ihrem Leben angehäuft hat und nun vor ihrer Tür aufgeschüttet liegt und ihr Zuhause in ein Gefängnis verwandelt. Flucht vor den neugierigen Augen und dem geflüsterten Klatsch der Leute in dieser Stadt, die nur wegen ihres in Ungnade gefallenen Vaters wissen, wer sie ist. Flucht vor den Napiers und ihrem Drama. Flucht vor ihren eigenen skandalösen Taten und ihrer Scheinheiligkeit. Flucht vor Wyatts permanent beleidigten Blicken und ihrer Abneigung gegen ihn, die sich jeden Tag mehr zu Hass auswächst.

Phoebe nimmt einen großen Schluck von ihrem lauwarmen Kaffee und beginnt, diesen Gedanken in ihrem Kopf hin- und herzubewegen wie ein Archäologe, der möglicherweise auf einen seltenen Fund gestoßen ist, der anfänglich nur wie versteinerter Müll ausgesehen hat.

Rein technisch gesehen kann sie es schaffen. Sie hat die finanzielle Unabhängigkeit, sie muss keinem Arbeitgeber Rede und Antwort stehen. Sie hat keine Familie, die sie vermissen würde. Wyatt wäre wahrscheinlich erleichtert, wenn er ein weiteres unangenehmes Gespräch wie das vermeiden könnte, das sie über die Adoption eines Kindes geführt haben.

Es gibt allerdings ein paar Nachteile, die sie nicht ignorieren kann. Wenn sie geht, wird dies das Problem mit der Erpresserin nicht lösen, die sich vielleicht entscheidet, aus purer Bosheit die Bombe platzen zu lassen, nur weil Phoebe sich davongemacht hat, ohne auf ihre Forderungen einzugehen. Andererseits würde diese Bombe in einem alten, längst abgelegten Leben platzen. Wenn Bilder oder Klatschnachrichten über die Tochter des inzwischen berühmt-berüchtigten Daniel Noble im Internet auftauchten, während Phoebe irgendwo im Westen am Strand lag, würde sie das überhaupt mitbekommen? Was, wenn sie auf einem völlig anderen Kontinent wäre? Ihr Pass ist zwar ordentlich verstaubt, aber noch ein paar Jahre gültig.

Großer Gott, hörst du dir eigentlich selbst zu? Du ziehst das ernsthaft in Betracht? Hast du auch nur einmal darüber nachgedacht, was du damit Jake antun würdest?

Ja, sie kann nicht ignorieren, dass es ihn verletzen würde. Aber wenn sie fort wäre, hätte er keine Entschuldigung mehr, Stanford aufzugeben. Und wenn die Erpresserin das Geheimnis lüftete und Vicki und Ron von der verbotenen Affäre ihres Sohnes mit der Frau von nebenan erführen, könnte Phoebes selbst auferlegtes Exil es ihnen zumindest erleichtern, den Schock zu verarbeiten. Und Wyatt genauso, übrigens. Auf lange Sicht würde es allen besser gehen.

Sie versucht, weitere Gegenbeweise zusammenzutragen, die sie zum Hierbleiben drängen. *Deine Probleme werden dir nur folgen. Du lebst schon dein ganzes Leben am Nordufer des Lake Michigan. Was anderes kennst du gar nicht. Diese Reaktion ist übertrieben. Nur Feiglinge rennen weg.* Nichts davon kommt jedoch gegen die Lautstärke der Stimme an, die ihr zubrüllt, sie solle gehen. Wegrennen, das kommt nur den Leuten irrational vor, die nicht die ganze Geschichte kennen, und diese Leute spielen keine Rolle. Sie ist ihnen keine Antwort schuldig. Sie ist niemandem eine Antwort schuldig. Sie hat schon immer die Freiheit, das alles zu tun, und nun auch die Motivation dazu.

Doch Jake geht ihr nicht aus dem Kopf, seine Liebeserklärung ist noch so frisch. Es ist schnöde, zu glauben, dass er, nur weil er jung ist, diesen Herzschmerz schon überwinden wird. Er hat eine ältere Seele als viele, und er ist feinfühlig; das hat sie ja überhaupt zu ihm hingezogen. Diesen Teil von ihm würde sie zerstören. Nachdem die anfängliche Trauer überwunden wäre, würde er bitter und misstrauisch zurückbleiben.

Das muss nicht so sein. Sie hat die Gelegenheit, die Dinge im Guten zu beenden, ihm einen anständigen Abschied zu schenken. Und wenn sie wirklich ehrlich zu sich ist, so braucht sie den genauso. Sie ist bereit, alle Brücken hinter sich zu verbrennen, die sie mit diesem Ort hier verbinden, ihm jedoch will sie das nicht antun.

Sie schaut auf die Uhr und ist schockiert, dass es erst halb drei ist. In den wenigen Stunden ist eine Menge passiert. Beinahe zu viel, aber sie kann sich nicht erinnern, wann sie zum letzten Mal so viel Klarheit und Optimismus empfunden hat.

Jetzt muss sie nur entscheiden, wohin sie gehen will. Vielleicht nach Kalifornien? Lieber nicht. Das ist zu nah an ihrem Zuhause, zumindest gefühlsmäßig. Es ist zu leicht, sich dort den Träumen hinzugeben, dass sie eines Tages doch einmal Jake über den Weg laufen könnte. New York ist ein guter Ort, da kann man sich verlieren, doch diese Stadt ähnelt Chicago zu sehr, es würde sich also nicht unbedingt wie eine Veränderung anfühlen. London dagegen liebt sie schon immer. Und wenn sie einen Neuanfang machen will, warum dann nicht gleich jenseits des Ozeans? Zumindest fürs Erste. Sie würde ein paar Wochen in der Stadt bleiben, maximal einen Monat, und dann weiterziehen. Die Welt ist riesig. Was hindert sie daran, sich alles anzusehen?

Sie holt tief Luft, nimmt ihr Telefon zur Hand und schickt Jake eine SMS: *Kannst du wieder rüberkommen? Wir müssen reden.* Jetzt macht sie es schon genauso, verabredet sich zu einem schwierigen persönlichen Gespräch. Hoffentlich geht es gut aus.

Keine zehn Sekunden später antwortet er: *Bin sofort da.*

Sie tigert auf und ab, während sie wartet, und hat Schmetterlinge im Bauch. Sie probt verschiedene Versionen des Abschieds, alle viel zu melodramatisch für ihren Geschmack. Es wäre einfacher gewesen, ihm stattdessen einen Brief zu schreiben, genauso wie sie es bei Wyatt vorhat. Heiklen Dingen aus dem Weg gehen. Es ist noch nicht zu spät, das in Erwägung zu ziehen.

»Feigling«, murmelt sie vor sich hin, als gerade die Verandatür aufgeht. Jake kommt lächelnd herein.

»Ich hätte nicht gedacht, dass ich dich so schnell wiedersehen würde«, sagt er, beugt sich zu ihr herunter, um sie zu küssen.

Ehe sich ihre Lippen berühren, platzt sie heraus: »Ich gehe weg von hier.« Hätte sie nur einen Augenblick gezögert und sich von ihm küssen lassen, so hätte sie sich völlig der Atmosphäre hingegeben, die sie stets zusammen schaffen.

Er stutzt und richtet sich auf, nun ein Stirnrunzeln statt des Lächelns auf dem Gesicht. »Echt?«

»Ja.«

»Für wie lange?«

Jetzt wird es schwierig. »Für immer.«

»Okay. Wow.« Er fährt sich mit den Händen durchs Haar und geht ein paar Sekunden auf und ab, ehe er stehen bleibt, weil ihm wahrscheinlich aufgefallen ist, wie sehr er dabei seinem Vater ähnelt.

Phoebe kramt verzweifelt nach etwas, das sie sagen kann und das nicht lahm klingt. *Es ist besser so.* Stöhn. *Ich werde dich nie vergessen.* Würg. Schließlich entscheidet sie sich für: »Es tut mir leid. Ich weiß, das tut weh.« Auch nicht viel besser.

»Warum machst du das so plötzlich? Es hat was mit meinem Dad zu tun, nicht wahr? Er kommt hier rüber, und jetzt … jetzt gehst du einfach?« Während des Sprechens wird seine Stimme lauter, und die Falten auf seiner Stirn vertiefen sich.

Sie könnte ihre Gründe erläutern, aber Jake soll ohne Zweifel und Paranoia im Kopf nach Hause zurückkehren, sonst kann er nie mit seinem Leben weitermachen. »Nachdem du gegangen warst, hatte ich eine Art Erleuchtung. All dieses Reden darüber, dass du zur Uni gehen und dein Leben leben sollst, hat mich dazu gezwungen, mir mein eigenes Leben mal genauer anzuschauen und zu überlegen, wo es überall schiefgelaufen ist. Ich hätte das ehrlich gesagt schon vor langer Zeit tun sollen. Sogar vor dem Tod meines Vaters sind die Dinge irgendwie zum Stillstand gekommen, und mir ist klar geworden, dass es nicht besser wird, wenn ich nicht bald was unternehme.«

Er steht mit verschränkten Armen da, die Augen starr auf den Boden gerichtet, schweigend. Doch Phoebe kann sehen, wie sich die Rädchen in seinem Kopf drehen. Er hört zu. Zumindest hofft sie das.

Sie legt ihm die Hand auf die Schulter. »Wenn überhaupt, dann würde ich sagen, dass meine Entscheidung mit dir zu tun hat, Jake. Während unserer gemeinsamen Zeit hast du mir das Gefühl vermittelt, dass ich mehr schaffen kann. Und daran musst du dich immer erinnern, denn ich kann dir sagen, in fünfzehn Jahren stellst du wahrscheinlich genauso fest, dass du irgendwie feststeckst, und ich möchte, dass du weißt, dass es eigentlich immer einen Ausweg gibt.«

»Ich glaube nicht, dass ich je denken würde, ich stecke fest, wenn ich mit dir zusammen bin.«

Sie schließt die Augen und seufzt. Warum müssen junge Leute bloß immer so idealistisch sein? »Jake, bitte hör auf. Das macht die Sache nicht leichter.«

»Ich meine es ernst, Phoebe. Lass mich mitkommen.«

Sie starrt ihn an, und ihr Mund steht offen. Er sagt, er meine es ernst, aber stimmt das wirklich? Und hat ihre Unfähigkeit, diese schreckliche Idee sofort und mit Bestimmtheit zurückzuweisen, etwas zu bedeuten? *O Gott, Phoebe, nein. Du hast doch gerade solide Argumente dafür zusammengetragen, dass du weggehst. Mit Jake durchzubrennen, das würde den Zweck völlig verfehlen, es gäbe keinen Neuanfang.* Ja. Es würde die Flammen, die aus ihren verbrannten Brücken hochschlugen, zu einer atomaren Pilzwolke auflodern lassen.

Endlich bringt sie den Willen auf, den Kopf zu schütteln, in der Hoffnung, das würde ausreichen, um das Licht des gesunden Menschenverstandes wieder durchschimmern zu lassen. »Ich würde es mir nie verzeihen, und irgendwie weiß ich, dass es auch an dir nagen würde.«

»Das würde es nicht, glaub mir. Mit dir zusammen zu sein, ganz egal wo, das ist das Einzige, was mich glücklich machen würde. Und du wärst auch glücklich!«

»Was habe ich dir neulich über Glück erzählt?«

»Okay, ich kapiere, was du damit meinst. Ich weiß, dass es kein permanenter Zustand ist. Und ich bin bereit, die Möglichkeit zu akzeptieren, dass du und ich irgendwann einmal feststellen, dass wir zu verschieden sind, und getrennter Wege gehen. Aber das bedeutet nicht, dass ich das aufgeben sollte, was ich gerade jetzt fühle, denn die Zukunft kennen wir nicht. Ich möchte, dass du ans Jetzt glaubst. Und Probleme, die sich uns in den Weg stellen, gehen wir dann an, wenn sie kommen.«

»Deine Mutter ...« In ihr steigt die Erinnerung an die in der Konditorei schluchzende Vicki hoch. Phoebe verschließt die Augen davor, als könnte das helfen.

»Meine Mutter muss endlich aufhören, sich so sehr darauf zu verlassen, dass andere Leute ihr Leben besser machen. Das ist schon immer ihr Problem. Und ich sage dir eins: Du nimmst wahrscheinlich sehr viel mehr Rücksicht auf ihre Gefühle als sie auf deine. Oder meine.«

»Ihr liegt sehr viel an deiner Zukunft. Du hast wirklich hart gearbeitet, um in Stanford angenommen zu werden.«

Er schüttelt den Kopf. »Nein, sie hat mich hart zur Arbeit angetrieben, damit ich in Stanford angenommen werde. Das ist ein feiner Unterschied.«

Phoebe zieht eine Augenbraue in die Höhe. »Ich scheine mich aber daran zu erinnern, dass du mir am ersten Tag, als wir uns kennengelernt haben, erzählt hast, du wolltest Staatsanwalt werden.«

Er bringt ein kleines Grinsen zustande. »Nein, es war Strafverteidiger. Aber das kann man nicht nur über Stanford erreichen, falls ich mich entscheide, dass ich das noch tun will, nachdem ich ein wenig gelebt und mir die Welt angesehen habe. Mit dir.«

Sie müsste das schleunigst unterbinden, stattdessen arbeitet sie mit ihrer ganzen Kraft daran, diese Idee am Leben zu halten. Und außerdem: Sollte Jake nicht die Gelegenheit haben, seine Entscheidungen selbst zu treffen und aus seinen Fehlern zu lernen? Im Augenblick fühlen sich ihre heimlichen Schäferstündchen sexy an, besonders weil sie ein Geheimnis sind. Wohl kaum jemand kann dem Reiz des Gedankens widerstehen, sich mit einem verbotenen Liebhaber an einen Ort in weiter Ferne fortzustehlen. Doch wenn es nicht mehr ihr sexy Geheimnis ist, wenn nach ihrem Fortgehen die Wahrheit ans Tageslicht gezerrt wird, werden sie wohl erkennen, dass das Ganze schon immer ein egoistischer, geschmackloser Betrug war, und der Leim, der sie im Augenblick zusammenhält, wird sich höchstwahrscheinlich auflösen. Jake wird nach Hause zurückkehren, und Vicki wird ihren Jungen mit offenen Armen empfangen. Das Leben wird weitergehen.

Etwas anderes fällt ihr ein. Wenn sie Jake mitnimmt, würde das im Grunde ihrer Erpresserin den Wind aus den Segeln nehmen. Denn die baut darauf, dass Phoebe bereit ist, jeden Preis zu zahlen, um ihre Affäre unter Verschluss zu halten. Nun, sobald sie gemeinsam fort wären, wäre es kein Geheimnis mehr. Manch einer würde das einen Pyrrhussieg nennen, doch sie kann jetzt nicht wählerisch sein. »Hast du einen Pass?«, fragt sie, und fühlt sich gleichzeitig schmuddelig und höchst aufgekratzt.

»Ja.« Auf seinem Gesicht erscheint das sonnigste Lächeln, das sie je gesehen hat, und er zieht sie in einen langen Kuss. Als sie sich endlich wieder voneinander lösen, sagt er: »Du macht mich so glücklich. Du hast ja keine Ahnung!«

Sie wünschte, sie fühlte sich so aufgeregt wie vorhin; doch nun windet sich ein neuer misstönender Faden durch ihre Eingeweide. Sie nimmt an, dass es nur die Nerven sind. Die beruhigen sich schon wieder, sobald sie in der Luft sind, und wenn sie erst in Heathrow landen, ist sie bestimmt froh, dass er bei ihr ist. »Ich habe noch viel zu packen und zu planen, du solltest dich auf den Weg nach Hause machen und auch deine Sachen vorbereiten. Ich schreibe dir eine SMS, wenn am Morgen die Luft rein ist, damit du herkommen kannst. Ich möchte so früh wie möglich hier weg.«

Er runzelt die Stirn. »Du willst morgen weg? So schnell?«

Noch nie hat sie sich mehr wie ein Flüchtling gefühlt. »Ich weiß. Aber ich bin ziemlich sicher, wenn ich den Absprung jetzt nicht schaffe, mache ich es wahrscheinlich nie. Ich erwarte nicht, dass das für dich einen Sinn ergibt.«

Er küsst sie auf die Stirn. »Ich verstehe schon. Und ich bin bereit, mit dir zu springen.«

Sie stößt einen kleinen erleichterten Seufzer aus. »Okay. Gut. Hoffe ich.«

»Nein, ist schon gut. Wohin geht es also?«

»Ich hoffe, du magst Fish & Chips.«

Sein Gesicht strahlt. »London?«

Sie nickt. Ihr Lächeln kommt ihr ziemlich natürlich vor.

»Ganz genau, alter Knabe. Und jetzt los. Ich schick dir eine Nachricht, wenn ich die Reservierungen gemacht habe.«

Sie umarmen sich noch einmal, bevor er geht. »Ich liebe dich, Phoebe.«

Bei diesen Worten kribbelt ihre Haut, doch sie spürt hauptsächlich ihre Nervosität. »Ich liebe dich auch«, sagt sie. Vielleicht meint sie es sogar.

Sie geht nach oben zu der Schublade mit ihrer Unterwäsche, wo sie ihren Pass und einen Umschlag mit ein paar Tausend Dollar aufbewahrt, den sie früher im Scherz als *Apocalypse Cash* bezeichnet hat. Jetzt kommt es ihr nicht mehr so sehr wie ein Witz vor, zumindest auf ihrer persönlichen Ebene. Sie zieht in Erwägung, noch mehr Bargeld von der Bank abzuheben, besser noch Reiseschecks. Das ist sogar noch altmodischer als ihr in Leder gebundenes Scheckbuch mit seinen Katzenprinzessinnen, doch man kann leichter völlig verschwinden, wenn man keine digitale Spur hinterlässt. So denken Kriminelle, und sie mag es gar nicht, dass sie die Sache so sehen muss, doch sie kann die Möglichkeit nicht ausschließen, dass Vicki oder Ron sich die Mühe macht, ihnen nachzuspüren, um ihren Sohn nach Hause zu holen.

Sie holt eine kleine Tasche aus dem Ankleidezimmer. Es scheint vernünftig, nur Handgepäck mitzunehmen. Sobald sie irgendwo angekommen sind, kann sie alles kaufen, was sie braucht. Als ihr Blick auf die ungeheure Menge von Kleidungsstücken fällt, die sie im Laufe der Jahre angesammelt hat, die meisten so teuer, dass sie für manche Leute mehrere Monatsmieten bedeutet hätten, wird ihr klar, dass sie nichts davon vermissen wird.

KAPITEL 11

Sie schüttet Müsli in eine Schüssel und tappt mit dem Fuß im stetigen, vorhersehbaren Takt eines Tages, der alles andere als stetig und vorhersehbar sein wird. Heute Morgen ist kein Platz für neue Riffs. Wyatt muss um zehn Minuten vor acht wie immer in die Küche spazieren, sich Kaffee in seinen Lieblings-Thermobecher füllen und ohne Diskussion verschwinden. Sie hat noch ein paar Dinge zu erledigen, doch zumindest ist die Tasche gepackt und wartet im Ankleidezimmer oben. Sobald Wyatt auf dem Weg zur Arbeit ist, schickt sie Jake eine SMS, und sie fahren zusammen zum Flughafen. Sie hat in Erwägung gezogen, ein Limousine zu bestellen, doch sie will es nicht riskieren, dass Vicki sieht, wie sie beide hinten in ein fremdes Auto einsteigen. Eine Szene würde ihr jetzt gerade noch fehlen. Wenn Wyatt jetzt bloß endlich in die Gänge käme ...

Gestern hat sie zwei Plätze in der ersten Klasse für einen Nonstop-Flug nach London gebucht, der um ein Uhr geht. Wenn Wyatt heute Abend nach Hause kommt, sind Jake und sie schon über dem Nordatlantik, haben das Chaos hinter sich gelassen, und vor ihnen erstreckt sich das weite Unbekannte. Über Nacht hat sich die Furcht in ihren Eingeweiden in eine eher freundliche Vorfreude verwandelt. Seit ihrer Teenagerzeit ist sie nicht mehr in London gewesen. Jake war noch nie dort. Es wird Spaß machen, ihn dabei zu beobachten, wie er voller Staunen auf die großartige Architektur und die Doppeldeckerbusse starrt, oder mit ihm Hand in Hand durch die Straßen zu spazieren, obwohl sie vom Alter her nicht unbedingt gut zusammenpassen.

Spät gestern Abend hat sie angefangen, eine E-Mail an

Wyatt zu schreiben, die sie gleich auch beenden will. Er würde jede Entschuldigung nur hohl und herablassend finden, und an seiner Vergebung liegt ihr nicht sonderlich viel. Sie will nur, dass die Trennung schnell und sauber vonstattengeht.

Sie überlegt, ob sie auch für Vicki ein Nachricht verfassen soll, doch ihr fällt rein gar nichts ein, was sie darin sagen sollte. Keine Worte von Phoebe könnten den Schmerz dieser Frau lindern. Das kann nur die Zeit, und selbst dann ist wohl zu erwarten, dass Vicki sie ihr Leben lang hassen wird. Phoebe kann sich keine freundschaftlichen Treffen oder gemeinsamen Weihnachtsfeste vorstellen. Am besten denkt sie ab jetzt überhaupt nicht mehr an die älteren Napiers, wenn sie die stählernen Nerven behalten will, die sie braucht, um das hier durchzustehen. Sie schaut noch einmal auf die Uhr.

Es ist jetzt zehn nach acht. Aber Wyatt sitzt immer noch draußen beim Pool, eine normale Henkeltasse in der Hand, als hätte er den Tag frei, was nicht der Fall ist. Das weiß sie. Er hat Termine. Sie hat in seinem Kalender nachgeschaut. Was ist los?

Sie vermutet, dass sie die Antwort kennt. Er käut den gestrigen Abend wieder. Das hat sie jetzt davon, dass sie ihm ein Abendessen gekocht hat, als freundliche Abschiedsgeste, obwohl er sie natürlich nicht als solche erkannt hatte. Doch ein Abend mit Hühnchen in Marsala und höflicher Konversation hat ihm nicht gereicht. Er musste sich unbedingt betrinken und versuchen, noch ein kleines Dessert zu ergattern. Sie gestand ihm einen kurzen, unbeholfenen Kuss zu, ehe sie ihm sagte, es sei spät und sie bräuchte ihren Schlaf. *Ich habe morgen einen langen Tag vor mir*, hätte sie beinahe gesagt, gerade noch konnte sie sich bremsen. Doch der Bourbon hatte ihn so verwegen gemacht, dass er es noch einmal versuchte. Er schmiegte sich an ihren Hals, knabberte an ihrem Ohr. Früher hatte es mal eine Zeit gegeben, als ihr bei diesen Gesten die herrlichsten Schauer über den Körper liefen, doch nun unterstrichen sie nur, wie weit sie sich von Wyatts Umlaufbahn entfernt hat. Nachdem sie ihn erneut, diesmal mit Bestimmtheit, zurückgewiesen hatte, bettelte er: »Komm schon, Phoebe. Du fehlst mir. Fehlt dir denn das hier nicht?« Seine Hand wanderte hinunter zur Rundung einer ihrer Brüste, und er begann sie zu drücken. Sie stieß die Hand grob weg, unfähig, ihren Widerwillen zu verbergen.

»Geh ins Bett, Wyatt. Du bist betrunken.«

Er funkelte sie wütend an. »Genau wie du meistens. Wieso hast du dir überhaupt so viel Mühe mit allem hier gemacht?«

»Die Frage stelle ich mir auch gerade«, antwortete sie. Er trottete in sein Zimmer und verbrachte den Rest des Abends damit, seine Wut mit dem Rest des Bourbon und seinem ach so kostbaren Jazz zu pflegen. Bis gerade eben hat sie ihn nicht gesehen. Wahrscheinlich hat er einen Kater. An jedem anderen Morgen würde sie das einfach auf sich beruhen lassen, doch für Drama ist heute keine Zeit.

Sie überlegt, wie sie ihn aus der Tür komplimentieren kann, als er wieder ins Haus kommt. Sein Gesicht ist ein wenig blass, und er hat sich nicht die Mühe gemacht, sich zu rasieren. Der Alkohol hat ihm wirklich übel zugesetzt. In vieler Hinsicht sieht er dem Ron von gestern ziemlich ähnlich. Zumindest ist er für die Arbeit gekleidet, und er muss ja nur die Gedanken seiner Patienten lesen, nicht an ihren Gehirnen und ihrem Rückenmark herumschnippeln. »Ich hatte erwartet, du wärst schon vor fünfzehn Minuten gegangen«, sagt sie.

Er wendet sich zu ihr und starrt sie an. »Unsere Ehe ist am Ende. Sag's einfach.«

Sie sackt in sich zusammen. Natürlich muss er jetzt dieses Gespräch führen, ausgerechnet heute Morgen. Es ist beinahe, als wüsste er, dass er sie aufhalten muss. »Ich bin jetzt wirklich nicht in der Stimmung dafür.«

»Zu schade. Aber du kannst nicht immer die Bedingungen diktieren.«

Unwillkürlich zuckt sie ein wenig zusammen. Hatte Jake am Tag ihres großen Streits nicht etwas sehr Ähnliches zu ihr gesagt? »Gut. Unsere Ehe ist am Ende. Ich hab's gesagt. Zufrieden?«

Er blinzelt und schüttelt dann den Kopf. »Das war's dann also? Zehn Jahre Ehe, und du beendest das, indem du mich verspottest? Mehr bin ich dir nicht wert?«

»Großer Gott, Wyatt! Was soll ich denn sonst noch sagen?«

»Ich will wissen, warum du über Nacht angefangen hast, mich zu hassen. Was habe ich dir getan? Ich habe dich geliebt. Ich war treu.«

Ihre Ungeduld wächst. Jetzt ist keine Zeit dafür, und selbst wenn Zeit wäre, sieht sie nicht ein, warum man eine Wunde noch einmal aufreißen soll, nur damit sie noch ein bisschen weiterblutet. Doch es sieht nicht so aus, als ginge er irgendwohin, und wenn sie ihn in den nächsten paar Minuten loswerden will, bleibt ihr keine Wahl, als ihm den Streit zu bieten, auf den er aus ist.

»Ich war für dich nichts als eine Gebärmaschine.«

»Wie bitte?!« Jetzt flackert das Feuer in seinen Augen auf. Das lässt nie lange auf sich warten, wenn das Gespräch auf das Thema Schwangerschaft kommt.

»Hat es dich je gekümmert, was das mit mir gemacht hat? Wie viele Fehlgeburten wären noch nötig gewesen, bis du es endlich kapierst, Wyatt?«

»Natürlich hat es mich gekümmert!«

»Ja, so sehr, dass du mir zugeschaut hast, wie ich vier erfolglose In-vitro-Zyklen durchlitten habe, ohne auch nur einmal vorzuschlagen, dass wir die Sache auf sich beruhen lassen. Du würdest wahrscheinlich jetzt noch in einen Becher abspritzen, wenn ich nichts gesagt hätte.«

»Was hast du denn von mir erwartet? Dass ich deine Gedanken lese?«

»Nein! Ich habe erwartet, dass du mich *siehst*! Wie konnte das für dich nicht völlig offensichtlich sein, ausgerechnet für dich, den großen Psychologen, dass ich kurz vor dem Zusammenbruch stand und Hilfe brauchte?«

Er schüttelt den Kopf. »Das ist wieder mal typisch, dass du die Verantwortung auf andere abwälzen willst. Du bestehst darauf, ganz unabhängig zu sein, aber nur wenn es dir passt.«

»Und es ist genauso typisch, dass du erst wartest, bis ich ausflippe, damit du nie irgendwelche schwierigen Dinge tun musst.«

»Oh, ich habe also nie was für dich getan? Unglaublich!«

Sie steht auf. »Liege ich denn so falsch? Was genau hast du in die Ehe eingebracht?«

»Da haben wir's. Da ist Daniels Tochter. Ich wusste, früher oder später geht es ums Geld.«

»Hier geht es nicht ums Geld! Es geht um emotionale Unterstützung und deine Unfähigkeit, sie mir zu geben.«

Er verdreht die Augen. »Ach ja. Rede dir das nur ein, Prinzesschen.«

Er wendet sich von ihr ab, signalisiert damit, dass er fertig ist. Sie sollte sich erleichtert fühlen, doch jetzt ist sie zu aufgebracht. Er soll keinen Sieg beanspruchen, der auf der irrigen Annahme beruht, dass der Ruin ihrer Ehe irgendwas mit seinem Mangel an Reichtümern zu tun hat. Das ist nur wieder eine seiner Methoden, sich zum Opfer zu machen, und sie weigert sich, ihm das durchgehen zu lassen. »Vielen Dank, dass du bewiesen hast, wie recht ich hatte. Erst stachelst du mich dazu an, dir zu sagen, wie ich mich wirklich fühle, und wenn ich es dann mache, bist du fertig.«

Er fährt zu ihr herum. »Ganz genau, Phoebe. Ich bin fertig mit allem hier. Überrascht dich das tatsächlich? Das hast du doch eindeutig so gewollt.«

»Dich hat die Wahrheit doch nie interessiert. Du warst nur auf Lob aus. Du tust so, als wärst du einer von den Guten, dabei bist du nichts als ein charakterloser Schwindler.«

Seine Augen verengen sich, während seine Wangen puterrot werden. Die Hand, die seinen Kaffeebecher umklammert, zittert, die Knöchel sind weiß. »Wie hast du mich gerade genannt?«

Sie richtet sich zu seiner Höhe auf, stark und trotzig. Jetzt ist der Drache in ihm aufgewacht, aber sie fürchtet sich nicht. Sie ist feuerfest, und sie hat Flügel auf dem Rücken. Schon bald wird sie abheben, und ihretwegen kann er sich und dieses Gefängnis gern niederbrennen. Phoebe Miller wohnt hier nicht mehr.

TEIL 2

DIE ANDERE MRS. MILLER

KAPITEL 12

Irgendwo klingelt ein Telefon, doch Nadia bemerkt es kaum. Innerlich hat sie nicht zu schreien aufgehört, seit sie hier angekommen ist. Der rohe, beinahe fleischige Gestank des Blutes im Zimmer erinnert sie an das Schlachthaus auf der Farm. Jetzt klammert sie sich an diese Erinnerung, starrt auf Phoebes leblosen Körper, hofft, dass das ausreichen wird, damit sie nicht völlig die Fassung verliert. Und während sie gegen eine Schockwelle nach der anderen ankämpft, wird ihr klar, dass sie nach allem, was an diesem Morgen schon passiert ist, beinahe erwartet hat, so etwas vorzufinden.

Phoebes Ehemann ist heute früh im Höllentempo rückwärts aus der Garage gefahren, hat dabei mit der Stoßstange seines Audi den Pfosten des Briefkastens gerammt und wäre fast mit Nadias Auto zusammengestoßen, das sie heute Morgen ein wenig näher an der Einfahrt geparkt hat, während sie den richtigen Augenblick abwartete. Dann blieb er stehen und stieg aus, fuchtelte wild mit den Armen und näherte sich ihrer zum Glück verriegelten Fahrertür. »Du! Hau ab aus meiner Straße! Du gehst uns schon lange genug auf die Nerven! Ich rufe die Polizei!« Nachdem er vergeblich versucht hatte, ihre Tür aufzureißen, hat er stattdessen zum Nachdruck mit der Faust gegen ihr Fenster gedonnert.

Und er hatte Blut an der Hand. Er hinterließ Schmierflecken. Doch wenige Minuten zuvor hatte sich der Himmel geöffnet, und der Sturzregen wusch nun alles rasch herunter. Wegen der innen beschlagenen Fenster waren zum Glück ihre beiden Gesichter nur verschwommen zu erkennen, doch selbst im Dunst konnte sie das Weiße in seinen Augen sehen, die vor Wut hell blitzten.

Dann ist sie voller Panik ohne ein bestimmtes Ziel davongerast, während in ihren Gedanken die Fragen nur so schwirrten. Was war da eben geschehen? War es wegen ihrer Nachricht oder wegen etwas anderem? Was sollte sie jetzt machen?

Schließlich ist sie in Richtung Süden gefahren, dann auf der I-90 nach Westen. Der Regenguss hörte auf, als sie gerade die grellweißen Türme von Medieval Times weit draußen in Schaumburg erblickte. Die Sonne brachte ihr etwas Mut und klaren Verstand zurück, gerade genug, um sie dazu zu bringen, bei ihrem ursprünglichen Plan zu bleiben und zurückzufahren. Wenn sie das nicht machte, blieb ihr nur eins: abzuhauen, mit nichts als dem, was sie jetzt am Leib trug, und gerade genug Geld für ein paar Tankfüllungen und ein bisschen was zu essen, vorausgesetzt, es ging nicht noch was schief. Außerdem sorgte sie sich, dass dort eben etwas passiert war. Wie recht sie gehabt hatte.

Das Telefon hört auf zu klingeln, und die Stille dringt wieder herein, um die Leere zu füllen, sperrt sie in ein Gewölbe voller neuer und alter Alpträume ein. Dies ist ganz anders als die Szene mit Jesse Bachmann, wo die Beleuchtung im Lagerraum so dämmrig war, dass das Blut eher wie Erdöl aussah. Im Gegensatz dazu kann es sich im strahlend hellen Licht der Miller-Küche nirgends verbergen. Es schreit nach Aufmerksamkeit. Da sind offensichtliche Anzeichen für einen Kampf. Zerbrochenes Geschirr, umgeworfene Stühle, verschütteter Kaffee auf dem Boden neben der großen Kücheninsel, ein Topf mit Küchenutensilien, der auf der Arbeitsfläche umgekippt ist.

Neben der Kaffeepfütze liegt Phoebe ausgestreckt in einer großen Blutlache, die sich aus zwei getrennten Wunden zu speisen scheint: einer an der Schläfe und einer in der Brust.

Ein Schleier senkt sich über Nadias Gedanken, während sie versucht, sich zusammenzureimen, was hier geschehen ist. Ein Streit, das ist offensichtlich. Dann wurden die Waffen gezückt. Ein stumpfer Gegenstand für den Kopf, ein Messer für die Brust.

Nadia sucht nach einem Messerblock, findet einen auf der Kücheninsel. Der oberste Schlitz in der Mitte ist leer, derjenige, der für das größte Messer der Sammlung reserviert ist. Das hätte ganz entschieden gereicht. Als Nächstes erblickt sie einen Klecks Dunkelrot auf der am nächsten liegenden Ecke der weißen Quarz-Arbeitsplatte. Vielleicht ist Phoebe mitten in der Rauferei ausgerutscht und hat sich dort den Kopf angeschlagen. Sie ist zu Boden gegangen, und dann hat der Angreifer sie endgültig erledigt. So wie der Körper liegt, ist die Wunde an der richtigen Stelle an ihrem Kopf. Nadia würde wetten, wenn sie Phoebes nackte Fußsohlen überprüfte, würde sie Kaffee daran finden.

Sie schaut an sich herunter. Rot an den Händen, denn sie ist in der Blutlache ausgerutscht und musste sich abstützen; Schmierflecken vorne an ihrem Hemd, wo sie die Hände abgewischt hat; mehr Blut an ihren Beinen, besonders an den Knien, wo sie sich neben Phoebes Körper gekauert hat, um herauszufinden, ob sie noch zu retten war, als wäre all das Blut kein sicheres Anzeichen dafür, was für eine Zeitverschwendung jeder Rettungsversuch gewesen wäre. Stattdessen hat sie Phoebe die weit aufgerissenen Augen zugedrückt. Es war verstörend, wie viel Anstrengung dafür nötig war, doch es wäre viel schlimmer gewesen, wenn die Augen offen geblieben wären und sie angestarrt hätten. Es kam ihr auch so vor, als wäre es das einzige Anständige, was sie im Augenblick tun konnte.

Das Blut auf dem Boden beginnt bereits zu gerinnen, am Rand der Lache zeigt sich gelbliches Plasma. Nadias Magen meldet sich. Sie taumelt von der Leiche fort, rutscht im Blut aus und fällt beinahe hin. Wo ist das Badezimmer? Sie hat in den Archiven der Stadt den Grundriss dieses Hauses genau wie den vieler anderer Häuser gründlich studiert. Das gehört zu ihrem Hobby. Doch im Augenblick könnte sie sich ebenso gut in einem Labyrinth befinden. Als sie links um die erste Ecke biegt, landet sie in einem steifen Wohnzimmer, das wahrscheinlich nie benutzt wird. Sie geht an der anderen Seite aus dem Zimmer, wieder links und kommt in einem dunklen, höhlenartigen Esszimmer an, wo ein riesiger Tisch die gesamte Länge einnimmt. Geradeaus ist der Eingang, und schon ist sie wieder im Hauptflur. Nun hat sie die Wahl zwischen verschiedenen Türen, von denen eine einfach in ein Badezimmer führen muss. Erste links. Nein, das ist ein Besenschrank. Scheiße. Erste rechts, Volltreffer.

Das Telefon beginnt erneut zu klingeln, als sie das Licht anknipst. In jeder anderen Situation würde diese Reihung von Glockentönen in ihren Ohren fröhlich klingen, doch nun ist sie so grässlich fehl am Platz wie ein Kichern auf einer Beerdigung. Sie muss dieses Telefon unbedingt finden und herauskriegen, wer da anruft, aber momentan ist sie zu sehr damit beschäftigt, bloß nicht die Toilette zu verfehlen. Es brennt ihr schon im Hals, als sie die Brille hochhebt. Unsichtbare Hände wringen ihr die Eingeweide aus wie ein nasses Handtuch, erst als das Telefon wieder verstummt, lässt die Qual allmählich nach. Rote Schmierer verunstalten die Toilettenschüssel, wo sie sie umklammert hat, und sie bemerkt vage, wie makellos sauber dieses Badezimmer ist, sogar der Boden hinter der Toilette. In all der Zeit, als sie das Haus beobachtet hat, konnte Nadia nie Anzeichen für eine Haushaltshilfe entdecken. Falls Phoebe eine solche Sauberkeitsfanatikerin war, wie muss sie da ihren sehr schmutzigen Tod gehasst haben.

Nadia spült die Toilette ab und ruht sich kurz auf den Knien aus. Ihr ist schwindelig von dieser schrecklichen Entwicklung der Ereignisse, diesem Gefühl des Verlusts. Sie hat so viel Zeit mit Warten und Beobachten verbracht, dabei all ihren Mut zusammengerafft, um sich Phoebe vorzustellen, und nun ist alles so schiefgelaufen, wie es nur geht. Ob sie es will oder nicht, Nadia kommt der Gedanke, dass sie dabei auch eine Rolle gespielt hat, indem sie diese Nachricht hinterließ, doch sicher wird sie das nie wissen. Und Phoebe wird sie auch nicht kennenlernen. Nicht so, wie sie es wollte, als sie den ganzen Weg nach Lake Forest kam, als ihre Gedanken hell strahlten und sie ein ihr völlig fremdes Gefühl verspürte: Hoffnung. Hätte sie sich doch nur früher vorgestellt, bevor Jesse Bachmann sie zu einem schäbigen, verzweifelten Erpressungsversuch zwang. Sie könnten stattdessen jetzt miteinander in der Küche sitzen, Kaffee trinken, Geschichten austauschen. Nun muss sie ganz von vorne anfangen und ihr bloßes Überleben planen.

Äh, falls du es nicht bemerkt haben solltest, Phoebe ist ermordet worden. Wenn du schlau bist, haust du hier ab, ehe der Ehemann zurückkommt, um diese Schweinerei aufzuputzen. Ein Mann, der seine Frau getötet hat, ist wahrscheinlich viel weniger zimperlich, wenn er vor einer Fremden steht, die gerade seine grässliche Tat entdeckt hat.

Sie sperrt sich gegen das bedrängte Tier in ihrem Hirn und steht wieder auf. »Immer ein Schlamassel nach dem anderen«, sagt sie sich. Dieses Mantra benutzt sie oft in schwierigen Umständen, wenn die Wände immer näher rücken: neulich abends nach Bachmann; vor drei Monaten, als sie zusah, wie ihre Mutter in den frühen Morgenstunden ihre letzten Atemzüge tat, während Jim, ihr Stiefvater, daneben in einem Sessel schlief und nichts mitbekam. Ein Schlamassel nach dem anderen. Die nächste Minute durchstehen. Dann erst über die folgende nachdenken.

»So, wie ich aussehe, kann ich nirgendwo hingehen«, sagt sie laut. Ja, hervorragende Beobachtung. Die Polizei hat sie bereits in einem Mordfall auf der Liste der Leute, die sie befragen will. Vielleicht wäre es dann eine gute Idee, Zeugen aus dem Weg zu gehen, solange sie mit Blut besudelt ist. *Erst Hände waschen, dann umziehen. Wenn er auftaucht, mach, was du immer gemacht hast, wenn du unvermutet an eine Weggabelung gelangt bist: improvisieren.*

Sie schrubbt sich die Hände unter Wasser, das so heiß ist, dass sie es kaum aushalten kann. Es ist harte Arbeit. In ihren Jahren auf der Farm hat sie gelernt, dass sich Blut nicht ohne Gegenwehr abwaschen lässt. Es hängt an den Kleidern und klebt an der Haut wie eine Anschuldigung, haftet an den Fingernägeln. Um es ganz richtig zu machen, bräuchte sie eine Bürste, hier behilft sie sich mit einem Handtuch, das sie unter dem Wasserhahn anfeuchtet. Als sie es auswringt, wird das Wasser sofort rosa. Schließlich ist sie zufrieden und trocknet sich mit dem anderen Handtuch auf dem Halter ab, wischt dann die Blutflecke fort, die sie auf der Toilette und dem Boden hinterlassen hat, merkt sich, dass sie diese Handtücher mitnehmen muss, wenn sie geht. Sie riskiert einen Blick in den Spiegel. Blasse Haut, gequälte, glasige Augen. Es ist ein Gesicht, das sie in letzter Zeit viel zu oft gesehen hat, das sie inzwischen beinahe als ihr Mordgesicht bezeichnen würde.

»Ich bin keine Mörderin«, sagt sie, doch ihre Stimme bebt vor mangelnder Überzeugung. Innerhalb einer Woche sind zwei Menschen ihretwegen tot. Sie könnte anführen, dass nicht sie das Messer in Phoebes Brust gestoßen hat, so wie sie es in Bachmanns Bein gestoßen hat, aber es lässt sich nicht leugnen, dass Phoebe noch lebte, als Nadia ihr diese kleine Nachricht zustellte, und selbst ihr fällt es schwer, an eine solche Reihung von Zufällen zu glauben. *Du hast den Ball ins Rollen gebracht, oder nicht, du dämliches Mädchen?* Das ist Jims Stimme. Er taucht immer nur auf, wenn sie sich wirklich überhaupt nicht leiden kann.

Sie schließt die Augen und atmet durch. Kleidung. Doch ehe sie einen weiteren Schritt unternimmt, tastet sie in der

Tasche nach ihrem getreuen Butterflymesser, nur für den Fall, dass ein gewisser Jemand beschließt, nach Hause zu kommen. Sie fühlt sich jetzt ein wenig sicherer damit. Sie weiß nun, dass sie es, wenn nötig, benutzen kann, doch hoffentlich wird es nicht so weit kommen. Kein Blut mehr. Bitte nicht.

Sie umfasst gerade den Handlauf der Treppe, da fliegt die Haustür auf, und Nadia erschrickt so sehr, dass sie das Messer fallen lässt. Hilflos schaut sie zu, wie es über die Bodenkacheln auf das Esszimmer zuschlittert, als ein Mann hereingestürmt kommt.

In ihrer aufkommenden Panik ist sich Nadia nicht sicher, ob dies der Ehemann, einer der Männer von nebenan oder irgendein anderer Mitspieler in diesem Drama ist, den sie noch nicht auf dem Schirm hat, aber es ist egal, denn ihre Eingeweide sind zu einem starren Block eingefroren. Sie ist wie auf der Stelle angewurzelt, und jede Spur von Vorwärtsimpuls, den sie noch vor wenigen Sekunden aufgebracht hat, ist verschwunden. Endlich sickert die Erkenntnis zu ihr durch, nicht nur wegen der Begegnung heute Morgen, sondern wegen Dutzender anderer Morgen, an denen sie dieses Gesicht gesehen hat, wie er in seinem glänzenden, schwarzen Audi an ihr vorüberfuhr. Er ist noch nass vom Regen, hat sich aber seither die Hand verbunden. Kleine Blutrosetten sind durch den Mull gesickert. Das muss ein schlimmer Schnitt sein.

Auch ihm dämmert langsam die Erkenntnis, von fassungsloser Bestürzung bis zum Entsetzen. *Das ist nicht meine Frau. Das ist eine Fremde. Diese Fremde ist mit Blut befleckt.*

»Wer zum Teufel bist du?«, fragt er.

KAPITEL 13

Anstatt der vielen schlauen Antworten, die ihr vor diesem Augenblick vielleicht eingefallen wären, bringt sie nur »Niemand« heraus. Bravo, Nadia. Bravo.

Sein Adamsapfel hüpft, als er schwer schluckt, während seine Augen von oben bis unten und wieder zurück über ihren Körper wandern. »Ist das Blut?«

»Du weißt ganz genau, dass es das ist.«

Die Farbe weicht ihm aus dem Gesicht. »Was hast du getan?«

Ehe sie antworten kann, rennt er über den Flur und ruft dabei Phoebes Namen. Nadia schnappt sich ihr Messer vom Boden und folgt ihm in einiger Entfernung, ist sich sicher, dass das alles nur Theater ist. Als er Phoebes Leiche sieht, erwartet sie, dass er nun ganz auf die weinerliche Nummer umschaltet, schreit und schluchzt, vielleicht sogar versucht, die Leiche mit grotesken und verfehlten Erste-Hilfe-Maßnahmen wiederzubeleben. Alles, um sein Publikum davon zu überzeugen, dass er nicht heute Morgen seine Frau umgebracht hat. Doch als sie schließlich die Küche betritt und sieht, wie er über Phoebes Leiche steht, verstreichen viele stumme Sekunden. Ein leichtes Beben in seinen Schultern verrät Schmerz, ebenso seine kränkliche Blässe, doch ansonsten ist er wie eine Statue.

»Ph-Phoebe?« Seine Stimme ist leise, beinahe zart. »O Gott...« Er schlägt die Hand vor den Mund.

Zum ersten Mal hat sie Zweifel an seiner Schuld. Seine Schockhaltung ist ihr zu vertraut. Standen sie und Jim nicht genauso mehrere Minuten lang über der Leiche ihrer Mutter, bevor klar war, dass sie wirklich fortgegangen war?

Nadia versuchte lange, sich an den letzten wachen Moment ihrer Mutter zu erinnern, an ihr letztes Wort, bevor sie ins Koma glitt. Es ist ihr immer noch nicht eingefallen, aber sie ist sich sicher, dass es ein ganz gewöhnliches Wort gewesen sein musste, das aus einem Hirn hochgeholt wurde, in dem all die Forderungen, die der Körper am Ende eines Lebens stellt, bereits einen Kurzschluss ausgelöst hatten.

Gerade eben denkt Phoebes Mann vielleicht an den letzten Augenblick, den er mit seiner Frau verbracht hat, ehe er fortstürmte, und versucht, ihn mit dem zu vereinbaren, was er jetzt sieht. Und es fällt ihm nichts ein. Wäre Nadia nicht immer noch halb davon überzeugt, dass er Phoebe umgebracht hat, so würde sie ihm sagen, dass nichts je einen Sinn ergibt. Im einen Augenblick pumpte Phoebes Herz noch Blut durch ihre Venen, knisterte ihr Hirn noch vor elektrischen Impulsen, barg unzählige Gedanken. Im nächsten ist sie leblos, all diese Gedanken, all diese Gehirnströme sind ausgelöscht. Wie kann etwas so Einfaches so unmöglich zu verstehen sein?

Er beugt sich nach unten, schaut ein wenig näher hin, umgeht vorsichtig all das Blut und fährt wieder auf, als ihn die Wahrheit endlich erwischt. »Nein, nein, nein. O Scheiße. O Gott, was ist das?« Er schaut sich zu Nadia um, Verwirrung und Verzweiflung in jeden Gesichtszug geätzt. Doch schon bald weichen diese Gefühle der Angst, als seine Augen sich weiten und glasig werden, besonders nachdem er das Messer in ihrer Hand entdeckt hat. Er weicht ein paar Schritte zurück. »Was willst du? Ist es Geld? Es muss Geld sein. Das kann ich holen. Aber bitte leg das Messer weg, okay? Es muss nicht noch jemand verletzt werden.« Glaubt er, dass Nadia ihn ausrauben will, oder weiß er von der Nachricht, die sie hinterlassen hat? Das lässt sich unmöglich sagen. Sie muss vorsichtig sein.

»Ich war das nicht. Ich habe sie so gefunden.«

»Du lügst.«

»Ich schwöre, ich lüge nicht. Ich habe versucht, sie zu retten.«

»Das stimmt nicht. Das passiert jetzt alles gerade nicht.« Er taumelt in die entfernteste Ecke der Küche. Als er die Wand erreicht, schütteln ihn Krämpfe, und seine Haut wird beinahe durchsichtig. Nadias Gedanken eilen zu der Nacht neulich zurück, als sie bebend hinter dem Lenkrad ihres Autos saß und immer wieder dieselben Worte durch ihr Hirn pulsten: DU HAST IHN UMGEBRACHT DU HAST IHN UMGEBRACHT DU HAST IHN UMGEBRACHT. Passiert das jetzt gerade hier auch? Überkommt ihn eine ähnliche Wahrheit wie ein Fieber?

Als er nichts sagt, umfasst sie den Griff ihres Messers fester, nur um sich daran zu erinnern, dass es da ist, und geht dann zu ihm hin. Zum Glück sind sie außer Sichtweite der Leiche. »Schau mal, du kannst die Schauspielerei lassen, okay. Sag mir einfach, warum du es gemacht hast.«

Er blickt zu ihr hoch. »Für wen hältst du dich, Teufel nochmal, dass du mich hier beschuldigst?«

»Das ist nicht schwer zu erklären. Erinnerst du dich noch an deinen Wutanfall von heute Morgen? Die blutigen Fingerabdrücke, die du an meinem Fenster hinterlassen hast, als du gegen das Glas gehämmert hast? Dieser Schnitt an deiner Hand scheint kein Zufall zu sein. Aber ich denke, sie ist einfach gestolpert und hingefallen, richtig?«

Erkenntnis dämmert auf seinem Gesicht, als er das Logo auf ihrem Hemd sieht, ein Schnäppchen für drei Dollar, das sie in einem Secondhandladen gefunden hat und das sie überhaupt erst auf die Idee gebracht hat, dass sie, wenn sie sich schon in den reichen Stadtvierteln rumtreiben wollte, besser so aussehen sollte, als wäre sie in offiziellem Auftrag dort. Ein Kurier schien die perfekte Verkleidung zu sein. Niemand möchte dafür verantwortlich sein, eine Lieferung zu stören, auf die jemand anders wartet. »Oh, stimmt, du bist die kleine Spionin in dem blauen Auto, nicht wahr? Wegen dir hatte Phoebe wochenlang Zustände. Herrgott ... Wenn ich dran denke, dass ich ihr vorgeworfen habe, sie litte an Verfolgungswahn. Sieht ganz so aus, als hätte sie die ganze Zeit recht gehabt.«

»So ist es nicht, glaub mir.«

»Also ist es wohl nur ein Zufall, dass sie an dem Tag, als ich dir endlich sage, du sollst abhauen, plötzlich tot ist? Großer Gott, ich hätte auf sie hören sollen. Ich hätte dich gleich am ersten Tag zur Rede stellen sollen.«

Sie fragt sich, wie die Dinge sich entwickelt hätten, wenn er das getan hätte. Hätte sie das gezwungen, wegzurennen oder sich schon früher bei Phoebe vorzustellen? Egal wie, Phoebe könnte noch leben. Und Jesse Bachmann auch. »Ich schwöre, ich hab das hier nicht getan.«

Er macht einen Schritt auf sie zu. »Was wolltest du dann von meiner Frau?« Er deutet mit einer Armbewegung auf Phoebe und erschaudert.

Beinahe wäre Nadia mit der Wahrheit herausgeplatzt, aber sie ist sich nicht sicher, ob jetzt die richtige Zeit dafür ist, von ihm Mitleid einzufordern. Und es gibt auch keine Hoffnung, ihm das Fluchtgeld abzupressen, das sie von Phoebe verlangen wollte, ohne dass sie dabei noch schuldiger wirkt. Sie hat einen wirklich heiklen Drahtseilakt vor sich. Eine falsche Bewegung und alles ist vorbei. »Das ist eine lange Geschichte, für die wir jetzt gerade keine Zeit haben.«

»Erzähl sie mir!« Er kommt noch näher.

Sie streckt das Messer aus, um ihn abzuwehren. Ihre Hand zittert ein wenig, aber sie ist noch immer zuversichtlich, dass sie sich verteidigen kann, wenn es sein muss. »Keinen Schritt weiter.«

Er wirft einen weiteren vorsichtigen Blick auf ihre Waffe.

»Und sie hat ein Messer. So ein Zufall. Jetzt geselle ich mich also wohl ins Jenseits zu meiner Frau?«

»Ich hätte nie etwas getan, um ihr wehzutun. Ich will niemandem wehtun!« Sie wünschte, das klänge nicht so defensiv. Hier spricht die Furcht, aber auch ein gerüttelt Maß Schuld und Misstrauen. Er hat sie gegen die Seile gedrängt, versucht, ihren Widerstand zu brechen, doch macht er das, weil er wahrhaftig unschuldig ist und selbst Angst hat, oder als Ablenkungsmanöver? Bis ihr etwas Besseres einfällt, muss sie ihn im Ungewissen lassen, so gut es geht. »Schau mal, Phoebe und ich hatten … gemeinsame Interessen, okay? Ich habe gerade meinen ganzen Mut zusammengekratzt, um mich ihr vorzustellen. Wollte das eigentlich heute machen, aber jemand hat sie umgebracht, und mehr weiß ich auch nicht.«

Er blickte sie mit einem Stirnrunzeln an. »Gemeinsame Interessen? Was für gemeinsame Interessen? Du weißt tatsächlich, wer sie ist?«

Sie nickt. »Sieht ganz so aus, als hätten wir beide jede Menge Fragen.«

»Aber du bist die Fremde in meinem Haus und stehst hier neben meiner toten Frau!«

»Die ich hier gefunden habe, nachdem ich dich beobachtet hatte, wie du mit einer Mordswut aus dem Haus gestürmt bist.«

Er schüttelt den Kopf. »Und ich sage dir, das ist unmöglich.«

»Trotzdem stehen wir hier.«

Eine Minute lang sagt keiner ein Wort, beide denken über die Pattsituation nach. Schließlich fragt er: »Wer hat dich also ins Haus gelassen, wenn sie … schon so war, als du hier ankamst?«

»Nachdem du mich wie ein Psycho angebrüllt hast, bin ich beinahe zwei Stunden durch die Gegend gefahren, ehe ich mich zur Rückkehr entschlossen habe. Ich musste sie sehen. Mit ihr reden. Ich habe angeklopft und geklingelt, doch als sie nicht antwortete, hatte ich ein mulmiges Gefühl im Bauch, weil sie … du weißt schon, nicht viel aus dem Haus geht. Ich bin hinten rumgegangen, über die Terrasse. Als ich durch die Tür geguckt habe, habe ich ihre Füße da liegen sehen … und bin reingegangen. Habe sie so vorgefunden.«

Er schließt die Augen, holt tief Luft. »Die Tür war einfach nicht abgeschlossen?«

»Genau.«

»Und sonst hast du niemanden gesehen?«

Sie schüttelt den Kopf. »Die einzige Person, die ich heute Morgen in der Nähe eures Hauses gesehen habe, warst du.«

»Warum hast du dann nicht einfach die Polente gerufen? Das hätte jeder andere gemacht.« Ihr Mund wird ein bisschen trocken. Die Wahrheit würde ihr hier eindeutig nicht weiterhelfen, also sagt sie nichts. Er nickt, als hätte er ihre Gedanken lesen können. »Gut. Irgendwie ahne ich, dass du der Polente, wenn möglich, aus dem Weg gehst.«

»Du bist auch nicht gerade zum Telefon gesprintet«, erwidert sie.

»Das ändere ich sofort.« Er greift in die Tasche und zieht sein Handy heraus.

»Dich verhaften sie zuerst, das weißt du schon?« Sie hofft, dass man nicht so deutlich hört, wie dringend sie ihn davon abbringen will. »Die verdächtigen immer den Ehemann. Immer.«

»Die Beweise werden für sich sprechen.« Das klingt auch nicht gerade überzeugt. Er tippt auch nicht mehr auf dem Telefon herum, was eine Erleichterung ist.

»Hier schreit mir alles zu, dass du es warst, und ich garantiere dir, die wären meiner Meinung. Du hast das beste Motiv. Sie ist reich. Und außerdem ging eure Ehe gerade in die Brüche.«

Er zuckt zusammen. »Woher willst du das wissen?«

Sie wird die Affäre nicht erwähnen, denn sie ist sich nicht sicher, welche Emotionen das auslösen könnte, aber das ist gar nicht nötig. »Das war nur ein Bluff, aber deine Reaktion hat mir so ziemlich alles verraten.«

Er wendet entsprechend betrübt den Blick ab. Sie fährt fort. »Du hattest auch die meiste Gelegenheit, es zu tun, denn du lebst hier. Und dann ist da der Schnitt an deiner Hand, das Blut auf deinem Hemd.«

»Ich habe einen Kaffeebecher zerbrochen und mich daran geschnitten! Es ist mein Blut!«

»Das ist egal. Die werden sagen, du hättest dich geschnitten, als du auf sie eingestochen hast. Und dann gibt es da noch eine Zeugin. Mich. Ich werde ihnen erzählen, was ich gesehen habe, einen eindeutig völlig verstörten Mann, der im Affentempo von seinem Haus fortfährt, etwa zum Todeszeitpunkt seiner Frau, der aber trotzdem noch anhält, um mich zu bedrohen.« Noch ein Bluff. Wenn die Polizei auftaucht, wird Nadia schon mehr als fünfzig Meilen von hier weg sein, aber das muss er ja nicht wissen.

Er sackt sichtbar in sich zusammen, und das bereitet ihr große Befriedigung. Doch dann fällt ihm etwas ein, er zieht die Stirn in Falten und richtet sich ein wenig auf. »Was ist, wenn ich denen erzähle, dass du seit Wochen unser Haus bespitzelst? Ich bin sicher, sie können Zeugen in der Nachbarschaft finden, die das bestätigen. Phoebe führt ... führte sogar ein Tagebuch darüber. Ich fand das lächerlich ...«

Er neigt den Kopf und schüttelt ihn mit bitterer Miene. »Das habe ich jetzt davon, dass ich ihr nicht geglaubt habe. Aber da du ja die Polente nicht hinzuziehen willst, musst du etwas zu verbergen haben, ganz egal, was deine sogenannten gemeinsamen Interessen mit Phoebe waren.« Er schaut sie ein wenig genauer an. »Wieso kommst du mir überhaupt so bekannt vor?«

Nadia erstarrt. Es ist gut möglich, dass er kürzlich in den Nachrichten ihr Bild gesehen hat, aber im Augenblick wäre es ihr lieber, wenn er diese Verbindung nicht herstellt oder begreift, wie dringend sie der Polizei aus dem Weg gehen will. *Genau deswegen hättest du sofort weggehen sollen, als du diese Füße auf dem Boden gesehen hast, du dämliches Mädchen. Und jetzt stehst du allen Ernstes hier und versuchst, mit einem möglichen Mörder zu verhandeln.* »Hör mal, wir können noch den ganzen Tag hin- und herreden, wer das hier war. Das ändert aber nichts an der Tatsache, dass wir beide in der Klemme sitzen. Da stimmst du mir doch zu?«

Er beißt die Zähne zusammen, als zögere er, das zuzugeben, antwortet jedoch trotzdem: »Ich denke schon.«

»Im besten Fall haben sie einen guten Grund, uns beide zu verhaften. Vielleicht können sie uns schließlich als Verdächtige ausschließen, aber willst du das riskieren? Es wird auch überall in den Nachrichten erscheinen. Selbst wenn ein Wunder geschieht und sie jemand anderen erwischen, der das hier getan hat, reden die Leute, und sie wühlen rum, und im Internet lebt das alles auf immer und ewig fort.«

Nach einer langen Pause ruft er: »Großer Gott, die ganze Sache ist so beschissen!«

Dagegen hat sie nichts vorzubringen. Er geht ein paarmal auf und ab, hält den Kopf abgewendet, um Phoebe nicht anschauen zu müssen. Nadia sagt: »Schau mal, vielleicht sollten wir die Sache in einem anderen Zimmer besprechen. Ich glaube, es würde uns ein bisschen, na ja, leichter fallen, dort zu reden.«

Er reagiert nicht mit Worten, doch die Erleichterung, die über sein Gesicht huscht, ist deutlich genug. Sie folgt ihm in das Wohnzimmer neben der Küche, das glücklicherweise keinen Blick auf die Leiche bietet. Hier ist die Beleuchtung besser, so dass sie sehen kann, wie blutunterlaufen seine Augen sind. »Und?«, fragt er. »Was tun wir?«

»Du betrachtest das jetzt also als ›unser‹ Problem?«, erwidert Nadia.

»Würdest du mir da widersprechen?«

»Nein. Ich wollte nur sichergehen, dass wir auf derselben Wellenlänge sind.«

»Auf derselben Wellenlänge? Ich weiß ja nicht einmal, worum es hier geht. Willst du mir nicht wenigstens deinen Namen sagen, jetzt, da wir in Erwägung ziehen, gemeinsame Sache zu machen?«

»Okay, na gut. Ich bin Nadia.«

Er mustert einen Augenblick ihr Gesicht, als versuche er festzustellen, ob das ihr wirklicher Name ist, und dann nickt er resigniert. »In Ordnung, Nadia. Ich bin Wyatt. Aber ich nehme an, das wusstest du schon.«

Sie erzählt ihm nicht, dass sie es vielleicht irgendwann einmal gewusst, aber dann vergessen hat. Sie hatte ihn nie wirklich auf dem Schirm. Phoebe war immer ihre Priorität gewesen. Nadia war es zufrieden gewesen, ihn nur als »den Ehemann« zu betrachten. Sie will ihn gerade fragen, ob er irgendwelche Vorschläge für die nächsten Schritte hat, als sie bemerkt, wie sich sein Gesicht verzieht, als versuche er, die Tränen zurückzuhalten. Sie merkt, dass sie immer noch das Messer in der Hand hält. Nicht so weit vorgestreckt wie vorhin, doch genug, um ihn in sicherer Distanz zu halten. Sie lässt es sinken, klappt jedoch die Klinge noch nicht wieder ein, nähert sich ihm auch nicht. Winzige Schritte, zumindest bis sie sicher ist, dass er ihr nicht was vorspielt. »Brauchst du noch ein bisschen?«, fragt sie.

Er schließt die Augen, holt ein paarmal tief Luft. »Nein. Nur eine kleine Panikattacke. Ich habe das Gefühl, dass mein Hirn heute schon seit dem Aufwachen am Morgen nichts als Kurzschlüsse fabriziert. Meine Gefühle sind völlig außer Kontrolle.«

»Das habe ich mir schon gedacht, so wie du hier weg bist.«

»Wir hatten einen schlimmen Streit. Vielleicht unseren schlimmsten, und da hat es in letzter Zeit viele gegeben.« Er schaut sie scharf an. »Aber sie war noch sehr lebendig, als ich fortgegangen bin. Das war mein größter Fehler, fortzugehen. Natürlich habe ich in dem Augenblick gedacht, es wäre das Klügste, weil ich so wütend war. Man meint immer, man hätte noch eine Chance, wieder zurückzugehen und die Dinge in Ordnung zu bringen.«

Zweifel an seiner Schuld beginnen sich einzuschleichen. Zumindest scheint sein Bedauern echt, und sie will sich erkundigen, worüber sie gestritten haben. Schließlich hat Phoebe eine Art Doppelleben geführt. Natürlich bedeutet das auch, dass es weitere Verdächtige zu erwägen gibt. Drei zum Beispiel gleich gegenüber auf der anderen Straßenseite. Wenn sie ein paar Nachforschungen anstellt, könnte sie es vielleicht herausfinden. Aber wozu? Wenn sie aufklärt, wer Phoebe umgebracht hat, wird das Nadias Problem mit Bachmann um keinen Deut verringern.

Was sie machen sollte: die Stadt verlassen, ehe alle diese Dinge sie einholen. Phoebe würde als vermisst gemeldet werden, selbst wenn sie hilft, die Leiche zu verstecken. Wyatt kann sich ein bisschen Zeit verschaffen, indem er sagt, seine Frau sei eine Weile aus der Stadt weggefahren, aber das funktioniert nicht ewig. Schließlich wird irgendjemand erwarten, dass Phoebe Miller sich irgendwo zeigt, und wenn sie nicht kommt, wird man die Polizei einschalten. Die werden Wyatt in die Zange nehmen, und um seinen Arsch zu retten, wird er sie auf Nadias Fährte hetzen.

Natürlich war Phoebe eine Art Einsiedlerin. Sie hatte keinen Job außerhalb des Hauses, nicht einmal mehr ein Profil auf Facebook. Abgesehen von den Nachbarn auf der anderen Straßenseite, wie viele Leute würden überhaupt bemerken, dass sie nicht da ist? Er konnte eine Weile lang ihre Unterschrift auf gelegentlichen Schecks oder Steuerunterlagen fälschen. Alles andere per E-Mail erledigen. Ab und zu würde er eine Frauenstimme für ein Telefongespräch benötigen, aber …

Nadia keucht beinahe auf, als eine Idee aufkeimt, doch sie will sich noch keine zu großen Hoffnungen machen. Das wäre viel zu gut, um möglich zu sein. Eigentlich ist es völlig absurd, aber das ist gerade das Geniale daran. »Hat Phoebe eine engere Familie, die sie vermissen würde?«

Er wischt sich die Augen und schüttelt den Kopf. »Nein. Ihre Eltern sind beide tot. Alle anderen sind ganz entfernte Verwandte oder haben eigentlich keinen Kontakt.«

»Was ist mit ihren Geschäftsbeziehungen und finanziellen Beteiligungen? Irgendwelche Rechtsanwälte, Treuhänder oder Wichtigtuer, so was in der Art?«

Nun starrt er sie mit vorsichtigem Interesse an. »Du spionierst ihr seit Wochen nach, also gehe ich davon aus, dass du weißt, wer sie war.«

»Ja. Ich weiß, dass sie Daniel Nobles Tochter ist.« Nadia stößt der Magen ein wenig sauer auf, als sie daran denkt, dass sie dieses Wissen zu ihrem Vorteil ausnutzen wollte.

»Sie war Einzelkind, hat also den größten Teil des persönlichen Erbes erhalten. Der Rest ging in einen Treuhandfonds für die wenigen verbleibenden Tanten, Cousins und Cousinen, die sich darauf stürzen wie die Geier. Die haben sich immer ferngehalten. Und da du weißt, wer Daniel Noble ist, hast du wahrscheinlich in letzter Zeit auch die Nachrichten aufmerksam studiert.«

Und wie! »Ja. Er war ein Vergewaltiger.« Diese Worte kommen schärfer heraus, als sie vorhatte.

Er zieht die Augenbrauen in die Höhe. »Du nimmst kein Blatt vor den Mund, wie ich sehe.«

»Hätte ich ›angeblicher Vergewaltiger‹ sagen sollen?«

»Du wirst von mir nie ein Wort zur Verteidigung dieses Mannes hören. Jedenfalls, wie du dir denken kannst, glaube ich, dass jeder, der irgendwie mit Daniels Geld zu tun hat, im Augenblick bestrebt ist, den Ball flach zu halten. Phoebe war da keine Ausnahme.«

Sie nickt. Das ist gut. Sehr gut. »Was ist mit ihren Steuerberatern und Anwälten? Arbeitet sie eng mit ihnen zusammen? Und was ist mit Tätigkeiten für das Unternehmen?«

»Wenn es auf die Steuererklärung zugeht, hat sie vielleicht beim Steuerberater in der Kanzlei vorbeigeschaut, um ein paar Unterlagen zu unterschreiben, aber das war's dann. Sie arbeitet schon seit Jahren nicht mehr in irgendeiner Weise für das Unternehmen. Die wenige Korrespondenz, die sie erhält, findet nur über E-Mails statt.«

»Und da du ihr Ehemann bist, kannst du an ihrer Stelle handeln, stimmt's?«

»Nein, so funktioniert das bei den Ultrareichen nicht. Alle Außenseiter sind ziemlich von den Dingen isoliert, und mein Schwiegervater war ganz besonders scharf darauf, mich auf Armeslänge von sich zu halten.«

»Wieso das?«

Wyatt schüttelt den Kopf, als wolle er sagen: Ein andermal. »Ich hätte bei Phoebes Tod einen ordentlichen Batzen erhalten, doch selbst da bin ich sicher, dass im Testament ein paar lächerliche Klauseln sind, von denen ich nichts weiß.«

Noch ein Punkt, der für Nadia positiv ist, doch sie verkneift es sich gerade noch, die Faust im Triumph nach oben zu recken. Es gibt noch ein anderes wichtiges Thema. »Was ist mit ihren Freunden?« Sie weiß bereits, mit welchen beiden Menschen Phoebe letztens den größten Teil ihrer Zeit verbracht hat, doch Wyatt hätte wahrscheinlich mehr Überblick über irgendwelche anderen. Sie spürt allerdings, dass es nicht viele sein werden. Angesichts der Tatsache, dass Phoebe keine Accounts in den sozialen Medien hatte, die Nadia finden konnte, ist es nur wahrscheinlich, dass alle ihre anderen Freundschaften allmählich in Vergessenheit geraten sind.

»Phoebe hatte nichts für Freundschaften übrig. Es war ein zähes Geschäft, sie überhaupt dazu zu bringen, aus dem Haus zu gehen, besonders in den letzten Monaten. Ich vermute, dass zu ihrer Depression auch noch eine Angststörung gekommen ist, doch sie hat sich immer geweigert, von mir eine Diagnose zu erhalten oder an jemand anderen verwiesen zu werden. Ich bin Therapeut.« Das klang beinahe wie eine Entschuldigung.

»Sie war mit den Leuten befreundet, die kürzlich gegenüber eingezogen sind.« Nadia entscheidet sich, jede Erwähnung des jugendlichen Liebhabers fürs Erste zu unterlassen. Ein Schlamassel nach dem anderen. »Die Frau ist tagsüber mehrere Male in der Woche zu Besuch hierhergekommen. Manchmal sind sie zusammen weggegangen.«

Diese Nachricht scheint ihn beinahe zu überraschen, doch dann zuckt er die Achseln und schüttelt den Kopf. »Ich habe es nie bemerkt. Wir haben in diesen letzten Wochen kaum noch miteinander geredet, und mein Kopf war wie in einem Nebel. Sie hätte von unserer Garage aus genauso gut mit Drogen handeln oder einen Prostituiertenring betreiben können, und ich hätte nichts bemerkt.«

Jetzt hat er alle ihre Probleme abgehakt, und sie bebt beinahe vor Aufregung. Phoebe war Einsiedlerin, hatte kein echtes geselliges Leben, von den Nachbarn einmal abgesehen. Die werden ein Problem darstellen, besonders wenn einer oder alle was mit Phoebes Tod zu tun hatte, doch diese Sache kann sie später in Angriff nehmen. Das wirklich Tolle an ihrer Idee ist, dass sie die eine Sache ausnutzt, die Nadia überhaupt erst die ganze Strecke nach Lake Forest gebracht hat.

»Also, ich glaube, ich habe einen Plan. Er wird dir vielleicht nicht gefallen, aber es ist die beste Möglichkeit, die wir haben, um uns die nötige Zeit zu kaufen, damit wir herausfinden können, was hier wirklich geschehen ist.«

Er atmet tief ein und strafft die Schultern. »Okay. Ich höre.«

»Am Ende dieser Nacht wird es so sein, als wäre all dies nie geschehen. Wir machen den Mord rückgängig und erwecken Phoebe wieder zum Leben.«

KAPITEL 14

Wyatt starrt sie an, als wäre ihr gerade ein zweiter Kopf gewachsen, und das ist von dem, was ihr vorschwebt, gar nicht mal so weit entfernt. Dann schüttelt er den Kopf und blickt auf seine Füße. »Ich kapier nichts.«

»Es wäre besser, wenn ich es dir zeige«, sagt sie. »Macht es dir was aus, wenn ich ein paar Minuten nach oben gehe? Du kannst gern mitkommen, wenn du dir Sorgen machst, dass ich irgendwas anstellen könnte.«

»Was brauchst du von da oben?«

Sie räusperte sich. »Ehrlich gesagt, ich muss mich ein bisschen saubermachen. Wäre es in Ordnung, wenn ich mir was von Phoebe anziehe?«

Er seufzt und steht auf. »Gut. Ich komme mit. Ich will nicht allein hier unten bleiben.«

Als sie die Treppe hinaufgehen, nimmt sich Nadia einen Augenblick Zeit, um die kühnen abstrakten Gemälde zu bewundern, die überall an den Wänden hängen. Phoebe hat eindeutig moderne Kunst geliebt, die einen scharfen Kontrast zum klassischen Tudor-Stil bildet, den das Haus von außen zeigt. Dies scheint die Phoebe zu beschreiben, die sie im Laufe der letzten paar Wochen zumindest in ihren Gedanken kennengelernt hat. Nach außen hin hatte sie traditionell und elegant gewirkt, aber bei näherem Hinsehen war sie voller Überraschungen.

»Wirst du mir je sagen, wer du wirklich bist?«, fragt Wyatt, als sie schon fast oben sind.

»Das kriegst du noch früh genug selbst raus.«

»Für meinen Geschmack ist das ein bisschen zu rätselhaft.«

Sie wendet sich zu ihm um, als sie den oberen Treppenabsatz erreichen. Die große, zweiflügelige Teak-Tür am anderen Ende des Flurs kann nur zum Schlafzimmer führen. Wie eindrucksvoll. »Ich denke nur, wenn ich es dir einfach erzähle, glaubst du mir sowieso nicht.« Sie hält inne, ehe sie die Tür öffnet. »Kommst du mit rein?«

»Du meinst wohl, das würde ich nicht tun?«

Sie schüttelt den Kopf. »Ich brauche im Augenblick die Absicherung genauso sehr wie du.«

Dank der schweren Vorhänge, die die Fenster verdunkeln, ist es im Schlafzimmer beinahe pechfinster. Sie tastet ein paar Sekunden lang blind nach dem Lichtschalter, aber Wyatt kommt ihr zuvor. Im sauberen LED-Licht sieht der Raum auch nicht viel fröhlicher aus. Betonfarbene Wände. Möbel aus Metall und Glas. Selbst das Bett von der Größe eines kleinen Schwimmbads wirkt mit seiner blendend weißen Bettwäsche und dem Rahmen aus gebürstetem Stahl weder gemütlich noch einladend. Pflanzen oder bunte Stoffe würden den Raum zwar ein wenig weicher machen, doch er würde sich immer noch wie ein Mausoleum anfühlen. Es ist interessant, dass Phoebe für den intimsten Raum ihres Zuhauses einen so spartanischen Look ausgewählt hat.

Sie blickt zu Wyatt, der sogar noch feierlicher dreinschaut als zuvor. »Ist es in Ordnung, wenn ich mich im Schrank nach ein paar Kleidern umschaue?«

Er nickt und deutet auf eine weitere zweiflügelige Tür. »Da drin findest du alles, was du brauchst.«

Als sie die Tür aufmacht, hält sie ein paar Sekunden die Luft an und atmet dann rasch aus. »Wow. Sie hat wirklich gern eingekauft, was?«

»In letzter Zeit nicht so sehr. Aber doch, ja.« Er setzt sich auf den gesteppten Lederschemel am Fuß des Bettes.

Der Raum, der Phoebes Garderobe beherbergt, ist etwa so groß wie das Wohnzimmer in dem Haus, in dem Nadia aufgewachsen ist. Hunderte von Kleidungsstücken bedecken drei Wände, hängen, nach Farben sortiert, in mehreren gestaffelten Reihen bis hoch hinauf zur schrägen Decke.

Die gesamte hintere Wand ist für Schuhe bestimmt, zahllose Paare in langen Reihen perfekt angeordnet, auch bis zur Decke hinauf. In der Mitte befindet sich eine riesengroße, frei stehende Kommode. Darauf steht nichts außer einem Bügeleisen und einem leeren Wäschekorb. Ein rascher Blick in die Schubladen bringt Stapel von BHs und Slips zum Vorschein, präzise wie in einem Geschäft flach ausgebreitet und ebenfalls nach Farben sortiert. Das Einzige, was das Gleichgewicht stört, ist die Lücke auf der anderen Seite, wo höchstwahrscheinlich früher Wyatt seine Sachen aufbewahrt hat. Nun sind lediglich ein paar Anzüge übrig, die noch in den Hüllen der Reinigung dort hängen, dazu ein alt aussehender Mantel. Er wohnt also doch in einem anderen Zimmer des Hauses. Gut, dass sie sich darauf geeinigt haben, die Polizei rauszulassen. Dieses Ankleidezimmer hätte denen alle Antworten gegeben, die sie in puncto Innigkeit der Ehe der Millers brauchten.

Nadias Augen fallen auf einen Gegenstand auf dem Fußboden, der irgendwie nicht hier hereinzupassen scheint: eine kleine Reisetasche mit Rollen, wie sie Leute als Handgepäck auf Flüge mitnehmen. Sie kann sich nicht vorstellen, dass die pingelige Phoebe so etwas einfach rumliegen lässt. »Sieht ganz so aus, als hättest du Reisepläne gehabt«, murmelt sie und hebt die Tasche kurz hoch, um das Gewicht zu überprüfen. Schwer. Eindeutig für eine Reise gepackt. Nadia will das Ding bald gründlich durchsuchen, doch im Augenblick muss sie sich nur einer einzigen Aufgabe widmen: Sie muss eine Auferstehung bewerkstelligen.

»Was brauchst du denn da drin so lange?«, fragt Wyatt.

»Machst du Witze? Hier drin ist es wie bei Macy's.« Oder in einer von den schicken Boutiquen, an denen sie im Ortszentrum von Lake Forest vorbeigefahren ist, obwohl sie nie eine betreten hat.

Sie schaut die Kleider durch, von denen die meisten in ihrer Größe sind, obwohl sie auch ein paar findet, die eine Nummer größer sind, wahrscheinlich um Phoebes Gewichtszunahme in letzter Zeit zu berücksichtigen. Die meisten größeren Kleidungsstücke sind eher schlicht, lässig, als hätte Phoebe sie einfach nur gekauft, um überhaupt etwas zum Anziehen zu haben, nicht um hübsch auszusehen. Wäre dieser Schrank eine geologische Probe, so könnte Nadia an diesen trutschigen Klamotten ablesen, dass sie ungefähr den Zeitpunkt in Phoebes Leben markieren, als sie anfing, sich einfach aufzugeben.

Leider ist unabhängig von der Größe beinahe alles hier in Schattierungen von Rosa oder Lila gehalten. Nadia trägt viel Schwarz. Zum einen gefällt ihr dieser Look besser, zum anderen ist das eine reine Notwendigkeit, wenn man im Auto lebt und nur beschränkt Zugang zu Waschmaschinen hat. Mit Lila kann sie leben, doch da sie auf einer Schweinefarm aufgewachsen ist, hasst sie Rosa wirklich. Sie wird sich jedoch dran gewöhnen müssen, zumindest fürs Erste.

Schließlich wählt sie ein auberginefarbenes Maxikleid mit einer weißen Schärpe um die Taille. Es sieht aus wie ein normaler Strickstoff, fühlt sich aber so seidig an wie nichts, was sie je in den Billigläden gefunden hätte, in denen sie gewöhnlich einkauft.

Als Nächstes mustert sie die ungeheure Ansammlung von Schuhen und stellt erleichtert fest, dass sie und Phoebe beide die gleiche Schuhgröße haben. Die verschiedenen Marken und Stile sind ihr völlig fremd. Ein paar davon erkennt sie aus der Pop-Kultur oder der einen oder anderen Modezeitschrift wieder, die sie bei der Arbeit im Pausenraum durchgeblättert hat. Die meisten sehen aus, als wären sie nie mit einem Gehweg in Berührung gekommen. Fast alle wirken allerdings auch so, als würden sie Nadias Füße bereits fünf Minuten nach dem Anziehen vor Schmerzen zum Weinen bringen.

Als sie sich für ein Paar schlichte weiße Sandalen entscheidet, ergreift sie eine seltene Hochstimmung. Sie, das Bauernmädel aus Indiana, hat den Gipfel erklommen. Nun bleibt ihr nichts mehr zu tun, als noch ein bisschen länger Blut und Dreck wegzuwischen.

Sie tritt aus dem Ankleidezimmer und sieht Wyatt auf der Bettkante sitzen, das Gesicht in den Händen geborgen. »Ich habe was zum Anziehen gefunden. Kann ich jetzt ins Bad?«

Er schaut sich zu ihr um, die dunklen Augen sind müde und fließen vor Emotionen beinahe über. »Klar. Aber versuch dich zu beeilen. Ich fühle mich hier nicht besonders wohl.«

Sie überlegt, ob sie seinen leeren Platz im Ankleidezimmer ansprechen soll, doch er weiß wahrscheinlich bereits, dass sie es bemerkt hat. »Geht in Ordnung. Ich brauch nie lange.«

Das Badezimmer ist eine Festung aus weißen Kacheln, Glas und blitzenden Armaturen. Erst nachdem sie sich hastig gewaschen und angezogen hat, gestattet sie sich einen Blick auf Phoebes teuren Frisiertisch. Wie erwartet steht darauf eine Ansammlung von Kosmetika und Parfüms, die der Kosmetikabteilung jedes schicken Kaufhauses Konkurrenz machen könnte. Obwohl Nadia durchaus Erfahrung mit Schönheitsprodukten hat, war sie nie leidenschaftlich bei der Sache. Wenn einem nur wenig Geld zur Verfügung steht, muss man sich entscheiden, ob man schön aussehen oder essen will. An den Tagen, an denen sie es nicht unter eine Dusche in einen YMCA geschafft hat, hat sie ihr Gesicht mit Feuchttüchern gesäubert und mithilfe des Rückspiegels ein bisschen Grundierung und Wimperntusche aufgetragen.

Schnell und einfach. Phoebes Sammlung von Tinkturen lässt jedoch auf eine Person schließen, die beinahe zwanghaft über ihre äußere Erscheinung nachdenkt oder das zumindest früher einmal getan hat.

Sie wird nicht zu viel Zeit damit verbringen, sich aufzumotzen, da sie ja nur versucht, Wyatt etwas zu beweisen. Doch zunächst entfernt sie den winzigen Nasenstecker mit dem Strassstein. Der passt nicht zu dem Look, den sie anstrebt. Als Nächstes wäscht sie sich das Gesicht mit einer schwarzen Seife, die Aktivkohle »zur Tiefenreinigung der Poren« enthält. Sie sieht aus wie aus einem Horrorfilm, fühlt sich aber nach viel Geld an. Nachdem Nadia anständig geschrubbt und mit Feuchtigkeit versorgt ist, legt sie Grundierung aus einem Fläschchen auf, auf dem jede Menge französische Wörter stehen. Die Schattierung ist eine Spur zu dunkel, passt eher zu einem goldenen Teint, ist aber im Augenblick gut genug.

Sie trägt mit einem Pinsel schimmernden Puder in der Farbe von Champagner auf und fügt noch rings um die Augen einen dunkelvioletten Lidstrich hinzu, dann Wimperntusche, einen Hauch Rouge auf Wangenknochen und Stirn und eine Spur transparenten rosa Lipgloss. Als sie fertig ist, bürstet sie sich das Haar und glättet es mit einem Serum, um ihm dieses Reiche-Mädel-Glänzen zu verleihen.

Als letzten Touch fügt sie noch ein paar Spritzer Parfüm hinzu, tritt einen Schritt zurück und betrachtet das Gesamtpaket im Spiegel.

Phoebe Noble Miller starrt sie an.

Nadia stößt zischend den Atem aus, als sie ihr Spiegelbild betrachtet. Wenn das Wyatt nicht dazu bringt, ihrem Plan überzeugt zuzustimmen, wird sie ihn einfach fesseln und im Keller festhalten müssen, bis er es sich anders überlegt, denn ihrer Meinung nach ist sie jetzt Phoebe, zumindest so sehr, dass sie die Leute auf den ersten Blick täuschen kann. Was sonst braucht man in einer Welt, in der die Menschen mehr Zeit damit verbringen, auf ihr Telefon zu glotzen, als einander anzuschauen?

Sie tritt aus dem Badezimmer. Als Wyatt zu ihr aufblickt, springt er auf. »Herrgott!«

Der Herrgott hat allerdings drei Tage bis zur Auferstehung gebraucht. Nadia ist sich ziemlich sicher, dass sie ihn da überrundet hat. »Und, was meinst du?«

Er steht wie angewurzelt da, hat die Augen vor Verwunderung weit aufgerissen. Als er redet, klingt es so, als spräche er in Trance. »Es ist erstaunlich. Ich weiß nicht, wieso mir diese Ähnlichkeit vorher nicht aufgefallen ist, aber … Großer Gott.«

»Na ja, vorher hatte ich eine Mütze auf.« Und war mit dem Blut seiner Frau besudelt, doch daran muss sie ihn nicht unbedingt erinnern. »Aber es ist gut zu wissen, dass ich mich ganz ordentlich zurechtmachen kann.«

»Kaum zu glauben, dass das auch nur möglich ist. Wenn ich nicht wüsste, dass Phoebe ein Einzelkind war, würde ich euch für Schwestern halten.«

Nadia senkt den Blick auf ihre Sandalen. »Ich bin froh, dass ich überzeugend wirke.«

Er mustert ihr Gesicht weiter, als dämmere ihm allmählich das Potenzial dieser Idee, und sie schämt sich ein wenig, weil sie zunehmende Erregung empfindet über diese Idee, die auch mit privaten Duschen einhergeht und mit einem richtigen Bett, mit Essen jenseits der fettigen Tüten, die im Drive-in durchs Fenster gereicht werden, mit Geld für jeden möglichen Wunsch und jedes Bedürfnis. Es wird ihr gelingen, Nadia völlig verschwinden zu lassen, ihre problembeladene alte Haut abzustreifen und in eine neue zu schlüpfen, die weitaus luxuriöser und leichter zu tragen ist. Sicher, Probleme wird es auch geben, besonders in der unmittelbaren Zukunft, aber etwas später, sobald alle kleinen

Unebenheiten ausgebügelt sind, kann sie sich kein besseres Ergebnis vorstellen.

Wyatt scheint zu bemerken, dass er sie anstarrt, und räuspert sich. »Das also ist dein Plan. Wir ...« Er hält inne, scheint mit den nächsten Worten zu kämpfen zu haben. »Wir ... begraben Phoebe, und dann verkörperst du sie?«

»Gibt es eine bessere Methode, um eine Mordermittlung oder auch nur eine Vermisstenanzeige zu vermeiden, als keinen Mord und keine vermisste Person zu haben?«

Er schüttelt den Kopf. »Ich glaube trotzdem nicht, dass es funktioniert.«

»Wieso nicht?«

»Weil es absurd ist. Eure Haarfarben passen nicht.«

Da hat er nicht ganz unrecht. Nadias natürliche Haarfarbe ist dunkelbraun, doch in einem Versuch, sich einen Look zuzulegen, der zu ihrem neuen Leben passt, hat sie versucht, aschblonde Strähnchen hineinzufärben, und dazu hat sie kurz nach ihrer Ankunft in der Stadt eine Packung aus der Drogerie verwendet. Die Sache ist ein wenig mehr in Richtung Messing ausgefallen, als sie vorhatte, und die Haaransätze wachsen bereits heraus, trotzdem ist dieses Argument irrelevant. »Das lässt sich leicht beheben, und das weißt du auch.«

»Kann sein, aber du kannst doch nicht einfach in die Rolle einer anderen Person schlüpfen und erwarten, dass die Leute die Unterschiede nicht bemerken. Selbst wenn du Phoebe sehr ähnlich siehst, bist du doch keine genaue Kopie.«

Nadia hat sich beim Anziehen den größten Teil dieses Gesprächs bereits vorgestellt. Sie wusste, dass sich Wyatt zunächst gegen diese Idee sperren würde, wie die meisten vernünftigen Menschen. Aber sie beabsichtigt, ihn zu zermürben. Das wird nicht sehr viel Mühe kosten. Nach seinem Blick zu urteilen hat er zumindest schon ein kleines bisschen Gefallen an dieser Idee gefunden.

»Ich glaube, die Leute werden das ohne Probleme schlucken«, sagt Nadia.

»Wieso?«

»Kannst du dir wirklich vorstellen, dass du jemandem ins Gesicht sagst, du hättest Zweifel an seiner Identität, selbst wenn du das unbestimmte Gefühl hast, irgendwas wäre ein bisschen anders?«

Er runzelt die Stirn. »Nein, ich denke nicht.«

»Wir sehen doch jeden Tag, dass Promis sich liften lassen, Botox spritzen, irgendwas implantieren lassen, um anders auszusehen. Und wir denken immer noch, dass es dieselben Leute sind.«

Er seufzt. »Stimmt, aber ich finde trotzdem, dass das komplett verrückt ist.«

»Das ist es ja auch, und genau deswegen wird es funktionieren. Weil niemand tatsächlich eine Betrügerin erwartet. Das soll nicht heißen, dass Leute, die Phoebe kennen, nicht bemerken, dass was an ihr anders ist. Aber reiche Frauen lassen doch praktisch jede Woche was machen, stimmt's? Die Leute werden das einfach dem zuschreiben. Außerdem ist die Tatsache, dass sie sich völlig aus der Welt zurückgezogen hat, für uns ein Vorteil. Keine Beschäftigung außerhalb des Hauses, keine echte Familie, keine echten Freunde. Wenn wir den Schein wahren, wird niemand was rausfinden.«

»Außer den neuen Nachbarn, die du vorhin erwähnt hast. Das wird eine heikle Sache.«

Nadia glaubt, dass die Nachbarn aus verschiedenen anderen Gründen problematisch sein werden, nämlich weil einer von ihnen Phoebes Mörder sein könnte und daher das plötzliche Auftauchen einer Attrappe einigen Wirbel verursachen würde. Genau damit rechnet sie allerdings. Denn zum einen geht es darum, nicht die Pferde scheu zu machen, indem man der Welt Phoebes Tod meldet, zum anderen will sie wissen, wer das hier getan hat.

»Darüber mache ich mir im Augenblick keine Sorgen«, sagt sie. »Wir sollten uns erst einmal darauf konzentrieren, hier alles auf die Reihe zu kriegen.«

Er reibt sich das Gesicht und sieht sie dann fragend an. »Als du gesagt hast, wir sollten ›den Schein wahren‹, hast du damit gemeint, dass wir hier zusammenleben sollen? Als wären wir verheiratet?«

Sie schaut völlig ausdruckslos. »Ich war in Phoebes Ankleidezimmer. Es ist sonnenklar, dass ihr in verschiedenen Teilen des Hauses lebt, Wyatt. Glaubst du wirklich, dass es so viel schwieriger ist, wenn wir unter einem Dach leben?«

Er murmelt etwas, das wie »ich denke nicht« klingt.

»Außerdem glaube ich, dass du eine sehr viel größere Gelegenheit vergisst, die sich so ergibt.«

»Und das wäre?«

»Sobald ich gelernt habe, Phoebe zu sein, oder wenn du und ich so weit sind, dass wir einander vertrauen, können wir uns scheiden lassen.« Sie zeichnet mit den Fingern Anführungszeichen in die Luft. »Und wir können getrennter Wege gehen.«

»Das ist ein gutes Argument«, sagt er, immer noch ein wenig zweifelnd.

Er runzelte die Stirn und beginnt, im Flur auf- und abzugehen, die Arme verschränkt, die Augen auf den blendend weißen Teppich gerichtet. Es ist ihm noch etwas Anderes eingefallen. Sie versucht, Geduld mit ihm zu haben, denn es ist wichtig, dass sie alle möglichen Komplikationen vorher bedenken, doch es fällt ihr sehr schwer, weil sie sich plötzlich verzweifelt wünscht, das hier würde funktionieren.

»Was ist jetzt schon wieder?«, fragt sie.

»Wieso bist du so bereit, dein eigenes Leben hierfür wegzuwerfen?«

Das ist eine Frage, die sie lieber vermieden hätte. »Ist dir schon mal in den Kopf gekommen, dass ich mich dabei verbessere? Ich kann mir nicht viele Leute vorstellen, die nicht ihr trübseliges, aussichtsloses Leben aufgeben würden, um Milliardäre zu werden.«

Er zieht eine seiner Augenbrauen in die Höhe. »Alles, was du im Augenblick an Ballast mit dir rumschleppst, wird zur Belastung für uns beide.«

»Du hast keinen Grund zur Sorge.« Sie sagt das mit solcher Überzeugung, dass sie es selbst glaubt. Es wird schon klappen, wenn sie alles richtig machen.

Zwar sieht es nicht so aus, als glaube er ihr das, doch er schüttelt den Kopf und geht weiter auf und ab. Dann sagt er: »Phoebes Mörder wird wissen, dass du eine Hochstaplerin bist. Immer vorausgesetzt, dass nicht du die Mörderin bist.«

»Oder du der Mörder!«, blafft sie zurück.

»Stimmt. Wenn es nicht einer von uns beiden ist, läuft da draußen immer noch ein Mörder frei herum. Der beobachtet vielleicht sogar gerade das Haus, wartet darauf, dass daraus endlich ein Tatort wird.«

»Machst du dir Sorgen, dass der Mörder für uns zum Problem werden könnte?«

»Ja, ich würde sagen, das ist mehr als wahrscheinlich. Wenn der Plan des Mörders nicht funktioniert und er eine neue Phoebe herumspazieren sieht, wird er nicht wissen, was zum Teufel hier los ist. Wir beide sind dann für ihn einfach nur unerledigte Schwierigkeiten. Vielleicht wird er dann nicht ruhen, bis er auch uns erledigt hat.«

»Oder er ist erleichtert, dass wir die Sache für ihn vertuscht haben, und macht einfach mit seinem Leben weiter«, schlägt Nadia vor.

»Diese Art Optimismus können wir uns nicht leisten. Der Mörder könnte hochgradig verstört sein. Wenn er sieht, dass jemand die Frau verkörpert, die er für tot gehalten hat, könnte ihn das dem völligen Zusammenbruch noch näher bringen.«

»Gibt es dann eine bessere Methode, um den Mörder auszuräuchern und die Sache zu erledigen?«

Er reibt sich das Gesicht, als wolle er einen schlimmen Traum wegwischen. »Und wie sollen wir die Sache deiner Meinung nach erledigen?«

Sie zögert mit der Antwort. Der Ausdruck »erledigen« hat in diesem Zusammenhang eine bedrohliche Bedeutung, die ihr nicht sonderlich gefällt, besonders angesichts der Art und Weise, wie sie die Sache mit einem lästigen ehemaligen Arbeitskollegen »erledigt« hat. »Ich denke, wenn wir diesen Weg einschlagen, müssen wir damit rechnen, dass wir uns die Hände schmutzig machen. Entweder das, oder wir gewöhnen uns daran, wie sich Handschellen anfühlen.«

Er nickt langsam, als bräuchte er den größten Teil seiner Energie für diese Bewegung. »Ich kann immer noch nicht glauben, dass das hier tatsächlich passiert.«

Nadia teilt dieses Gefühl. Alles erscheint ihr nach wie vor unwirklich, und das wird sich eine Zeit lang noch verstärken. Immer vorausgesetzt, dass Nadias eigene Probleme sie nicht hierher verfolgen. »Wir haben noch viel zu überlegen, aber im Augenblick glaube ich, es ist die beste Option, die wir haben. Bist du dabei?«

Sie streckt ihm die Hand für den wichtigsten Handschlag hin, den sie beide je machen werden. *Bitte komm an Bord, Wyatt. Unser beider Leben hängt davon ab.* Nach ein paar Sekunden, die ihr wie eine Ewigkeit vorkommen, ergreift er endlich ihre Hand. »Ich bin dabei. Gott steh uns bei. Was jetzt?«

KAPITEL 15

Ehe sie loslegen, zieht Nadia ihr Telefon heraus und bittet Wyatt, es ihr nachzutun. »Was soll das?«, fragt er.

Sie öffnet ihre Kamera-App. »Ich möchte, dass du dich neben Phoebe stellst.«

Die Farbe weicht ihm aus dem Gesicht. »Ist das dein Ernst?«

»Ja. Und dann machst du mit deinem Telefon ein Bild von mir.«

»Damit ich das recht verstehe: Du willst, dass wir neben der Leiche meiner *ermordeten Frau* posieren? Herrgott, wie krank ist das denn?«

Nadia seufzt. Geduld, Mädel! »Wenn dir was Besseres einfällt, wie wir dafür sorgen können, dass nicht einer von uns bei der nächstbesten Gelegenheit abhaut, bin ich ganz Ohr.«

»Aber wir würden uns so mit diesem Mord in Verbindung bringen, und das tun unschuldige Leute nicht.«

»Wie gesagt, ich bin offen für Vorschläge. Bis wir einander vertrauen, brauchen wir was.«

Er starrt sie mit offenem Mund an, aber es kommen keine Worte heraus. Endlich schüttelt er den Kopf und senkt den Blick, ein sicheres Zeichen der Resignation. »Das gefällt mir überhaupt nicht. Es ist … grotesk, und im Digitalzeitalter ist nichts sicher.«

»Wir denken uns was aus, wie wir die Dateien verschlüsseln können oder so. Wenn du keine bessere Idee hast, Wyatt, müssen wir das jetzt machen. Uns läuft echt die Zeit davon.«

Endlich gibt er klein bei und hält sein Telefon in die Höhe.

»Ich nehme sie nicht ganz ins Bild. Wir müssen doch nur ihr… ihr Gesicht zeigen, nicht?«

Sie denkt darüber nach und nickt. Es ist ein fairer Kompromiss und erfüllt den Zweck, da Phoebe ja auch eine Kopfverletzung hat. »Das ist in Ordnung.«

Sie knipsen beide Bilder. Wyatt steckt mit einem Schaudern das Telefon wieder in die Tasche. »Mir wird schon schlecht, nur weil ich das auf meinem Telefon habe.«

»Vielleicht entscheiden wir eines Tages gemeinsam, dass es Zeit ist, die zu löschen.«

»Hoffentlich«, murmelt er.

Nadia bietet sich an, die Leiche einzuhüllen, doch Wyatt besteht darauf, ihr dabei zu helfen. »Sie ist meine Frau. Wir machen das zusammen.«

Sie weiß seine faire Haltung zu schätzen, doch seine Gesichtsfarbe ist deutlich blasser geworden, vielleicht weil der Geruch des Todes seit vorhin noch stärker geworden ist. Hoffentlich kotzt er nicht oder fällt in Ohnmacht. Nadia wahrt selbst nur mit Mühe die Fassung, und sie hat keine Energie dafür übrig, bei ihm den Babysitter zu spielen oder noch mehr Schweinerei aufzuwischen. Sie beschließt, ihn abzulenken.

»Hast du eine Plane oder Plastikfolie, die wir benutzen können?«, fragt sie.

»Ich bin sicher, unten habe ich was Passendes. Ich bin gleich zurück.« Während er unter dem Haus herumsucht, beginnt Nadia, die nächste Phase des Spiels zu planen. Die beste Option ist auch die riskanteste. Sie müssen dazu ein paar Stunden in Richtung Süden fahren. Das ist eine weite Strecke, wenn man eine Leiche im Kofferraum hat, und das Potenzial für eine Katastrophe wächst mit jeder Meile exponentiell. Ein Unfall. Ein platter Reifen oder eine Panne. Ein gelangweilter Polizist, der irgendeinen blödsinnigen Grund dafür sucht, jemanden an den Straßenrand zu winken.

Kurz erwägt Nadia andere Optionen. Der Lake Michigan

vielleicht? Im Laufe der Jahre hat sie bereits eine ganze Menge Sachen in diesem allgegenwärtigen Gewässer entsorgt, aber der See ist zu öffentlich, und die Chance, dass Phoebe entweder ans Ufer gespült oder von einem Boot aus erspäht wird, ist zu groß. Sie könnten gleich jetzt ein großes Loch im Garten hinter dem Haus graben und müssten nach heute Abend nie wieder ein Risiko eingehen, doch das würde ihnen beiden diesen Raum verleiden, selbst wenn sie nur noch kurze Zeit hierblieben. Außerdem würde weiterhin die Möglichkeit bestehen, dass lange, nachdem sie hier fortgegangen sind, jemand die Leiche zufällig ausgräbt, während er den Garten ein wenig umgestaltet. Zumindest ist dort, wohin Nadia sie bringen will, völliges Verschwinden so gut wie garantiert, hofft sie zumindest.

Wyatt kommt mit einer großen Rolle braunen Segeltuchs zurück, das mit verschiedenen getrockneten Farbklecksen bedeckt ist. Eine alte Abdeckplane, wie es aussieht. Er hat auch ein Knäuel Nylonschnur dabei. »Reicht das?«

»Das sollte klappen.«

Ein Telefon beginnt zu klingeln, und sie zucken beide zusammen. Es ist derselbe Ton, den sie vorhin gehört hat. »Ist das Phoebes Telefon?«

Er nickt. »Ignoriere es einfach. Wir haben genug zu tun.«

Obwohl sie neugierig ist, stimmt sie ihm zu, dass das Telefon fürs Erste warten muss, doch ihr kommt noch ein Gedanke. »Kennst du den Code für ihr Telefon?«

»Sie benutzt für alles ihr Geburtsdatum.«

»Gut. Denn später müssen wir da drankommen, wenn wir überhaupt was rausfinden wollen.«

»Prima. Aber lass uns erst das hier machen.«

Sie nimmt das Segeltuch und breitet es auf dem saubersten Teil des Fußbodens aus, den sie abseits der größten Blutlache finden kann. Sie würden Phoebe draufheben müssen, doch das sollte zu zweit nicht allzu schwierig sein.

Wortlos stellt sich Wyatt neben Phoebes Kopf hin, während Nadia das Fußende nimmt. Nun werden sie sie berühren müssen, und sie wird inzwischen ziemlich kalt sein, vielleicht hat sogar bereits die Totenstarre eingesetzt. Das hofft Nadia nicht. Dann würden sie beide nur noch zimperlicher reagieren. »Bist du so weit?«, fragt sie.

Wyatt starrt auf Phoebe und regt sich nicht.

»Alles okay bei dir?«, drängt sie. Er wirkt wie benommen, leer. Mitleid steigt in Nadia auf. Das arme Schwein. Wenn er Phoebe nicht umgebracht hat – und allmählich glaubt sie, dass er es vielleicht wirklich nicht war –, kann sie sich vorstellen, wie beschissen er sich gerade fühlen muss.

»Alles gut«, sagt er schließlich. »Im Augenblick spüre ich so gut wie gar nichts.« Er schaut verwirrt zu Nadia auf. »Das klingt echt schlimm, oder?«

»Eigentlich nicht. Ich kapiere das. Dein Kopf will all das hier weit von sich weisen.« Genauso hat sie sich gefühlt, nachdem sie begriffen hatte, dass Jesse Bachmann tot war. Sie fühlt sich immer noch so.

»Ja. Das nennt man Dissoziation. Ich habe das auf der Uni studiert, aber es ist was ganz Anderes, wenn man es selbst erlebt.«

»Bist du sicher, dass du sie nicht umgebracht hast? Jetzt kannst du es mir eigentlich sagen.«

Er stößt einen tiefen Seufzer aus, und Nadias Herz setzt kurz aus.

»Nein. Und wenn ich es getan hätte, dann hätte ich es niemals so gemacht. Ich hasse Blut. Deswegen habe ich nicht Medizin studiert. Komm, wir bringen das hinter uns.« Er beugt sich hinunter, um Phoebes Handgelenke zu packen. Nadia hat gerade die Fußgelenke umfasst, als es an der Tür klingelt, und sie erstarrt. Sie blickt auf Wyatt, der ebenfalls wie angewurzelt dasteht und den Mund wie zu einem stummen Schrei aufgerissen hat.

»Einfach ignorieren«, flüstert sie.

Es klingelt wieder, dann klopft jemand. Nadia weiß nicht mehr, ob die Tür abgeschlossen ist. Jemand, der so entschlossen scheint, könnte einfach reinstürmen, und dann wäre ihr Plan beendet, ehe er überhaupt angefangen hätte.

»Was machen wir?«, fragt Nadia, und ihre Stimme ist kaum mehr als ein leises Piepsen, die Todesangst legt sich wie ein enges Band um ihre Taille. Könnte jemand die Polente angerufen haben? Was, wenn diejenigen, die in der Mordsache Bachmann ermitteln, sie doch hierher verfolgt haben? Was, wenn Phoebes Mörder die perfekte Falle geplant hat und nun die Hilfstruppen hierherschickt, während die Leiche noch zu ihren Füßen liegt?

Wyatt richtet sich auf, lässt Phoebes Arme wieder auf den Boden sinken. Er wendet sich von Nadia ab, senkt den Kopf und presst seine Handballen gegen die Augen. Nach ein paar schweren Atemzügen steht er einen Augenblick reglos da. Als er sich ihr wieder zuwendet, ist es, als hätte er einen Schalter umgelegt. Sein Gesichtsausdruck ist so gelassen, wie sie ihn bei ihm noch nie gesehen hat. Es ist eine Form der Selbstbeherrschung, die Nadia widerwillig bewundern muss. Wahrscheinlich einer seiner Therapeutentricks.

»Keine Sorge. Bleib hier. Ich mach das.« Er schaut an sich herunter, um sicher zu sein, dass er kein Blut an sich hat, und geht dann fort. Zum Glück ist die Küche von der Haustür aus nicht zu sehen, doch trotzdem wünscht sie, sie wäre in der Nähe eines Badezimmers, denn nun muss sie nicht nur kotzen, sondern auch noch pinkeln. Und vielleicht sterben.

Sie hört, wie die Tür aufgeht, und dann: »Oh, hallo! Sie müssen Wyatt sein.«

Eine Frauenstimme. Hell und fröhlich. Gar nicht polizeimäßig. Nadia beruhigt sich ein wenig.

»Ja. Hi. Äh, Sie sind unsere neue Nachbarin, stimmt's? Phoebe hat Sie mal erwähnt.«

Welche Freude! Phoebes aktuelle beste Freundin. Nadia würde wetten, dass sie diejenige ist, die den ganzen Morgen über angerufen hat.

»Stimmt. Ich bin Vicki Napier. Mein Mann ist Ron, mein Sohn Jake. Phoebe hat mir so viel von Ihnen erzählt.« Die Stimme klingt warm, doch Nadia kann auch einen winzigen Hauch Verachtung heraushören, der sich eingeschlichen hat. Vicki und Phoebe haben wahrscheinlich so gehässig, wie das viele Freundinnen machen, ihre Partner bis auf die Knochen seziert und sich dabei auf die allerschlimmsten Eigenschaften gestürzt. Diese Frau weiß wahrscheinlich Sachen über Wyatts sexuelle Vorlieben und andere intime Rituale, die ihn zutiefst beschämen würden.

Apropos sexuelle Vorlieben, ob Vicki wohl weiß, dass Phoebe ein bisschen zu viel höchst private Zeit mit dem jungen Jake verbracht hat? Vielleicht hat ihr Ehemann sie da aufgeklärt. Das könnte das Gemetzel hier erklären. Doch Nadia schüttelt den Kopf. Nach allem, was sie von dieser Frau gesehen hat, ist sie ziemlich zierlich. Es wäre schon eine Menge Mama-Bär-Adrenalin nötig, um so etwas wie das hier zuwege zu bringen. Nicht unmöglich allerdings, nur unwahrscheinlich. Papa Bär dagegen ... der wird ziemlich oft wütend.

»Sie hat Ihnen von mir erzählt, was? Gut kann das für mich nicht sein.« Wyatt versucht es mit einem scherzhaften Tonfall, doch es klingt ein wenig zittrig. Vickis Lachen passt als Antwort dazu: ein schrilles Kreischen, das jeglichen Humor vermissen lässt. Nadia fühlt sich ein wenig seekrank, nur vom Zuhören.

»Ist Phoebe zufällig da? Wir wollten uns heute Morgen zum Brunch treffen, aber ich konnte sie nicht erreichen. Allmählich mache ich mir ein bisschen Sorgen.« *Oh, ich weiß nicht ob Phoebe im Augenblick oder irgendwann in der Zukunft Besuch empfangen kann*, denkt Nadia und schaut auf die Leiche hinunter.

»Sie hat sich eine eklige Magen-Darm-Geschichte eingefangen«, sagt Wyatt. »Nur deswegen bin ich überhaupt hier. Sie hat jemanden gebraucht, der ihr die Haare aus dem Gesicht hält.« Schöner Schachzug, denkt Nadia.

»O je! Ich hoffe es ist nichts Ernstes.«

Oh, todernst, denkt Nadia. *Ein echter Killervirus. Jede Menge stechende Schmerzen.* Wildes Gelächter steigt in ihr hoch, doch echter Humor ist im Augenblick so unerreichbar wie ein Stern in einer fernen Galaxie. Das hier ist eher schleichende Hysterie.

»Diese Sachen gehen ja recht schnell vorbei«, meint Wyatt. »Aber ich sage ihr, sie soll wenigstens ihre SMS beantworten.«

»Das wäre schön. Und wenn ich irgendwie helfen kann, zögern Sie nicht, rufen Sie an.«

»Danke, Vicki. Das mache ich.«

Nadia stößt einen stillen Seufzer aus. Gott sei Dank, das wäre geschafft.

»Oh, hey, was ist mit Ihrer Hand passiert? Sieht aus, als blutete sie.«

O Scheiße! »Ich habe heute Morgen eine Kaffeetasse zerbrochen und mich geschnitten. Total ungeschickt, aber es ist nichts Schlimmes.«

»Wenn das immer noch blutet, sollte die Hand vielleicht genäht werden.«

»Ja, vielleicht. Ich kümmere mich drum, wenn ich einen Moment Zeit habe.«

»Mein Mann ist Arzt. Ich könnte ihn bitten, sich das mal anzusehen, wenn Sie möchten.«

»Das ist sehr nett von Ihnen«, sagt Wyatt. »Aber ich glaube, das ist schon in Ordnung.«

»Na gut. Sagen Sie Bescheid, wenn Sie es sich doch noch anders überlegen.«

»Okay. Prima. Und noch mal vielen Dank.«

Eine Sekunde später fällt die Tür zu, und Nadia sackt gegen die Wand. Als Wyatt zurückkommt, ist er ein wenig vorgebeugt, als wäre er schlagartig gealtert. »Das war echt beschissen gruselig.«

»Du warst gut. Wie hat sie auf dich gewirkt? So, als wüsste sie was?«

Er zuckt mit den Schultern. »Eigentlich ganz normal, ein bisschen überspannt, denke ich mal. Ich habe nichts in die eine oder andere Richtung gespürt.«

Von einem Therapeuten hätte Nadia eine schärfere Analyse erwartet, aber unter den gegebenen Umständen verzeiht sie ihm. Er wird später mehr Zeit haben, Vicki zu beurteilen. Auch Dr. Ron, und vielleicht den verlorenen Sohn, wenn sie Glück haben. »Ich glaube, wir sollten heute Abend da rübergehen, damit er dir die Hand näht.«

»Bist du völlig verrückt geworden? Ich geh da nicht hin. Und hast du gerade ›wir‹ gesagt? Ich habe ihr eben erzählt, dass Phoebe krank ist.«

»Na, wie du schon gesagt hast, solche Magen-Darm-Infekte gehen schnell vorbei. Ich tu ein bisschen schwach, aber wir müssen hingehen. Wir brauchen die Info, und es ist eine gute Idee, so normal wie nur irgend möglich zu erscheinen.«

»Was für Info?«

Sie zieht die Augenbrauen in die Höhe und deutet auf Phoebes Leiche. »Äh, hallo? Wir müssen hier nach einem Mörder suchen, es sei denn, du bist damit zufrieden, dass wir uns weiter gegenseitig verdächtigen.«

Er hebt ergeben die Hände. »In Ordnung, schon verstanden. Ich wollte nur wissen, was wir deiner Meinung nach dort finden könnten, das uns irgendwie nützlich wäre.«

»Hauptsächlich Reaktionen. Wer so tut, als würde er ein Gespenst sehen, wenn er mich erblickt hat, ist wahrscheinlich unser Schuldiger. Oder unsere Schuldige.«

»Okay, und was dann? Dann fechten wir es einfach mit denen aus?«

Sie schüttelt den Kopf. »Ich habe das Gefühl, dass dieses Spiel länger dauern wird. Aber ich nehme an, passieren kann alles.«

Wyatt schnauft. »Müssen wir wirklich jetzt mit dieser Nancy-Drew-Detektivgeschichte anfangen? Wir haben doch das Wichtigste noch nicht erledigt.«

»Wir können ohnehin erst los, wenn es dunkel ist. Also komm, wir wickeln sie jetzt ein und verstauen sie im Kofferraum. Und dann machen wir hier, du weißt schon, den Rest sauber. Anschließend können wir rübergehen und mal schauen, was es dort zu sehen gibt.«

»Das gefällt mir immer noch nicht. Ich habe das Gefühl, als gingen wir mit frischem Fleisch um den Hals in die Löwengrube.« Er macht eine angewiderte Handbewegung, als sei ihm zu spät klar geworden, wie nah diese blutige Metapher der Wirklichkeit kommt.

»Wenn einer von denen der Schuldige ist, ist er einfach zu schockiert und verängstigt, um uns zu enttarnen. Wir bleiben nur lange genug dort, um einmal die Atmosphäre da drüben zu testen, und als Bonus kriegst du noch deine Hand genäht. Und das ist nötig. In Zeiten wie diesen solltest du keine Infektion riskieren.« Noch dazu ist der Ort, an den sie fahren werden, alles andere als sauber.

Er seufzt und schüttelt den Kopf. »Gut. Dann sehen wir zu, dass wir diesen Teil hinter uns bringen, bevor ich den Mut verliere.«

Sie beugen sich erneut nach unten, um Phoebe auf die Abdeckplane zu heben. Obwohl keiner von ihnen sagt, wie es sich anfühlt, dieses tote Fleisch zu handhaben, fällt es ihnen schwer, die Schwierigkeiten zu verbergen, die sie beide damit haben: Nadias allgemeiner Ekel, Wyatts stumme Tränen der Trauer, ganz zu schweigen von der körperlichen Anstrengung für sie beide. Sobald die Leiche auf der Plane liegt, rollen sie sie darin ein, so dass sie glücklicherweise aus dem Blickfeld verschwunden ist. Die Last auf Nadias Brust wird ein bisschen leichter, obwohl dies der einfachste Teil der ganzen Quälerei ist. Sie sichern den Stoff mit Schnur und Klebeband.

»Und jetzt tragen wir sie in den Kofferraum?«, fragt Wyatt, und seine Haut ist so bleich, dass sie unter dem feinen Schweißfilm beinahe durchsichtig wirkt.

»Ja, wir fahren getrennt nach Indiana. Ich muss auch mein Auto entsorgen.«

»Wieso entsorgen? Du könntest es doch einfach verkaufen.«

Noch ist es zu früh, um ihm zu erklären, warum das keine brauchbare Option ist. Am liebsten würde sie eigentlich überhaupt nicht weiter auf die Situation mit Jesse Bachmann eingehen. Sie war nervös genug, als sie mit dem Auto in der Stadt herumgefahren ist, obwohl sie bereits einmal die Nummernschilder ausgetauscht hat und sicher ist, dass die Magnettafeln mit der Aufschrift *Executive Couriers* die Aufmerksamkeit ausreichend abgelenkt haben. Doch früher oder später wird das Glück sie verlassen. Jetzt ist die beste Gelegenheit, die Karre für immer loszuwerden. Es erscheint ihr auch ziemlich passend, dass Nadias Spur gar nicht weit von dem Ort entfernt aufhört, an dem sie begonnen hat.

»Es ist leichter so.«

Er scheint das anzuzweifeln. »Wenn du meinst. Was ist denn in Indiana?«

»Das hat alles Zeit, bis wir unterwegs sind.«

Sie verbringen ein paar Minuten damit, das schwere Menschenpaket in die Garage hinauszuschleppen, wo Nadia etwas sieht, was sie in all den Wochen des Spionierens nicht zu Gesicht bekommen hat, hauptsächlich, weil diese Seite der Garage nie zur Straße hin offen war. »Scheiße nochmal, was ist das denn?«

Wyatt sagt erst etwas, nachdem sie den Leichnam unter Decken verborgen und im Kofferraum des Audi verschlossen haben. »Das ist einer der seltensten Ferraris, die du je zu sehen kriegst, und er steht in einer staubigen Garage rum. Beinahe komisch, wenn man es recht bedenkt.«

»Deiner?«

»Großer Gott, nein. Eigentlich auch nicht Phoebes. Ihr Vater hat ihn kurz vor seinem Tod hier anliefern lassen.«

Nadia starrt auf das rote Ungetüm, wendet sich dann erneut Wyatt zu. »Warum fährst du ihn nicht? Ich meine, wenn er schon mal da ist, kannst du doch deinen Spaß damit haben.«

Er schüttelt den Kopf. »Das ist kein Auto, mit dem man einfach so fährt. Vor nicht allzu langer Zeit ist eins von diesen Dingern bei einer Auktion für über vier Millionen Dollar weggegangen. Man sollte es eher als eine exotische Skulptur auf Rädern betrachten.«

Sie pfeift durch die Zähne und fährt mit der Hand über den hinteren Kotflügel. Das ist jetzt wohl der teuerste Gegenstand, den sie je berührt hat. »Es kommt mir nur wie eine Verschwendung vor, den Wagen hier so zu verstecken.«

»Oh, das stimmt. Phoebe hasst ... hasste diese protzige Angeberei. Versteh mich nicht falsch, sie hatte nichts dagegen, Geld zu haben, und sie hat es auch gern ausgegeben, aber ihr Vater war ein schäbiger Schweinehund, und gehässig noch dazu. Phoebe hat immer gedacht, er hätte ihr den Wagen nur vermacht, um sie zu verhöhnen, um zu sehen, ob ihre Loyalität ihm gegenüber größer sein würde als ihr Widerwille. Das ist typisch für das passiv-aggressive Verhalten, das man von ihm kannte.«

»Was für ein Arschloch.«

»Ich habe ihr gesagt, es wäre die perfekte Rache, wenn sie das Ding auf die schlimmste mögliche Art loswürde. Es irgendeinem Typen auf der Straße schenken, oder einen Trupp Kleinkinder mit tropfenden Eiscremetüten und Buntstiften drauf loslassen. Ich weiß, dass sie in tiefster Seele meiner Meinung war, aber sie hat es dann doch nicht über sich gebracht.«

Je länger Nadia das Auto anschaut, desto mehr missfällt es ihr. »Teufel nochmal, ich hätte das Ding angezündet.«

Wyatt wirft ihr einen abschätzenden Blick zu. »Das hier scheint ja auch für dich beinahe eine persönliche Angelegenheit zu sein.«

»Vielleicht ist es das ein bisschen.«

»Diese gemeinsamen Interessen mit Phoebe, die du vorhin erwähnt hast, haben die zufällig mit Daniel zu tun?«

»Könnte sein.«

»Aha. Warst du eine der Frauen, die er, du weißt schon ... verletzt hat?«

Sie schüttelt den Kopf, weiß, dass er immer weiterfragen wird, bis sie ihm eine zufriedenstellende Antwort gibt. In solchen Fällen hilft nur die Wahrheit. »Nur indirekt. Die Person, der er wirklich wehgetan hat, war meine Mutter. Der hat er ein Kind angedreht und sie dann sitzen lassen.«

»Verstehe. Aber warum die Fixierung auf Phoebe? Hast du geglaubt, du könntest auf dem Weg über sie irgendwie an ihn rankommen?«

Nadia starrt ihn an. »Dann will ich es dir deutlicher erklären. Er hat meiner Mutter ein Kind angedreht und sie sitzen lassen, und das war, oh, *vor sechsundzwanzig Jahren*.«

Er sagt nicht gleich etwas, doch Nadia sieht förmlich, wie sich die Puzzleteile in seinem Kopf zusammenfügen. »Moment mal. Ist Daniel ... dein Vater?«

»Vater würde ich ihn kaum nennen. Aber würde er den Vaterschaftstest bestehen? Klar doch.«

Ihm steht der Mund weit offen. »Jetzt beginnt das alles einen Sinn zu ergeben. Aber warte. Scheiße, das bedeutet, dass Phoebe ...«

»Gratuliere. Du hast es rausgekriegt.«

»Hast du deswegen vor unserem Haus rumgelungert? Hast du geplant, Phoebe einzuschüchtern? Sie dazu zu bringen, dass sie dir Geld gibt oder so was?«

Sie tritt von einem Fuß auf den anderen, findet es zunehmend schwierig, Blickkontakt mit ihm zu halten. »Nein, mein Plan war, mich hier vorzustellen und sie kennenzulernen. Aber so weit sind wir nie gekommen.« Der Selbsthass brennt ihr in den Eingeweiden. Sie war nicht nur zu feige, um sich richtig vorzustellen, als sie die Gelegenheit hatte, sie hat schließlich ihre Halbschwester sogar erpresst und vielleicht die Ereignisse ins Rollen gebracht, die zu ihrer Ermordung geführt haben.

»Ich glaube, Phoebe hätte sich wirklich gefreut, wenn sie gewusst hätte, dass sie eine Schwester hat«, sagt Wyatt leise.

»Na, herzlichen Dank, jetzt fühle ich mich echt scheiße. Können wir jetzt wieder an die Arbeit gehen?« Sie wendet sich ab und geht ins Haus zurück.

»Tut mir leid. Ich wollte nicht gefühllos sein. Wenn du drüber reden willst ...«

»Mir geht's gut, okay? Können wir das Thema jetzt lassen?«

»Im Augenblick schon.«

Sie schaut finster, während sie ihm noch den Rücken zuwendet. In der Küche macht Nadia eine Bestandsaufnahme von Phoebes Reinigungsprodukten, die es an Umfang leicht mit ihrer Sammlung an Kosmetika aufnehmen können. »Ihr zwei hattet keine Haushälterin, stimmt's? Ich habe nie eine gesehen, aber ich wollte nur sicher sein.«

»Schon eine ganze Weile nicht mehr. Phoebe hat das gern selbst gemacht. Sie war ein bisschen zwanghaft, was Reinigungsprodukte angeht.«

»Das ist deutlich zu sehen.« Sie entscheidet sich für einen alten Favoriten: Peroxidbleiche. Damit hat sie die Kleidung der Farmarbeiter gewaschen und das Zimmer, in dem ihre Mutter gestorben war, desinfiziert. Es klingt ein bisschen wie eine makabre Werbung für das Zeug, wenn man sagt, dass man mit nichts den Tod besser aus den Dingen herauswaschen kann, aber genauso ist es.

Die nächsten beiden Stunden verbringen sie damit, jede Oberfläche in der Küche zu waschen, zu spülen und den Vorgang anschließend noch einmal zu wiederholen. Jetzt, wo keine Leiche mehr im Raum ist, kann Nadia beinahe so tun, als schrubbte sie den Boden im Schlachthaus, eine Tätigkeit, die in ihrer Kindheit nichts Ungewöhnliches war, besonders vor den Besuchen des Gesundheitsamtes. Außer dass sie dort zumindest Wasserschläuche und Abflüsse im Boden hatten. Hier müssen sie mehr als ein Dutzend Eimer rotes Wasser in den Ausguss kippen. Als sie endlich alles für hinreichend sauber erklären, ist es schon beinahe fünf Uhr. Sie sind beide erschöpft und schmutzig und stinken nach einem ekelerregenden Cocktail aus Blut, Bleiche und Schweiß. Wyatt schenkt sich einen Drink ein, um die Wirkung ein wenig zu lindern, doch Nadia lehnt ab, als er ihr auch einen anbietet. Sie verträgt das Zeug nicht, und für die nächste Phase dieses wilden Ritts braucht sie einen besonders klaren Kopf.

»Was jetzt?«, fragt er.

Sie beobachtet, wie er an dem Verband an seiner Hand herumnestelt. »Ich glaube, du kennst die Antwort.«

»Ich hatte gehofft, du hättest es dir anders überlegt.«

»Ich denke immer noch, dass es eine gute Gelegenheit ist, drüben einen kleinen Einblick zu bekommen.«

»Glaubst du wirklich, dass einer von denen sie umgebracht hat? Wenn ja, dann fällt es mir schwer, mir vorzustellen, dass Vicki hier rübergekommen wäre oder uns eingeladen hätte.«

»Das ist genau das, was schuldige Leute uns glauben machen wollen.«

Er starrt sie an. »Was weißt du von denen, das dich so misstrauisch macht? Du hast was gesehen, als du da draußen gesessen bist, nicht wahr?«

»Ich verspreche dir, wenn wir heute Abend alles geschafft haben, setzen wir uns hin und reden. Im Augenblick ist das hier ein Rennen gegen die Uhr.«

»Es gefällt mir nicht, dass du alle möglichen Karten in der Hand hältst, die ich nicht einsehen kann. Wie sollen wir zusammenarbeiten, wenn ich nicht alles weiß, was du weißt?«

Er wird sich störrisch stellen, bis sie ihm irgendwas hinwirft. Nadia beschließt, ihm nachzugeben, wenigstens ein bisschen. »Okay, in Ordnung. Die Ehe der Napiers ist ziemlich in der Krise. Ich habe die ganze Zeit da drüben Geschrei gehört, obwohl ich nie wirklich mitbekommen habe, worüber sie sich so streiten.«

»Wieso sollte die schlechte Ehe dieser Leute dazu führen, dass Phoebe … umgebracht wurde?« Er hat immer noch Probleme, das offen auszusprechen. Es wird wohl noch einige Zeit dauern.

»Ich sage das nur, weil mir Ron wie ein wirklich jähzorniger Typ vorgekommen ist. Ich habe den Verdacht, dass es wirklich ein Problem gewesen sein könnte, wenn Phoebe ihn gegen sich aufgebracht hatte.« Und ganz gewiss hat Phoebe etwas getan, was Ron gegen sie aufgebracht hätte, doch wenn Nadia nun erzählt, was sie über den jüngeren Napier weiß, ist Wyatt höchstwahrscheinlich heute Abend zu nichts mehr zu gebrauchen. Sie hofft, dass das nun gereicht hat, um ihn im Augenblick bei der Stange zu halten.

Er schenkt sich einen weiteren kleinen Drink ein und schließt einen Moment die Augen. »Phoebe scheint schlechte Ehen anzuziehen wie ein Magnet. Ihr Dad hatte eine lange Latte davon. Wir hatten auch einige Probleme. Und jetzt das hier. Herrgott nochmal.« Er schüttelt den Kopf, kippt seinen Drink runter. »Okay. Machen wir uns sauber.«

KAPITEL 16

Dreißig Minuten später überqueren sie zusammen die Straße, und in Nadias Kopf rollt ein Film mit allen möglichen Handlungsabläufen: kalt, herzlich, verlegen, gewalttätig. Es könnte am Ende sogar ein Spaß werden, und Vicki holt das Mensch-Ärgere-Dich-Nicht-Spielbrett aus der Schublade. Wenn sie es recht bedenkt, würde das die Sache allerdings doppelt so peinlich machen.

Beim ersten Blick auf die übertrieben pompöse steinerne Cottage-Fassade des Napier-Hauses sieht sie, dass sich kurz die Jalousie an dem breiten Erkerfenster bewegt. Unwillkürlich ist Nadia einerseits ein bisschen erschrocken, weil sie beobachtet wird, andererseits denkt sie wehmütig an die einfacheren Tage zurück, als sie noch im Auto saß und Phoebe zu ihr herausspähte. Wer wohl der Späher der Napiers ist? Jemand, der etwas zu verbergen hat?

Nun, was immer da drüben geschehen wird, zumindest sieht sie gut aus. Diesmal hat ihr Wyatt geholfen, sich zurechtzumachen. Er hat ein paar schwarze Leggings und ein übergroßes hellrosa T-Shirt für sie ausgesucht. (»Das ist eindeutig etwas, was Phoebe tragen würde, wenn sie krank ist«, hatte er gesagt, und dann eine Pause eingelegt. »Ehrlich gesagt, das trägt sie in letzter Zeit praktisch immer.«)

Diesmal hat es eine Weile gedauert, bis sie das Make-up richtig hinbekommen hat. Das Schlüsselwort war »unauffällig«, sie musste so aussehen, als hätte sie kein Make-up aufgelegt, während sie doch die Gesichtszüge betonte, die Phoebe und sie gemeinsam haben, zum Beispiel die Augen, das Kinn und die Wangenknochen, und gleichzeitig die herunterspielte, die Nadia eher von ihrer Mutter hat: die Nase, die Lippen, das Haar, das Nadia mit einer rosa Baseballkappe verdeckte, um die herausgewachsenen Haaransätze zu verbergen. Wenn sie damit durchkommt, könnte sie in Erwägung ziehen, irgendwann zu ihrem natürlichen brünetten Ton zurückzukehren. Wieso sollte Phoebe nicht beschlossen haben, einmal ein wenig zu experimentieren? Dann wäre die Pflege entschieden einfacher. Phoebes Haut war zudem eher golden als Nadias Elfenbein-Teint. Im Augenblick kann sie das zumindest zu ihrem Vorteil einsetzen, wenn sie die Kranke spielt.

Nach ihrem dritten Versuch mit dem Lidstrich überkam sie kurz der Zweifel. Sie konnte Phoebes Gesicht nicht mehr in ihrem wiederentdecken. Einige Minuten lang saß sie wie erstarrt vor dem Spiegel, zitterte in der überreizten Gewissheit, dass jeder diesen Trick sofort durchschauen würde. Wyatt hatte wohl bemerkt, wie lange sie brauchte, denn er kam herein, um zu fragen, wie sie vorankäme. Nadia stammelte: »Ich ... weiß nicht, ob ich das hinkriege. Vielleicht hattest du recht.«

»Augenblick«, sagte er und verließ kurz das Zimmer. Er kehrte mit einem gerahmten Foto zurück, auf dem Phoebe vor dem Haus stand und ein Schild mit der Aufschrift VERKAUFT! in der Hand hielt. Sie lächelte strahlend. In ihren weißen Shorts und einem violetten ärmellosen Top sah sie fit und knackig aus, die Haut goldbraun, das blonde Haar schulterlang. Obwohl Nadia sie eigentlich nie kennengelernt hatte, konnte sie doch sagen, dass die Frau, die sie im Lebensmittelladen gesehen hatte, niemals so gelächelt hatte. Vielleicht hat sie es getan, wenn sie mit Jake zusammen war. Trotzdem war die Ähnlichkeit bemerkenswert genug, um Nadia den Atem zu rauben.

»Ich weiß, ich habe gesagt, dass meiner Meinung nach diese ganze Idee völlig verrückt ist, und das denke ich immer noch, aber ich glaube, du kriegst das hin«, erklärte Wyatt ihr und schaute feierlich auf Phoebes Bild. »Vertraue mir. Vertraue dir selbst.« Danach rückte alles wieder in den richtigen Fokus.

Als sie nun Seite an Seite auf der Veranda der Napiers stehen, blicken sie einander an. Ihm scheint es im Augenblick ganz gut zu gehen, wenn man bedenkt, was sie jetzt vorhaben. »Wie heiße ich?«, fragt sie.

»Phoebe. Honey. Babe. Manchmal Phoebs. Aber das kannst du gar nicht leiden.« Er grinst ein wenig, doch seine Augen sind unergründlich.

»Das reicht, Schatz.« Sie streckt die Hand aus und klingelt.

Die Tür geht auf, doch gerade nur so weit, dass eine Frau mit einer fransigen Pixie-Frisur den Kopf herausstrecken kann. Nadia sieht sie zum ersten Mal aus der Nähe. Unter anderen Umständen könnte ihr Gesicht mit seinen zarten femininen Zügen freundlich wirken, doch im Augenblick ist alle Farbe daraus gewichen, und die Frau sieht kalt und argwöhnisch aus. Vielleicht sogar ängstlich. Ihre blassblauen Augen scheinen Nadias Gesicht ziemlich intensiv zu mustern, was sie erwartet hat, aber sind diese Augen da gerade eben rasch zu ihrer Schläfe gehuscht? Zu genau der Stelle, an der Phoebe ein schwerer Schlag getroffen hat? Nadia kann nicht sicher sein. Vielleicht schaut die Frau nur die Mütze an, die Nadia trägt. Ihre angespannten Nerven könnten ihr da auch einen Streich spielen.

»Phoebe?«, fragt die Frau und scheint beunruhigt. »Geht... geht es dir gut?«

Nadia fällt es schwer, Vickis Absicht zu erkennen. Fragt sie, weil Phoebe ja angeblich krank ist, oder weil sie weiß, dass Phoebe im Augenblick eine Leiche ist? Sie versucht es mit einem stoischen Grinsen. »Jetzt schon. Du weißt doch, wie es mit diesen Magen-Darm-Sachen ist. Sie kommen aus dem Nichts und verschwinden genauso schnell wieder.«

Vickis Augen blicken nicht mehr ganz so misstrauisch, und nach ein paar Sekunden macht sie die Tür ein Stückchen weiter auf. »Oh, gut. Ich bin beinahe krankhaft hysterisch, wenn's um Bakterien geht. Hat wohl damit zu tun, dass ich eine Arztfrau bin.« Sie verschränkt die Arme vor dem Körper. Immer noch in Verteidigungshaltung.

»Genau deswegen sind wir übrigens hier. Wyatt hat beschlossen, dein Angebot anzunehmen, dass sich Ron die Schnittwunde an seiner Hand ansieht. Nachdem ich ihm den halben Tag damit in den Ohren gelegen habe.«

Vicki grinst. Zögerlich, aber zumindest grinst sie. »Ich bin froh, dass sich der gesunde Menschenverstand doch durchgesetzt hat. Kommt rein.« Sobald sie im Haus sind, schaut Vicki auf Nadias Baseballmütze. »Ich hätte dich nie für den Mützentyp gehalten.«

»Die ist aus meiner Sammlung Marke ›Ich hab den ganzen Tag mit dem Kopf im Klo gesteckt und kann gerade eben wieder aufrecht stehen‹, weißt du.«

Diesmal lacht Vicki ein bisschen. Gut. Vielleicht hatte sie nur Angst, dass sie sich die Magen-Darm-Sache einfängt. Sie wirkt ein wenig steif, als sie ihre Besucher über den Flur in den Wohnbereich führt, doch Nadia kennt sie ja eigentlich nicht und hat daher keine Vergleichsmöglichkeit. Kurz überlegt sie, ob Vicki einen Unterschied an der Stimme ihrer »Freundin« bemerkt hat. Dieses Detail war ihr bisher nicht einmal in den Kopf gekommen. Heute Abend kann sie das, wenn es sein muss, auf die Krankheit schieben, aber später muss sie daran arbeiten. Vielleicht hat Wyatt ein paar Videos oder Sprachnachrichten, die ihr dabei helfen können.

In all ihren Jahren als Einbrecherin hat Nadia ein breites Spektrum an Wohnstilen und Geschmacksrichtungen vorgefunden, und das Zuhause der Napiers ist eindeutig eher am spartanischen Ende dieses Spektrums. Je mehr sie es betrachtet, desto weniger glaubt sie, dass es sich hier um eine bewusste Entscheidung in puncto Inneneinrichtung handelt. Minimalismus ist eine Sache, einfach nichts zu haben etwas ganz anderes. Ihre Schritte hallen von den Wänden und hohen Decken wider. Da würden einige Teppiche helfen, ein paar Möbelstücke auch, aber es fehlt an beidem. Im Wohnzimmer sind die einzigen Sitzgelegenheiten ein billig aussehendes braunes Zweiersofa und zwei Klappstühle, wie man sie in einem Bankettsaal finden würde. Ein paar billige Beistelltische sind zu einem Couchtisch zusammengeschoben, und auf einem weiteren Tisch neben dem Zweiersofa steht eine schlichte Lampe, die eher so aussieht, als gehörte sie auf einen Schreibtisch. Auf den Schreibtisch eines Studenten. Tatsächlich wirkt das ganze Ensemble so, als hätte ein junges Paar es zusammengestellt, das gerade eben genug Geld für die Kaution und die erste Monatsmiete hatte, aber nicht auch noch für die Einrichtung, und das daher seine Möbel aus Ramschläden zusammengesucht hat.

Riesige eingebaute Bücherregale zu beiden Seiten des Kamins könnten wunderbar etwas mehr Wohnlichkeit verbreiten, sind im Augenblick jedoch leer, bis auf ein paar Taschenbücher auf einem unteren Regalbrett. Das Gemütlichste ist die umfangreiche Sammlung gerahmter Fotos auf dem Kaminsims. Es sind sehr viele Bilder von Jake dabei, die ihn im Laufe der Jahre zeigen, wie er vom niedlichen Kind zum unbeholfenen Teenager und zum heutigen Mädchenschwarm heranwächst. Anscheinend hat er Spaß an Tennis und Surfen und nicht nur an älteren verheirateten Frauen.

Die Familie ist wann hier angekommen? Vor einem Monat ungefähr? Nadia war schon ein paar Wochen hier, als sie auftauchten. Eigentlich ist das zu lange her für diesen

»gerade eingezogen«-Look, insbesondere wenn man reich genug ist, um nach Lake Forest zu ziehen. Vielleicht sind sie doch nicht so vermögend, was ziemlich seltsam wäre. Von allen Vororten von Chicago, die sie hätten aussuchen können, haben sie sich ausgerechnet für den exklusivsten entschieden. Entweder wussten sie das nicht, oder sie haben dieses Viertel aus anderen Gründen gewählt.

»Euch fällt unser schrecklicher Mangel an Möbeln auf«, sagt Vicki, und ein spielerischer Ton schleicht sich in ihre Stimme. Sie wird ein bisschen lockerer. »Ihr solltet stolz auf mich sein, dass ich jetzt zumindest eine Couch hier drin habe.«

»Ja, die ist sehr hübsch«, lügt Nadia.

Vicki schaut zu Wyatt. »Ihre Frau hat es Ihnen vielleicht noch nicht erzählt, aber wir schaffen es nur nach und nach, all das zu ersetzen, was wir vor dem Umzug verkauft haben. Immerhin machen wir Fortschritte.«

»Das verstehe ich. Sich alles neu anzuschaffen ist in so einer Situation wirklich am sinnvollsten«, erwidert er freundlich.

Vicki nickt. »Ja, das habe ich zumindest damals geglaubt. Ich habe versucht, sparsam zu sein, und auch gedacht, es wäre gesund, ganz neu anzufangen, aber es war schwieriger, als ich erwartet hätte. Wir hatten einen Haufen unvorhergesehene Ausgaben. Aber selbst unter Idealbedingungen, wie kann man über Nacht ein ganzes Leben ersetzen?«

»Ich kann es mir kaum vorstellen«, sagt er, und nun ist seine Stimme etwas schwächer.

Es folgt eine unbehagliche Pause. Die Stille des Hauses breitet sich über sie. Nadia ergreift jeden Strohhalm, um diese Stille auszufüllen. Ihr fällt auf, dass es nach Essen duftet. »Hier riecht was richtig gut. Ich hoffe, dass wir nicht beim Abendessen stören.«

Vicki schüttelt den Kopf. »O nein, da köchelt nur eine

Soße.« Sie legt eine Pause ein. »Wollt ihr bleiben und mitessen, nachdem Ron Wyatts Pfote verarztet hat? Ich habe jede Menge gemacht.«

Nadia und Wyatt wechseln einen raschen Blick. »Ich sollte wahrscheinlich nichts essen«, sagt sie. »Mein Magen ist noch nicht ganz wieder in Ordnung.«

Vicki streichelt Nadia kurz über die Schulter und wirft ihr einen mitleidigen Blick zu. »Kein Problem. Dann fügen wir das zu unserer immer längeren Liste der Dinge hinzu, die wir später nachholen.« Sie hebt den Kopf und ruft in Richtung Flur: »Ron! Dein Patient ist da!«

Einen Augenblick später hören sie ein dumpfes: »Momentchen!«

»Er hat sich schon den ganzen Tag in seinem Arbeitszimmer verbarrikadiert. Gott weiß, was er da anstellt. Mir ist das inzwischen sowas von egal.« Sie schaut zu Nadia und verdreht vielsagend die Augen, und die blickt zurück und hofft, damit auszudrücken: *Typisch Mann, oder?*

Vicki tritt einen Schritt zurück und mustert Nadia von oben bis unten, ein Grinsen spielt auf ihrem Gesicht. »Wie viel hast du denn gekotzt? Ich könnte schwören, du hast in den letzten vierundzwanzig Stunden mindestens zehn Pfund abgenommen.«

Nadia zuckt innerlich zusammen. Sie hatte geahnt, dass man den Gewichtsunterschied bemerken würde, sogar in den Schlabberkleidern. Es gibt nur eine Möglichkeit, das abzuschmettern: gehässigen Humor. »Du willst wohl damit sagen, dass ich fett bin?«

»Nun, jetzt nicht mehr, du magere Hippe«, erwidert Vicki lachend. Nadia fällt in das Lachen ein. Sie ist sich nicht sicher, ob sie erleichtert darüber sein soll, wie viel einfacher das Geplauder geworden ist, oder ob sie gerade deswegen mehr auf der Hut sein muss.

Vicki führt sie ins Wohnzimmer. »Sie nehmen das Sofa,

Wyatt. Ron ist gleich da. Wie die meisten Ärzte verspätet er sich gern um mindestens eine halbe Stunde. Da fühlt er sich wichtiger.«

Einen Moment später fällt am anderen Ende des Flures eine Tür zu, und Ron tritt mit einer großen Arzttasche herein. Als er Nadia sieht, zuckt er beinahe unmerklich zurück, so unmerklich, dass es ihr entgangen wäre, wenn sie ihn nicht direkt angeschaut hätte. Diese beiden lassen sich nur schwer einschätzen. Entweder beherrschen sie es hervorragend, so zu tun, als wäre nicht eben eine tote Frau hereinspaziert, oder sie haben wirklich nichts zu verbergen.

»Wie nett, dass du dich zu uns gesellst, Liebling«, flötet Vicki. »Du und Wyatt, ihr habt euch noch nicht offiziell kennengelernt, oder?«

»Nein. Mir scheint, bisher hattet ihr Mädels den ganzen Spaß allein.« Nadia hat Rons Stimme immer nur aus der Ferne und in Schreilautstärke gehört, ist also überrascht, wie tief und gelassen sie klingt. Er streckt Wyatt die Hand hin und zieht sie zurück, als er den Verband sieht. »Nun, ich denke, das sollten wir zuerst verarzten.«

Nadia beobachtet Ron genau, als er sich neben Wyatt setzt. Die beiden Männer sind ungefähr gleich alt und ähnlich gebaut, und beide sehen aus, als hätte ihnen in letzter Zeit das Leben übel mitgespielt: Ihre Augen sind trübe, das Gesicht unrasiert, die Haare struppig, nur wirkt Rons Abgespanntheit irgendwie so, als sei sie tiefer eingeschliffen. Die täglichen Streitereien mit seiner Frau machen das wahrscheinlich auch nicht besser. Genauso wenig dieses kahle Zuhause. Die Frage ist, ob es ihm jetzt schlechter geht als heute Morgen.

»Danke, dass Sie das machen«, sagt Wyatt. »Ich wollte schon in die Notaufnahme, aber Vicki hat vorgeschlagen, ich soll herkommen.« Sein Tonfall ist ganz natürlich und freundlich, was eine Erleichterung ist. Wenn sie es beide schaffen, unter Druck so kühl zu bleiben, überleben sie vielleicht dieses seltsame kleine Spielstündchen.

Nadia räuspert sich. »Ich habe auch drauf bestanden.«

»Kein Problem«, sagt Ron und sucht in seiner Arzttasche etwas zwischen den Papierpäckchen. Sein Tonfall ist distanziert, zerstreut. Nadia spürt, dass er ihrem Blick ausweicht. Was wohl der Grund dafür ist?

»Hätten Sie etwas dagegen, wenn ich noch einmal auf die Toilette gehe, bevor wir anfangen?«, fragt Wyatt. »Phoebe hatte es so eilig, mich hier rüberzuzerren.«

Vicki grinst. »Klar. Nur den Flur lang. Zweite Tür rechts.«

Seine Augen huschen zu Nadia, ehe er fortgeht. Sie haben nicht über irgendwelche Erkundungsmissionen geredet, ehe sie aufgebrochen sind, doch sie bewundert seine Initiative. Hoffentlich findet er was Interessantes zu berichten.

»Phoebe, möchtest du was trinken? Ich habe Ingwerlimonade, wenn dein Magen dir noch Probleme macht.«

»Das klingt prima, vielen Dank«, sagt sie, eher daran interessiert, etwas zu bekommen, was ihren trockenen Mund befeuchtet.

Vicki schwebt in Richtung Küche davon. »Was meinst du, möchte Wyatt dasselbe?«, ruft sie über die Schulter zurück.

»Klar. Kann ich helfen?«

»Nein, bleib du ruhig sitzen.«

Wyatt braucht da draußen länger, als ihr lieb ist. Sie wird schon ein bisschen zappelig, bemerkt dann aber, dass Ron sie mit einem kühlen, abschätzenden Blick mustert, was entweder bedeutet, dass er ihre Verkleidung durchschaut oder dass er mit Phoebe ziemlich üble Streitigkeiten hatte, die jeglichen Versuch des unverbindlichen Plauderns völlig ausschließen.

Wenige Augenblicke später bringt Vicki als zweifelhafte Retterin die Gläser mit Limonade auf Eis, als Wyatt gerade von der Toilette zurückkommt. Erst nachdem Nadia bereits ein halbes Glas in einem Zug ausgetrunken hat, fragt sie sich, ob es so klug war, von diesen Leuten irgendwas zu essen oder zu trinken anzunehmen, angesichts dessen, was die vielleicht getan haben. Wenn sich in den nächsten paar Minuten alles im Zimmer zu drehen anfängt, hat sie ihre Antwort.

»Ich muss schon sagen, Wyatt, es ist toll, Sie endlich kennenzulernen«, sagt Vicki. »Schließlich sind Sie der Ehemann meiner besten Freundin.« Sie lächelt Nadia an, zeigt dabei ein paar Zähne zu viel. Ein kalter, unsichtbarer Finger kitzelt Nadia im Nacken, doch sie erwidert das Lächeln und betet, dass Ron schnelle Arbeit mit Nadel und Faden leisten kann.

»Das ist aber ein ziemlich fieser kleiner Schnitt«, meint Ron, sobald er Wyatts Hand ausgewickelt hat. »Ich hatte gehofft, ich könnte das kleben, doch ich glaube, da brauchen wir ein paar Stiche.«

Vicki schaut sich die Sache näher an. »Wow. Und all das hast du dir an einer Scherbe von einem zerbrochenen Henkelbecher zugezogen?«

Wyatt zuckt zusammen, als Ron Desinfektionsmittel auf die Wunde gibt. »Er ist mir in der Hand in Stücke gebrochen, als ich ihn hingestellt habe. War wohl mein Glückstag.«

Die Zweifel, die sie an Wyatts Unschuld noch immer hat, flackern erneut auf wie ein Stück Glut in einer frischen Brise und brennen ihr in den Eingeweiden. Er lügt, und der schnelle Blick, den er ihr zuwirft, bestätigt das.

»Einfach beim Hinstellen zerbrochen?«, fragt Vicki, die Augenbrauen spielerisch in die Höhe gezogen. »Ach was, geben Sie es schon zu. Sie haben das Mistding hingeknallt. Ihr zwei hattet wohl einen kleinen Streit?«

»Verdammt, Vicki. Hör auf, ihn zu verhören«, sagt Ron, wischt über den Schnitt und trägt rings um die Wunde Betadine auf, ehe er eine Spritze zur Hand nimmt, die eine klare Flüssigkeit enthält, wahrscheinlich Lidocain, vermutet Nadia. »So was passiert im Leben eben manchmal.«

»Stimmt«, erwidert Vicki, doch das klingt nicht besonders überzeugt. »Manche Leute kennen einfach ihre eigene Kraft nicht.«

»Das brennt jetzt gleich ein bisschen«, sagt Ron und setzt die Nadel an. »Aber dann wird es schnell taub.« Wyatt wendet mit einer Grimasse den Blick ab.

Nadia sagt: »Vielleicht hatte die Tasse schon einen feinen Sprung, der endlich durchgeknallt ist.« *Ihr wisst schon, wie manche Leute*, möchte sie noch hinzufügen. *Wie jemand hier vielleicht.*

Vicki mustert ein paar Sekunden lang ihr Gesicht. »Irgendwas ist wirklich anders an dir. Hast du, irgendwie, ein Peeling gemacht? Dein Teint ist jetzt echt wie Porzellan.«

Nadia übertüncht ihre Nervosität weiter mit übertriebenem Spott. »Also, erst sagst du, ich bin fett, und jetzt bin ich alt? Herrgott, du bist mir eine schöne Freundin.«

Vicki lacht. »Ich frage mich nur, wem ich dafür das Verdienst zuschreiben soll, mehr nicht. Du siehst aus wie eine völlig neue Frau.«

Nadia atmet nicht, zuckt nicht mit dem winzigsten Gesichtsmuskel. Wäre dies ein alter Hitchcock-Film, so gäbe es jetzt abwechselnde Nahaufnahmen von ihren Gesichtern, und die geigenlastige Musik im Hintergrund würde zu einem angespannten Crescendo anschwellen. Dann würde Vicki eine Pistole – oder ein Messer, das ja heute die Waffe der Wahl ist – herausziehen und Antworten verlangen. *Wer bist du? Ich weiß, dass du nicht Phoebe bist, denn als ich sie das letzte Mal gesehen habe, steckte diese Klinge in ihrer Brust.*

Die Haustür geht auf, und ein paar Sekunden später kommt der dritte und jüngste Napier hereinspaziert, mit verschwitzter Laufkleidung und Kopfhörern, während er gleichzeitig einen Stapel Post sortiert. »Hey, Jake«, sagt Vicki, »gerade habe ich überlegt, ob du noch rechtzeitig zum Abendessen auftauchst.«

Als er aufblickt und Nadia sieht, fällt ihm der kleine Stapel von Umschlägen und Flugblättern aus der Hand, und seine Augen werden glasig vor Entsetzen. Sieht ganz so aus, als wäre der jugendliche Liebhaber noch nicht bereit für das Abendprogramm. Doch außer seiner Reaktion erregt noch etwas anderes Nadias Aufmerksamkeit: Rote Kratzer verunstalten sein hübsches Gesicht, ebenso seine Arme und den Hals, als wäre er durch ein Dickicht aus Brombeerranken gerannt... oder hätte mit einer Frau gerungen, die um ihr Leben kämpft. Morgen würde er bestimmt sogar ein paar blaue Flecke haben. Nadia hakt alle Posten auf ihrer Liste ab, einen nach dem anderen. Alarmglocken beginnen zu schrillen, und Ballons und Konfetti regnen herab. Meine Damen und Herren, ich glaube, wir haben unseren Mörder!

Vicki steht rasch auf, um die hingefallene Post aufzuheben. »Herrgott, Jake, sei nicht so unhöflich. Es sind nur die Nachbarn. Wo ist das Problem?«

Jake zieht die Stöpsel aus dem Ohr und räuspert sich. »Hallo, alle miteinander. Tut mir leid. Ich hab einfach nicht damit gerechnet, dass jemand hier ist. Das hat mich total überrascht, mehr nicht.« Er tritt ein paar Sekunden von einem Fuß auf den anderen wie ein kleiner Junge, der auf die Toilette muss. »Ich geh dann mal duschen.«

»Aber sicher, mein Junge. Geh und mach dich frisch.« Vicki schaut ihm hinterher, wie er durch den Flur flitzt, und blickt Nadia kopfschüttelnd an. »Ich weiß wirklich nicht mehr, was mit dem Jungen los ist.«

»Dem geht's gut«, murmelt Ron, der über seine Naht gebeugt ist.

Sie schaut Nadia an. »Er verheimlicht mir was, das spüre

ich. Ich habe ihn gefragt, ob er schon für die Einführungs-
woche an der Uni seine Sachen gepackt hat. Es ist ja nicht
mehr lange bis zum ersten Semester. Er grunzt nur und
zuckt mit den Achseln. Dieser Junge, der im Frühling buch-
stäblich über nichts anderes als Stanford reden konnte, ist irgendwie...« Sie macht eine ratlose Geste. »Verschwunden.«

»Vicki«, grummelt Ron. Dieser Tonfall ist wahrscheinlich
die Vorstufe zu den meisten Streitereien, und Nadia spürt,
wie sich ihr die Haare auf den Armen aufstellen.

»Entschuldige mal, ich werde doch mit *meiner* Freundin
meine Sorge über *meinen* Sohn besprechen dürfen.« Vickis
Betonung von »meiner« wird mit jedem Mal deutlicher.
»Du und Jake, ihr glaubt wohl, ich brauche nichts für mich.
Doch, das brauche ich: ein bisschen Seelenfrieden, eine Tüte
voller Zeug für die Küche und die Hoffnung auf ein halbwegs
normales Leben, verdammt nochmal.«

Nun funkelt sie ihren Ehemann wütend an und knirscht
mit den Zähnen. Beinahe scheint es eine stumme Heraus-
forderung zu sein. Das erinnert Nadia so sehr daran, wie ihre
Mutter Jim getriezt hat, dass sie beinahe spürt, wie sie auf ihr
viel jüngeres Ich zurückschrumpft und hilflos zuschaut, wie
zwei Erwachsene, die es besser wissen müssten, einander in
Rage bringen und dann am Ende verlangen, dass sie sich für
eine Seite entscheidet.

Rons Gesicht wird puterrot, doch wunderbarerweise bewahrt er im Augenblick die Fassung. In der Stille denkt Nadia an die alten Filme von den Atombombentests und daran, wie gespenstisch friedlich alles kurz vorher aussah, ehe
das grelle Licht aufblitzte und die Pilzwolke hochstieg. Vicki
holt tief Luft, hält den Atem an und wendet sich wieder zu
ihr. »Tut mir leid. Es war ein schwerer Tag.« Sie lacht wild.
»Oder vielleicht eher ein schwerer Monat. Oder ein schwe-
res Jahr. Ach, was mach ich mir vor? Mein ganzes Scheiß-
leben war schwer.«

»Alles wird gut«, versichert Nadia ihr und fragt sich, ob Phoebe das auch gemacht hätte. Es sieht ohnehin nicht so aus, als schenkte Vicki ihr viel Glauben.

»Ich bin fertig«, sagt Ron, und einen Moment lang denkt Nadia, dass er von seiner Fähigkeit redet, die Fassung zu bewahren. Doch dann versteht sie, dass er seine kleine Chirurgenaufgabe meint, als er die Fäden abschneidet und anfängt, Wyatts Hand zu bandagieren. Er ist offensichtlich von diesem Gespräch mitgenommen. Die Mullbinde fällt ihm immer wieder hin. Doch dann schafft er es, ein Stück abzuschneiden und mit Klebeband zu sichern, wischt sich die Stirn und erklärt: »So gut wie neu.«

Wyatt stößt einen Seufzer aus, den Nadia als pure Erleichterung interpretiert, denn nun können sie gehen. »Ich weiß das wirklich zu schätzen«, sagt er.

»Passen Sie nur auf, dass es nicht nass wird. Wechseln Sie alle paar Tage den Verband. In zwei Wochen ziehe ich die Fäden. Brauchen Sie was gegen Schmerzen? Ich kann Ihnen ein paar Vicodin-Tabletten geben.«

Wyatt schüttelt den Kopf. »Das ist nicht nötig. Trotzdem, danke.«

»Wenn Sie es sich anders überlegen, einfach fragen.«

Einen Augenblick lang sagt keiner etwas, als warteten sie darauf, dass eine weitere Bombe hochgeht. Dann steht Nadia auf. »Nun, wir sollten euch nicht vom Abendessen abhalten.«

»Ah ja, die gute Hausfrau muss immer schön weiterarbeiten«, sagt Vicki finster.

»Nett, Sie kennenzulernen, Wyatt«, sagt Ron und wendet sich dann ab, um mit dem Aufräumen anzufangen. Nadia würdigt er keines Blickes.

Vicki begleitet sie zur Tür. Sie schaut Wyatt an. »Hey, Großer, kann ich Ihre Frau mal eine Sekunde ausleihen? Wir haben wichtige Mädelssachen zu besprechen.«

Wyatt und Nadia wechseln einen raschen Blick, und er nickt. »Natürlich. Ich warte auf der Veranda, Babe.«

Sobald er fort ist, dreht sich Vicki zu ihr hin. »Was seid ihr beide doch jetzt auf einmal für Turteltauben.«

Nadia wird es eng um die Brust. Sie fühlt sich, als wäre sie ohne Schwimmreifen am tiefen Ende des Pools und schlüge wild um sich. »Wir arbeiten dran.«

Nadia berührt den Türknauf, und Vicki legt ihr die Hand auf die Schulter.

»Ich war heute Morgen echt sauer, dass du mich versetzt hast.« Ihre Stimme klingt ein bisschen schrill und zittrig, als müsse sie sich zwingen, das zuzugeben. Das sind schon mal mindestens zwei Leute, die heute Morgen sauer auf Phoebe waren, und Nadia weiß, dass sie jetzt ganz vorsichtig vorgehen muss.

»Mein Magen war auch ziemlich sauer auf mich, das kannst du mir glauben.« Sie lächelt, doch Vicki lächelt nicht zurück. Diesmal wird sie mit der Sarkasmus-Nummer nicht durchkommen.

»Ron sagt, dass ich immer von anderen Leuten zu viel erwarte. Allmählich glaube ich, dass da vielleicht was dran ist.« Tränen steigen ihr in die Augen, und sie wischt sie beinahe heftig weg.

Selbst unter den günstigsten Umständen war Nadia immer jämmerlich schlecht darin gewesen, zu verzweifelten Leuten die richtigen Dinge zu sagen. Im Augenblick hat sie das Gefühl, als wäre ihr die Zunge an den Gaumen getackert, und es kostet sie große körperliche Anstrengung, sie dort abzulösen. »Es tut mir wirklich leid.«

»Entschuldige dich nicht«, blafft sie. »Das kann ich im Augenblick echt nicht hören. Da fühle ich mich noch beschissener.«

Nadia weicht vor der schieren Gewalt dieser Worte zurück. In den schwärzer werdenden Schatten ist es unmöglich, Vickis Gesicht zu sehen, doch sie spürt, dass in ihrem Blick ein nacktes Gefühl aufflackert, das vorhin dort nicht war. Es ist beinahe Hass. Oder interpretiert Nadia da etwas hinein?

»Geh nach Hause zurück zu deinem Mann, Phoebe.«

Nadia verlässt das Haus und zuckt zusammen, als die Tür krachend hinter ihr zufällt.

INTERMEZZO

Nie werde ich den Augenblick deines Todes vergessen. Oder den, als du zurückkamst.

Während du um deine letzten Atemzüge gerungen hast, habe ich dir gesagt, es würde alles gut werden. Ich denke, da musst du mich gehört haben, denn eine Sekunde später hast du den Kampf aufgegeben und hast losgelassen. Es ging so schnell. Nur ein paar Sekunden nach dem Augenblick, als das Messer eindrang. Ich glaube, am Schluss wusstest du, dass du frei warst, wie wir das alle sein wollen, und dein Gesicht ist so friedlich geworden. Ich glaube, ich habe dir geholfen.

Niemand sonst würde das verstehen. Sie würden sagen, ich hätte dich ermordet und hätte es verdient, dafür zu büßen. Aber ich glaube, ich büße jetzt schon, denn da bist du vor mir, bist wieder lebendig, und ich weiß nicht, wie ich damit umgehen soll. Ich weiß, sie ist nicht *wirklich* du, aber meine Gefühle können keinen Unterschied feststellen, und meine Augen auch kaum. Sie klingt sogar wie du. Wenn ich sie reden höre, möchte ich aus meiner Haut kriechen.

Wie kann man nach so was weitermachen? Der Tod ist schon schwer genug, aber noch schwerer ist es, wenn die Toten nicht tot bleiben.

KAPITEL 17

Zehn Minuten später sitzen Nadia und Wyatt im Wohnzimmer und keuchen noch immer, weil das alles ihnen einen gewaltigen Adrenalinstoß verpasst hat. Zum ersten Mal hätte sie gern auch was von dem Zeug, das Wyatt aus seinem Glas nippt, stürzt aber stattdessen lieber Wasser herunter.

»Ich kann nicht fassen, dass das wirklich funktioniert hat«, sagt Wyatt.

»Bist du dir da sicher? Ich hatte das Gefühl, dass wir alle Theater gespielt haben.« Sie erzählt ihm von dem kurzen Gespräch mit Vicki an der Tür.

Er denkt darüber nach. »Meinst du, das hat was zu bedeuten?«

»Woher zum Teufel soll ich das wissen? Meine Nerven sind völlig am Ende.«

»Gleichfalls. Es hat da drüben Momente gegeben, da dachte ich, ich wäre völlig von der Wirklichkeit losgelöst.«

»In Zukunft sehe ich noch einiges von der Art auf uns zukommen. Also, was hast du bei deiner kleinen Aufklärungsmission rausgefunden?«

Er runzelte die Stirn. »Bei welcher Aufklärungsmission?«

»Ach nee, als du praktischerweise auf die Toilette musstest. Ist dir da irgendwas aufgefallen?«

»Oh. Ich musste wirklich auf die Toilette.«

Sie kann ihre Enttäuschung nicht verhehlen, aber es können ja nicht alle so gute Schnüffler sein wie sie, denkt sie.

»Das Badezimmer ist so öd und leer wie der Rest des Hauses, wenn das irgendwie weiterhilft.« Er kippt einen weiteren Schluck Whiskey hinunter. »Wer hat deiner Meinung nach am schuldigsten ausgesehen?«

»Lass uns bis drei zählen und dann jeder einen Namen sagen.«

Wyatt nickt.

»Okay«, sagt sie. »Eins... zwei... drei... Jake.«

»Ron.«

Nadia zieht die Augenbrauen in die Höhe. »Ron? Echt? Wieso er?«

»Ich habe in meiner Praxis im Laufe der Jahre jede Menge Typen wie ihn gesehen. Viel Druck im Job, unglückliche Ehe. Das sind tickende Zeitbomben. Ron wirkt ganz so, als wäre er im... Gefahrenbereich.«

Sie nickt zustimmend. »Okay, verstehe.«

»Er beobachtet, dass seine Frau sich ein bisschen zu gut mit der Frau nebenan anfreundet, und wir haben schon mitbekommen, dass er es gar nicht mag, wenn Vicki ihre schmutzige Wäsche vor anderen Leuten wäscht. Wer weiß, worüber sie und Phoebe sich schon unterhalten haben. Ron kommt zu dem Entschluss, dass ihm Phoebes Einmischung jetzt langsam reicht. Er geht rüber, kriegt vielleicht einen schrecklichen Wutanfall.« Sein Gesicht rötet sich jetzt auch vor Zorn, doch er schnauft laut mit einem langen Atemzug aus. »Den Rest kennen wir.«

Sie kann nicht leugnen, dass die Theorie fundiert wirkt. Schließlich war Ron auch ihr Hauptverdächtiger, und die Tatsache, dass er wahrscheinlich weiß, dass etwas zwischen Phoebe und Jake war, gibt ihm ein weiteres Motiv, von dem Wyatt vielleicht jetzt noch nichts zu erfahren braucht. Ron hat sich außerdem die ganze Zeit größte Mühe gegeben, um sie nicht direkt ansprechen zu müssen, als irritierte ihn bereits ihre pure Anwesenheit. Doch der Grund dafür hätte auch sein können, dass er sie einfach nicht leiden kann, und nicht etwa seine Abneigung dagegen, eine auferstandene Tote vor sich zu sehen. »Ich glaube, da könntest du recht haben, aber nachdem ich Jake gesehen habe...«

Wyatt seufzt. »Ja. Seine Reaktion, die Kratzer im Gesicht. Ich muss zugeben, auch für ihn sieht es nicht besonders gut aus.«

»Ich spüre, da kommt noch ein ›Aber‹.«

»Aber ich kann mir irgendwie kein Motiv vorstellen. Ich nehme an, er könnte ein Serienkiller sein, doch auf meinem Radar für Psychopathen ist er nicht aufgetaucht.«

Vor diesem Teil hat ihr gegraut, doch die Sache ist zu wichtig, um sie für sich zu behalten. Das Gleiche gilt für die Erpressernachricht, aber sie hofft, dass sie die noch ein bisschen für sich behalten kann, wenn nicht sogar für immer. Ihre ursprüngliche Sorge, dass er vielleicht schon von der Nachricht weiß, ist vergangen. Angesichts ihres gegenseitigen Misstrauens hätte Wyatt die sonst schon längst als Grund dafür angeführt, dass er ernsthafte Zweifel an ihrem guten Charakter hat, und wenn er jetzt davon erführe – oder gar von dem Ereignis, das sie überhaupt erst dazu gebracht hat, diesen Brief zu schreiben –, würde er ihr nie wieder vertrauen. Phoebe hat das wahrscheinlich für sich behalten, wie alle ihre anderen Geheimnisse, scheint es. »Also… jetzt sage ich dir mal, warum Jake ein bisschen verdächtiger ist. Ich wollte noch abwarten und sehen, ob du es vielleicht schon wusstest, aber ich denke mal, du wusstest es nicht.«

Wyatt runzelte die Stirn. »Ich wusste was nicht?«

»Ich bin beinahe hundertprozentig davon überzeugt, dass Jake und Phoebe… was hatten. Miteinander.«

Sein Gesicht wird schlaff, und er zwinkert. »Wie bitte?«

»Na ja, er war öfter hier. Hat den Rasen gemäht, das eine oder andere im Haus gemacht.«

Er zuckt irritiert mit den Schultern. »Nur weil sie ihn angeheuert hat, Arbeiten im Haus zu erledigen, bedeutet das noch lange nicht, dass sonst noch was gelaufen ist.«

»Nein. Aber er war öfter hier… ziemlich oft.« Sie spricht sanft, hofft, ihn nicht noch weiter aus der Fassung zu bringen, da er bereits in Verteidigungshaltung gegangen ist. Doch nun sieht er aus, als hätte er gerade in eine Zitrone gebissen.

»Schau mal, unsere Ehe war alles andere als ideal, aber selbst wenn Phoebe eine Affäre gehabt hätte, so bezweifle ich, dass es eine mit einem gottverdammten Kind gewesen wäre, okay?«

Na gut, wir sind also fest im Stadium des Leugnens, denkt Nadia. Das kann sie ihm nicht verdenken, aber er darf dort nicht verharren, nicht, wenn er wirklich herausfinden will, was hier geschehen ist. »Ich habe vor ein paar Tagen auch beobachtet, wie er aus dem Haus gestürmt ist, während Phoebe in der Tür stand. Es sah ganz so aus, als hätten sie einen kleinen ... du weißt schon, Streit unter Liebesleuten gehabt.« Wyatt macht den Mund auf, um zu antworten, aber sie hält eine Hand hoch, um ihn aufzuhalten. »Sie war so gut wie nackt.«

Er schließt die Augen und stützt die Stirn in die geballten Fäuste. Sekunden verstreichen, und er sagt nichts, doch seine hängenden Schultern scheinen Resignation anzudeuten. »Hast du sonst noch was gesehen?«

Reicht das nicht?, hätte sie beinahe gefragt, doch das würde wohl nur grausam klingen. »Nein. Und schau mal, ich glaube auch nicht, dass wir Ron bereits ausschließen sollten. Was wissen wir denn schon, er hat vielleicht an dem Tag genau dasselbe gesehen wie ich, und das würde ihm ein prächtiges Motiv geben. Wir dürfen nur Jake nicht übersehen, weil er vielleicht ein abservierter, äh, Liebhaber ist. Außerdem ist er der Einzige, der so heftig reagiert hat, als er mich heute Abend gesehen hat.«

»Das stimmt nicht. Vicki hat auch nicht gerade den roten Teppich ausgerollt, als sie an die Tür gekommen ist«, erinnert Wyatt sie. »Sie hat ausgesehen, als hätte sie den Schock ihres Lebens erlitten. Ich habe gesehen, wie sie dich gemustert hat. Und du hast vorhin gesagt, dass jeder, der so wirkt, als hätte er Phoebes Gespenst gesehen, vielleicht der Mörder sein könnte.«

Dagegen kann Nadia nichts einwenden. »Ich kann ihr allerdings keinen Vorwurf daraus machen, dass sie den Unterschied bemerkt hat. Sie war Phoebes engste Freundin. Und sie schien sich ja dann später ein wenig zu entspannen.« Zumindest bis ganz zum Ende, als sie schon beinahe zur Tür heraus waren.

»Ja, sie ist ein bisschen lockerer geworden, nachdem sie kapiert hatte, dass du sie nicht mit der Pest ansteckst. Jedenfalls wenn man ihr das mit der Mysophobie glaubt.«

Sie starrt ihn an. »Was ist das denn?«

»Tut mir leid, da ist der Kliniker mit mir durchgegangen. Angst vor Keimen.«

»Ah ja, das. Ich weiß nicht, ob das echt war oder nicht, aber es lässt sich leichter glauben, dass sie Angst hatte, eine Kranke ins Haus zu lassen, als dass Jake all diese Kratzer von was anderem als Fingernägeln bekommen hat. Phoebe hat sich gegen ihren Angreifer gewehrt.«

Wyatt seufzt. Seine Hände reiben mit einem kratzenden Geräusch über seine stoppeligen Wangen. »Dieser Ausflug auf die andere Straßenseite hat uns der Wahrheit nicht unbedingt näher gebracht, was? Jetzt haben wir drei Leute, die es vielleicht getan haben, aber nichts Konkreteres, als dass sie sich ein bisschen seltsam verhalten, und nichts, was uns einen Hinweis auf irgendwelche Gründe gibt. Es sei denn, dir fällt noch was anderes ein.«

Nadia zögert einen Augenblick und erzählt ihm dann von der gepackten Tasche, die sie in Phoebes Ankleidezimmer gefunden hat. »Es ist möglich, dass sie drauf und dran war, die Stadt zu verlassen. Das könnte irgendwie damit zu tun haben.« *Oh, das hat es ganz bestimmt. Glaubst du etwa, die eingesperrte Hausfrau, der du seit Wochen nachspionierst, hat plötzlich Reisepläne geschmiedet, bevor sie deinen Brief* bekommen hat? Unmöglich ist es nicht, aber unwahrscheinlich. Möglicherweise wollte sie abhauen, weil du damit gedroht hast, ihr Geheimnis zu verraten. Die Frage ist nur, wer es sonst noch rausgefunden hat und was der dann gemacht hat.

Nach einem kurzen nachdenklichen Schweigen sagt er: »Das kann ich nicht glauben.«

»Ich habe dir die Wahrheit gesagt.«

»Das meine ich nicht. Es ist nur so: Wenn du mich vor einem Tag gefragt hättest, wie hoch meiner Meinung nach die Wahrscheinlichkeit ist, dass Phoebe das Haus für mehr als nur Lebensmitteleinkäufe verlässt, so hätte ich geantwortet: eins zu einer Million. Und jetzt habe ich das Gefühl, als hätte ich diese Frau kaum gekannt.«

»Wir haben alle unsere blinden Flecken.«

Er schüttelt den Kopf. »Das scheint aber ziemlich viel mehr als ein Fleck zu sein. Ich war einfach völlig blind, Punkt. Das hat sie mir heute Morgen auch so gesagt. Natürlich habe ich mich mit ihr darüber gestritten. Aber sie hatte recht.« Er seufzt. »Ich will mir diese Tasche ansehen.«

Nadia schaut aus dem Fenster und sieht, dass die Sonne nach diesem langen, überaus seltsamen Tag endlich untergeht. Zu schade nur, dass er noch seltsamer werden wird. »Dafür ist später Zeit. Im Augenblick haben wir wichtigere Dinge zu erledigen.«

Wyatt fährt sich mit der Hand durchs Haar. »Da hast du wohl recht.«

»Ich gebe dir die Adresse für dein Navi, aber bemühe dich bitte, immer dicht hinter mir zu bleiben. Und es ist wahrscheinlich auch eine gute Idee, wenn du mit meinem Auto fährst.«

»Wieso?« Gleich schaut er wieder misstrauisch.

Weil die Polizei nicht Ausschau nach einem Weißen mittleren Alters in einem blauen Ford Focus hält, denkt sie. »Das ist bestimmt einfacher. Für dich.«

Er schließt die Augen und seufzt. »Leicht wird es nicht, so oder so.«

»Hör mal, das Schwierigste wird die Fahrt sein. Wenn wir erst mal da sind, ist es ein Kinderspiel.« Sie weiß, dass sie die Sache zu sehr vereinfacht. Die Entsorgung selbst wird keineswegs ein Vergnügen sein, aber sowas spricht man in einer aufmunternden Rede nicht an.

»In Ordnung. Gut. Ich will einfach nur, dass dieser Tag zu Ende ist.«

»Geht mir genauso. Und jetzt los! Wir können uns unterwegs am Telefon unterhalten. Dann erscheint uns vielleicht alles ein bisschen weniger…«

»Furchterregend?«, fragt er.

»Genau.«

* * *

Sobald sie etwa zwanzig Meilen aus der Stadt heraus sind, wird der Verkehr flüssiger, und ihre zweifache Sorge darüber, dass sie eine Leiche im Kofferraum hat und die Polente vielleicht ihr Auto bemerkt, geht im Hintergrundgeräusch unter. Jetzt müssen sie nur den Tempomat auf die zulässige Höchstgeschwindigkeit einstellen und brav zwischen den weißen Linien fahren, dann kommen sie ohne Vorfälle ans Ziel. Als die letzten rosa Überreste am westlichen Himmel verblassen, klingelt über das Bluetooth-System des Autos ihr Telefon, und Wyatts Name erscheint auf dem Display.

Sie nimmt den Anruf an. »Wie geht's dir?«

»Ich wünschte, ich wäre überall, bloß nicht hier«, sagt er.

»Gleichfalls.«

»Ich bin mir nicht sicher, ob ich die ganze Fahrt schaffe, wenn ich nur meine Gedanken als Gesellschaft habe. Macht es dir was aus, wenn wir einfach am Telefon bleiben?«

»Geht klar.« Sie ist froh über die Ablenkung, weil sie

ihr hilft, die Schuldgefühle wegen ihrer Halbschwester in Schach zu halten. Es folgt ein langes Schweigen, so lang, dass Nadia beinahe glaubt, dass die Leitung unterbrochen wurde.

»Nimm's mir nicht übel, aber dein Auto ist scheiße.«

Sie grinst. »Pass bloß auf. Du sprichst von meinem Zuhause.«

»Moment. Du hast hier drin gewohnt?«

»Billiger als ein Ein-Zimmer-Apartment. Auch weniger Kakerlaken. Und keine Mitbewohner.«

»Gutes Argument. Ich habe ein paarmal unter Kakerlaken gelebt. Ich würde es nicht empfehlen.«

Einige Minuten lang reden sie nicht, und sie fragt sich, ob er gleich auflegen wird. »Also dieser Ort, an den wir fahren, da kommst du ursprünglich her?«

»Ja, Monticello, Indiana, ich bin dort geboren und aufgewachsen. Obwohl ich in Chicago gezeugt wurde, da habe ich also teilweise das Gefühl, dass ich auch von dort komme.«

»Also... wie ist es überhaupt gekommen, dass deine Mutter Daniel Noble über den Weg gelaufen ist?«

»Sie ist in den neunziger Jahren aus Serbien emigriert, während da drüben Krieg war. Hat einen Job bei irgendeiner Catering-Firma gefunden, die zufällig bei vielen seiner Veranstaltungen gearbeitet hat. Sie haben sich bei einer davon kennengelernt.«

»Ah ja. Daniel hatte immer einen Hang zum Personal. Phoebe hatte zusätzlich zu den vielen Stiefmüttern nach dem Tod ihrer Mutter auch jede Menge Kindermädchen.«

»Ja, nun, du kannst dir vorstellen, wie sehr ihn meine Mutter noch interessiert hat, nachdem er ihr ein Kind gemacht hatte. Er wollte, dass sie abtrieb, doch dazu war sie viel zu fromm. Als einer seiner Leute sie in die Klinik gebracht hatte, hat sie sich hinten rausgeschlichen und mit ein paar Freunden zusammengetan, die auch Einwanderer waren, und die haben ihr einen verwitweten Farmer in Indiana vermittelt, der ein bisschen Hilfe im Haus gesucht hat. Dort bin ich geboren. Schließlich hat sie den Farmer geheiratet, vielleicht weil sie sich ihm irgendwie verpflichtet fühlte. Er heißt Jim. Ich hatte nie das Gefühl, dass sie ihn besonders liebte, aber sie hat sich ziemlich gut um ihn gekümmert, bis sie vor ein paar Monaten an Leberversagen gestorben ist. Eines der letzten Dinge, die sie mir erzählt hat, war, wer mein wirklicher Vater ist.«

»Das muss ja ein Schock gewesen sein.«

Sie prustet heraus. »Ehrlich gesagt, ich dachte, sie wäre schon im Delirium. Dann ist nicht mal einen Monat später Daniel gestorben. Und plötzlich hat man seinen Namen überall gelesen. Wenn ich an so was glauben würde, hätte ich meinen können, meine Mutter hätte mir Nachrichten aus dem Jenseits geschickt. Also habe ich angefangen, genauer hinzuschauen. Ich hatte den Namen Daniel Noble schon gehört und wusste, dass er ein berühmter reicher Typ war, hatte aber bisher keinen Grund gehabt, mich weiter um ihn zu scheren. Ich hatte nicht mal eine Ahnung, wie er aussah, bevor ich angefangen habe, auf die verschiedenen Schlagzeilen zu klicken.«

»Ich wette, du hast da eine Ähnlichkeit festgestellt«, sagt Wyatt.

»Ganz klar. Die Noble-Gene sind anscheinend dominant. Allerdings hat mich das damals nicht gerade glücklich gemacht. Macht es auch jetzt noch nicht. Vielleicht ist es nicht ganz so schlimm, wie zum Beispiel ... wenn man rausfindet, dass man Charles Mansons Tochter ist, aber, du weißt schon, dieselbe Größenordnung.«

Er lacht ein bisschen. »Ich glaube, Phoebe hätte dir da zugestimmt.«

»Als ich dann über sie nachgelesen habe, habe ich beschlossen, diese ganze Sache weiterzuverfolgen. Es ist mir sofort aufgefallen, wie sehr wir uns ähneln. Und nach allem, was so in den Nachrichten über Daniel rauskam, dachte ich: *Hey, vielleicht könnte die eine Freundin gebrauchen.* Das hat sich auch für mich sehr gut angehört. Ich hatte nie viele Freundinnen.«

Hör sich einer an, wie selbstlos das klingt. Wohl immer noch leichter, als zuzugeben, dass ihre Reise nach Lake Forest zumindest zu gleichen Teilen auch von einem beträchtlichen Funken Neid beflügelt wurde. Zwei Schwestern, eine, die einschließlich des Familiennamens alles hat, die andere unehelich, ihr Leben lang darüber in Unwissenheit gehalten, bettelarm. Nadia hatte das Gefühl, dass es höchste Zeit für eine kleine Portion von ihrem Geburtsrecht war. Deswegen ist es ihr auch so leichtgefallen, den Erpresserbrief zu schreiben. Es fühlte sich gut an, einmal ordentlich an dem vergoldeten Käfig einer privilegierten jungen Frau zu rütteln.

»Irgendwann musst du dir verzeihen, weißt du«, sagt Wyatt leise. »Weil du zu viel Angst davor hattest, mit ihr Kontakt aufzunehmen, als du hier angekommen bist. Das war nicht deine Schuld. Es war Daniels Schuld.«

»Kriege ich eine Rechnung für diese Therapiesitzung?«

»Nö. Geht aufs Haus.«

Weitere Meilen verstreichen mit Schweigen. Dann stellt er die Frage, auf die sie den ganzen Abend gewartet hat. »Wie genau sieht der Plan aus, wenn wir dort ankommen, wo wir hinfahren?«

Sie weiß schon, dass ihm der nicht gefallen wird. Keiner anständigen Person würde der gefallen. Aber es ist trotz allem die beste Lösung. »Am Rand des Anwesens ist eine Grube für totes Vieh. Sie ist sehr tief, und die Tiere werden mit Löschkalk und Erde abgedeckt, sobald man sie hineingeworfen hat. Wenn die Grube voll ist, wird sie mit noch mehr Erde überdeckt, und es wird Gras draufgesät.«

»Du willst Phoebe in einem Massengrab für Vieh vom Bauernhof verscharren?« Seine Stimme klingt nun beinahe so, als wäre er benommen, als nähme er inzwischen resigniert die endlose Folge von Tiefschlägen hin, die einfach nicht aufhören wollen.

»Es geht hier nicht darum, was ich will. Es geht darum, dass niemand sie findet. Wenn sie je wieder auftauchen würde, wären wir erledigt. Das bedeutet, dass Wasser als Option ausfällt, denn dort könnte sie schließlich irgendwann ans Ufer gespült werden. Und ein flaches Grab irgendwo im Wald geht auch nicht, wo wilde Tiere sie ausbuddeln würden.«

»Könnte denn nicht irgendwann einmal jemand die Grube ausheben?«

Es ist schon möglich, dass der Bezirk Jim zwingt, eine solche Grube zu verlegen, falls denen der Standort nicht passt, insbesondere wenn sie zu nah an einer Wasserquelle liegt. Und obwohl Jim sich ständig über solche Behördenregelungen beschwert, hat er sie anscheinend immer eingehalten. Sein Lebensunterhalt war ihm zu wichtig. Doch für lange Zeit würde hier alles sicher sein. Die einzige realistische Möglichkeit der Entdeckung könnte in einigen Jahrzehnten, vielleicht auch erst in einem Jahrhundert sein, falls Jims Land je verkauft und parzelliert wird. Immobilienentwickler, die tief in die Erde hineingraben, könnten unter all den Überresten von Vieh auch menschliche Knochen finden, doch wären alle, die eine solche Entdeckung direkt betreffen könnte, längst verschwunden.

»Das ist höchst unwahrscheinlich«, sagt sie.

»Sind wir bereit, unser Leben darauf zu verwetten?«

»Ich schon.« Sie spricht voller Überzeugung, doch er seufzt, als hätte er es ihr noch nicht ganz abgekauft. »Ich kann noch ein paar andere Möglichkeiten auf der Farm durchgehen, wenn du möchtest.«

»Herrgott nochmal, ich kann nicht glauben, dass das hier gerade passiert. Klar, dann stell sie mir doch alle mal vor.«

»Nicht alles tote Vieh wird begraben. Manche Schweine werden in großen Haufen kompostiert, doch das ist ein langsamer Prozess, und die Arbeiter wenden den Haufen alle paar Wochen, was bedeutet, dass jemand sie dort finden wird.«

»Verstehe.« Seine Stimme klingt, als müsse er sich gleich übergeben, doch er bittet sie auch nicht, aufzuhören.

»Es gibt auch einen Güllesee, doch weil dieser Sommer so trocken war, ist vielleicht nicht genug Regenwasser drin, um sie dort völlig zu versenken, und wir müssten sie auch mit Gewichten beschweren, was uns das gleiche Risiko beschert wie jede andere Entsorgung in Wasser. Die letzte Option wäre, sie zu verfüttern, an, äh ... sie zu verfüttern an ...«

»Sag's nicht!«

»Diese Möglichkeit habe ich aus offensichtlichen Gründen von Anfang an ausgeschlossen.«

»Ja. Also ab in die Grube.«

Etwa eine Stunde später kommen sie an einem Schild vorbei, das ihnen mitteilt, dass es nur noch zehn Meilen bis Monticello sind, doch Jim wohnt weit vor der Stadt, also tauchen bereits jetzt vertraute Ansichten auf. Der Park mit ihrer Lieblingsschaukel. Das schiefe alte Haus, von dem alle schwören, dass es dort spukt. Der Stop&Go, wohin sie mit dem Fahrrad gefahren ist, um sich Junkfood zu kaufen oder ihr mageres Taschengeld für andere Dinge zu verschwenden. Manchmal brachte sie ihrer Mom die neueste Ausgabe des *National Enquirer* oder der *Weekly World News* mit. Die liebte solche Boulevardblätter, je alberner, desto besser. Jim hat dann immer die Augen verdreht und an seinem Wild-Irish-Rose-Whiskey genippt, wenn sie ihm von Artikeln über die neuesten seltsamen Geschöpfe oder die Sichtung von Außerirdischen erzählte und die schlecht bearbeiteten Fotos als unbestreitbare Beweise vorgezeigt hatte.

Sie kommen an dem Schild vorbei, das sie in Monticello willkommen heißt, und nun bricht Nadia der kalte Schweiß aus, als würde sich ein Kraftfeld über sie senken, das sie daran hindert, hier je wieder fortzugehen. *Einmal hast du es geschafft. Glaubst du wirklich, dass du es ein zweites Mal hinkriegst? Du blödes Gör.*

»Das ist also Monticello«, sagt Wyatt.

»Das Zuhause von etwa fünftausend verlorenen Seelen.«

»So schlecht sieht es gar nicht aus.«

»Ist es auch nicht, denke ich.« Es gibt schlimmere Orte, an denen ein Kind aufwachsen kann. Angeln und Zelten an zwei Seen in der Nähe. Achterbahn am Indiana Beach. Jede Menge freie Natur und geheime Verstecke, wo man sich verkriechen oder Unfug treiben kann. Aber sie konnte es nicht so sehr genießen wie andere Kinder ihres Alters. Ihre Arbeit auf der Farm beanspruchte den größten Teil ihrer Zeit, und als sie endlich alt genug war, um einige der Aufgaben loszuwerden, interessierte sie sich für andere Dinge. Einbrechen zum Beispiel.

Sie sieht vor sich das Schild zur Callahan Farm. *Frischfleisch das ganze Jahr über!*

»Noch ein kleines Stück, dann sind wir da. Los, jetzt fahren wir von der Straße ab.« Wie geplant fährt Wyatt Nadias Auto so weit wie irgend möglich von der Straße weg. Es ist für sie ein bittersüßes Gefühl. Der Wagen war ihr einziger größerer Besitz, von einem Privatverkäufer erworben, und sie hatte dafür beinahe alle Ersparnisse ausgegeben, die sie im Laufe der Jahre von dem Geld zusammengetragen hatte, das Jim ihr für ihre Arbeit auf der Farm zahlte – ein Hungerlohn, verglichen mit dem, was die regulären Arbeiter dort bekamen, aber besser als gar nichts. Jetzt ist der

Wagen nur noch eine leere Hülle. Bevor sie fortgefahren sind, hat sie all die wichtigen Dinge rausgenommen: ihre Sammlung gestohlener Kleinigkeiten, ihren Laptop, die paar Kleidungsstücke, die sie nicht aufgeben wollte, zum Beispiel ihre Lederjacke (na ja, eigentlich Kunstleder, aber schönes Kunstleder) und ihre Converse-Schuhe, beides Schnäppchen aus einem Billigladen. Das alles ist in einem Matchbeutel auf dem Rücksitz hinter ihr verstaut.

»Ist das Privatgrund?«, fragt er.

»Wahrscheinlich. Halte auf die paar Bäume rechts zu. Decke das Auto mit so vielen losen Zweigen ab, wie du nur finden kannst.«

»Okay. Ich lege jetzt auf, damit ich das machen kann. Bis gleich.«

Von da, wo sie ist, kann Nadia ihr Auto nicht mehr sehen. Hoffentlich bedeutet das auch, dass das Auto lange nicht bemerkt wird. Sie hofft mindestens doppelt so sehr, dass nicht ausgerechnet jetzt ein Polizist vorbeikommt. Wenn alles glatt läuft, könnte es Monate dauern, ehe jemand den Wagen findet, und bis dahin hat Nadia vollständig auf Gespenstermodus umgeschaltet. Und für den unwahrscheinlichen Fall, dass die Polizei von Chicago den Wagen je in die Finger kriegt, wird sie nicht viel neue Informationen darin finden. Selbst die Adresse auf den Wagenpapieren ist die eines Postfachs in einem UPS-Laden, das sie schon vor Monaten aufgegeben hat. Eine komplette Sackgasse.

Wenige Minuten später taucht Wyatt zwischen den Bäumen auf, steigt ein und setzt sich auf den Beifahrersitz. »Ich habe jede Menge heruntergefallene Äste gefunden, um den Wagen abzudecken. Ich habe auch drinnen alles gut abgewischt.«

»Danke.«

»Du sagst mir schon irgendwann, warum das jetzt so wichtig war, oder?«

»Mach ich. Aber im Augenblick musst du dich auf einiges gefasst machen. Die Sache wird ziemlich holprig.«

»Bildlich gesprochen oder wörtlich gemeint?«

»Wahrscheinlich beides.«

Sie fährt nach dem Eingang zur Farm noch etwa eine Meile weiter, bis sie den schmalen Feldweg findet, auf dem sie während ihrer für kurze Zeit recht stürmischen Teenagerjahre manchmal mit Jungs vom Ort rumgeknutscht hat. Der Treffpunkt war immer schön abgelegen, aber auch so nah beim Haus, dass sie die Jungs fortschicken und selbst wieder zurückspazieren konnte, ohne dass jemand Verdacht schöpfte.

Sobald sie auf den unbefestigten Weg eingebogen ist, schaltet sie die Scheinwerfer aus, findet sich auf dem Terrain auch so sicher genug zurecht. In der Ferne sieht sie rechter Hand Licht im Bauernhaus und schaudert. Jim könnte noch wach sein. Nadia fragt sich, ob er allein ist oder bereits einen Ersatz für ihre Mutter gefunden hat, eine, die ihm nicht so viel Ärger macht wegen seiner Trinkerei und all der anderen schlechten Angewohnheiten. Aus welchem Grund auch immer scheinen Männer wie Jim, ganz egal wie alt sie werden, jederzeit Frauen zu finden, die bereit sind, sich auf sie einzulassen. »Klar, ich könnte ihn verlassen«, hat ihre Mutter immer gesagt. »An einem anderen Ort neu anfangen, mir einen anderen Mann suchen. Aber das würde nichts ändern.« Nadia fragte sie, wie das möglich sein könnte, doch ihre Mutter verdrehte nur die Augen und schüttelte den Kopf, wie immer, wenn sie dachte, ihre Tochter stelle sich absichtlich dumm. »Weil ich immer dieselbe bleibe.«

Sie fragt sich, was Vera von all dem hier halten würde. *Nach heute Abend werde ich nicht mehr dieselbe sein, Ma.*

Hinten im Auto klappern die Schaufeln, als sie durch die Schlaglöcher fährt, Steine klirren gegen das Fahrgestell, Äste von den Bäumen zu ihrer Rechten klatschen gegen die Windschutzscheibe. Sie schaut zu Wyatt und bemerkt, dass er den Handgriff über dem Fenster umklammert hält, sein Gesicht im grünen Licht des Armaturenbretts zu einer Maske verzerrt.

»Wie kannst du überhaupt was sehen?«, fragt er.

»Ich habe diesen Weg ziemlich oft benutzt. Außerdem ist es besser, im Dunkeln zu fahren, als zu riskieren, dass er in seinem Schlafzimmer aus dem Fenster schaut und Scheinwerfer sieht, wo sie nicht hingehören.«

»Was würde dann passieren?«

»Kennst du viele Typen vom Land, die Eindringlinge freudig begrüßen?«

»Aber er war doch dein Stiefvater, nicht? Ich bezweifle, dass er auf dich schießen würde.«

»Darauf würde ich mein Leben lieber nicht verwetten. Er hat mich nur geduldet, weil er meine Mutter liebte. Ich bezweifle, dass er, seit ich fortgegangen bin, überhaupt mal einen Gedanken an mich verschwendet hat.«

Wyatt sagt nichts mehr. Die Gruben sind oben auf einer kleinen Anhöhe, und knapp vor dem höchsten Punkt bringt sie den Wagen zum Stehen. »Lass uns die Sache schnell hinter uns bringen«, sagt sie und steigt aus. Sofort muss sie ein Würgen unterdrücken. Obwohl Jim jede Menge Löschkalk benutzt, um den Verfallsprozess zu beschleunigen, ist der Gestank hier draußen infernalisch, besonders da, wo sie gerade stehen. Nadia erinnert sich daran, dass der Wind den Gestank manchmal mittrug und wie einen fauligen Geist bis ins Haus wehte. Doch heute geht nicht die kleinste Brise, und der Geruch ist so dicht und dick, dass er an ihrer Haut zu kleben scheint. In einer vergeblichen Geste hebt sie die Hand, um Nase und Mund abzuschirmen. Auch Wyatt muss würgen, ihn scheint es ein wenig heftiger zu beuteln. Atemschutzmasken wären eine gute Idee gewesen, aber dazu ist es nun zu spät. »Wenn du dich übergeben musst, dann da drüben im hohen Gras.« Sie deutet auf eine Stelle, die etwa zehn Fuß entfernt ist.

Er nickt und taumelt in diese Richtung fort. Wenige Sekunden später hört sie, wie er leise würgt. Sie beschließt, sich schon einmal umzusehen, während er beschäftigt ist.

Sie nimmt sich die Taschenlampe, die unter dem Beifahrersitz liegt, schirmt sie mit dem unteren Teil ihres T-Shirts ab, damit sie nicht so grell ist, und leuchtet die Umgebung ab. Der Graben kann nicht allzu weit weg sein; dazu ist der Gestank zu stark. Aber sie ist ein paar Jahre nicht mehr auf diesem Stück Land gewesen, lange vor der Zeit, als sie hier fortging, und inzwischen ist zudem ein wenig Bodennebel über die Landschaft gekrochen, er verschluckt ihre Füße und schränkt ihre Sicht noch mehr ein. Nach etwa zwanzig Schritten hat sie das Gefühl, völlig die Orientierung verloren zu haben. Es ist zu dunkel, und die Schwere ihres Vorhabens lastet mehr denn je auf ihr. Sie ruft mit kratziger Stimme leise nach Wyatt. Es kommt ihr vor, als sei mindestens eine Minute vergangen, seit sie ihn zuletzt gehört hat. Die einzige Antwort ist der ferne Gesang von Fröschen und Grillen.

Sie dreht sich um, versucht, etwas zu sehen. »Wyatt, alles in Ordnung?«

Immer noch nichts. Verdammt, wo ist er? In ihrem Kopf meldet sich eine Stimme, kühl und fein wie der Nebel, der ihr um die Knöchel wirbelt: *Jetzt hat er dich erwischt. Hat erst die Frau umgebracht und dich gerade so lange an der Nase rumgeführt, bis du ihn an einen Ort gebracht hast, wo er euch beide leicht loswerden kann. Super gemacht, Nadia. Aber hey, so kannst du endlich jede Menge Zeit mit deiner lange verloren geglaubten Schwester verbringen.*

Nein. Sie weigert sich, das zu glauben, obwohl es ihr auf irgendeine kranke Art auch sinnvoll vorkommt. Hier spricht nur die Angst, bringt sie dazu, das Schlimmste zu denken.

»Wyatt!« Diesmal lauter. Zu laut, aber das ist ihr jetzt egal, da die Panik bei ihr an die Tür hämmert und Einlass verlangt.

Bei ihrem nächsten Schritt tritt sie mit dem Fuß ins Leere. Sie stößt einen erschrockenen Schrei aus, als sie einen kleinen Hügel hinunterstürzt, ehe sie auf dem Bauch schlitternd zum Stillstand kommt, beinahe in Tuchfühlung mit einem gewaltigen Brocken verrottetem Aas. Der Boden ist feucht, das können nur verflüssigte tierische Überreste sein.

Endlich überwältigt sie der Horror, lässt sie das allerletzte bisschen Selbstbeherrschung und die Kontrolle über ihren Magen vollends verlieren, doch sie übergibt sich, anstatt zu schreien. Danach ist sie, von Schluchzern geschüttelt und beinahe bis zur Ohnmacht erschöpft, nicht sicher, was sie als Nächstes tun soll, ob sie überhaupt aufstehen kann. Das ist es also. Hier werden die sie finden. *Hier wird Wyatt dich finden*, korrigiert die bösartige Stimme. *Und dich erledigen. Er wird dich da begraben, wo du sitzt, in diesem stinkenden Schlamm.*

»Oh, Scheiße. Alles in Ordnung? Was ist passiert?« Sie blickt auf und sieht Wyatts blasses Gesicht im Schein seiner Taschenlampe. Seine aufrichtige Besorgnis bringt die Stimme in ihrem Kopf zum Schweigen.

»Also... Ich glaube, ich habe den Graben gefunden«, sagt sie. Einen Augenblick lang sagen sie nichts, und dann beginnen sie zu lachen. Es ist zu gleichen Teilen Humor und Horror, ein schmerzlicher Exorzismus, der einen Teil dieses einzigartig verrückten Tages austreiben soll. So findet sie auch wieder die Kraft, auf die Beine zu kommen, obwohl sie noch immer ziemlich wackelig ist. Er reicht ihr die Hand, um ihr aufzuhelfen, und sie zögert einen Augenblick, ehe sie ihre Gedanken von vorhin als Ausgeburt ihres überstrapazierten Hirns verwirft. Sie nimmt seine Hand und lässt sich von ihm wieder auf das flache Gelände hochziehen.

Sobald sie sicher ist, dass ihre Knie sie tragen, verwandelt sich ihre augenblickliche Dankbarkeit in Wut, und sie reißt ihm ihre Hände weg. »Wo zum Teufel warst du?«, fährt sie ihn an. »Ich habe nach dir gerufen. Hast du mich nicht gehört?«

»Mir war da hinten, nachdem ich mich ausgekotzt hatte, ein bisschen schwummrig.« Er senkt die Augen. »Tut mir echt leid.«

Sie seufzt. Die makabre Bürde, die sie belastet, ist noch immer beinahe unerträglich, doch ihre Verärgerung schwindet. »Schon gut. Bist du bereit, damit wir das rasch hinter uns bringen können?«

»Großer Gott, ja.«

»Ich brauche Hilfe, um sie in das Loch hineinzukriegen. Dann kann ich aber das Schaufeln übernehmen, wenn du möchtest. Ich habe mich jetzt an den Gestank gewöhnt, wo ich ohnehin völlig damit eingesaut bin.«

Wyatt schüttelt den Kopf. »Ich denke, das schaffen wir nur gemeinsam.«

Zusammen öffnen sie den Kofferraum und heben Phoebes eingewickelte Leiche hinaus, die sich noch schwerer anfühlt als vorhin. Jetzt, da Nadias Augen sich an die Dunkelheit gewöhnt haben, hat sie ein besseres Gefühl für die Böschung und dafür, wohin sie die Leiche verschaffen.

Der Boden ist nass und sandig, was das Graben erleichtert. Nach dreißig Minuten stiller, aber fieberhafter Arbeit haben sie ein Loch ausgehoben, das etwa sechs Fuß lang, drei Fuß breit und drei Fuß tief ist. Sie schauen einander an, die Gesichter mit Dreck und Schweiß verschmiert, das Weiße ihrer Augen hell vom Schrecken ihrer Tat. »Das reicht«, sagt sie.

Ein paar Minuten später ist es vollbracht. Nadia kann keine Anzeichen von der Plane oder frisch umgegrabener Erde mehr sehen. Sie blickt zu Wyatt. »Möchtest du, du weißt schon, noch was sagen?«

Er schweigt einen Augenblick und schüttelt dann den Kopf. »Sie weiß es.«

Auf dem Weg zurück aus der Grube benutzt Nadia ihre Schaufel, um ihre Fußstapfen auszulöschen.

KAPITEL 18

Sie wacht auf, ihr ganzer Körper schmerzt, ihr Kopf ist er-schöpft und überhaupt nicht ausgeruht. Die Kombination aus den Ereignissen des Vortags und ihrer räumlichen Ver-wirrung, weil sie in einem richtigen Bett lag, machten es ihr unmöglich, die Augen länger als ein paar Sekunden zu schließen. Als der Schlaf sie endlich übermannte und sie ein wenig aus der Wirklichkeit wegstahl, berührte bereits Tages-licht den Horizont. Die Sonne, die nun durch die Jalousie hereindringt, lässt auf die frühe Nachmittagszeit schließen, und Nadia bestätigt das durch einen Blick auf ihr Telefon. Halb zwei. Sie riecht Essen. Kocht Wyatt da unten? Bevor sie weiter nachforscht, steht sie auf und geht in Richtung Badezimmer.

Obwohl sie gestern Nacht nach ihrer Rückkehr sofort ge-duscht hat, kann sie dem Drang nicht widerstehen, das jetzt gleich noch einmal zu tun. Mit all den Düsen in den Wän-den und dem riesigen Duschkopf über ihr fühlt sie sich, als stünde sie in einem dunstigen Refugium am Amazonas. Sie schäumt sich wieder mit den exotischen Seifen und Sham-poos aus Phoebes Vorrat ein, macht damit Dutzende von Kat-zenwäschen in Obdachlosenheimen und CVJM-Unterkünf-ten wett, wo Zeit, Komfort und heißes Wasser stets streng rationiert sind. Nun hat sie so viel davon, wie sie nur aushal-ten kann. Das gehört jetzt *ihr*.

Jedes Mal, wenn ihr das klar wird, leuchtet es in ihrem Kopf auf wie in einem Spielautomat in Las Vegas bei einem Gewinn, doch das Gefühl hält nie länger als ein paar Sekun-den an. Trotz all der Arbeit, die sie und Wyatt gestern geleis-tet haben, ist noch alles in Gefahr, weil Phoebes Mörder da draußen weiterhin frei herumläuft. Und da wäre noch eine Frage, die keiner von beiden bisher angepackt hat: Wenn sie je rausfinden, wer es war, was machen sie dann? Ist sie bereit, einem weiteren tödlichen Kampf um ihr Leben ins Auge zu sehen? Wird Wyatt fähig sein, das auch zu tun? Und damit kehrt sie wieder zu ihren verbleibenden Zweifeln zurück, dass er der Mörder sein könnte.

Bis sie Näheres herausfindet, wird sie trotzdem den gegenwärtigen Kurs beibehalten und auf jeden Fall beide Augen offen halten. Unter Umständen führt er gerade genau dasselbe Selbstgespräch.

Sie dreht das Wasser ab und trocknet sich rasch ab, ehe sie sich ein schwarzes ärmelloses Top und eine Yogahose überzieht. Heute muss sie sich daranmachen, ihre Haaransätze nachzufärben. Die werden immer sichtbarer, und es ist nun wichtiger denn je, zumindest fürs Erste, dass sie als echte Blondine durchgeht. In der Küche steht Wyatt am Herd, hat ihr den Rücken zugekehrt. Ein großer Stapel Pfannkuchen wartet auf einem Teller neben einer Pfanne, in der er etwas brät, das wie Speck riecht. Aus einem kleinen Bluetooth-Lautsprecher, der auf der nächsten Arbeitsfläche steht, ertönt leiser Jazz, und Wyatt pfeift ein bisschen mit.

»Äh … hey«, sagt sie, ist nicht sicher, wie sie diesen Anblick verstehen soll.

Er schaut über die Schulter zurück. »Ich hoffe, dass du keine glutenfreie Kost brauchst. Ich habe ungefähr tausend Pfannkuchen gemacht.« Das klingt beinahe aufgekratzt.

»Aha«, erwidert sie zurückhaltend. Dieses Benehmen ist, vorsichtig ausgedrückt, fehl am Platz, wenn man bedenkt, was gestern in diesem Raum geschehen ist. Sie hätte gedacht, dass es Wochen dauern würde, bis Essen für sie beide wieder etwas halbwegs Normales sein würde, ganz zu schweigen davon, dass sie hier kochen und essen könnten.

»Ich hab uns schon Teller hingestellt. Kaffee?«

Das zumindest kriegt sie hin. »Klar.« Sie setzt sich hin und schaut ihm zu, wie er sich in seiner Jogginghose und seinem White-Sox-T-Shirt elegant durch die Küche bewegt, um ihr aus der Stempelkanne Kaffee in ihren Henkelbecher einzuschenken.

»Milch und Zucker?«

»Ich trinke ihn schwarz«, antwortet sie.

Er scheint beeindruckt. »Gleichfalls. Das vereinfacht die Einkaufsliste. Phoebe mochte immer nur einen kleinen Schluck Kaffee in ihrer Milch mit braunem Zucker.«

Sie starrt ihn an, während sie darauf wartet, dass ihr Kaffee ein bisschen abkühlt. »Hey, bei dir alles in Ordnung?«

Er bringt den Teller mit den Pfannkuchen und dem Speck an den Tisch und geht dann zur Mikrowelle, um dort ein Kännchen mit Ahornsirup zu holen. »Mir geht's gut«, sagt er, obwohl er den Blickkontakt meidet. »Und jetzt greif zu. Ich weiß, dass du halb verhungert sein musst.«

Ganz im Gegenteil eigentlich, obwohl der Duft allmählich ein wenig an ihr zerrt und sie sich wahrscheinlich recht bald dazu zwingen wird, wenigstens an etwas zu knabbern. Sie schaut zu, wie er seine Pfannkuchen in Butter und Sirup ertränkt. »Wieso benimmst du dich so?«

»Wie?«

»Als wäre nichts geschehen.«

Er seufzt und legt die Gabel wieder hin. »Ich weiß sehr gut, dass ich mitten an einem Tatort stehe. Wenn meine Freundin Klonopin gestern Abend und meine andere Freundin Xanax heute Morgen nicht wären, noch dazu ein winziges Tröpfchen irischer Whiskey in meinem Kaffee, dann würde ich jetzt wohl immer noch in der Embryohaltung in meinem Zimmer kauern. Wenn ich Frühstück mache, kann ich mich eine Weile normal fühlen.«

Sie sieht, dass seine Augen glasig und blutunterlaufen sind, und senkt zerknirscht den Kopf. »Tut mir leid. Ich hatte nicht bedacht, dass du tatsächlich, also irgendwie, zugedröhnt sein könntest.«

»Therapeut, verschreib dir selbst. Ich denke, so lautet der Spruch.« Er nimmt einen Bissen und spült ihn mit einem Schluck von seinem aufgepeppten Kaffee herunter. »Aber ich würde nicht empfehlen, dass jemand diese spezielle Kombination zu Hause selbst ausprobiert. Ich bin ausgebildeter Profi.«

»Du musst dich nicht so quälen. Es ist erst einen Tag her.«

»Im Gegenteil, ich muss mich quälen. Ich spüre, dass der Terror in mir nur darauf wartet, mich zu packen und für immer zu lähmen. Also versuche ich, ihn in eine Kiste zu sperren, damit ich weitermachen kann. Die Hoffnung ist, dass dieser Teil von mir nach und nach mithilfe meiner chemischen Unterstützung schließlich erstickt und stirbt.«

»Alles schön in Schubladen sortieren. Das verstehe ich. Das machst du wahrscheinlich beruflich ziemlich oft.«

»Leider ist das in meinem Job ein notwendiges Übel.« Er nimmt seine Gabel wieder auf, und sie tut es ihm nach. Nadia hätte nicht gedacht, dass ihr nach gestern Nacht je wieder der Sinn nach Schweinefleisch stehen könnte, doch der Körper will, was er eben will. Als sie fertig sind, räumt er die Teller fort, während sie Kaffee nachfüllt. Sie nehmen ihre Henkelbecher mit ins Wohnzimmer.

»Du bist gar kein schlechter Koch«, sagt sie.

»Du hast jetzt offiziell eine der drei Mahlzeiten zu dir genommen, die ich zubereiten kann, ohne mich zu blamieren.«

»O ja? Was sind die anderen beiden?«

»Nachos und Makkaroni mit Käse aus der Packung.«

»Ihr habt in diesem Haus Fertigmahlzeiten?«

»Ich habe sicher irgendwo welche gebunkert. Phoebe hatte durchaus was für Junkfood übrig, aber sie mochte eher die teure Variante. Eiscreme für zehn Dollar, Bio-Pommes,

Edel-Tiefkühlpizzas … Aber sie hatte auch nie einen Wochen-Etat von höchstens zehn Dollar für Lebensmittel, also haben sich unsere Geschmäcker unterschieden.«

»Du warst mal arm?«

Er zuckt mit den Schultern. »Bei meinen Eltern ging's mal rauf, mal runter, wie bei den meisten Leuten im Mittelstand.«

»Gut, dass du deine Herkunft nicht verleugnest.« Sie lacht ein wenig, als sie langsam in den mühelosen Rhythmus ihres Gesprächs einfällt. Es ist lange her, dass sie mit irgendjemandem über Nichtigkeiten geplaudert hat, und nach den jüngsten Ereignissen hätte sie nicht gedacht, dass es je wieder Augenblicke wie diesen geben würde.

»Ich bin beim Golf nur Mittelmaß, ganz egal, wie viel Mühe ich mir gebe, und segeln war ich noch nie. Deswegen habe ich hier wahrscheinlich nicht viele Freunde.«

»Das White-Sox-T-Shirt hilft wohl auch nicht gerade.«

»Da hast du mich erwischt.«

Sie sitzen in geselligem Schweigen beieinander und nippen an ihrem Kaffee. Dann beugt er sich vor und reibt sich das Gesicht. »Hör mal … Jetzt, da wir bis zum Hals in der Sache stecken, ist es Zeit, dass du ehrlich zu mir bist.«

Sie kann sich schon denken, worauf er anspielt, und macht sich auf alles gefasst. »Was meinst du?«

Das Lachen verschwindet aus seinen Augen, und jetzt ist er auf einmal ganz geschäftsmäßig, abgesehen von dem leicht zugedröhnten Blick. »Ich weiß, dass die Polizei wegen der Messerstecherei neulich im Lebensmittelladen nach dir sucht.«

Da ist es. »Ich weiß nicht, wovon du redest.«

Er runzelt die Stirn. »Du willst dich doch jetzt nicht etwa zieren? Das ist eine ernste Sache, Nadia. Dein Bild war in den Nachrichten. Ich hatte gleich das Gefühl, dich irgendwo schon mal gesehen zu haben. Irgendwas hat dann gestern

Abend bei mir geklingelt, ich glaube, als ich in deinem Auto eine Einkaufstüte von *Earthbound Foods* gesehen habe, aber sicher konnte ich nicht sein, bis ich heute Morgen ein bisschen gegoogelt habe. Und da warst du. Eine Person, die im Zusammenhang mit einer Mordermittlung von der Polizei gesucht wird. Echt verdammt nett von dir, mir das gleich am Anfang zu sagen, als ich dich gefragt habe, ob du irgendwelche Schwierigkeiten hast.«

»Lass mich doch erst mal erklären!«

»Erklären, warum du mich angelogen hast? Nur zu. Obwohl dann natürlich ziemlich klar wird, warum du gestern mit dieser Idee angekommen bist. Nur eine, die auf der Flucht ist, wäre so scharf darauf, die eigene Identität gegen eine andere einzutauschen. Ich komme mir ziemlich dämlich vor, dass ich das nicht gleich kapiert habe, denn dann hätte ich dir gesagt, du sollst dich verpissen.«

»Hör mal, du regst dich viel zu sehr über diese Sache auf. Es gibt keine Nadia mehr. Es gibt nur noch Phoebe. Die Polizei verfolgt jetzt ein Gespenst.«

»Da machst du jetzt aber einen Haufen gefährliche Annahmen, zum Beispiel, dass sie dich nie zu unserer Straße hier zurückverfolgen werden, dass deine Verkleidung überhaupt weiter funktioniert, oder dass sie dein Auto nicht finden. Wenn das passiert, kriegen sie uns beide dran. Ich hätte es lieber riskieren sollen, gestern die Polizei anzurufen, als ich nach Hause kam ... als ich sie gefunden habe.«

Sie schüttelt den Kopf. »Alles wäre jetzt für uns beide ziemlich viel schlimmer, wenn du das getan hättest. Wir haben uns gut abgesichert. Wir müssen uns nur gegenseitig Rückendeckung geben und darauf vertrauen, dass das hier funktioniert.«

Ihm scheint ein anderer Gedanke zu kommen, und er setzt sich stocksteif auf. »Was wäre gewesen, wenn sie gestern dein Auto erkannt und mich an den Straßenrand gewinkt hätten? Hättest du mich dann einfach untergehen lassen?«

Er erhebt die Stimme. Schon bald wird seine Wut die Wirkung der Beruhigungsmittel in seinem Körper neutralisieren.

»Hör mal, es tut mir leid. Es war nicht richtig von mir, dir nicht zu sagen, worauf du dich einlässt, aber es wäre sehr viel riskanter gewesen, wenn man mich als Fahrerin des Autos erwischt hätte.«

»Ja, das war nicht richtig von dir, da hast du gottverdammt recht. Im Augenblick ist es nicht gerade einfach, dir zu vertrauen, findest du nicht?«

»Ja, stimmt. Aber ich hatte Angst, du würdest dich glatt weigern, bei der Sache mitzumachen, wenn ich dir zu früh von meinen Schwierigkeiten erzählt hätte.«

Er schüttelt den Kopf. »Und jetzt hat keiner von uns die Wahl. Wir müssen sehen, wie wir mit deinem Ballast zurechtkommen, wenn er uns verfolgt.«

»*Falls* er uns verfolgt. Und das wird er nicht.«

»Verzeih mir, wenn ich das so schnell nicht glaube, genauso wenig wie irgendwas anderes, was du mir bisher erzählt hast.«

Das Schweigen, das sich nun zwischen sie herabsenkt, ist diesmal nicht so gesellig. Die bewachte Mauer wird aufs Neue errichtet. »Ich weiß, was du denkst. Wenn ich bereits einen Typ erstochen habe, dann wäre es mir nicht sonderlich schwergefallen, Phoebe zu erstechen.«

Er schaut sie einen Moment an und wendet dann den Blick wieder ab. »So ähnlich.«

»Der Mann hat mich angegriffen. Ich habe nur gemacht, was ich tun musste, um mich zu befreien.«

»Und doch bist du anschließend weggerannt.«

»Muss ich dir wirklich erklären, warum mir das zu dem Zeitpunkt die beste Möglichkeit zu sein schien?«

»Ich denke nicht«, gibt er widerwillig zu.

»Dann muss ich was anderes fragen: Glaubst du ehrlich, dass ich Phoebe umgebracht habe? Besonders nach allem, was wir drüben auf der anderen Straßenseite gesehen und anschließend besprochen haben?«

Wieder nachdenkliches Schweigen, während er ihre Frage ernsthaft zu bedenken scheint. »Nein«, murmelt er. »Trotz alledem, ich … ich glaube nicht, dass du es warst.«

»Gut. Und wenn es dir damit besser geht, ich bin mir auch ziemlich sicher, dass du es nicht warst.«

»Großer Gott«, krächzt er, ehe er das schmerzverzerrte Gesicht mit den Händen bedeckt.

Nadia betrachtet diese Geste erstaunt, sie verspürt plötzlich einen schweren Kloß im Bauch. »Oder … warst du's?« Sie kann diese Worte nur in einem zittrigen Flüstern hervorbringen. Was würde sie machen, wenn er jetzt gleich beichtet? Was würde er ihr dann vielleicht antun?

»Nein. Aber ich habe trotzdem das Gefühl, als wäre ich daran beteiligt gewesen. Dieser Streit, den wir hatten … Ich glaube, da habe ich zum ersten Mal verstanden, wie es kommen kann, dass Leute in ganz finstere Ecken gedrängt werden, und sie hatte mich so weit, ich hing in den Seilen.« Er schaut auf seine verbundene Hand. »Ich habe diesen verdammten Kaffeebecher gequetscht, bis er zerbrochen ist, und ich bin nicht mal besonders stark.«

»Und dabei hast du dich geschnitten«, sagte Nadia.

Wyatt schüttelt den Kopf. »Nein, nicht ganz. Als er zerbrochen ist, hatte ich auf einmal nur noch ein superspitzes Stück Keramik in der Hand, und ich … ich habe meine Hand darum gelegt, als … als wollte ich es benutzen.«

Er weint nun hemmungslos, und Nadia beobachtet ihn, starr vor Schock, und ihr Mund ist völlig ausgetrocknet.

»Ich erinnere mich, dass ich an Phoebes Augen gesehen habe, wie sie es allmählich begriff, da war erst Belustigung, dann Furcht. Das hat mich nur noch weiter aufgestachelt, denn in all unseren gemeinsamen Jahren hatte mich Phoebe nie so angeschaut. Sie hat immer auf mich herabgesehen, mir immer das Gefühl gegeben, ihr ein kleines bisschen unterlegen zu sein. Ich habe nie geglaubt, dass das Absicht war, aber in diesem Augenblick gestern habe ich auch etwas kapiert: Sie hat mich so lange um sich geduldet, damit sie sich ausnahmsweise mal besser als jemand anderer fühlen konnte. Denn ihr Vater hatte ihr immer das Gefühl vermittelt, minderwertig zu sein. Ich habe da dann innerlich gekocht. Ich habe kaum mehr erkannt, wer ich war.

Sie hat einen Schritt zurück gemacht, ich habe sie beim Arm gepackt und an mich gerissen. Da hat mir die Scherbe die Haut verletzt, und der Schmerz hat mich zurückgeholt von diesem Ort, in dem ich kurz gefangen gewesen war. Das Ganze, von dem Augenblick, als die Tasse zerbrach, bis zu der Verletzung, hat höchstens ein paar Sekunden gedauert, doch in diesem Moment schien sich alles so zu verlangsamen. Ich habe die Scherbe fallen lassen, und Phoebe hat mir sofort eine Ohrfeige verpasst. Dann bin ich gegangen. Als ich sie das nächste Mal sah …« Seine Stimme versagt. Den Rest kann Nadia selbst ergänzen. Als er Phoebe das nächste Mal sah, war sie tot.

Phoebes Telefon klingelt, und sie zucken beide zusammen. Nadia steht auf und geht in Richtung Küche. Wyatt folgt ihr. »Was machst du?«, fragt er.

»Ich gehe an mein Telefon.« Nach einigem Suchen findet sie es – natürlich ein iPhone in Goldrosé – auf dem Küchenboden unter der Sockelblende des Küchenmöbels, das am weitesten von ihrer Leiche entfernt war. Deswegen haben sie es gestern beim Saubermachen auch übersehen. Vielleicht wurde es Phoebe aus der Hand geschlagen, oder der Mörder hat es dort hingekickt, damit sie es nicht erreichen konnte. Nadia hebt es auf. Der Name auf dem Display überrascht sie nicht, doch unwillkürlich verspürt sie einen kleinen Ruck, eine bösartige Bestätigung: Jake.

Wyatt schaut ihr über die Schulter. »Ah, großer Gott. Nun, wenn er sie anruft, weiß er doch bestimmt nicht, dass sie tot ist, stimmt's?«

»Du hast gesehen, wie er mich gestern Abend angeschaut hat. Er weiß was.« Das Klingeln hört auf, und sie kann sich des Gefühls nicht erwehren, dass sie gerade eine Gelegenheit verpasst hat. Vielleicht hinterlässt er eine Sprachnachricht.

»Und was jetzt?«, fragt Wyatt.

Das Telefon vibriert und bimmelt in ihrer Hand, weist auf eine eingegangene Nachricht hin. »Wie ist ihr Code?«, fragt Nadia.

»Ihr Geburtstag ist der 22. Mai 1987.«

Nadia tippt. Das Telefon verwirft die Eingabe. »Irgendwelche anderen Ideen?«

»Versuch's noch mal.«

Sie weiß, dass sie die Zahlen richtig eingetippt hat, tut ihm aber den Gefallen. Das gleiche Ergebnis. »Sie muss den Code verändert haben.«

Wyatt schüttelt den Kopf. »Das sieht ihr gar nicht ähnlich. Sie hat ihre Passwörter immer vergessen, deswegen hat sie für alles ihren Geburtstag benutzt. Ich bin ihr immer damit in den Ohren gelegen, wie unsicher das ist.«

»Leute, die was zu verbergen haben, lernen neue Passwörter. Vielleicht hat sie es irgendwo aufgeschrieben.«

Er zuckt mit den Schultern. »Und jetzt sind wir an der Stelle angekommen, wo wir die Nadel im Heuhaufen suchen.«

»Nicht unbedingt. Vielleicht hat sie es irgendwo in der Nähe aufgehoben.« Nadia untersucht das Telefon. Ihr fällt ein blauer Tintenklecks an der unteren Kante der Silikonhülle auf. Bei näherer Betrachtung erkennt sie Schrift.

»Kannst du das lesen?«, fragt sie. Wyatt kommt ein bisschen näher.

»Sieht aus, als wäre es innen in der Hülle. Vielleicht sollten wir die runtermachen?«

Sie nimmt die Hülle ab und schaut noch einmal hin. Eine sechsstellige Zahl. »Ich glaube, wir haben den Code gefunden.«

Er schüttelt den Kopf. »Wie konnte sie so dämlich sein?«

Nadia ist nicht sicher, ob er über Phoebes Affäre oder über die Aufbewahrung ihres Codes redet, aber diese Bemerkung passt ziemlich gut zu beidem. »Wir sollten dankbar sein, dass sie so dämlich war. Ich wollte gerade schon bedauern, dass ich nicht für den Fingerabdrucksensor einen ihrer Finger zurückbehalten habe.« Sie sieht aus dem Augenwinkel, wie er zusammenzuckt. »Tut mir leid. Das war gedankenlos.«

Er räuspert sich. »Schon okay.«

Sie tippt 070901 ein. »Könnte ein anderer Geburtstag sein. Vielleicht der von Jake.«

»Herrgott nochmal – wenn ja, dann ist der gerade mal achtzehn«, murmelt er.

Das Telefon ist entsperrt, und sie navigiert zur Liste der Sprachnachrichten, wo sie die neueste auswählt. »Das ist nicht die einzige Nachricht, die sie von ihm hat«, sagt sie und zeigt ihm das Display. »Bei Weitem nicht.«

»Spiel das verdammte Ding einfach ab«, sagt er.

Sie tippt auf das Display, und Jakes Stimme ist so leise, dass sie sich sogar bei voller Lautstärke noch nah zum Telefon beugen müssen, um etwas zu hören.

»Ich weiß nicht, was ich sagen soll. Es fühlt sich alles unwirklich an. Als ich dich gestern in unserem Wohnzimmer gesehen habe, als wäre nie was geschehen, habe ich gedacht, ich würde den Verstand verlieren, und das denke ich immer noch.« Es folgt eine lange Pause, in der sie nur seinen zittrigen Atem hören. »Du und ich, wir sollten jetzt in London sein.« Seine Stimme bricht. »*Und weißt du, ich gebe dir die Schuld dafür, dass das nicht so ist! Es tut mir leid, aber das mache ich. Wir hätten das auf meine Weise machen können, aber du musstest ja so verdammt ... stur sein.*« Er hält erneut inne und schnieft. »*Ich liebe dich noch immer. Das werde ich immer tun. Vielleicht ist das ein Fluch, den ich verdient habe.*«

Hier endet die Nachricht, und Nadia drückt sofort wieder auf »Abspielen«. Auch ein zweites Anhören verschafft ihr keine neuen Erkenntnisse. »Sie wollten zusammen aus der Stadt weg«, sagt sie und öffnet die E-Mails auf dem Telefon. Die letzte Nachricht, die nicht wie Spam aussieht, ist die Bestätigung einer Flugbuchung. »Sie hat vorgestern Abend zwei Flugtickets nach London gekauft, Abflug gestern Nachmittag. Nur Hinflüge. Aber wieso sind die beiden nicht geflogen?« Ihr ist das sofort klar, doch Wyatt antwortet nicht. Er macht auf dem Absatz kehrt und geht zur Treppe.

Nadia folgt ihm ins Schlafzimmer. Er reißt die Tür zum Ankleidezimmer auf, schaut kurz hinein und packt dann die bereitstehende Reisetasche, von der sie ihm erzählt hat.

Er wirft die Tasche aufs Bett und zieht den Reißverschluss auf. Drinnen befindet sich ein Stapel ordentlich zusammengefalteter Kleidungsstücke und Lederbeutel, von denen Nadia annimmt, dass sie für Toilettenartikel und Kosmetika gedacht sind. Grundausstattung für eine Reise. Phoebe hat für eine so weite Reise ziemlich wenig eingepackt, aber das war wahrscheinlich ihre Absicht: ihre alte Haut abzuwerfen und sich eine neue zu kaufen. Außerdem wollte sie wahrscheinlich rasch handeln. *Wegen mir und meinem Brief. Das muss so sein. Da habe ich die Hand im Spiel.* Nadia hat das Gefühl, als hätte man ihr einen Schlag in die Magengrube versetzt, und sie lässt sich auf dem Schemel am Fußende des Bettes nieder.

Wyatt fängt an, in den Kleidungsstücken herumzuwühlen, verwandelt alles in einen unordentlichen Haufen aus

Baumwolle und Spitze, mit so viel Rosa, dass man meinen könnte, das alles gehöre einem jungen Mädchen. Als Nächstes zieht er den Reißverschluss an einem Kulturbeutel auf und kippt eine Sammlung von Kosmetika und kleinen Shampooflaschen, Zahnpasta und Haarprodukten aufs Bett. Die zweite Ledertasche bringt mehr von dieser Art zum Vorschein. Dann schaut er in die Vortasche. Dort findet er einen Umschlag mit einem Pass und anderen wichtigen Unterlagen, die man mitnehmen würde, wenn man sich an einem anderen Ort niederlassen will. Insgeheim ist Nadia dankbar, dass er die gefunden hat. Sie wird sie eines Tages selbst benötigen.

»Wyatt, wonach suchst du?«

»Ich weiß nicht. Bestätigung, denke ich mal. Jetzt habe ich sie. Sie wollte mit dem Jungen abhauen. Ich glaube, Ron und Vicki haben Wind davon bekommen und der Sache ein Ende gemacht.«

»Jake hat in der Nachricht ziemlich sauer auf Phoebe gewirkt.«

Wyatt schüttelt den Kopf. »Aber hat es so geklungen, als redete er mit einer Toten?«

Nadia denkt darüber nach. »Ich nehme an, das kann man so und so sehen. Ich will mal schauen, ob es hier noch was gibt, das ein wenig Licht auf die Sache werfen kann.«

Sie entsperrt das Telefon erneut und sucht nach anderen aufschlussreichen Nachrichten, ausgehenden, ankommenden, abgespeicherten. Sie findet eine in dem Ordner »abgeschickt«, die an Wyatt adressiert ist und bei der als Bezug schlicht »Auf Wiedersehen« steht.

»Hast du die E-Mail bekommen, die sie dir gestern Morgen geschickt hat?«

Wyatt runzelt die Stirn. »Welche E-Mail? Lass mich mal sehen.« Er schnappt ihr das Telefon weg, ehe sie es ihm reichen kann. Ein paar Sekunden später verkrampft sich sein

Kiefer beim Lesen. Er tippt ein paarmal auf das Display und reicht ihr das Handy mit ausdrucksloser Miene zurück. Die Nachricht ist weg. Jetzt scheint nicht der richtige Zeitpunkt zu sein, ihn nach dem Inhalt der E-Mail zu fragen, aber ein Liebesbrief war es wohl nicht.

Stattdessen überprüft sie die Anruflisten. Es gibt mehrere Anrufe von Wyatt vom vergangenen Morgen, zweifellos der Grund des unablässigen Klingelns im Hintergrund, während Nadia auf Phoebes Leiche starrte. Ob er wohl versucht hat, sich für den Streit zu entschuldigen? Hier und da sind ein paar Anrufe von Vicki dazwischengestreut, die mit ihrer Freundin telefonieren will, die sich um den verabredeten Brunch gedrückt hat, der laut Vicki doch so wichtig war. Zwischen der Nacht, bevor Phoebe starb, und dem Anruf von gerade eben sind keine von Jake verzeichnet. Das ist interessant.

Überzeugt, dass sie alle wichtigen Informationen aus Phoebes Telefon bekommen hat, legt sie es aufs Bett. Wyatt sitzt mit dem Rücken zu ihr auf der Bettkante und lässt die Schultern hängen. »Alles in Ordnung mit dir?« Die blödeste Frage der Menschheit, und doch ist es immer die naheliegendste.

Er steht auf und dreht sich zu ihr hin, schaut sie mit ausdrucksloser Miene an. »Ich muss eine Weile raus. Mir ist es hier drinnen im Moment zu erdrückend.«

»Möchtest du, dass ich mitkomme?«

Er schüttelt den Kopf.

»Das verstehe ich.« Sie nimmt an, dass es für ihn irgendwie keine Erholungspause wäre, wenn die Doppelgängerin seiner toten Frau ihn begleitete.

Sobald er fort ist, geht sie ins Ankleidezimmer und schnappt sich die Tasche mit lebensnotwendigen Dingen, die sie aus ihrem alten Leben behalten hat. Da drin ist ihr getreuer Laptop, nach jahrelangem Gebrauch mit allen mög-

lichen Aufklebern und Kratzern übersät. Er war ihr Arbeits-
pferd bei allen Aufklärungsmissionen, und er wird jetzt
gleich wieder in den Dienst genommen. Sie hätte sich entscheiden können, das neuere und schnellere iPad zu benutzen, das ihr nun zur Verfügung steht, doch es fühlt sich
irgendwie falsch an. Die Welt hält sie vielleicht jetzt für
Phoebe Miller, doch dies hier ist ein Job für Nadia, und dazu
braucht es ein Nadia-Werkzeug.

KAPITEL 19

Sie genießt die kühlen Brisen, die vom Lake Michigan herüberwehen, während ihr die Sonne die nackten Schultern wärmt. Endlich braucht sie auch keine Mütze mehr, um ihr Haar zu bedecken. Nach einer weiteren Behandlung mit einem Bleichmittel für den Hausgebrauch heute Morgen und ein paar anschließenden Runden Tönungsshampoo ist die Farbe ihrer Locken so nah an Phoebe-Blond, wie es nur geht, und auch ihre dunklen Haaransätze ist sie jetzt los. Das Sommerkleid, das sie für den heutigen Ausflug ausgewählt hat, ist knielang, hat Spaghettiträger und ein kräftiges geometrisches Muster in Edelsteinfarben, die ihrer Figur schmeicheln und sich außerdem vor dem türkisblauen Wasser im Hintergrund großartig abheben.

Nachdem sie sich rasch ein bisschen schlaugemacht und einiges über Designermarken und mögliche Modesünden dazugelernt hat, hat sie darauf geachtet, dass ihre silbernen Louboutin-Riemchensandalen mit den hohen Absätzen nicht zu genau zur ihrer kleinen weißen Fendi-Handtasche passen. Darin befinden sich alle möglichen Kreditkarten und ein Führerschein, der sie als Phoebe Eleanor Miller, zweiunddreißig Jahre alt, wohnhaft in 4115 Gooding Lane, ausweist. Nadia war nicht gerade begeistert, so rasch sechs Jahre gealtert zu sein, stellte aber zu ihrer Belustigung fest, dass sie bei den Sternzeichen passenderweise von Skorpion zu Zwillingen mutiert war.

Nun, da sich der Staub ein wenig gelegt hat, hat sie Zeit, sich in ihr neues Leben zu finden. Es ist die Verwirklichung all ihrer Träume, es hier hinzuschaffen und ihren rechtmäßigen Platz in der Familie einzunehmen, von der sie nie etwas gewusst hatte. Sie hat das Haus, das Geld, die Kleider, das Make-up und das Haar, dazu alle nötigen Unterlagen zum Beweis ihrer Identität. All das bereitet ihr ein schlichtes Vergnügen, und sie ist erleichtert, nicht mehr im Auto leben zu müssen und unmittelbar in der Gefahr zu schweben, dass die Polizei sie findet. Doch trotzdem hat sie sich noch nie so betrogen und traurig gefühlt, ganz zu schweigen von ihrem schlechten Gewissen wegen der Rolle, die sie in diesem Drama höchstwahrscheinlich durch ihre Einmischung gespielt hat. Nach und nach trifft sie diese Erkenntnis tröpfchenweise, wie aus einem undichten Wasserhahn.

Wegen allem, was geschehen ist, kann sie niemals als sie selbst offen und ehrlich eine Noble sein. Sie bekommt die Lebensart, aber nur im Austausch dagegen, dass sie jeden Tag als Schwindlerin, als Avatar ihrer toten Schwester aufwacht, die nie erfahren hat, dass es sie überhaupt gibt. Sie muss Phoebes Mode und Lebensstil übernehmen, beides völlig anders als das, was Nadia für sich gewählt hätte, wenn sie die Gelegenheit dazu gehabt hätte. Nichts davon fühlt sich an, als gehörte es wirklich ihr. Sie fragt sich, ob das mit der Zeit noch kommen wird, ob ihr je die rosa Kleidung und die schmerzenden Schuhe weniger wie ein Kostüm vorkommen werden. Ob ihr früheres Selbst je völlig ausgelöscht sein wird, einfach nur, weil das so sein muss, wenn sie das Gefängnis oder Schlimmeres vermeiden will.

Vielleicht fängt dieser Vorgang eines Tages an, und dann muss sie entscheiden, ob sie das wirklich will. Doch zunächst müssen die Fragen zu Phoebes Tod beantwortet werden. Und nach allem, was sie nach stundenlangem Wühlen über die Leute nebenan herausgefunden hat, sind es nur noch mehr Fragen geworden. Allerdings auch ein paar Ideen. Im Augenblick wohnt sie gar nicht gern so nah bei den Napiers. Jedes Fenster im Haus gegenüber kommt ihr vor wie ein neugieriges Auge.

Der heutige Tag hat ein wenig unaufgeregter angefangen. Als sie nach unten kam, stand da kein zugedröhnter Wyatt in der Küche und bereitete einen Stapel Pfannkuchen zu, Gott sei Dank. Stattdessen war sie vor ihm wach, und nachdem sie ihre Recherchen beendet hatte, ist sie Kaffee und Bagels holen gegangen, hat beim Kommen und Gehen das Haus der Napiers wachsam im Auge behalten. Als sie zurückkam, ertappte sie sich dabei, wie sie durch dieselbe Jalousie spähte, durch die Phoebe jeden Morgen Nadia beobachtet hatte, und es überkam sie eine Welle unerwarteter Traurigkeit.

Es war schon beinahe Mittag, als Wyatt endlich aus seinem Zimmer auftauchte. Sie hat ihn nicht gefragt, wohin er gestern gegangen war. Das wäre die Frage einer Ehefrau gewesen, und Nadia ist niemandes Ehefrau, ganz gleich, welchen Namen sie im Augenblick führt. Doch sie weiß, dass er lange nach Mitternacht zurückgekommen ist, und die Tatsache, dass er heute Morgen kaum mehr als ein paar Bissen seines Bagels herunterbekam, während sein Durst so groß war, dass er drei Gläser Wasser und einen großen Kaffee herunterstürzte, ließ darauf schließen, dass er wohl getrunken hatte. Zumindest war er in freundlicher Stimmung, wenn auch sehr still. Sie hat ihn gebeten, einen neutralen Ort auszusuchen, wo sie heute ein paar Dinge besprechen könnten, einen Ort, über dem nicht ein Nebel von Mord und Schmerz hängt. Er hat sich für diesen ganzjährigen Rummelplatz entschieden, die von Touristen überlaufene Navy Pier. Zumindest geht es hier fröhlich zu, und die Aussicht ist großartig. Das können sie gerade gut gebrauchen.

Doch jetzt ist er sogar noch nachdenklicher als vor ihrer Ankunft. Nachdem sie es nicht geschafft hat, ihn zu einem der Fahrgeschäfte zu überreden, sagt sie: »Hey, muss ich's dir mühsam Stück für Stück rausziehen, oder was?«

Er blickt sie an. »Was?«

»Na, zuerst mal den Stock in deinem Arsch. Sprich mit mir.«

Er schaut weiter nachdenklich, und Nadia glaubt schon langsam, dass er weiter schweigen wird, doch schließlich redet er. »Ganz am Anfang, als wir miteinander gingen, sind wir oft hierhergekommen.«

Sie seufzt. »Das klingt aber nicht nach neutralem Terrain.«

»Für Phoebe und mich gibt es in dieser Stadt nicht viele wirklich neutrale Orte, aber ich habe mir überlegt, der hier wäre besser als die meisten anderen, weil es mir hier immer besser gefallen hat als ihr. Sie hatte nicht viel für Menschenmengen übrig, selbst ganz am Anfang nicht. Allerdings konnte ich es mir auch nicht leisten, sie in Fünf-Sterne-Restaurants oder ins Theater einzuladen, wie sie es gewohnt war. Gar nicht so leicht, mit einer Prinzessin auszugehen.«

»So schlimm kann es nicht gewesen sein, wenn du sie geheiratet hast.«

Er grinst. »Da hast du recht. Es war schwer, mit einer Prinzessin auszugehen, aber es war auch aufregend. Sie war gescheit, intensiv. Man konnte mit ihr richtig viel Spaß haben. Als wir uns kennengelernt haben, war sie schon weit gereist. Sie hat mir viel beigebracht. Und all das war wie eine ganz exotische Erfahrung. Es fällt schwer, sich nicht zu einer so aufgeweckten Person hingezogen zu fühlen, selbst wenn man sich tief innen drin ständig vergleichsweise lahm vorkommt.« Er fährt sich mit den Händen durchs Haar. »Ja, vielleicht war es keine gute Idee, hierherzukommen.«

Nadia möchte gern sauer auf ihn sein, weil er sie den ganzen Weg hergeschleift hat, wo er doch hätte wissen müssen, dass hier schmerzliche Erinnerungen hochkommen würden, aber sie versteht sein Bedürfnis nach Trauer, sein Verlangen danach, die guten und schlechten Seiten der letzten fünfzehn Jahre, die er mit dieser Frau durchlebt hat, miteinander zu versöhnen. Nach dem Tod ihrer Mutter hat sie sich recht ähnlich gefühlt. Sie hatte jede Menge Gründe, Vera alles Mögliche übelzunehmen. Dass sie ständig Wertungen vornahm, dass sie immer schwarzsah, dass sie manchmal so hilflos schien, dass sich Nadia in dieser Beziehung eher wie die Mutter als wie das Kind vorkam. Doch am meisten nahm ihr Nadia ihre Feigheit übel – dass sie bei diesem versoffenen alten Farmer blieb, obwohl sie doch jederzeit die Geldquelle Noble hätte anzapfen können, um ihnen ein besseres Leben zu kaufen. Wahrscheinlich hätte sie sich noch über die Frauen lustig gemacht, die nun nach Daniels Tod ins Licht der Öffentlichkeit treten und über Misshandlungen sprechen, die sie erlitten haben, obwohl sie schließlich eine von ihnen war.

Doch das ändert nichts daran, dass der Schmerz über ihren Verlust Nadia immer wieder völlig unerwartet überfällt. Es hob auch die guten Eigenschaften ihrer Mutter nicht auf, zum Beispiel ihren hintergründigen Humor, ihr großes Herz, die Loyalität, die sie allen ihr lieben Menschen bewies, selbst wenn sie es dabei immer übertrieb. Nadia bezweifelt, dass sie je aufhören wird, in Gedanken in ihren selbstkritischsten Augenblicken Veras Stimme zu vernehmen. Jetzt entdeckt sie eine Bank mit Blick auf das Wasser und führt Wyatt hin. »Schau mich an«, sagt sie.

Ihr gefällt nicht sonderlich, was sie da sieht. Er hat ein attraktives Gesicht. Das hat sie von Anfang an bemerkt, doch selbst in den paar Tagen, die sie einander kennen, hat der Stress tiefe Falten um seine Augen und seinen Mund gegraben, lässt ihn älter aussehen, als er ist. Seine Schläfen und seine wachsenden Bartstoppeln scheinen auch grauer geworden zu sein. Rasieren würde da helfen, und ein Jahr lang schlafen.

»Ich bin Phoebe.«

Er schüttelt den Kopf. »Nein, bist du nicht.«

Sie packt seine Hände. »Halt den Mund. Jetzt im Augenblick bin ich Phoebe. Ich sehe aus wie sie. Ich habe ihren Personalausweis in der Handtasche. Ich trage eines ihrer blöden Kleider, und wir haben dieselbe beschissene DNA von unserem Vater mitbekommen. Ich bin mehr Phoebe, als es sonst jemand sein kann, und ich will, dass du mir genau das sagst, was du ihr in diesem Augenblick sagen würdest, wenn du könntest. Nachdem wir sie beerdigt hatten, hast du gesagt, sie würde wissen, was du denkst, aber ich glaube, jetzt ist die Zeit gekommen, dass du offen redest.«

Er lässt den Kopf hängen. »Ich weiß, was du vorhast.«

»Gut. Also spiel mit und sei zur Abwechslung mal der Patient. Ich gebe dir eine Gelegenheit, die sonst niemand bekommt. Klar, du kannst ein Kissen oder eine Wand anschreien, aber das kommt nicht mal annähernd an das Gefühl heran, wenn du deine Wut an einer echten Person auslässt. Also leg los.«

»Okay.« Er holte tief Luft und schaut ihr in die Augen, obwohl Nadia bemerkt, dass es ihm schwerfällt, den Blickkontakt zu halten. »Du hattest recht. Ich habe aufgehört, dich zu sehen. Aber ich bin mir nicht sicher, ob ich je das wirkliche Du gesehen habe, bis zu diesem letzten Tag. Und dann war es zu spät ...« Er hält inne und schaut so lange auf seine Füße hinunter, dass Nadia sich allmählich fragt, ob er schon fertig ist. Doch dann fährt er fort. »Als sie gemerkt haben, dass ich total in dich verschossen war, haben mir viele Freunde gesagt, dass ich meine Zeit verschwende. Vor der musst du dich in Acht nehmen, haben sie gesagt. Die ist eiskalt. Die ist völlig durchgeknallt. Bei der kommst du nicht weit.

Ich habe jedoch an dir nichts dergleichen wahrgenommen. Ich habe Stärke und Unabhängigkeit gesehen. Mir bist du vorgekommen wie ein phantastisches, wunderschönes Paket, in dem eine Million winziger Päckchen steckt, und ich konnte es kaum abwarten, die mein Leben lang auszupacken. Ich habe mich so verdammt besonders gefühlt, weil du von all den Kerlen auf der Welt, die du hättest haben können, ausgerechnet mich für diese Aufgabe ausgesucht hast, mich, diesen Niemand. Doch irgendwann habe ich aufgehört, die Geschenke auszupacken, und du hast aufgehört, sie mir zu überreichen. Ich weiß nicht, was zuerst kam, aber das ist jetzt auch egal. Wir waren beide nicht vollkommen. Aber ich bin noch am Leben. Ich werde herausfinden, was tatsächlich passiert ist. Ich sehe dich, und wahrscheinlich verbringe ich den Rest meines Lebens mit dem Versuch, diese Sache wieder in Ordnung zu bringen. Deine kleine Schwester hilft mir dabei. Ich glaube, du würdest sie mögen.«

Er lässt Nadias Hände los und wendet sich wieder dem Wasser zu.

Die nächsten paar Minuten verbringt Nadia damit, diesen intimen Blick auf Phoebe zu verarbeiten. Nun versteht sie die Trauer vollkommen, die sie vorhin verspürt hat, als sie durch die Jalousie spähte. Sie ist überwältigt vom Gedanken an all diese winzigen Geschenke, die für immer unausgepackt bleiben. Und dabei hätte sie die Chance haben können, selbst ein paar davon zu bekommen, wenn sie nur genug Mut zusammengekratzt hätte, um früher an die Tür zu klopfen. »Hat dir das geholfen?«, fragt sie mit heiserer Stimme.

»Ich glaube schon. Aber noch mal will ich das nicht machen.«

»Schön und gut.«

Sie holt tief Luft und geht zum größeren Problem über, das sie beschäftigt. Sie zieht einen Stapel zusammengefalteter Seiten aus der Handtasche, auf denen die Ergebnisse ihrer

Nachforschungen zu den Napiers vom vergangenen Abend ausgedruckt sind.

Wyatt blättert sie durch. »Ron und Vicki sind also ursprünglich von hier, was? Interessant.«

»Ja, aber sie haben sich anscheinend da drüben in Kalifornien kennengelernt. Ich vermute, er hat ein paar alte Kontakte genutzt, als im Westen alles den Bach runterging.«

»Wie, den Bach runterging?«

Sie deutet auf die Blätter. »Lies weiter. Da steht's drin.«

Er schaut noch ein paar weitere Seiten durch. »Wow. Man hat Ron in Kalifornien seine Approbation aberkannt?«

»Sieht so aus, als hätte er ein paar Verfahren wegen ärztlicher Kunstfehler am Hals gehabt. Nach einer Wirbelsäulen-Operation, die eigentlich ziemlich einfach hätte sein sollen, wenigstens für jemand wie ihn, war eine junge Frau querschnittsgelähmt. Eine andere ist nach einem verpfuschten Eingriff gestorben. Doch es sieht so aus, als wären alle Verfahren schließlich eingestellt worden. Ich nehme an, dass man die Leute mit Geld abgefunden hat, doch das hat die staatlichen Stellen nicht daran gehindert, ihn rauszuschmeißen. Was weiß ich denn, es könnte noch mehr geben als das, was ich bei meiner ersten Suche gefunden habe. Für einen allgemeinen Eindruck hat es allerdings gereicht.«

»Ach du Schande. Eigentlich sollte es mich überraschen, dass sie ihn hier eingestellt haben, aber mir sind schon mehr als nur ein paar aalglatte Scharlatane über den Weg gelaufen, an denen nichts hängenbleibt, sogar an meinem nicht so prestigeträchtigen Ende des medizinischen Spektrums. Je höher sie in der Hackordnung nach oben klettern, desto mehr beschützen sie einander. Sogar wenn Menschen zu Schaden kommen.«

»Das erklärt wohl auch einen Teil der Spannungen in der Ehe der Napiers«, sagt Nadia.

»Genau.«

»Du hast Glück, dass er dir neulich nicht aus Versehen einen Finger amputiert hat.« Sie grinst ein bisschen, um ihn wissen zu lassen, dass das ein Witz war. Wyatt lächelt, bedeckt aber unbewusst seine noch verbundene Hand, als wolle er nicht darüber nachdenken.

»Er kommt mir auch wie ein Säufer vor«, sagt Wyatt. »Neulich abends hat er gerochen wie eine ganze Destillerie. Ich bin sicher, das macht die Dinge in der Familie auch nicht einfacher.«

»Ja. Hat der Alkoholismus zu den Kunstfehlern geführt oder umgekehrt?«

Er zuckt mit den Schultern. »Das steht in den Sternen. Hast du auch über sie was gefunden?«

»Seltsamerweise nicht. Sie ist bei den Suchergebnissen irgendwie ein weißer Fleck, außer den üblichen Accounts in den sozialen Medien, die alle nicht besonders bemerkenswert waren, zumindest nicht das, was ich öffentlich einsehen konnte. Ich habe auch keine echten früheren Arbeitgeber oder Kredite gefunden.«

»Das ist nicht so seltsam, wie du vielleicht meinst, wenn sie all die Jahre Hausfrau und Mutter war. Vicki ist wie alt? So Ende dreißig? Sie hat einen achtzehnjährigen Sohn, das bedeutet, dass sie mit so etwa um die zwanzig verheiratet und Mutter war. Da hast du deinen weißen Fleck.«

»Das ist irgendwie traurig. Sie hat mir nicht den Eindruck der Super-Hausfrau und -Mutter gemacht.«

»Es ist nicht traurig, wenn sie und ihr Mann sich darauf geeinigt hatten, als sie ihre Familie gegründet haben.« Er scheint jetzt ein wenig in der Defensive zu sein. War das wohl zwischen Phoebe und ihm ein strittiges Thema? Jetzt scheint nicht der richtige Zeitpunkt zu sein, diesen speziellen schlafenden Hund zu wecken.

»Du hast recht. Aber ich bin sicher, dass das im Augenblick den Stress für sie nicht gerade runterfährt. Sie hat alles auf ihren Ehemann gesetzt, und der hat sich als riesige Niete erwiesen. Ich habe mitangesehen, wie meine Mutter genau das Gleiche gemacht hat.«

»Wir sehen nur einen Teil des Bildes, können also nur spekulieren.«

»Seltsam, dass du Spekulation erwähnst. Das bringt mich auf den interessantesten Aspekt der Sache. Ich habe mir die Grundbucheintragungen für das Haus angeschaut, in dem sie wohnen. Und dabei ist rausgekommen, dass es ihnen nicht gehört.«

Er zuckt mit den Achseln. »Also mieten sie es. Ron hat seinen Job verloren, sie mussten rasch handeln. Nicht genug Zeit, um etwas zu kaufen.«

Sie gibt ihm einen Rippenstoß. »Ich bin echt beleidigt, dass du glaubst, ich hätte nicht noch mehr zu diesem Thema. Nach ein paar weiteren Recherchen konnte ich die Besitzer in einer schicken kleinen Seniorenwohnanlage in Buffalo Grove ausfindig machen. Heute Morgen habe ich mit der Ehefrau gesprochen. Es ist eine wirklich reizende Dame namens Imelda Johnson.«

Er nickt. »Ja, die kenne ich. Wir haben nicht ungeheuer viel miteinander geredet, aber gelegentlich Nettigkeiten ausgetauscht, wenn wir beide gleichzeitig draußen waren, um die Post reinzuholen. Ich wusste nicht mal, dass sie vorhatten, hier wegzuziehen, da waren sie schon längst fort. Ich war mit den Gedanken anderswo, denke ich mal. Wie hast du sie dazu gebracht, mit dir zu reden?«

»Ich habe so getan, als sei ich auf der Suche nach einem Drehort für einen Film. Das war nicht schwer. Meine Erfahrung ist, dass alte Leute gern mit beinahe jedem reden. Sie sind einsam. Die Frau hat mir praktisch ihre Lebensgeschichte erzählt.«

»Ich bin schwer beeindruckt.«

»Nun, laut Aussage meiner neuen besten Freundin Imelda

hatten sie das Haus nie zum Verkauf oder zur Miete ausgeschrieben. Vicki hat sie direkt kontaktiert und ihnen erzählt, sie hätte sich in die Wohngegend verliebt und wüsste gern, ob sie Interesse daran hätten, sich für eine großzügige Summe von dem Haus zu trennen. Imelda hat das für eine Art himmlische Fügung gehalten, da sie schon seit Monaten versucht hatte, ihren Mann dazu zu überreden, in eine betreute Wohnung zu ziehen.«

»Was hat Vicki ihr angeboten?«

»Zwanzigtausend Dollar Anzahlung auf Mietkaufbasis. Die Napiers sollen ihnen dann fünf Riesen im Monat zahlen.«

Wyatt macht den Mund auf, als wolle er darauf antworten, und runzelt dann die Stirn. »Und sie kannten sich vorher überhaupt nicht?«

»Nein. Warum glaubst du also, sollten sie sich von allen Häusern in Lake Forest und Umgebung, die als Wohnhaus für sie infrage kommen würden, ausgerechnet für dieses hier entscheiden?«

»Du meinst, die wollten nahe an Phoebe herankommen.«

»Bingo. Und jetzt kommt's. Die süße kleine Imelda hat mich gebeten, Miss Vicki so bald wie möglich eine Nachricht zu übermitteln. Anscheinend sind sie mit der Rate für diesen Monat im Verzug, und Imelda konnte niemanden erreichen. Die arme Frau war drauf und dran, selbst herzufahren, aber ich habe ihr gesagt, ich würde mich drum kümmern.«

Wyatt schüttelt den Kopf. »Das wird immer seltsamer.«

»Du hast ja das Haus von innen gesehen. Studentenwohnheime sind besser eingerichtet. Die sind pleite.«

»Aber warum Phoebe? Was ist die Verbindung?«

Nadia zuckt mit den Achseln. »In der Richtung hatte ich keinen Erfolg. Keine meiner Recherchen hat irgendwelche Hinweise ergeben. Wenn ich raten müsste, würde ich sagen, dass es vielleicht was mit Daniel zu tun hat. Nach seinem

Tod sind alle möglichen Leute aufgetaucht wie die Würmer aus dem Gebälk.«

»Dich eingeschlossen«, merkt Wyatt an, allerdings nicht unfreundlich.

»Stimmt. Aber ich glaube, ich könnte mehr herausfinden, wenn ich nur ein bisschen näher an sie rankomme.«

»Das gefällt mir gar nicht.«

»Mir auch nicht. Was immer sie im Schilde führen, ich habe jedenfalls keinen Grund zu der Annahme, dass das aufhören wird, nur weil Phoebe tot ist. Wenn überhaupt, so wird ihr Tod die Sache eher eskalieren. Es könnte sein, dass einer von denen da drüben oder alle drei in einem Zustand ständiger Panik dahocken. Wir können das nicht ignorieren und einfach hoffen, dass es irgendwann von allein aufhört.«

Er seufzt und steht auf. »Okay. Ich glaube, da haben wir jetzt erst mal jede Menge dran zu kauen. Lass uns woanders hingehen. An irgendeinen Ort, wo man einen Drink bekommt.«

»Wieder an einen nicht ganz neutralen Ort?«, fragt sie.

»Die Gegend um die Pier hat sich in den letzten paar Jahren ziemlich geändert. Ich denke, wir spazieren einfach so lange weiter, bis wir was finden, worauf wir uns einigen können. Irgendwas Nettes und Bürgerliches.«

Sie lacht. »Das könnte klappen.«

Als sie eine Weile so spaziert sind, nimmt Wyatt ihre Hand. Ehe sie reagieren kann, murmelt er: »Auf zwei Uhr. Am Ticketschalter für das Riesenrad.«

Sie blickt hin, und ihr stockt der Atem. Da stehen alle drei Napiers in der Schlange. Jake, der in ihre Richtung geschaut hat, senkt abrupt den Blick auf sein Handy.

»Wie wahrscheinlich ist das denn?«, murmelt sie.

»Du meinst, die sind uns hierher gefolgt?«

»Komm schon. Natürlich. Wie hoch ist die Chance, dass zwei gelangweilte Familien vom Stadtrand gleichzeitig den langen Weg zu einer riesigen Touristenfalle in der Innenstadt zurücklegen?«

»Da hast du wahrscheinlich recht. Es überrascht mich nur, dass wir sie unterwegs nicht bemerkt haben.«

Nadia verdreht die Augen. »Ja, wir konnten ja auf keinen Fall einen dunkelgrauen SUV übersehen, der genauso aussieht wie jedes dritte Auto auf der Straße. Bei dem Verkehr hätten wir ohnehin keinen Verfolger bemerkt.«

»Geh einfach vorbei.«

Doch Nadia hat nicht die Absicht, dieser Anweisung zu folgen. Stattdessen hebt sie die Hand und winkt. »Vicki! Hey, hier drüben!«

»Was machst du da?«, knurrt Wyatt.

»Du kannst das Match nur gewinnen, wenn du mitspielst. Komm schon.«

Vicki wirbelt auf ihren in Turnschuhen steckenden Füßen herum, und auf ihrem Gesicht erscheint rasch das gleiche Grinsen, das sie neulich abends aufgesetzt hatte, als sie die Tür öffnete. »O Gott! Hallo, Nachbarn!«

Nadia zieht Wyatt hinter sich her, und trotz seiner Proteste vorhin verlangsamt er seine Schritte nicht. Als sie die Napiers erreichen, schaltet Nadia zum ersten Mal in den Umarmungsmodus um, schlüpft ganz in ihre Rolle als beste Freundin dieser Frau. Hätte Phoebe das gemacht? Vielleicht nicht, aber jetzt darf sie nicht mehr zögern. Falls Phoebe vorher keine Umarmerin war, jetzt ist sie gerade eine geworden. Das Leben ganz neu anfangen, so nennt man das wohl. »Ist das nicht verrückt, dass wir uns ausgerechnet hier treffen? Toll!«

»Ich denke mal, zwei Seelen, ein Gedanke. Wir wollten nur als Familie ein bisschen Spaß zusammen haben. Ich kann gar nicht glauben, wie toll dieses Riesenrad aus der Nähe aussieht. Mit dem alten bin ich ständig gefahren, als ich noch ein kleines Mädchen war.«

Wyatt begrüßt Ron und Jake mit einem knappen Winken. Der jugendliche Liebhaber sieht ein bisschen weniger gequält aus als neulich, doch heute versteckt er seine Augen hinter einer Sonnenbrille. Die Kratzer sind größtenteils verblasst, obwohl am Hals noch ein paar zu sehen sind. Nadia möchte die gern als Phoebes Diskussionsbeitrag betrachten. *Behalte den im Auge.*

»Na ja, es ist das Schlangestehen wert«, sagt Nadia. »Und außerdem ist das Wetter perfekt dafür.«

Vickis Augen weiten sich, als wäre ihr gerade eine großartige Idee gekommen. »Oh, ihr solltet mitkommen! Ich lade euch ein! In diese Gondeln passen acht Leute.« Sie ist die Einzige, die auch nur annähernd so aussieht, als fände sie diesen Vorschlag gut.

Wyatt drückt Nadia die Hand. Sehr fest. Doch sie will sich diese Gelegenheit nicht entgehen lassen. Sie hatte tatsächlich auf genau so eine Einladung gehofft. Zeit, die Initiative zu ergreifen! »Das machen wir sehr gern.« Sie blickt mit ihrem sonnigen Grinsen zu Wyatt auf. »Komm schon, Schatz. So schlimm ist deine Höhenangst doch nicht.«

»Klingt ganz so, als hätte ich keine Wahl.« Die Blicke aus Wyatts Augen hätten Glas schneiden können.

»Wir sind dabei!«, bekräftigt Nadia.

Vicki macht eine komische Triumphgeste. »Juchu! Auf geht's!«

Ron murmelt irgendwas in Richtung: »Je mehr, desto besser.« Jake schaut noch immer auf sein Telefon. Vicki scheint die einzige lebendige Person in der Familie zu sein. Doch sie wirkt auch ein wenig zu fröhlich, als versuche sie, ein Gegengewicht zu ihrem Mann und ihrem Sohn zu sein. Ist sie immer so aufgedreht? Das muss anstrengend sein.

Sobald sie ihre Tickets haben, noch dazu einen Passierschein, damit sie die lange Schlange umgehen können, machen sie sich auf den Weg zu der viel kürzeren Schlange, in der die Leute für das Privileg einer kürzeren Wartezeit bezahlt haben. Auf dem Schild steht, dass die Fahrt mit dem Riesenrad nur zehn bis fünfzehn Minuten dauert. Nadia überlegt, wie lange ihnen das unter den gegebenen Umständen wohl wirklich vorkommen wird. Als sie an der hoch aufragenden Konstruktion hinaufschaut, schleicht sich ein wenig Bedauern in ihre Eingeweide. Sie wird in ziemlich großer Höhe mit drei Leuten eingesperrt sein, die vielleicht etwas gegen sie im Schilde führen.

Ihre Gondel kommt, und sie steigen alle fünf ein. Die Napiers und die Millers setzen sich auf gegenüberliegende Seiten, wie es das Universum anscheinend will. Wyatt nimmt wieder ihre Hand. Es ist keine romantische Geste, vielmehr scheint es so, als wolle er einen Kanal für wortlose Kommunikation zwischen ihnen offen halten.

Vicki schaut sich im Inneren der Gondel um und streicht mit der Hand über ihre Rückenlehne. »Mann, das ist wirklich schick, nicht?«

»Ja«, sagt Nadia. »Gemütlich.« Ein bisschen wie eine Isolationszelle. Wird man ihre Schreie hören, wenn einer von denen zum Angriff übergeht? *Das hast du wirklich nicht bis zu Ende gedacht, oder? Aber du warst ja schon immer viel zu impulsiv. Blödes Gör.*

Ron grunzt. »Für achtzehn Piepen pro Person hätten sie wenigstens noch ein Bier oder was mitliefern können.«

Vicki verdreht die Augen. »Hört nicht auf diesen Geizkragen. Die Aussicht ist jeden Penny wert.«

Ron schaut aus dem Fenster neben sich, während sie in die Höhe fahren. »Eine der brutalsten Städte des Landes, aber von hier oben sieht alles so klein und friedlich aus, nicht?«

»Zu schade, dass wir nicht einfach hier drin bleiben können«, sagt Vicki. »Über allem schweben.«

Nadia kann sich keine schlimmere Hölle vorstellen, aber sie ringt sich zu einem zustimmenden Seufzer durch und konzentriert sich auf die Segelboote, die unten durch das glitzernde Wasser kreuzen. »Das wäre schön.«

Ein paar Sekunden lang sagt niemand etwas, bis Jake beinahe gedankenverloren herausplatzt: »Zu schade, dass man eigentlich nie wirklich vor was weglaufen kann.« Er schaut nicht von seinem Handy hoch.

»Hey, wie unhöflich bist du denn wieder?« Vicki deutet auf sein Telefon.

»Ich will nur ein paar Bilder machen. Ist das für euch in Ordnung?«

Vor einem Augenblick war die Gondel noch groß genug. Nun fühlt sie sich an wie ein Sarg, in den fünf Menschen gequetscht sind. »Komm schon, Vicki«, sagt Ron. »Lass den Jungen ein paar Bilder machen. Welchen Sinn hat es schon, hier oben zu sein, wenn man nicht ein bisschen was von der Aussicht mit nach Hause nehmen kann?«

Vicki sieht ganz so aus, als müsse sie sich auf die Zunge beißen, um nicht zu sagen, was sie wirklich denkt. Endlich lehnt sie sich zurück. »Na denn man los. Versuch aber auch, weißt du, die Aussicht mit eigenen Augen zu genießen und nicht nur durch dein Display.« Sie schaut zu Nadia herüber. »Heutzutage sind die Leute völlig besessen davon, alles durch diese digitalen Filter zu betrachten, nicht wahr? Es ist beinahe, als wäre die Wirklichkeit ihnen nicht gut genug.«

»Den meisten Leuten ist die Wirklichkeit tatsächlich nicht gut genug«, merkt Wyatt an. Er ist bisher so ruhig gewesen, dass Nadia sich schon gefragt hat, ob er sich überhaupt am Gespräch beteiligen würde. »Nur so bleibe ich in Brot und Arbeit.«

»Hört, hört«, wirft Ron ein. »Der Kapitalismus gedeiht nur auf der Grundlage von existenziellem Elend.«

»Das erklärt auch deine Ausgaben für Scotch«, scherzt Vicki. Es hört sich nicht ganz wie ein Scherz an.

»Mach dir keine Sorgen, Ron«, sagt Nadia. »Das ist wahrscheinlich rein gar nichts gegen meinen Weinkeller.« Ein komplizenhaftes kleines Lachen wandert zwischen ihnen hin und her und löst die Spannung ein wenig. Ron schaut sie eine halbe Sekunde lang an, ehe er sich wieder seinem Fenster zuwendet. Es ist eine missmutige Bestätigung ihrer Anwesenheit, aber immerhin im Gegensatz zu neulich abends ein Fortschritt.

Jake knipst ein paar Bilder aus verschiedenen Blickwinkeln, während die Gondel ganz oben am Riesenrad steht. Nach all ihren Tiraden über Telefone besteht Vicki ironischerweise darauf, dass er auch ein Selfie von ihnen allen macht und es ihr schickt. Es scheint, als könne sie sich von einem Augenblick zum nächsten nicht entscheiden, welche Art von Mutter sie sein möchte. An Nadias Hüfte vibriert ihr Telefon, um eine SMS anzukündigen. Jake schaut nicht mehr auf sein Handy; trotz seiner dunklen Sonnenbrille spürt sie, dass er sie jetzt direkt anschaut.

Obwohl sie am liebsten gleich nach dem Telefon greifen möchte, scheint es ihr doch sicherer, zu warten, bis sie ausgestiegen sind. Das wird ohnehin bereits in ein paar Minuten sein. Schließlich dreht sich Jake zu seinem Fenster hin, und Ron erkundigt sich bei Wyatt, wie es im Psycho-Geschäft so geht. Vicki grinst Nadia an, die das Gefühl hat, sie müsse etwas sagen, damit sich diese Trainingseinheit in Sachen Unbehagen gelohnt hat. »Also, ich denke, ihr drei solltet morgen Abend zum Essen zu uns rüberkommen.« Die Einladung ist ebenso spontan wie ihre Entscheidung, die Napiers vorhin zu grüßen, doch sie schmiedet bereits Pläne, was sie alles anstellen kann, sobald sie die Napiers eine Weile aus ihrem Haus gelockt hat. »Natürlich nur, wenn ihr nichts anderes vorhabt.«

»Hey, Jungs«, sagt Vicki. »Abendessen bei den Millers morgen?« Während die drei sich nur mit Blicken beraten, graben sich Wyatts Fingernägel kurz in Nadias Hand. Er ist gar nicht glücklich darüber, aber er wird schon klarkommen, genauso wie er mit der Fahrt im Riesenrad klargekommen ist. Als niemand Einwände vorbringt, obwohl Ron und Jake nicht gerade begeistert wirken, sagt Vicki: »Sieht ganz so aus, als wären wir dabei. Was können wir mitbringen?«

Als sie endlich aus der Gondel steigen, atmet Nadia tief die frische Luft ein. Das bringt allerdings kaum Erleichterung, da ihr gerade die Realität ihres Plans klar wird. Nachdem sie sich verabschiedet haben, hält Wyatt weiter ihre Hand, bis sie beinahe beim Auto sind, und dann schleudert er sie heftig von sich. Nadia ist darüber ein wenig verletzt, doch er schaut sie wütend an. »Abendessen bei uns, was? Bist du verrückt geworden?«

Sobald sie im Auto sitzen, wendet sich Nadia zu ihm. »Ich nehme deine Angst zur Kenntnis, habe aber meine Gründe dafür, warum ich sie eingeladen habe.« Sie erklärt sie ihm.

Er lehnt den Kopf zurück und schließt die Augen. »Du schaffst es noch, dass du oder wir beide dabei umkommen. Das weißt du schon, oder?«

»Dann wissen wir zumindest im Sterben, wer Phoebe umgebracht hat.«

»Ich hoffe von ganzem Herzen, dass das ein Witz war.«

Sie zuckt mit den Achseln. »Es ist komisch, weil es wahr ist, nicht?«

Er zwickt sich an der Nasenwurzel. »Schau mal, hör bitte einfach auf, immer so impulsiv zu handeln! Vielleicht bin ich ein bisschen überängstlich, aber du könntest wenigstens so tun, als wäre dir Vorsicht irgendwie wichtig. Und ich hätte gerne die Gelegenheit, mich ein bisschen einzubringen, ehe du drei potenzielle Mörder in mein Haus einlädst.«

Sie verschränkt die Arme und versucht, nicht zu schmollen. Er hat vielleicht ein winziges bisschen recht.

»Na gut, ich war voreilig. Wenn ich nervös werde, handle ich erst und denke später nach. In Zukunft gebe ich mir Mühe, das nicht mehr zu tun.«

»Danke.« Sie sitzen eine Minute still da, und dann sagt er: »Noch fünf Minuten länger in dieser Gondel, dann hätte Jake wahrscheinlich gekotzt. Schuldig oder nicht, der Junge kommt mit der Sache gar nicht gut klar.«

»Versetzt dich doch mal in seine Lage. Selbst wenn er sie nicht umgebracht hat, sitzt er da und muss zuschauen, wie seine Freundin mit ihrem Ehemann Händchen hält, während sie so tut, als kenne sie ihn nicht. Das muss doch ein beschissenes Gefühl sein.« Das erinnert sie an etwas. Nadia zieht ihr Handy, vielmehr Phoebes Handy, aus der Tasche. Wie erwartet ist eine SMS von Jake gekommen. Sie öffnet sie und findet ein Bild von sich in der Gondel, im Hintergrund die Pier und die riesige blaue Weite des Lake Michigan. Ihre Augen sind auf etwas gerichtet, das jenseits der Kamera liegt, wahrscheinlich Vicki. Die Unterschrift besteht nur aus vier Wörtern, die sie wie Eiszapfen ins Rückenmark treffen. *Du bist nicht Phoebe.*

»Nun, damit ist schon mal eine Frage beantwortet«, sagt sie und zeigt Wyatt das Bild.

»Der hat meine Frau gefickt. Der würde bemerken, wenn auch nur eine Haarsträhne nicht am richtigen Platz ist.« Er umklammert das Lenkrad so fest, dass das Leder quietscht, und Nadia denkt an den Henkelbecher, der unter seinem Griff zerbrochen ist. Er scheint das selbst zu bemerken und lässt los. »Vielleicht hatte Phoebe die richtige Idee. Einfach weglaufen. Wir könnten jetzt losfahren, nie mehr einen Blick zurück werfen.«

Sie berührt ihn an der Schulter. »Wenn das die richtige Idee gewesen wäre, dann wäre sie wohl jetzt nicht tot.«

Dagegen scheint er kein Argument zu haben.

INTERMEZZO

Ich weiß, dass nichts von alldem hier lustig ist, aber manchmal möchte ich lachen, wenn ich denke, wie albern alles geworden ist, seit du gestorben bist. Doch wenn ich versucht habe, das Lachen rauszulassen, weil ich hoffte, es würde mir danach besser gehen, wie das nach einem heftigen Niesen ist, wenn es einen in der Nase kitzelt. Aber dann klingt es eher wie ein Haufen kurzer Schreie hintereinander. Also höre ich auf, weil ich Angst habe, dass daraus, wenn ich weitermache, nur einfach ein langes, endloses Kreischen werden könnte. Selbst in der Stille kann ich noch spüren, dass dieser Schrei in meinem Körper eingesperrt ist und nirgendwo hinkann. Deswegen habe ich ständig das Gefühl, ich würde mich gleich übergeben, aber das hilft auch nicht. Glaub mir, ich hab's versucht.

Aber ich wette, dass dir das einen Kick gibt. Ich kann mir vorstellen, wie du gerade auf deiner Wolke sitzt, einen Eimer Popcorn vor dir, und genauso lachst und gleichzeitig schreist. Drückst du mir die Daumen? Ich glaube, im Augenblick drücke nicht mal ich mir noch die Daumen. Ich werde einfach nur froh sein, wenn dieses ganze Spiel endlich vorbei ist.

KAPITEL 20

Nichts ist für Leute wie uns je einfach.

Das hat ihre Mutter oft gesagt, und es hat Nadia immer verrückt gemacht. *Was für ein Haufen fatalistischer Scheiße,* hat sie dann immer gedacht. *Man ist seines eigenen Glückes Schmied. Man soll nie den Sieger krönen, bevor das Spiel zu Ende ist, und wenn man in einem Zimmer voller Verlierer ist, sucht man sich eben ein anderes.*

Doch als Nadia bei der Hintertür der Napiers in die Hocke geht, während sie auf den dritten zerbrochenen Torsionsschlüssel des Abends blickt, und ihr die Zeit wie Wasser durch die Finger rinnt, wird ihr klar, dass Vera vielleicht nicht ganz unrecht hatte. Wann ist für sie je etwas leicht gewesen? Immer ist es ist ein Kampf gewesen, ein Stück weiter voranzukommen. Keine geschmierten Schienen, auf denen sie dahingleiten konnte, sondern ein Gewaltmarsch durch schlammige Spurrillen. Endlich ist sie bereit, sich ihre völlige Erschöpfung einzugestehen.

Aber ein Schlüssel ist noch übrig. Noch ist nicht alles vorbei.

Mit einem cleveren und höchst illegalen Fernbedienungsteil, das sie sich vor einem halben Leben zugelegt hat, als es so aussah, als könnte aus dem Einbrechen mehr als nur ein vorübergehendes Hobby werden, hat sie bereits das primitive handelsübliche Sicherheitssystem ausgeschaltet. Jetzt steht ihr nur noch diese winzige Aufgabe im Weg. Sie schafft das! Das Schloss ist nicht mal besonders gut. Die alten Leutchen, die hier vorher gewohnt haben, hatten wahrscheinlich seit den achtziger Jahren nichts mehr modernisiert. Ihre Technik ist einfach nur ein bisschen eingerostet, mehr nicht. Und noch nie hing so viel davon ab, dass sie es hin-kriegt.

Nadia wirft dem Torsionsschlüssel einen grimmigen Blick zu. »Jetzt kommt es ganz auf dich an.« Wenn jetzt auch der zerbricht, gibt sie auf und schlägt das verdammte Fenster ein. Es ist keine Zeit für subtilere Tricks. Sie schiebt den Schlüssel oben ins Schloss, führt vorsichtig ihren Dietrich ein, achtet sorgfältig darauf, nicht zu viel Drehmoment aus-zuüben, während sie die einzelnen Zapfen hochhebt, und denkt daran, auch weiterzuatmen.

Sobald sie sicher ist, dass sie den letzten Zapfen richtig hinuntergeschoben hat, was eigentlich zu einem sofortigen Aufschnappen führen sollte, dreht das Schloss nach einem qualvollen Sekundenbruchteil endlich frei, und sie hört das satte Klicken. Sie schaut auf die Uhr und schickt Wyatt eine kurze Status-Meldung: *Bin drin.*

Seine Antwort kommt wenige Sekunden später: *Beeil dich.*

Weil sie mit dem Schloss viel Zeit verloren hat, kann sie das Haus nicht so gründlich durchsuchen, wie sie geplant hatte, aber das geht in Ordnung. Es gibt ja hier ohnehin nicht viel zu durchwühlen. Sie muss eigentlich nur etwas finden, was eine Verbindung zwischen den Napiers und Phoebe beweist. Zum Glück ist sie im Laufe der Jahre in genügend Häuser eingebrochen, ist also ziemlich geschickt darin ge-worden, Geheimnisse aufzuspüren, von denen viele über-raschend offen herumliegen.

Sie musterte die Küche. Die Arbeitsflächen sind bis auf eine Kaffeemaschine und einen Toaster leer. Ein bisschen Geschirr im Spülbecken. Auf der Frühstücksinsel liegt ein Stapel Papiere. Hier fängt Nadia an. Wer die Rechnungen kennt, kennt die Person.

Und es sind sehr viele. Telefon, Strom, Internet, alle ent-weder überfällig oder mit der Drohung, den Dienst einzu-stellen. Drei Kreditkarten, voll ausgereizt, zumindest fast.

Einige Umschläge von einer Einrichtung namens Wood Glenn, einem Pflegeheim in Kalifornien. Nadia hat nicht die Zeit, alles so genau zu lesen, wie sie das gerne täte, doch kurzes Überfliegen gibt ihr einen ungefähren Eindruck. Jemand hat die Miete für eine Bewohnerin namens Donna Parker nicht bezahlt, und jetzt droht man mit Zwangsräumung. Nadia weiß, dass Vickis Mädchenname Parker war, wie sie bei ihren Hintergrundrecherchen herausgefunden hat. »Na, das ist ziemlich beschissen«, flüstert sie, legt den Papierstapel weg und geht den Flur entlang.

Die Tür am Ende ist die einzige mit Glasscheiben, durch die sie ins Zimmer sehen kann. Der kleine Computertisch, die Stapel von Büchern und Papieren auf dem Boden und die Arzttasche, die sie neulich abends gesehen hat, als Wyatts Wunde genäht wurde, deuten alle darauf hin, dass dies Rons Büro ist. Aber die Tür ist verschlossen, und sie hat keine Lust, ihr Glück wieder mit dem Dietrich zu versuchen. Widerwillig geht sie weiter.

Die nächsten beiden Zimmer, die sie überprüft, sind völlig leer. Die Napiers zahlen für jede Menge ungenutzten Raum. Das nächste Zimmer sieht zumindest so aus, als lebte jemand darin. Grässliche Tapete mit riesigen rosa Rosen, zweifellos der Geschmack der reizenden Imelda Johnson. Ein großes Doppelbett mit schlichtem weißem Bettzeug, an einer Wand eine kleine Kommode mit ein paar Parfümfläschchen und achtlos daraufgeworfenen BHs. Neben dem Bett steht ein Paar Männerhausschuhe auf dem Boden. Das muss das Elternschlafzimmer sein. Sie bewegt sich recht rasch durch den Raum, sieht an den üblichen Stellen nach: Schrank (größtenteils leer, bis auf ein paar Hemden und Herrenjacketts auf Bügeln), Kommodenschubladen (auch keine Überraschungen), unter dem Bett (nicht mal eine Wollmaus) und an ihrer Lieblingsstelle für verborgene Gegenstände: zwischen den Matratzen. Nichts.

Enttäuscht zieht sie weiter, an einem Gästebad vorbei, für das sie keine Zeit hat, bis zu einem unmittelbar daneben liegenden Schlafzimmer. Hier gibt es, Gott sei Dank, zumindest keine Tapeten. Nur dunkelblaue Farbe mit weißen Zierleisten. Wahrscheinlich Überreste eines Marinedekors. Das ungemachte Bett und die Kleiderhaufen auf dem Boden kreischen förmlich »junger Kerl«. Eindeutig Jakes Zimmer. Ihr fällt ein Bild auf, das über dem Bett an der Wand hängt und ihr ganz nach einem Künstlerporträt des Ferraris aus Phoebes Garage aussieht. Möglicherweise ein Geschenk von seiner Freundin? »Oh, Schwesterlein, das war süß von dir«, murmelt Nadia.

Sie wühlt die Kleidungsstücke auf dem Boden durch und sieht sich dann nach einer Kommode um. Fehlanzeige. Jakes andere Habseligkeiten sind noch in den Kisten, in denen sie wahrscheinlich hier angeliefert wurden. Die meisten Kartons enthalten Sporttrophäen, Bücher, Videospiele, Knäuel von Elektrokabeln und anderen Krimskrams.

Sie will unter dem Bett nachschauen, merkt jedoch, dass die Matratze und das Boxspring-Untergestell ohne Rahmen direkt auf dem Boden aufliegen, also sieht sie unter die oberste Matratze. Sie braucht einen Augenblick, um zu begreifen, was sie da findet. Ihre Beine werden ein bisschen zittrig.

Es ist ein langes Metzgermesser. Der Griff sieht sehr ähnlich aus wie der von den Messern in der Küche der Millers. Sie muss sie vergleichen, um sicher zu sein, doch sie ist schon jetzt so gut wie überzeugt, dass dies das fehlende Messer ist, denn weder sie noch Wyatt konnten es finden, als sie danach gesucht haben, und die Klinge scheint aus demselben einzigartigen gehämmerten Stahl zu sein, aus dem auch die anderen im Set gefertigt sind. Sie sieht nach Geld wie Heu aus.

Nadia schaltet die Taschenlampe an ihrem Handy ein und

untersucht das Messer auf Blutspuren. An der Stelle, wo Klinge und Griff aufeinandertreffen, scheint ein winziger bräunlicher Fleck zu sein, aber daraus kann man nicht sicher schließen, ob es Blut, Rost oder Dreck ist. Ansonsten sieht das Messer sauber aus, zumindest für das bloße Auge. Sie packt es vorsichtig ganz hinten am Griff und steckt es in ihre Werkzeugtasche.

Phoebes Telefon, das nun Nadias Haupthandy geworden ist, summt, und sie lässt die Matratze los. Sie fällt mit einem schweren, dumpfen Schlag auf die Unterlage, doch das Bett sieht auch nicht zerwühlter aus als vorher. Wyatt: *Die werden langsam hibbelig. Wollen nicht ohne dich essen.*

Nadia verzieht das Gesicht. Sie hat immer noch nichts gefunden, was die anderen Napiers mit Phoebe oder auch nur Daniel in Verbindung bringt, doch das Messer ist ein Volltreffer. Der absolute Hauptgewinn, wenn es nur ihr Ziel ist, Schuld zu beweisen. Was sie weiter mit dieser Information vorhat, ist ein völlig anderes Problem, das sie jetzt noch nicht angehen will. Im Augenblick muss sie nur hier raus. Sie schaltet die Taschenlampe aus und durchquert das Wohnzimmer im Eiltempo.

Den Klappstuhl neben dem Zweiersofa bemerkt sie erst, als sie darüberstolpert. Als sie taumelt, um sich zu fangen, gleitet ihr das Telefon aus der Hand und schlittert wie ein Eishockeypuck aus Glas über den nackten Holzboden in eine dunkle Ecke des Zimmers, aus dem Schein des trüben Deckenlichts. »Mist!«, ruft sie.

Nachdem sie den Stuhl wieder dahin zurückgestellt hat, wo er ihrer Meinung nach vorher stand, macht sie sich auf die Suche nach dem Handy. Es gibt keine Möbel, unter denen es verborgen sein könnte, doch das bedeutet nicht, dass sie auch nur eine Sekunde Zeit übrig hat, um etwas zu suchen, das sie gar nicht erst hätte fallen lassen sollen. Da leuchtet wie ein Segen in der Dunkelheit auf einmal das

Display auf, und das Telefon beginnt zu vibrieren, weil ein Anruf kommt. Das Handy liegt etwa fünf Fuß von der Stelle entfernt, wo sie gesucht hat.

Sie rennt hin, sieht, dass es Wyatt ist, stürzt sich darauf und antwortet.

»Alles in Ordnung«, sagt sie.

»Was machst du?« Seine Stimme ist ein geflüsterter Schrei.

»Ich wurde aufgehalten. Ich gehe jetzt zurück.«

»Vicki ist kurz nach meiner letzten SMS auf die Toilette gegangen. Sie ist immer noch nicht wieder zurück. Ich glaube, sie schnüffelt oben rum. Herrgott nochmal, beeil dich.«

Nadia knirscht mit den Zähnen. Vicki hat also eindeutig Verdacht geschöpft, was? Nadia ist eher enttäuscht als überrascht von dem Gedanken, dass Phoebes engste Freundin sie vielleicht ermordet hat. »Bis ganz bald.« Sie beendet das Gespräch und verlässt das Haus, zieht ihre hochhackigen Schuhe aus, damit sie so schnell wie möglich zu dem Pfad rennen kann, auf dem sie gekommen ist, wahrscheinlich demselben, den Jake bei seinen regelmäßigen Ausflügen zu Phoebe benutzt hat, weil man ihn von der Straße aus nicht sehen kann.

Sobald sie durch das hintere Gartentor und, keuchend und schweißgebadet, wieder auf millerschem Terrain ist, erstarrt sie beim Anblick eines Schattens in ihrem Schlafzimmerfenster. Eines anmutigen, zierlichen Schattens mit Kurzhaarschnitt. Es fehlen nur noch die Flügel, dann wäre sie Tinker Bell. »Hallo, Mrs. Napier«, flüstert sie, und das Herz hämmert ihr gegen das Brustbein.

Sie will gerade eine SMS an Wyatt schicken, dass er Vicki irgendwie an den Esstisch zurückkriegen muss, als sich der Schatten fortbewegt und das Licht im Zimmer ausgeht. Nadia rennt quer durch den Garten zur Veranda, flitzt über die

Außentreppe zum Balkon des Schlafzimmers und tritt durch die Verandatür ein.

Sie wirft ihre Werkzeugtasche hin, rennt durch das Schlafzimmer und aus der Tür hinaus zum Treppenabsatz, wo Vicki bereits auf halbem Weg zum Erdgeschoss ist. »Oh, hey, wolltest du was von mir?«, fragt Nadia und genießt zutiefst, dass Vicki stocksteif wird und beinahe ins Stolpern kommt. »Ich war draußen auf dem Balkon und dachte, ich hätte im Zimmer jemand gehört.«

Vicki dreht sich um und schaut mit einem Hauch von Grinsen zu Nadia. »Du hast so lange telefoniert. Ich wollte nur sicher sein, dass du da oben noch am Leben bist.«

Seltsame Wortwahl, Vicki. Hattest du gehofft, daran etwas ändern zu können? »Alles prima. Ich bin beinahe fertig.«

»Du wirkst ein bisschen verschwitzt. Muss ja ein ziemlich intensives Gespräch gewesen sein.«

»Es ist da draußen immer noch ziemlich dampfig.«

Vicki nickt langsam. »Ah. Das erklärt, warum ich dich nicht gesehen habe.«

Oh, aber du hast nach ganz was anderem gesucht, oder nicht? »Muss wohl so sein. Ich mach mich nur schnell frisch und bin gleich unten.«

»Okay.« Vicki zwinkert ihr zu und geht weiter die Treppe hinunter.

Sobald Nadia wieder allein ist, blickt sie sich nach offensichtlichen Anzeichen dafür um, dass sich jemand an ihren Sachen zu schaffen gemacht hat. Nichts fällt ihr sofort ins Auge, aber da ist immer noch das Ankleidezimmer, in dem im Moment die Tasche offen herumsteht, die alles enthält, was von Nadias altem Leben noch übrig ist. Weil sie es so eilig hatte, ihre Werkzeuge rauszuwühlen, hat sie ihre Sachen nicht wieder versteckt. *Wie eine gottverdammte Idiotin.*

Sie schaut rasch nach und findet die Tasche noch am selben Fleck wie zuvor. Auf den ersten Blick sieht es nicht so aus, als hätte jemand sie berührt, doch sie weiß ja, dass das Ziel eines Diebes immer ist, die Dinge genauso zu hinterlassen, wie sie vorher waren. Sie zieht den Reißverschluss auf, hofft, dass das so dringend Gesuchte obenauf liegt, weiß aber im Grunde ihres Herzens bereits, dass es fort sein wird. Ihr Telefon, *Nadias* Telefon, von dem sie nie vermutet hätte, sie würde es je wieder brauchen, ist verschwunden. Verzweifelt dreht sie die Tasche um und kippt den gesamten Inhalt auf den Boden, für den unwahrscheinlichen Fall, dass das Handy nach unten gerutscht ist. Dutzende gestohlener Kinkerlitzchen, ihre Tagebücher, Toilettenartikel, Haargummis, zerknüllte Quittungen, ihr altes Namensschild von der Arbeit, Gehaltsabrechnungen und anderer Krempel werden in alle Richtungen verstreut. Kein Telefon dabei. Denn wenn du das Telefon einer Person besitzt, hast du sie. Kalte Hände krallen sich in ihre Eingeweide und drücken fest zu.

Nadia geht rückwärts aus dem Ankleidezimmer, ballt die Fäuste und beginnt, immer und immer wieder auf das Bett einzuschlagen, schafft es irgendwie, den markerschütternden Urschrei zu unterdrücken, den sie so verzweifelt ausstoßen will. Auf diesem Telefon sind viele Dinge. *Sehr belastende Dinge*, die sie bisher noch nicht sperren konnte, weil sie so viel anderen Kram im Kopf hatte. Und im Gegensatz zu Phoebes Telefon hat das Handy, das sich Nadia in ihrem alten Leben leisten konnte, nicht all die clevere Technologie mit Absicherung durch Fingerabdruck und Iris-Scan. Es ist nur ein billiges Wegwerfhandy, das sie kurz nach ihrer Ankunft in Lake Forest in einem Supermarkt gekauft hat. Sie hätte es mit einem Code sperren können, doch nicht einmal das hat sie gemacht, weil sie es nervig fand, dass sie jedes Mal diese Zahlen eingeben musste, wenn sie eine Nachricht lesen oder im Internet surfen wollte. Gehen so nicht alle Pläne schief? Wegen dieses einzigen winzigen Details, das so einfach und selbstverständlich ist, dass man es leicht übersieht.

»Wie blöd bist du denn? Wie unendlich dämlich?«

Tränen der Wut und Beschämung brennen ihr in den Augen. Doch sie schafft es, sich zu bremsen, ehe all ihre Hoffnung völlig den Bach hinuntergeht. *Durchatmen, Nadia. Noch ist das Spiel nicht zu Ende. Noch längst nicht! Du hast eindeutige Beweise dafür, dass eines dieser Arschlöcher Phoebe getötet hat. Vicki hat vielleicht in der zweiten Minute des Spiels einen Touchdown erzielt, aber es ist immer noch möglich, das Blatt zu wenden. Jetzt ist nicht die Zeit, um wie deine Mutter auf Selbstmitleid umzuschalten.*

Sie blickt rasch in den Spiegel, um zu beurteilen, wie groß der Schaden ist. Es sieht nicht so schlimm aus, wie sie befürchtet hat, bei all dem Schweiß und den Tränen. *Vielen Dank, Phoebe, für dein sündhaft teures Make-up.* Sie legt ein wenig Puder auf, damit sie nicht so glänzt, und glättet ihr Haar mit der Bürste, bevor sie wieder nach unten ins Esszimmer geht, wo sie vor fünfzehn Minuten behauptet hat, sie müsse einen wichtigen Anruf ihres Steuerberaters entgegennehmen.

Alle sitzen an einem Ende eines blitzblanken Glastisches, an dem man mindestens ein Dutzend Leute mit jeder Menge Ellbogenfreiheit unterbringen könnte. Wie so viel in diesem Haus erinnert auch das riesige formelle Esszimmer eher an ein Museum für Moderne Kunst, inklusive einer eklektischen Sammlung sehr farbenfroher abstrakter Gemälde an den Wänden und einem Kronleuchter in Form einer ungeheuer großen Skulptur aus verschlungenem, mundgeblasenem Glas, die wie ein psychedelischer Oktopus über dem Tisch zu schweben scheint und wahrscheinlich so viel gekostet hat wie Wyatts Audi. Ein solcher Raum, gerüstet für die tollsten Dinnergesellschaften, wirkt beinahe absurd in einem Haus, das einer Frau gehört, die vor jedem Anschein eines geselligen Lebens zurückschreckt, abgesehen von ihren Lunchtreffen mit Vicki. Vielleicht haben die Millers früher einmal diesen Raum so genutzt, wie er beabsichtigt war, und das genossen. Danach muss Nadia noch fragen.

Das Festessen mit Roastbeef, Kartoffeln, Spargel, Brot und Wein, das Nadia vor beinahe einer halben Stunde aufgetragen hat, steht noch unberührt da. Wyatt sackt auf seinem Stuhl nach hinten, und Erleichterung strömt aus jeder Pore, als er Nadia erblickt. Die beiden Napier-Männer scheinen sich eher für ihre leeren Teller zu interessieren. »Tut mir leid, dass es so lange gedauert hat. Ihr hättet nicht auf mich zu warten brauchen. Bitte greift zu.«

»Als würde es uns im Traum einfallen, ohne unsere Gastgeberin zu essen«, sagt Vicki.

»Da bin ich nicht so sicher«, sagt Ron mit einem lässigen Grinsen. Er hat vielleicht nichts gegessen, aber eindeutig jede Menge Wein intus. »Ich bin kurz vorm Verhungern.«

Vicki gibt ihm einen Rippenstoß. »Oh, das hätte er niemals gewagt, Phoebe.«

An Vicki ist jetzt etwas völlig verändert. Straffere Haltung, ein Funkeln in den Augen, ein neuer Tonfall in der Stimme, der schieren Triumph ausstrahlt. Liebend gern würde Nadia der Schlampe ihre Gabel in den Leib rammen und ihr das Telefon wieder aus den Händen reißen. Wyatt und Ron stürzen sich auf die Servierplatten, während die Frauen einander von ihren Plätzen aus quer über den Tisch fixieren. Die Verkleidungen sind inzwischen so gut wie überflüssig geworden, doch keine von beiden scheint bereit, sich schon jetzt zu demaskieren. Vielleicht will sich Vicki auch nur schützend vor ihren Sohn stellen. Nadia beobachtet, wie sie ihn übermäßig bemuttert, ihm Fleisch und Gemüse auf den Teller lädt, als wäre er noch fünf. Doch im Gegensatz zu einem Fünfjährigen hat Jake ein volles Weinglas vor sich. Um damit seine zerrütteten Nerven zu beruhigen, vermutet Nadia. Er ist zwar ein paar Jahre zu jung, um in Chicago legal Alkohol zu trinken, aber wie geht der alte Spruch: Wenn sie alt genug sind, um eine der verheirateten Freundinnen ihrer Mutter flachzulegen und vielleicht zu ermorden, Herrgott nochmal, dann sollten sie auch was trinken dürfen.

»Alles in Ordnung im Land der Geschäftszahlen und Kontenbücher?«, fragt Vicki.

»Alles prima«, antwortet Nadia. »Ich versuche, so wenig wie möglich mit dem Familienunternehmen zu tun zu haben, aber manchmal ergeben sich Fragen.«

Ron schaut von seinem beinahe niedergemachten Teller hoch. »Ja, wir alle wissen doch, dass es dir nichts ausmacht, ab und zu mit Daddys Geld rumzuwedeln.«

»Ron, um Himmels willen!« Vicki wirkt peinlich berührt.

Nadia hat keine Ahnung, worum es hier geht. Sie wechselt einen raschen Blick mit Wyatt, der ebenso ratlos zu sein scheint.

»Jetzt werd' mal nicht hysterisch. Ich dachte, da wir Phoebes großzügiges Geschenk zurückgegeben haben, könnten wir locker Witze drüber machen.« Er kippt seinen Wein runter und grinst Nadia an.

Vicki schließt kurz die Augen, als betete sie stumm um Gelassenheit. »Kümmere dich nicht um meinen Mann. Er trinkt so viel Scotch, da hatte ich beinahe vergessen, dass Wein ihn auch in ein echtes Arschloch verwandeln kann.«

»Leute. Schluss jetzt«, sagt Jake. Er ist auf seinem Stuhl tief nach unten gerutscht wie ein schmollendes Kind, das jeden Augenblick beschließen kann, sich unter dem Tisch zu verstecken.

»Das Essen ist köstlich, Schatz«, sagt Wyatt. Lieb von ihm, dass er versucht, diese in Zeitlupe ablaufende Katastrophe irgendwie aufzuhalten.

»Danke«, antwortet sie. Nun wird es unerträglich still im Raum, bis auf das Klirren des Bestecks auf den Tellern. Nadia ist sich nicht sicher, was schlimmer ist: das hier oder die betretenen und gestelzten Gespräche. Doch zumindest gibt es ihr eine Chance, über das nachzudenken, was Ron gerade enthüllt hat. Es klingt ganz so, als hätte Phoebe versucht, ihnen Geld zu schenken, doch wessen Idee war es, das zurückzugeben? Sie würde auf Ron wetten, vor allem wegen seiner spitzen Bemerkung. Angesichts des Stapels von Rechnungen, die Nadia auf der Frühstückstheke gesehen hat, und der Höhe der Monatsmiete der Napiers hätten sie diese Hilfe sicher brauchen können. Doch vielleicht nahm Ron Phoebe übel, dass sie sich so in die Angelegenheiten seiner Familie einmischte. Das klang ganz nach einem möglichen Mordmotiv, doch was hat das für Nadias Theorie zu bedeuten, dass die Napiers überhaupt nur hierhergezogen sind, um näher an Phoebe und damit an ihr Geld heranzukommen? Jedes Mal, wenn sie glaubt, dass sie alle Puzzleteile an der richtigen Stelle hat, kommt ein Windstoß und fegt sie wieder durcheinander.

»Hast du das Fleisch bei *Earthbound* gekauft?«, fragt Vicki.

Nadia schüttelt wortlos den Kopf, zwingt sich, ihren Bissen herunterzuschlucken. »Ich bin zu *Jewel Osco* gegangen.«

»Na, das ist ja auch gut. Ich war nicht wieder bei *Earthbound*, seit sie da diesen Typ im Lagerraum hinter dem Laden ermordet aufgefunden haben. Ich glaube, die haben auch nie rausgekriegt, wer es war.«

Diese Themawahl kann kein Zufall sein. Vicki hat die Gehaltsabrechnungen und das Schildchen mit Nadias Namen gesehen, und jetzt will sie Katz und Maus spielen. Das Glitzern in ihren Augen hat nun beinahe etwas Raubtierhaftes. *Ich weiß, wer du bist*, sagen diese Augen. *Ich habe dich im Schwitzkasten, und jetzt lass ich dich zappeln.*

Nadia schlägt den Ball zurück, sie kann es sich einfach nicht verkneifen. »Ich hoffe, es ist in Ordnung, wie ich das Fleisch geschnitten habe. Mein bestes Messer konnte ich nämlich nirgendwo finden. Wirklich seltsam. So ein Ding steht ja nicht einfach auf und wandert von allein weg.«

Vicki schaut verdutzt, und Wyatt wirft Nadia einen raschen Blick zu. »Das passt schon so, Liebling«, sagt er, eine winzige Spur Warnung in der Stimme.

Jake steht auf. Sein Gesicht ist ein wenig bleich. »Tut mir leid. Darf ich eure Toilette benutzen?«

»Jake, setz dich hin und iss auf«, sagt Vicki.

Ron grunzt. »Sieht aus, als müsste er sich gleich übergeben.«

»Na ja, ich denke, da muss ich mich wohl auf das Urteil des betrunkenen Arztes verlassen, der erlaubt, dass sein minderjähriger Sohn Wein trinkt«, blafft Vicki.

»Tut mir leid«, wiederholt Jake und verlässt rasch das Esszimmer. Einen Augenblick später hört man aus dem Bad Würgen. Es ist dasselbe Bad, in dem Nadia neulich ihr Frühstück wieder losgeworden ist.

Vicki reibt sich die Schläfen, als bahne sich ein schlimmer Kopfschmerz an. »Ron, gehst du bitte und schaust nach ihm?«

»Es besteht keine Notwendigkeit, ihn zu verzärteln. Er ist ein erwachsener Mann.«

»Er ist immer noch unser Sohn, also würdest du das *bitte* tun.« Sie stößt die Worte zwischen zusammengebissenen Zähnen hervor, ein sicheres Zeichen dafür, dass es ihr langsam reicht.

Rons Gesicht verfinstert sich, und er holt tief Luft, höchstwahrscheinlich, um eine gehässige Bemerkung oder vielmehr einen Hagel gehässiger Bemerkungen auf sie loszulassen. Nadia räuspert sich, und das scheint ihn daran zu erinnern, dass er nicht zu Hause ist, wo er seine Frau ungestraft anbrüllen kann. Ron steht auf und murmelt: »Entschuldigung.«

Als Vicki die Augen wieder aufschlägt, liegt nackte Verzweiflung darin. »Ich weiß nicht, wie lange ich das noch ertragen kann«, sagt sie zu niemand Bestimmtem.

Ron kommt zurück. »Jake geht nach Hause. Ich glaube, wir sollten mitgehen.«

Vicki regt sich nicht. Nadia spürt, wie alles, was dieser Frau von innen gegen die Lippen drückt, unbedingt herauskommen will. Sie hat ihre schmalen Finger noch immer um die Gabel gelegt. Nadia sieht da nur einen schlichten Ehering, keinen Verlobungsring. *Den hat sie wohl versetzt*, denkt Nadia.

Ron packt seine Frau am Oberarm und zerrt sie herum, als wäre sie ein Kind, das nicht hören will. »Vicki, komm schon.«

Sie reißt mit einiger Mühe ihren Arm aus Rons eisernem Griff. Dann hebt sie ihr Weinglas hoch. »Hast du nicht gerade gesagt, dass wir ihn nicht verzärteln sollten? Er geht ohnehin sofort in sein Zimmer.« Als niemand antwortet, wird sie nervös. »Wir haben kaum mit dem Essen angefangen, mit dem sich Phoebe so viel Arbeit gemacht hat.«

Nadia fragt sich, wie das alles enden soll. Rons Gesichtsfarbe verdunkelt sich zu einem wütenden, violetten Rot. »Das ist nicht der Rede wert«, sagt sie. »Wir können das alles nachholen, wenn es Jake besser geht.«

Vicki schüttelt den Kopf, trinkt ihren Wein aus und steht schließlich auf. »Oh, wir werden das alles ganz bestimmt nachholen. Lieber früher als später, hoffe ich.« Sie lächelt nicht, doch es ist wieder ein wenig von dem Glitzern von vorhin in ihre Augen zurückgekehrt.

»Sag mir einfach wann, und wir sind bereit«, erwidert Nadia.

Als sie in der Tür stehen und den Napiers hinterherschauen, die über die Straße zu ihrem Haus gehen, fragt Wyatt: »Was genau ist da gerade passiert?«

Nadia stößt einen langen Atem aus. »Wir nähern uns dem Ende dieser schrägen kleinen Maskerade, glaube ich. Gott sei Dank.«

INTERMEZZO

Ich habe nie an Gespenster geglaubt, doch ich hatte das Gefühl, dass du an diesem Esstisch bei uns warst. Wir saßen da und taten so, als wäre alles völlig normal, und das ist uns jämmerlich misslungen, weil wir alle wissen, dass du wirklich fort bist, es aber niemand laut aussprechen will. Es ist so blöd, aber, ganz ehrlich, würdest du dich anders verhalten, wenn du an unserer Stelle wärst?

Ich habe daran gedacht, alles gleich hier zu beenden, den anderen einfach zu sagen, was ich getan habe, damit diese Verstellerei aufhören kann, ehe noch jemand Schaden nimmt. Denn ich weiß, je länger das hier weitergeht, desto wahrscheinlicher ist es, dass genau das passiert. Die Worte sind mir so viele Male in die Kehle gestiegen, aber dort immer stecken geblieben. Ich musste sie wieder herunterschlucken, ehe ich an ihnen erstickte.

Inzwischen ist mir klar, dass wir alle Geheimnisse haben, die mit dir zu tun haben, aber weil niemand den Anfang machen will, müssen wir uns eben weiter gegenseitig zerfleischen. Ich fürchte mich nur davor, was das bedeuten könnte.

KAPITEL 2 1

Nadia holt oben ihre Tasche, und dann setzen sie sich im Wohnzimmer zusammen, um der unbehaglichen Stimmung zu entkommen, die immer noch über dem Esstisch zu hängen scheint. Es gibt viel zu besprechen, angefangen vom Gespräch beim Abendessen bis zu dem, was Nadia bei ihrem Ausflug ins Haus der Napiers herausgefunden hat und was Vicki auf ihrer kleinen Jagdexpedition ergattert hat. Diesen fiesen Brocken hebt sie sich bis zuletzt auf. Sie zieht das Messer aus der Tasche, hält es vorsichtig am Holzgriff. »Das lag unter Jakes Matratze. Kommt dir das bekannt vor?«

Er wird blass, als er es sieht, und schaudert, ehe er den Blick abwendet. »Ja.«

»Bist du sicher?«

»Das Messer-Set war eine Spezialanfertigung. Wenn du dir den Griff anschaust, ist da ein Stempel mit Phoebes Monogramm.«

Nadia sieht hin und, tatsächlich, da sind die Initialen PEM. Wieder hat sie beinahe das Gefühl, als spreche Phoebe auf diese Weise aus dem Grab zu ihr. *Du bist auf dem richtigen Weg. Nur weiter.* »Gehst du jetzt davon aus, dass Jake der Täter war?«

»Ich bin sicher, er war zumindest beteiligt, doch wenn man an dem Ding keine Fingerabdrücke oder DNA finden kann ...« Er zuckt mit den Achseln, als wolle er sagen: *Wer kann das schon wissen?*

Nadia stimmt ihm widerwillig zu. Das Messer allein reicht nicht, um Jake direkt zu beschuldigen, ganz egal, wo sie es gefunden hat. Sie legt es auf den Schemel, der vor ihnen steht. »Und nachdem Vicki heute Abend herumgeschnüffelt hat, wissen wir, dass sie auch mit drinhängt. Zumindest versucht sie, ihren Jungen zu schützen.«

»Oder ihr Junge versucht, sie zu schützen.«

»Richtig.«

Sie sitzen eine Minute nachdenklich da, dann sagt Wyatt: »Was war das denn vorhin, dass Phoebe versucht haben soll, ihnen Geld zu geben? Ich konnte es kaum glauben, als Ron das erwähnt hat. Das sieht ihr gar nicht ähnlich.«

»Sie war wohl nicht sonderlich großzügig?«

Er macht eine unbestimmte Geste. »In dieser Beziehung war sie ihrem Vater ähnlicher, als sie es gerne zugegeben hätte. Freunde geben Freunden kein Geld, so in der Art. Bei Daniel war es allerdings Geldgier. Für Phoebe war es eher eine Art Selbstschutz.«

»Vielleicht hatte sie ein schlechtes Gewissen. Sie wusste wahrscheinlich, dass die Napiers Geldprobleme hatten, und immerhin hat sie mit deren Sohn geschlafen.«

Wyatt nickt. »Das klingt schon eher nach Phoebe. Hast du da drüben sonst noch was gefunden?«

»Leider nicht. Es war nicht genug Zeit.«

Es folgt ein ruhiger Augenblick, in dem Nadia versucht, sich zu überlegen, wie sie Wyatt sagen soll, was Vicki aus ihrer Tasche mitgenommen hat. Doch als sie gerade den Mund aufmacht, pingt Phoebes Telefon zweimal hintereinander und meldet SMS, als wolle es ihr zur Rettung kommen. Die Nachrichten sind von Jake.

Als sie sie öffnet, wird ihr klar, dass diese Nachrichten rein gar nichts mit Rettung zu tun haben. Wellen der Übelkeit laufen ihr über den Körper, sie bekommt Gänsehaut, das Telefon gleitet ihr aus der Hand und landet in ihrem Schoß. »O Gott«, murmelt sie. Aber warum ist sie so überrascht? In der Sekunde, als sie entdeckt hat, dass ihr altes Handy weg war, wusste sie sofort, dass so was kommen würde. Sie hat nur nicht erwartet, dass es von Jake und nicht von Vicki kam. Die mussten da drüben sitzen und Informationen austauschen, genau wie sie und Wyatt es gerade auch machten.

»Was?« Wyatt beugt sich vor. »Was ist das?«

Sie reicht ihm das Handy. Die Nachrichten enthalten keinen Text. Nur Bilder. Zwei sehr vertraute, grausige Bilder. Eines mit Wyatt im Vordergrund, ein anderes mit Nadia, aber hinter beiden ist Phoebes lebloses, blutiges Gesicht zu sehen. Das ist also bei dieser Absicherung rausgekommen, auf der Nadia zu ihrem beiderseitigen Schutz so vehement beharrt hatte.

Wyatt schaut nur eine Sekunde auf das Display, legt das Handy dann zwischen Nadia und sich. Er explodiert nicht, wie Nadia es erwartet hätte. Stattdessen sackt er mit einem erschöpften Seufzer in die Sofakissen, als könne ihn nichts mehr überraschen. »Ich hatte so eine Ahnung, dass sie, wenn sie irgendwas von oben mitnehmen würde, genau das schnappen würde«, sagt er. »Wie konnte das passieren?«

»Vicki war in Phoebes Zimmer und hat dort rumgeschnüffelt, als ich von drüben zurückkam. Als ich nachgeschaut habe, was sie mitgenommen hatte, fiel mir auf, dass mein altes Handy fehlte.«

Sein Gesicht rötet sich, aber es gelingt ihm bemerkenswert gut, die Stimme ruhig zu halten. Wahrscheinlich benutzt er jeden Beruhigungstrick, den er als Therapeut im Ärmel hat. »Und nun hat anscheinend Jake das Handy.«

Sie schluckt den großen Kloß in ihrem Hals herunter. »Sieht so aus.«

»Wie konnte er so einfach an die Fotos rankommen?«

»Mein Telefon war nicht gesperrt. Es tut mir so leid«, flüstert sie. »Und du dachtest, Phoebe wäre unvorsichtig mit ihren Passwörtern. Das hatten sie und ich wohl gemeinsam.«

Ehe er antworten kann, pingt das Telefon wieder. Nadia schnappt es sich.

Jake: *Es ging immer ums Geld, okay? 1 Million Dollar sollte* reichen. *Zahl einfach, und diese Bilder und deine anderen Geheimnisse sind kein Problem mehr.*

Nadia liest die Nachricht laut vor und sagt dann zu Wyatt: »Der kleine Scheißkerl erpresst uns! An der Tastatur ist er verdammt viel mutiger, was?« Angesichts ihres eigenen Erpressungsversuchs kommt sie sich bei diesen Worten ein bisschen scheinheilig vor, aber das hier ist besonders dreist. Und dass er sagt, es sei immer nur ums Geld gegangen … Soll das bedeuten, dass er nur mit Phoebe geschlafen hat, um finanziellen Gewinn daraus zu ziehen? Nadia kommt nicht umhin, im Namen ihrer Schwester stocksauer zu sein.

Wyatt reibt sich mit beiden Händen übers Gesicht und lehnt sich dann auf dem Stuhl zurück. »Sag einfach, wir zahlen. Bringen wir die Sache hinter uns.«

»Hoppla, wie bitte?« Nadia ist sich nicht sicher, aber sie glaubt, dass Wyatt vielleicht gerade eben zu einem kompletten Idioten mutiert ist.

»Du hast gesagt, dass es wahrscheinlich einen Grund dafür gab, dass sie hierhergezogen sind – um näher an Phoebe ranzukommen«, sagt Wyatt. »Wir wissen, dass sie Geld gebraucht haben, vielleicht nachdem Ron diese Operationen verpfuscht und in Kalifornien seine Approbation verloren hat. Sie haben darüber nachgedacht, wieder nach Chicago zu ziehen, und da haben sie gesehen, dass in den Nachrichten diese ganze Geschichte mit Daniel Noble breitgetreten wurde. Die sind genau wie alle anderen, die versuchen an seinem Kadaver rumzupicken, um zu sehen, ob dabei Bares für sie abfällt, und weißt du was? Lass sie. Der hat sein ganzes Leben lang Leute ausgebeutet. Höchste Zeit, dass mal jemand anders an die Reihe kommt.«

Nadia schüttelt den Kopf. Einerseits erscheint ihr das sinnvoll, doch irgendwas stimmt nicht ganz. »Phoebe hat schon versucht, ihnen Geld zu schenken, erinnerst du dich? Ron hat es zurückgegeben.«

»Vielleicht ist Ron gar nicht mit am Plan beteiligt. Das könnte alles so ein krankes Mutter-Sohn-Ding sein: Jake macht Phoebe auf seine Weise weich, während Vicki die Nummer ›beste Freundin‹ spielt. Offensichtlich ist irgendwas schiefgelaufen, sonst wäre Phoebe noch am Leben, aber sie hoffen, dass sie trotzdem noch abkassieren können.«

Eine weitere Nachricht von Jake: *Eine Antwort im Laufe des Abends wäre nett. Sorgen wir dafür, dass das alles bald verschwindet, in Ordnung? Ich kann dir das Leben sehr schwer machen. Denk nur an Jesse Bachmann.*

»Großer Gott«, sagt Nadia und zeigt Wyatt das Display ihres Telefons. »Das wird einfach immer schlimmer.«

»Ich sag's doch, zahl ihnen einfach das verdammte Geld. Diese Sache muss nicht unschön enden. Wenn die dein Telefon nicht gekriegt hätten, würde ich sagen, dass wir noch im Spiel sind, aber jetzt stechen ihre Karten unsere.«

Sie beißt die Zähne zusammen und tippt die Frage ins Antwortfeld, wohin sie das Geld schicken sollen. Aber wie sehr sie sich auch bemüht, sie schafft es nicht, die SMS abzuschicken. Denn damit wäre die Sache nicht zu Ende. Das weiß sie mit jeder Körperzelle, und Phoebe würde ihr da zustimmen. Vielleicht würden die Napiers zunächst eine Weile nicht mehr von sich hören lassen, aber nächstes Jahr um diese Zeit oder vielleicht sogar erst in zwei Jahren, wenn die erste Million aufgebraucht ist, schicken sie die nächste SMS. Und dann noch eine. Sie werden dafür sorgen, dass sie und Wyatt nie zur Ruhe kommen. Sie werden Gefangene der Napiers sein.

Sie löscht, was sie geschrieben hat, und tippt drei einfache Wörter als Antwort: *Fick dich, Arschloch!* Diesmal ist es ein Kinderspiel, auf »Senden« zu drücken.

Wyatt sieht das, und ihm weicht alle Farbe aus dem Gesicht. »Echt toll, deine Teamarbeit!«, sagt er und stolziert aus dem Zimmer. Ein paar Sekunden später hört sie, wie er wütend Eis in ein Glas wirft. Er schenkt sich einen Drink ein. Sie folgt ihm.

»Wenn wir es so machen, wie du es willst, wäre meine Teamarbeit auch nicht besser geworden.«

Er schüttelt den Kopf. »Nein, aber du handelst unüberlegt. Wieder einmal. Und jetzt haben sie uns beide am Arsch. Mit meiner Methode hätten wir uns zumindest genug Zeit gekauft, um zu verschwinden.«

Eine weitere Nachricht: *Ich wünschte wirklich, du hättest nicht so reagiert.*

Diese SMS zeigt sie Wyatt nicht. »Schau mal, es ist auch keine Lösung, wenn wir uns von denen in einen lebenslangen Ratenzahlungsplan einspannen lassen.«

»Und dir wäre es lieber, im Kittchen zu landen?«

»Wir gehen nicht ins Kittchen. Ich garantiere dir, die bluffen nur.« Das hört sich selbstbewusster an, als sie sich im Augenblick fühlt, aber sie wird nicht zulassen, dass sie sich einfach geschlagen geben.

Er stürzt seinen Drink in einem Zug hinunter. »Ich werde jedenfalls nicht hier warten, bis ich das rausfinde.« Er geht in Richtung seines Schlafzimmers, und Nadia folgt ihm. Als er versucht, die Tür hinter sich zuzuziehen, drückt sie sie auf. Er wehrt sich nicht dagegen.

»Was machst du?«

Er zieht einen Koffer aus seinem Schrank, legt ihn aufs Bett und macht den Reißverschluss auf. »Ich wusste, dass ich dieses Ding irgendwann packen würde.«

»Du willst also jetzt einfach abhauen? Auf der Pier hast du Phoebe gesagt, wir würden erst rausfinden, was passiert ist.«

»Das habe ich nicht Phoebe erzählt. Das habe ich dir erzählt. Und jetzt weiß ich genug.« Er zieht Hemden aus dem Schrank und wirft sie in den offenen Koffer.

»Du bist ein gottverdammter Feigling, weißt du das?«

Er plustert sich zu seiner vollen Größe auf, macht den Mund auf, um etwas zu sagen, überlegt es sich noch einmal und schüttelt dann den Kopf. »Vergiss es. Das ist es nicht wert«, murmelt er.

Sie verschränkt die Arme. »Ja, genau wie ich schon gesagt habe.«

Da hämmert jemand so hart mit der Faust an die Tür, dass sie beide zusammenfahren und sich umsehen. Wyatt funkelt sie wütend an. »Gut gemacht, Miss Fick-Dich-Arschloch!«

»Ich kümmere mich drum«, sagt sie. Ihre Stimme klingt knallhart, aber ihre Eingeweide sind in Aufruhr. Diese Art von Hämmern an der Tür, das ist kein freundlicher Besucher.

Im Hausflur schaut sie durch den Spion. Es schien nicht möglich zu sein, dass sie jetzt noch weiter aus der Spur rutschen könnten, doch nun sieht es so aus, als hingen sie über einem Abgrund. Die beiden Männer, die unter dem Vordach stehen, sind keine Napiers. Es sind Polizisten. Einer ist in Uniform, der andere in Zivil, hat den Dienstausweis an einem Band um den Hals hängen. Seine kugelsichere Weste, den Tarnanzug und den glattrasierten Schädel würde Nadia allerdings kaum als »zivil« bezeichnen. Wenn er geglaubt hat, so könne er sich unter die Leute auf der Straße mischen und niemand würde ihn für einen Polizisten halten, so ist ihm das, ganz besonders in Lake Forest, spektakulär misslungen.

»Fertigmachen zum Nahkampf, Mrs. Miller«, sagt Wyatt hinter ihr.

KAPITEL 22

Sie öffnet die Tür und setzt ihre Miene Marke »besorgt, aber freundlich« auf. »Hi, ist alles in Ordnung, meine Herren?«

Der Beamte in Zivil hat die Stirn in tiefe Falten gelegt, aber vielleicht ist das auch sein üblicher Gesichtsausdruck. Das kann man bei der Polizei nie so recht sagen. »Madam, könnten Sie mir bitte Ihren Namen nennen?«

»Phoebe Miller. Worum geht es denn?«

»Wer ist das da hinter Ihnen?«, fragt der uniformierte Polizist. »Sir, bitte treten Sie vor.«

Wyatt erscheint neben ihr. Also hat er sich rausgetraut, anstatt sich im Schlafzimmer zu verstecken. Vielleicht ist er doch kein kompletter Waschlappen. »Ich bin Wyatt Miller, Phoebes Ehemann. Womit können wir Ihnen helfen?«

»Ich bin Detective Bob Kelly«, sagt der in Zivil. »Und das hier ist Officer Dustin Watson. Polizei von Lake Forest. Bei uns ist ein Anruf eingegangen, der uns auf eine Ruhestörung in Ihrem Wohnhaus aufmerksam gemacht hat. Hatten Sie beide irgendwie Streit?«

Nadia und Wyatt schauen einander an, gleichen ihren verwunderten Gesichtsausdruck ab und schütteln den Kopf. »Vielleicht war der Fernseher zu laut?«, vermutet Nadia.

»Hier ist alles in Ordnung«, sagt Wyatt.

Die Haltung der beiden Polizisten entspannt sich, wenn auch nur ein wenig. Detective Kelly sagt: »Da wäre noch eine Sache, die wir mit Ihnen besprechen möchten, wenn es recht ist. Dürfen wir ins Haus kommen?«

Nadia zieht die Augenbrauen in die Höhe. »Was sollte das sein?«

»Das sollten wir wohl besser nicht öffentlich besprechen,

Madam, aber wenn Sie sich nicht wohl dabei fühlen, wenn wir in Ihrem Wohnhaus mit Ihnen reden, können Sie gern auch mit auf die Wache kommen.«

Auf der anderen Straßenseite erregt eine Bewegung Nadias Aufmerksamkeit. Sie sieht, dass Jake aus dem Haus kommt, um sich auf die Veranda zu setzen. Er hat sich wunderbarerweise von seinem Unwohlsein während des Abendessens schon wieder erholt. Natürlich will er zuschauen, was aus seinem Machwerk wird.

»Nein, Sie können sehr gern reinkommen.« Sie tritt zur Seite, um die beiden durchzulassen, wechselt einen kurzen Blick mit Wyatt, dessen oberflächliche Ruhe inzwischen so dünn geworden ist, dass sie förmlich sehen kann, wie er sich darunter in Panik windet. Wenn ihr das auffällt, bemerken es Kelly und Watson wahrscheinlich auch. Sie führt die beiden ins Wohnzimmer. »Kann ich Ihnen etwas anbieten? Wir haben gerade Kaffee gekocht.«

»Das wäre schön, vielen Dank«, sagt der Detective. »Mit irgendeinem Milchprodukt, das sie gerade dahaben.«

»Dann also Sahne«, sagt sie und vermutet, dass er den Kaffee nur akzeptiert hat, weil er versucht, die Sache eher wie eine höfliche Unterhaltung als wie ein Verhör aussehen zu lassen. »Möchten Sie auch Kaffee, Officer Watson?«

Er schüttelt den Kopf. »Nein danke, Madam.«

Nadia und Wyatt setzen sich nebeneinander auf das Sofa, und er legt ihr eine Hand auf das Bein, vermittelt so den ungeheuer wichtigen Eindruck, dass sie eine Einheit bilden, wo sie doch vor wenigen Minuten gerade dabei waren, ihre kleine Partnerschaft aufzulösen. Kelly setzt sich auf den Stuhl gegenüber und nippt an seinem Kaffee, während Watson stehen bleibt wie ein Wachtposten. Wenn er darauf abzielt, sie einzuschüchtern, indem er mit seiner Polizistenpersönlichkeit praktisch den ganzen Raum erfüllt, so funktioniert das ganz besonders bei Wyatt prächtig. Nadia spürt seinen Herzschlag. Sie nimmt seine Hand und drückt sie kurz.

Kelly schaut auf den Fußschemel. »Seltsamer Platz für ein Messer«, sagt er.

Wyatt erstarrt. Nadia unterdrückt ein Grinsen. Das ist eine kinderleichte Frage. All diese Fragen können kinderleicht sein, wenn sie die Nerven nicht verliert. »Ich habe es vorhin dazu benutzt, ein Päckchen aufzumachen. Wyatt findet es immer furchtbar, wenn ich das mache.«

»Ja, ich sage ihr ständig, dass Messer für tausend Dollar nicht dazu da sind, dass man mit ihnen Paketband durchschneidet. Aber sie hört nicht auf mich.« Er lacht ein bisschen. Kelly reagiert überhaupt nicht.

»Erst mal ein bisschen was zu meiner Person. Ich bin eigentlich Beamter in der Mordkommission. Watson wurde wegen des Anrufs mit der Ruhestörung gerufen, da bin ich einfach mitgefahren.«

Nadia schnappt nach Luft. »Mordkommission?«

»Ich ermittle in der Mordsache Jesse Bachmann. Sind Sie vielleicht zufällig mit dem Fall vertraut?«

»Der Name kommt mir bekannt vor«, sagt Nadia. Wyatt murmelt zustimmend.

Kelly nickt. »Das habe ich mir gedacht. Man hat den Mann kürzlich in einem Laden von *Earthbound Foods* erstochen aufgefunden. Es war in den Nachrichten.«

Nadia nickt zur Bestätigung. »O Gott, ja. Ich erinnere mich, dass ich davon gehört habe. Der arme Kerl.«

»Ehrlich gesagt, ein Engel war er nicht«, sagt Kelly. »Wir haben sogar Grund zu dem Verdacht, dass er mit einigen nicht aufgeklärten Vergewaltigungsfällen zu tun hatte.« Er beugt sich vor. »Wenn Sie mich fragen, ich glaube, dass eines seiner Opfer sich gewehrt und ihn erledigt hat.«

Nadia bleibt der Mund offen stehen. Diesmal muss sie den Schock nicht spielen. »Tatsächlich?«

»Ja, allerdings. Leider müssen wir trotzdem unsere Arbeit machen.«

Nadia merkt, wie Kelly sie manipuliert. Er will ihnen das Gefühl geben, dass er sie in ein kleines Geheimnis einweiht, damit sie sich wohlfühlen und sich ihm öffnen. Es ist ein guter Trick, der bei Leuten, die es nicht besser wissen, sehr wirkungsvoll ist. »Aber was hat das alles mit uns zu tun?«, fragt sie. Eindeutig hat er darauf gewartet, dass sie diese Frage stellen.

Kelly setzt sich zurück. »Wir haben Grund zu der Vermutung, dass Sie vielleicht eine Verbindung zu unserer Hauptverdächtigen haben, ihr vielleicht sogar bei sich Unterschlupf gewähren.«

Grund zu der Vermutung, wie? Hat er einen anonymen Hinweis erhalten? Von einem gewissen kürzlich sehr viel mutiger gewordenen Nachbarn möglicherweise? Sie macht das Einzige, was sie in diesem Augenblick der Lähmung tun kann: Sie lacht. »Das ist das Lächerlichste, was ich je gehört habe. Honey, ich glaube, da spielt uns jemand einen üblen Streich.«

Wyatt lacht auch leise. Es klingt ein wenig schrill, aber es ist nur natürlich, dass jemand nervös ist, wenn er die Polizei im Haus hat. »Ja, klingt ganz so.«

»Das überrascht mich nicht, nach allem, was in letzter Zeit hier so los war«, fügt Nadia hinzu.

Kelly zieht die Augenbrauen in die Höhe. »Was meinen Sie damit?«

»Vielleicht kannten Sie meinen verstorbenen Vater – Daniel Noble?« Sie weiß nicht genau, wie gut das funktionieren wird, aber hoffentlich wird die Anrufung des Namens Noble diesen Kerlen zumindest ein wenig Respekt einflößen. Vielleicht auch ein bisschen Mitgefühl. »Es war in letzter Zeit einiges über ihn in den Nachrichten. Leider scheint er einige Charakterzüge mit diesem Jesse Bachmann gemeinsam zu haben. Und, na ja, all die Medienberichte über seine Missetaten haben mein Leben ziemlich ereignisreich gemacht, wie Sie sich sicher vorstellen können.«

Verständnis zeigt sich auf Kellys Gesicht. »Ah ja, das. Nun, mein Beileid jedenfalls, Madame.«

»Mir tut nur leid, dass das zu Situationen wie dieser hier führt. Mein Vater war ein, na ja, schwieriger Mensch, und wir standen einander nie sehr nah, doch ein paar Leute hier in der Gegend brauchen wohl noch einen Sündenbock.«

»Ich verstehe, Madam. Trotzdem muss ich Sie zumindest fragen, was Sie über eine Frau namens Nadia Pavlica wissen.«

Wyatt wird ganz starr, aber alle Aufmerksamkeit ist auf sie gerichtet. Kelly hat, seit er hier angekommen ist, nur mit ihr geredet. Und der Grund scheint offensichtlich. Die Frau, mit der er spricht, und die Frau, die er sucht, ähneln einander sehr, und Kellys Augen wandern über alle ihre Gesichtszüge.

»Ich kann Ihnen dazu gar nichts sagen, denn ich habe sie nie kennengelernt.« Die Lüge kommt so glatt heraus, dass es sogar sie schockiert.

Kellys Miene ändert sich nicht. »Sind Sie sicher? Vielleicht eine lang verloren geglaubte Verwandte?«

Sie schüttelt den Kopf. »Tut mir leid, nein. Ich kann nicht behaupten, dass ich meiner weiteren Familie sehr nahestehe, aber ganz gewiss kenne ich jedes Mitglied.«

»Ich glaube, Sie werden meine Beharrlichkeit verstehen, wenn Sie sich einmal anschauen, wie Miss Pavlica aussieht.« Er hält sein Handy in die Höhe, um ihnen ein Bild zu zeigen. Dieses Bild kennt Nadia gut, denn es ziert ihren neuesten Führerschein. Blasse Haut, dunkles Haar, hager an der Grenze zur Unterernährung, verschmierter Lidstrich. Es sieht eher aus wie das Polizeifoto einer betrunkenen Nutte.

»Sehen Sie da eine Ähnlichkeit mit jemanden, den Sie kennen?«, fragt Kelly.

Nadia sieht ein wenig genauer hin und tut dann so, als kapiere sie es endlich. »Oh, jetzt verstehe ich. Nun, das ist ein bisschen beunruhigend, oder nicht, Schatz? Sieh dir mal das hier an.«

Wyatt betrachtet das Bild mit gespitztem Mund ganz genau und grunzt dann: »Ja, ich denke, sie sieht ein bisschen wie du aus, wenn du ein bisschen jünger und gerade in deiner Goth-Phase wärst.«

»Zuletzt hatte sie wohl blondes Haar. Würde das etwas an Ihren Erinnerungen ändern?«

»Leider nicht«, antwortete sie.

»Und Sie sind sicher, dass Sie keine Schwester haben?«, fragt er.

Sie lacht. »Ich bin mir sicher, denn wenn das so wäre, wüsste ich es. Jeder hat Daniel gehasst, aber alle wollten ein Stück vom Nachlass der Nobles.«

Kelly seufzt und steckt sein Telefon weg. »In meinem Job betrachte ich viele Gesichter. Ab und zu sehe ich Leute, die sich aufs Haar gleichen, doch die Ähnlichkeit zwischen Ihnen beiden ist einfach frappierend. Der einzige Unterschied ist das Haar.«

Ihr kommt ein furchterregender Gedanke. Könnte er nur auf eine Vermutung oder einen anonymen Anruf hin eine DNA-Untersuchung oder Fingerabdrücke fordern? Sie glaubt das nicht, doch wenn ja, dann weiß sie, dass das Spiel wirklich vorbei ist. »Es ist ziemlich unglaublich«, stimmt sie ihm zu. »Aber auch gruselig. Mir gefällt der Gedanke gar nicht, dass ich eine Doppelgängerin habe, die in der Stadt rumrennt und auf Leute einsticht.«

»Nun, wir wissen nicht sicher, ob sie das tatsächlich gemacht hat. Wir würden nur gern mit ihr reden.« Er zieht eine Visitenkarte aus einer der vielen Taschen seiner Weste und reicht sie ihr. »Falls Sie sie sehen oder Ihnen noch etwas einfällt, das uns weiterhelfen könnte, würden Sie diese Nummer anrufen? Da erreichen Sie mich direkt.«

Mit tauben Fingern nimmt sie die Visitenkarte. »Natürlich.«

Als sie die Männer zur Tür führt, sagt Kelly: »Wissen Sie, wir sind uns schon früher einmal begegnet, aber ich bezweifle, dass Sie sich daran erinnern.«

»Ach wirklich?«, fragt sie und fürchtet, dass diese Unterhaltung doch länger dauern wird.

»Vor langer Zeit, als ich noch Berufsanfänger war, hat ihr Vater Fundraising-Veranstaltungen für die Polizei gemacht. Er hat immer so eine hübsche Blondine mitgebracht, die ich für irgendeine junge Freundin oder eine eigens engagierte Schönheit hielt. Aber das waren Sie, nicht wahr?«

Sie hat das Gefühl, als sei ihr das Grinsen auf dem Gesicht eingefroren. »Kann schon sein.«

Er nickt. »Ja, das waren mit Sicherheit Sie. Jetzt erinnere ich mich. All die ledigen Jungs waren wild entschlossen, einen Tanz mit Ihnen zu ergattern. Sie haben sogar einmal mit mir getanzt, obwohl ich glaube, dass ich Ihnen ein paarmal auf die Zehen getreten bin.«

Sie hat keine Ahnung, ob irgendwas davon stimmt, doch sie vermutet, dass Kelly nicht der Typ ist, der aufgibt, ehe er nicht alles probiert hat, einschließlich der Erfindung einer Anekdote, um sie bei einer Lüge zu ertappen. »Damals hat mein Dad mich zu einer Menge Veranstaltungen mitgeschleift. Die sind in meiner Erinnerung alle irgendwie miteinander verschwommen. Ich glaube, damals habe ich gelernt, Kleider und hochhackige Schuhe zu hassen. Aber ich bin sicher, dass ein Tanz mit Ihnen für eine junge Frau, die wahrscheinlich insgeheim viel lieber ganz woanders gewesen wäre, das Highlight des Abends gewesen ist.« Sie öffnet die Tür, um die Polizisten aus dem Haus zu lassen. Jake sitzt immer noch auf seiner Veranda, allerdings hat sich inzwischen Vicki zu ihm gesellt, natürlich.

Sobald Kelly draußen ist, dreht er sich noch einmal um.

»Wie gesagt, Madam, wenn Ihnen noch irgendwas einfällt, wäre ich für einen Anruf dankbar.«

»Okay. Passen Sie auf sich auf da draußen.« Sie schaut ihnen hinterher, wie sie zu ihrem Streifenwagen zurückgehen, und winkt dann Jake und Vicki zu, ehe sie die Tür zumacht und hinter sich abschließt. »Das war ein Spaß!«

Wyatt sieht sie an wie ein strenger, erbarmungsloser General, der das Schlachtfeld überblickt und weiß, dass er verloren hat. »Geh deine Taschen packen. Es ist vorbei.«

»Wir gehen nirgendwohin.«

»Der Bulle hat dich völlig durchschaut. Der kommt morgen gleich als Erstes, wenn nicht noch früher, mit einer Befugnis für eine DNA-Untersuchung oder einem Durchsuchungsbefehl für dieses Haus zurück.«

»Oh, komm schon. Er hat keinerlei Beweise für einen Durchsuchungsbefehl! Was, es soll reichen, dass ich irgendwie wie das Mädchen aussehe, nach dem er fahndet? Da lacht jeder Richter nur schallend und schmeißt ihn raus.«

Er verdreht die Augen. »Dein Talent zum Wunschdenken ist wirklich erstaunlich.«

»Hör mal, wir sind im Augenblick in Sicherheit, weil die ganze Situation so unwahrscheinlich ist. Niemand würde dir das glauben, wenn du es ihnen erzählst.«

»Hörst du mir überhaupt zu? Wir sind keineswegs in Sicherheit! Diese Leute auf der anderen Straßenseite haben Phoebe umgebracht. Sie haben Bilder von uns neben ihrer Leiche. Sie wissen, wer du bist, und jetzt wollen sie abkassieren. Das Haus brennt lichterloh, und jeden Augenblick kann uns alles über dem Kopf zusammenkrachen. Wir waren dämlich, dass wir so lange hiergeblieben sind.«

Phoebes Telefon klingelt. Nadia zuckt nicht einmal. Seit sie die Tür hinter Detective Kelly und seinem getreuen Maulesel zugemacht hat, wartet sie auf einen Anruf. »Wir reden gleich weiter«, sagt sie zu Wyatt, geht ans Telefon und stellt es auf Lautsprecher. »Hallo, Vicki.« Sie trägt die zuckersüße Freundlichkeit besonders dick auf.

»Hallo, ist bei euch da drüben alles in Ordnung?«

Sie verdreht die Augen. Nach all dem will die Frau immer noch Theater spielen? »Es ist niemand verhaftet oder erschossen worden, wenn du das gehofft hattest.«

Totenstille am anderen Ende. *Komm schon, Vicki. Meine Maske ist runter. Wie wär's, wenn du jetzt auch deine abnimmst?* Schließlich ein langer Seufzer und dann sagt Vicki mit leiser, beinahe flüsternder Stimme: »Das habe ich überhaupt nicht gehofft.«

»Jetzt mach mal einen Punkt«, blafft Nadia.

Wyatt legt ihr die Hand auf die Schulter und schaut sie mit einem Blick an, der *Nur mit der Ruhe* aussagt. »Wie können wir all das in Ordnung bringen, Vicki? Lass uns drüber reden.« Er spricht klar und ruhig, wie jemand, der mit einem Geiselnehmer redet, und die Situation scheint das beinahe zu erfordern. Nur, dass er eine der Geiseln ist.

Nach weiterem langem Schweigen: »Kommt morgen hier rüber. Dann können wir reden.«

Nadia faucht: »Glaubst du echt, dass eine dritte unbehagliche Begegnung die Zauberformel ist? Woher weiß ich, dass du nicht irgendeinen Hinterhalt planst?«

»Ich schwöre, dass mach ich nicht!«, ruft sie. »Ich brauche nur ein bisschen Zeit, um mich wieder zu fassen, klar? Würdest du nicht sagen, dass wir das beide brauchen? Damit nicht noch jemand Schaden nimmt?«

Nadia seufzt. »Na gut. Morgen Abend?«

»In Ordnung. Sechs Uhr.«

»Also um sechs.« Nadia legt auf. »Da haben wir's, unsere einzige Chance, diese extrem beschissene Situation wie Erwachsene zu handhaben. Ich bin sicher, das wird großartig, wie ein Treffen zwischen Mitgliedern rivalisierender Banden.«

Wyatt schüttelt den Kopf. »Ich denke immer noch, es wäre das Beste, gleich jetzt abzuhauen.«

Sie geht zu ihm und legt ihm die Hände auf die Schultern. »Entweder versuchen wir, das jetzt zu regeln, oder wir riskieren, dass sie hinter uns die Erde verbrennen und wir keine andere Wahl haben, als unser Leben lang auf der Flucht zu sein. Ich weiß nicht, wie es dir geht, aber ich will frei sein. Zumindest will ich, wenn hier alles den Bach runtergeht, sagen können, dass wir es riskiert haben.« Er hebt zum Sprechen an, doch sie fährt dazwischen. »Hör zu. Vorhin hattest du völlig recht. Das Haus brennt lichterloh und alles fliegt uns gleich um die Ohren. Aber du vergisst, dass auch *wir* das Feuer sein können.«

Belustigt stellt sie fest, dass ihre Hände sich auch nach mehreren Sekunden nicht von seinen Schultern gelöst haben und dass sie zumindest im Augenblick dieses Gefühl genießt. Diese einfache Handlung, diese beruhigende Berührung, der kleinste Hauch menschlicher Vertrautheit, bringt ihr eine innere Ruhe, die sie so lange nicht mehr verspürt hat, dass sie vergessen hat, wie sehr sie sie gebraucht hat. Wyatt geht es anscheinend genauso, wenn sie danach geht, wie er die Augen schließt und leise seufzt. Seine Muskeln, angenehm fest, aber viel zu straff angespannt, werden unter ihren Händen ein klein wenig geschmeidiger. *Das bewirke ich*, denkt sie und erwärmt sich für den Gedanken, dass sie ihm ein gutes Gefühl bereiten und gleichzeitig selbst daraus Vergnügen ziehen kann. Sie gesteht sich ein, dass zwischen ihnen eine Anziehung besteht und sie gleichzeitig einen Schutzwall um sich errichtet hat, aus Respekt für Phoebe und für sich selbst.

Aber versteht sie vielleicht all das falsch? Schon möglich. Sie sind völlig erschöpft vor lauter Angst und Sorgen. Vielleicht, wenn sie ihn noch ein bisschen weiterstreichelt … nur um ganz sicher zu sein.

Als ihre Hände anfangen, sanft über seine Oberarme zu streichen, schlägt er die Augen auf und starrt sie an. Er weicht auch nicht zurück. Eine leise Wärme hat sich in seinen dunklen Blick geschlichen, beschleunigt ihren Herzschlag zum Galopp. Einen Augenblick später wandern seine Hände zu ihren Hüften, ziehen sie näher an sich.

Nun sind sie mitten in einer neuen körperlichen Nähe, die sich in diesem kurzen Augenblick der Ruhe, ehe morgen alles in den Abgrund segelt, ziemlich richtig anfühlt. Doch ihr ist noch gerade so viel gesunder Menschenverstand geblieben, dass sie zögert. »Das wäre wohl eine schlechte Idee«, sagt sie. »Aus so vielen Gründen, dass ich sie kaum zählen kann.«

Er schaut zu ihr hinunter und nickt. »Ich weiß.«

Seine Stimme ist leise, heiser, und doch hörte sie ein stilles »Aber« hinter diesen beiden Worten, ein »Aber«, das ihr mitteilt, es könnte unter den vielen schlechten Entscheidungen, die sie beide bis hierher gebracht haben, durchaus auch Schlimmeres geben. Ein »Aber«, das ein Verlangen nach einer Fluchtmöglichkeit ausdrückt, eine Sehnsucht nach dem Luxus der Verletzlichkeit, selbst wenn es nur ein winziger Augenblick ist, ehe sie sich wieder dem bitteren Geschäft des Überlebens widmen. Er schließt erneut die Augen und scheint einen Herzschlag lang innezuhalten, als wolle er sich fragen, ob er sich da wirklich sicher ist. Dann küsst er sie. Sie hält sich zunächst zurück, während ihr Fragen wirr durch den Kopf rasen. *Will ich das wirklich? Kann ich ihm vertrauen? Fühlt sich das überhaupt gut an?*

Die Antwort ist in jedem Fall Ja. Im Augenblick. Endlich gestattet sich Nadia, sich zu öffnen, sich in der Gegenwart zu verankern, ihren Körper gegen seinen sinken zu lassen. In einer für beide völlig unerwarteten Sprache knüpfen sie eine Verbindung.

KAPITEL 23

»Was meinst du, wie geht das alles hier weiter?«, fragt er sie.

Er liegt auf dem Rücken, starrt an die Decke, ist nur knapp mit einem weißen Laken zugedeckt, und die Schatten der Jalousien am Fenster fallen ihm auf die Brust. Nadia, nur mit dem schwarzen T-Shirt bekleidet, das sie trug, ehe ihr Intermezzo gestern Abend begann, lehnt im Schneidersitz am Kopfende und nippt an einer Tasse Kaffee. Kaum hatten sie begonnen, sich zu küssen, sind sie gestern wie Blinde in dieses Zimmer getaumelt und haben es seither nicht verlassen, außer um ihre Tassen aufzufüllen und sich aus der Küche etwas zu essen zu holen. Die Lebensmittel sind knapp geworden, doch dann haben sie sich an die Überreste ihres katastrophalen Roastbeef-Essens vom Vorabend erinnert und sie kalt verschlungen.

Der Sex scheint seine therapeutischen Zwecke erfüllt zu haben. Sie sind ruhiger geworden und fühlen sich miteinander wohler. Aus der aufgestauten Angst ist ein geschmeidiger pragmatischer Blick auf die schwierigen Dinge geworden, die vor ihnen liegen. Schwer zu sagen, wie lange das anhalten wird, aber Nadia spürt, dass dieses Gefühl beiderseitig ist. Allerdings hätte sie gern gewusst, mit wem Wyatt wohl zu schlafen glaubte: mit Nadia oder Phoebe? Auf dem Fuße folgt eine andere Frage, diesmal an sich selbst: Wer will sie eigentlich sein? Hoffentlich wird sie Zeit haben, sich darüber später klar zu werden. Im Augenblick schiebt sie diese Gedanken weg, um sich auf seine viel relevantere Frage zu konzentrieren.

»Sie werden Geld verlangen. Entweder zahlen wir ihnen das oder eben nicht. Du weißt, wie ich darüber denke.«

»Jetzt wäre die Zeit gekommen, mir mitzuteilen, ob du vorhast, denen wieder ins Gesicht zu sagen, sie sollten sich ins Knie ficken. Ich hätte gern die Gelegenheit, mir vorher eine kugelsichere Weste zu besorgen.«

»Wenn wir auf diese Erpressung eingehen, geben wir ihnen nur Macht über uns.«

»Mit Terroristen verhandelt man nicht, ja, ja, schon verstanden.«

»Schau mal, du bist doch der Therapeut von uns beiden. Wieso setzt du nicht einen deiner Psycho-Zaubertricks ein und überredest sie, besser nicht von der Klippe in den Abgrund zu springen?«

»Du hast sehr viel Vertrauen zu meinen Fähigkeiten.«

Sie schenkt ihm ein kleines Lächeln. »Das habe ich nicht gesagt. Ich sage nur, dass es eine Option wäre.« Nach kurzem Nachdenken fügt sie hinzu: »Hast du eine Waffe?«

»Na, das ist ja rasch eskaliert.«

»Ich hasse die Dinger, aber sogar ich weiß, dass wir nicht unbewaffnet da rübergehen sollten.« Geld, Mord und Emotionen, das kann ein explosives Gemisch sein. Wenn man dazu noch die bereits gemachten Forderungen nimmt, würde es sie überraschen, wenn nicht einer der Napiers da drüben eine Pistole zückt.

»Im Büro habe ich eine Elektroschockpistole. Phoebe hat sie mir gekauft, weil sie glaubte, ich bräuchte Schutz gegen meine Patienten, was ich immer für lächerlich gehalten habe. Ich habe sie nie aus der Schachtel genommen. Jedenfalls war Phoebes Sicht auf diese Dinge ziemlich schräg. Wie die der meisten Leute.«

»Mit einer echten Pistole würde ich mir ohnehin nur in den Fuß schießen«, sagt sie. »Elektroschock, das sollte gehen. Ich habe auch immer noch mein Messer.«

»Und du weißt, wie man es benutzt.« Er schaut sie an. »Ich sag ja nur.«

»Das war pures Glück. Ich habe nur versucht, ihn von mir runterzukriegen.« Sie wendet sich ihm ganz zu. »Das glaubst du mir doch, oder? Du hast das nie so direkt gesagt...«

Er starrt einen Augenblick auf die Laken. »Ganz ehrlich, zuerst war ich mir nicht sicher. Aber jetzt glaube ich dir.«

»Wegen dem, was der Detective über ihn gesagt hat?«

»Nein. Ich brauchte seine Hilfe nicht. Nach den letzten paar Tagen habe ich einfach genug gesehen, um zu glauben, dass du so was nicht tun würdest, ohne einen verdammt guten Grund zu haben.«

Sie seufzt. »Danke. Ich hoffe, dass ich nie wieder in so eine Lage komme. Selbst mit verdammt gutem Grund war es... grauenhaft.«

Er streichelt ihr die Schulter. »Ich weiß. Aber ich glaube, wir können Gewalt vermeiden, wenn wir vorsichtig vorgehen. Die Napiers sind keine hartgesottenen Verbrecher. Sie sind einfach völlig verschreckte, blöde Menschen, die zu überleben versuchen.«

»Da hast du recht. Vielleicht kannst du während der Therapiesitzung heute Abend ansprechen, dass wir schließlich alle nur blöde Menschen sind.« Sie gleitet erneut unter die Laken. Er ist so nah und noch beinahe nackt. Es ist verlockend, ihn wieder zu berühren, aber sie zögert, weil sie nicht genau weiß, was er will, und keine Ablehnung riskieren möchte. Doch er rutscht näher, hält ihr die Tür weit auf, und sie rollt sich auf die Seite, um ihn genau zu betrachten. Ihre Gesichter sind nur wenige Zentimeter voneinander entfernt, ihre Körper greifen beinahe ineinander über. Sie genießt es, seine Wärme an ihrem ganzen Körper zu spüren. Seine Augen scheinen sich zu verdunkeln, als er die Hand auf ihre nackte Hüfte legt und sie leicht drückt. »Wir haben noch ein wenig Zeit, bevor dieser Alptraum losgeht«, sagt er. Die nutzen sie.

* * *

Kurz vor sechs treten Nadia und Wyatt aus der Haustür, nicht als Ehemann und Ehefrau, nicht einmal als Freund und Freundin, sondern als Partner ganz anderer Art. Das Haus auf der anderen Seite der Sackgasse mit seiner steinernen Fassade, dem adretten Garten und üppigen alten Bäumen ist gut beleuchtet und wirkt auf jeden, der es nicht besser weiß, einladend.

Nadia trägt ein weißes, ärmelloses Top, schmale Jeans und die schwarze Kunstlederjacke, die sie aus ihrem alten Leben mitgebracht hat, Kleidungsstücke, die sie besser definieren, als Phoebes Designerklamotten es je könnten. Falls sie beabsichtigt, sich den Napiers ohne Vortäuschung falscher Tatsachen zu nähern, echt zu sein, dann muss sie Nadia sein. Es hat nicht lange gedauert, bis der billige, raue Stoff ihre neue Weichheit weggescheuert und darunter wieder die nie ganz verschwundene junge Frau mit Hornhaut auf der Seele zum Vorschein gebracht hat. Aber das ist auch nicht unbedingt schlecht. Sie hat das Gefühl, als fände in ihr eine Entwicklung statt, bei der sich Teile ihres Selbst mit dem ihrer Schwester verbinden. Dass sie zum Beispiel blond bleibt und sich an einigen der schönen Dinge des Lebens erfreut, jedoch gleichzeitig die rauen Kanten des Mädchens von der Farm in Indiana akzeptiert, anstatt sie zu verdecken. Das hier ist immer noch Phoebes Geschichte, aber nun ist Nadia die Erzählerin, und sie muss ihnen beiden gerecht werden.

Wyatt nimmt sie bei der Hand. »Du zitterst.«

Sie schaut ihn an. Seine Augen sind vom Schlafmangel ein wenig blutunterlaufen, doch er hat sich flott zurechtgemacht, trägt eine schwarze Hose und ein dunkelgraues Hemd mit geknöpftem Kragen, die Ärmel bis zu den Ellbogen aufgerollt, ein Outfit, das er als »Therapeuten-Tarnanzug« bezeichnet hat. Ihr Stil könnte unterschiedlicher nicht sein, funktioniert aber irgendwie doch zusammen. »Ich glaube, wir sind beide ein bisschen schlottrig«, sagt sie.

Er holt tief Luft. »Da hast du wohl recht.«

»Solange deine Elektroschockpistole aufgeladen ist, sollten wir in Sicherheit sein.«

»Du gehst davon aus, dass ich weiß, wie man das Ding benutzt.«

»Das war wohl nicht der richtige Zeitpunkt, um mir das zu beichten.«

»Zumindest hast du noch dein Messer.«

Sie umklammert seine Hand. »Also los.«

Als sie sich dem Haus der Napiers nähern, ergreift Nadia eine seltsame Veränderung. Sie richtet sich auf. Ihr Zittern vergeht. Zum ersten Mal seit Wochen kann sie tief durchatmen. Es ist die Erkenntnis, dass sie nicht mehr schauspielern muss, jedenfalls nicht vor diesen Leuten. Was sie verspürt, ist Befreiung.

»Okay, benimm dich ganz natürlich«, sagt Wyatt. Er klingelt.

INTERMEZZO

Es passiert. Die Bremsleitungen sind durchtrennt, das Auto wurde bergab angeschoben, und wir rasen alle auf den Abgrund zu. Werde ich das lebend überstehen? Wird überhaupt jemand lebend aus dieser Sache hier rauskommen? Dieser endlose Schrei ist immer noch in meinem Körper gefangen, und ich glaube, dass er bald den Weg nach draußen finden wird. Doch unter dem Schrei höre ich etwas, das wie ein Wiegenlied klingt. Es ist ganz leise, wird jedoch mit jedem Augenblick lauter und lieblicher. Es sagt mir, dass ich aufhören soll zu kämpfen, dass ich loslassen soll und annehmen, was auch immer geschieht. Hast du ganz am Ende auch dieses Wiegenlied gehört? Ich glaube, da singst du.

KAPITEL 24

Allmählich glaubt Nadia, dass sie den Tod wie ein Magnet anzieht, als sie jetzt innerhalb eines Monats schon auf die dritte Leiche starrt, die in einer Blutlache zu ihren Füßen liegt.

Die vier, die noch leben, müssen bereit sein, zu erklären, was hier geschehen ist. Doch in dem Chaos aus Blut, Tod, gequältem Schluchzen, den vielen überlappenden Geschichten und Lügen und dem in der Luft hängenden Pulverdampf schafft Nadia es nicht, alles zusammenzubringen. Und wenn sie es nicht kann, wie sollen es dann die anderen schaffen? Diesmal ist es einfach zu viel.

Die Panik lauert ihr schon so lange wie ein großer böser Wolf auf, hämmert an die Tür, verlangt Einlass. Bisher waren die Mauern, die sie um sich herum errichtet hat, solide genug, doch nun halten sie nichts mehr aus. Sobald der Wolf hereinbricht und sie mit seinen hungrigen Zähnen packt, wird sich dieser kleine Plan in einem Fehlschlag auflösen; er war von Anfang an höchst unsicher, wenn auch besser als alle Alternativen. Und nun wird ihr Leben vorüber sein, ehe es überhaupt die Chance hatte, anzufangen. Das scheinen Phoebe und sie gemeinsam zu haben.

Doch es ist noch ein leises Flüstern ihres pragmatischen Selbst geblieben: *Denk nicht daran, was in fünf Minuten ist. Denk nicht einmal an jetzt. Gehen wir es einfach noch mal von Anfang an durch. Ein Schlamassel nach dem anderen, Nadia. Erinnerst du dich?*

Sie klammert sich an diesem Gedanken, an den verlässlichen Lebensretter, der er immer gewesen ist, und schließt die Augen.

Das Haus der Napiers hat sich überhaupt nicht verändert, seit Nadia vor beinahe vierundzwanzig Stunden zuletzt hier war, fühlt sich jedoch irgendwie leerer an, als sie und Wyatt über die Schwelle treten, so als könnte jeden Augenblick ein vertrocknetes Gestrüpp vorbeigeweht werden. Vicki führt sie in ein großes Esszimmer – nicht ganz so groß wie das der Millers, jedoch mit dem Potenzial, ebenso eindrucksvoll zu sein, wenn sich jemand die Mühe machen würde, es einzurichten. Im Augenblick ist es eine leere Schachtel, bis auf einen kleinen, runden Tisch und fünf Metallklappstühle. Ron und Jake haben dort bereits Platz genommen.

Es gibt nichts zu essen oder zu trinken, auch sonst keinen Anschein von Gastlichkeit. Allerdings scheint Vicki ihre Schritte sorgfältig zu setzen, als sie auf ihren Stuhl zugeht. Sie hat sich vermutlich vorab ein bisschen Mut angetrunken. Auch Ron und Jake blicken ein wenig glasig. Aber schließlich hat sich auch Wyatt ein paar große Schlucke Whiskey genehmigt, ehe sie aus dem Haus gegangen sind. Ist Nadia als einzige Person im Raum noch voll zurechnungsfähig?

»Bitte setzt euch«, sagt Vicki.

Nadia kann sich ein wenig Sarkasmus nicht verkneifen. »Schon wieder eine Versammlung um einen Tisch? Das entwickelt sich allmählich zum Déjà-vu.«

Vicki schenkt ihr ein kühles, gezwungenes Lächeln. »Herrje. Ich nehme an, wir hätten stattdessen eine Pool-Party organisieren sollen.«

»Komm schon, setz dich einfach«, drängt Wyatt sie sanft.

Nadia gibt nach, und eine qualvolle Minute verstreicht, während der niemand spricht; sie werfen einander nur Blicke zu wie Bälle bei einem Gesellschaftsspiel. Jetzt reicht's. »Wollen wir einfach nur hier sitzen und uns den ganzen Abend lang anstarren?«

»Wohl kaum«, sagt Vicki. »Ich sehe, dass du eine Handtasche dabei hast. Leere sie auf dem Tisch aus.«

»Wieso führst eigentlich du bei dieser Show die Regie?«, fragt Nadia.

Vicki neigt den Kopf. »Ich habe dich auf frischer Tat ertappt, *Nadia*. Denk bloß nicht, dass du dich da rauswinden kannst, und leere endlich die gottverdammte Handtasche aus.«

»Okay, schon gut. Kein Grund zur Aufregung.« Nadia zieht den Reißverschluss ihrer Tasche auf und kippt alles vor sich auf den Tisch. Es fallen all die Dinge heraus, die sie aus Phoebes Handtasche übernommen hat, dazu noch ein paar Kleinigkeiten, die Nadia aus ihrem alten Leben hinzugefügt hat, zum Beispiel ihre liebste Lippenpomade und Kaugummis. »Keine Waffen, wenn dir das solche Sorgen bereitet hat.« Ihr verlässliches Messer steckt in der Jackentasche. Wyatt hat die Elektroschockpistole. Niemand war so vorausschauend gewesen, sie abzutasten.

»Darüber mache ich mir keine Sorgen.« Vicki greift hinter sich und zieht etwas hervor, das ihre bauschige Bluse bisher verdeckt hat. Es ist ein schwarz glänzender, kurzläufiger Revolver, der sich perfekt in ihre anmutigen Hände schmiegt. In dem benommenen Schweigen, das nun folgt, hätte Jakes gemurmeltes »O Gott, Mom« genauso gut ein Schrei sein können.

Ron ist direkter. »Herrgott nochmal, Vicki! Wo hast du denn eine Waffe her?«

Vicki ignoriert sie beide und richtet den Lauf geradewegs auf Nadia. »Siehst du das braune, in Leder gebundene Scheckbuch? Ich will, dass du mir die Katzenprinzessinnen da drin zeigst und eine schöne siebenstellige Zahl hinschreibst. Und dann gebe ich dir dein Telefon zurück, und wir können alle unserer Wege gehen. Mir ist es jetzt sogar egal, wer du bist. Ich will nur mein Leben zurück, wie es war.«

Nadia regt sich nicht. »Das war's? Darum ist es die ganze

Zeit gegangen? Wieso muss es bei einem Mord immer nur aufs Geld rauslaufen? Wie schäbig.«

Vickis Augen verengen sich. »Das ist ja wohl die Höhe, wenn man an die Bilder von euch beiden mit ihrer Leiche denkt.«

Nadia hat gewusst, dass Vicki das sofort wieder aufs Tapet bringen würde, aber sie lässt sich davon nicht unterkriegen. »Wieso hast du übrigens Jake dazu gezwungen, deine Drecksarbeit für dich zu erledigen? Warum hast du ihn diese Nachrichten schicken lassen, wo du es doch selbst hättest tun können? Das ist auch ziemlich schäbig.«

Vicki zuckt zusammen. Nadia schreibt sich einen Punkt gut.

»Sie hat mich nicht dazu gezwungen«, sagt Jake. Sein Gesicht ist eingefallen, voller Schatten. »Ich wusste schon, dass sie Geld wollte. Ich habe nur versucht, die Sache zu Ende zu bringen. Ich wollte vermeiden, dass wir da landen, wo wir jetzt sind.«

»Ja, genau da sind wir jetzt aber«, meldet sich Ron zu Wort. »Und ihr beiden beschuldigt uns, Mörder zu sein. Für wen haltet ihr euch eigentlich, zum Teufel?«

»Oh, Verzeihung«, blaffte Nadia. »Ihr seid ja nur Erpresser und versucht jetzt, aus einem Mord Profit zu schlagen, ja? Ich nehme an, Phoebe könnte rein zufällig tot in einer Blutlache auf dem Küchenboden gelandet sein, und das Messer wäre wie durch Zauberhand ...«

»Nadia, hör auf«, fährt Wyatt dazwischen. »Das bringt alles nichts.« Er schaut zu Vicki. »Wir sind gekommen, um herauszufinden, ob sich diese ganze hässliche Geschichte freundschaftlich lösen lässt, ohne dass noch jemand zu Schaden kommt. Können wir uns darauf einigen, dass das unser Ziel ist?«

Alle rings um den Tisch nicken, obwohl Ron hinzufügt: »Nur fürs Protokoll, ich finde, ihr seid alle komplett irre.«

Vicki verdreht die Augen. »Zur Kenntnis genommen, Herr Doktor. Können die Erwachsenen jetzt bitte weiter-machen?«

»Wie bitte?«, sagt Ron. »Nach dem Chaos, das du ange-richtet hast, würde ich dich wohl kaum als die Erwachsene im Raum bezeichnen.«

»Ja, aber *ich* habe den Revolver in der Hand, denke also, dass ich in der Hackordnung ein bisschen höher stehe als du.«

»Gut, das reicht jetzt!« Wyatt schaute verärgert, holt aber tief Luft und fährt fort: »Nun, Vicki, könntest du bitte auf-hören, den Revolver auf Menschen zu richten? Falls sich aus Versehen ein Schuss löst, kommen wir alle in noch größere Schwierigkeiten. Krankenhäuser müssen nämlich Schuss-verletzungen an die Polizei melden, und das wollen wir doch nicht, oder?«

Er spricht sanft wie ein Therapeut. Und es scheint zu funktionieren, denn Vicki senkt langsam den Revolver und legt ihn vor sich auf den Tisch. Nadia wäre es lieber, wenn das Ding gar nicht mehr im Zimmer wäre, aber zumindest ist es nicht mehr auf sie gerichtet.

»Das ist gut, sehr gut«, sagt Wyatt. »Also, eins ist klar, ihr braucht finanzielle Unterstützung. Wir wollen nur ein paar Antworten. Ich bin mir ziemlich sicher, dass wir die Sache so lösen können, dass wir am Schluss alle glücklich unserer Wege gehen, zumindest zufrieden.«

Wunderbarerweise scheint Wyatt die Situation im Griff zu haben, aber er ist herzzerreißend naiv, wenn er glaubt, dass sich das hier so einfach lösen lässt. Trotzdem, auf diesen Plan hatten sie sich geeinigt. Er wird den Diplomaten spielen. Ihr fällt die Rolle zu, sie beide in Sicherheit zu bringen, falls die Bombe doch noch platzt.

»Hier geht es nicht ums Abkassieren«, sagt Vicki. »Ich lasse nicht zu, dass ihr das so hindreht.«

Nadia fragt: »Also, warum dann der Umzug nach Lake Forest, ausgerechnet in dieses ganz bestimmte Haus? Wieso Phoebe ins Visier nehmen? Ihr habt in letzter Zeit ihre Familie in den Nachrichten gesehen und euch gedacht, der könnte man das Geld leicht abschwatzen, stimmt's?«

Vicki seufzt und reibt sich die Schläfen. »Ron, bitte hol die Bilder vom Kaminsims her.«

Er schaut sie an, als hätte sie ihn gerade aufgefordert, ein Soufflé zu machen. »Meinst du das ernst? *Alle* Bilder? Das sind Dutzende.«

»Du weißt, welche ich meine. Großer Gott, wieso kannst du nicht ein einziges Mal ohne Widerworte das machen, worum ich dich bitte?«

Er wird rot und sieht aus, als würde er ihr gleich eine gehässige Antwort entgegenschleudern, doch seine Augen wandern kurz zu dem Revolver auf dem Tisch, und das reicht aus, um ihn umzustimmen. Er verlässt das Zimmer, und eine halbe Minute später kommt er zurück, den Arm voller sperriger Bilderrahmen.

»Stell sie in der Mitte auf, mit den Bildern zu den beiden«, befiehlt Vicki. Als sie sieht, dass Ron nicht zu ihrer Zufriedenheit spurt, murmelt sie etwas vor sich hin und steht auf. »Lass mich machen. Du hast sowieso nie begriffen, warum das für mich wichtig war.« Die nächste Minute verbringt sie damit, die Reihenfolge der Bilder zu verändern. Allem Anschein nach sollen sie eine Art Geschichte erzählen.

Endlich tritt Vicki einen Schritt zurück und deutet auf das äußerste linke Ende. »Es heißt ja, dass ein Bild mehr sagt als tausend Worte. Für mich ist das nur der Anfang. Dies ist die Geschichte meines Lebens in Kurzform. Mit Illustrationen, wenn ihr so wollt. Ich möchte, dass ihr bei meiner Kindheit anfangt und euch dann bis zur Gegenwart durcharbeitet. Wenn ihr das letzte Bild erreicht, sollte all das hier für euch sehr viel mehr Sinn ergeben.«

Nadia will sie schon schelten, weil sie ein solches Drama inszeniert, doch ihre Neugier ist größer, und sie fängt beim ersten Bild an. Darauf ist ein dunkelhaariges kleines Mädchen von etwa vier Jahren zu sehen, das auf dem Schoß einer Frau sitzt. Vermutlich sind das Vicki und ihre Mutter. Die Ähnlichkeit von Haaren, Augen, Nase und Kinn lässt sich schwer übersehen. Als Nächstes sieht Nadia eine zahnlückige Vicki, die ein paar Jahre älter ist und vor einem Geburtstagskuchen sitzt, auf dem eine Kerze in der Form der Zahl sieben steckt. Ihre Mutter schaut rechts ins Bild, hat beide Daumen in die Höhe gereckt und lächelt. Dann Vicki mit etwa neun oder zehn Jahren, für eine Ballettvorführung angezogen, herausgeputzt mit ihrem rosa Ballettröckchen, straff zu einem Knoten zusammengefasstem Haar, grellrosa Rouge auf den Wangen, wie sie ein Sträußchen weißer Rosen umklammert, während ihre Mutter neben ihr kniet und vor Stolz strahlt. Nadia beginnt, ein Thema zu erahnen. Vicki liebt ihre Mutter wirklich. Sie macht weiter.

Der nächste Bildausschnitt zeigt Vicki im schwierigen Akne-und-Zahnspange-Stadium, doch selbst in einem Ungetüm von rosa Taftkleid ist sie noch hübsch. Vielleicht war das beim Abschluss ihres ersten Jahres auf dem College? Neben ihr sieht man eine Frau im Rollstuhl, ernst, den Blick ins Weite gerichtet, zu einer leeren Hülle zusammengefallen, die klauenartigen Hände an der Brust ineinandergekrallt. Die Erkenntnis trifft Nadia wie ein Hammerschlag: Das ist Vickis Mutter. Irgendwas ist in der Zwischenzeit mit ihr passiert. Und anders als auf den anderen Bildern scheint Vickis Lächeln beinahe wie festgetackert.

Genauso ist es auf sämtlichen übrigen Bildern, von Vickis Schulball bis zur Abschlussfeier der Highschool und schließlich ihrer Hochzeit. Auf allen Bildern ist ihre Mutter zu sehen, eine gestrandete Schattengestalt im Rollstuhl, stets knapp hinter und neben ihrer Tochter wie ein Gespenst.

Es ergibt alles irgendwie Sinn, weil es Vickis emotionale Zerbrechlichkeit aufzeigt, doch erst mit dem letzten Bild gelingt es dieser Erzählung wie durch einen perfekten Zauber, die Beobachter auf eine Zeitreise in die Vergangenheit mitzunehmen, so dass sie begreifen, wie sich die vielversprechende Geschichte dieses jungen Mädchens zum gegenwärtigen Alptraum entwickeln konnte. Auf diesem letzten Foto sieht man Vickis Mutter in der Blüte ihrer Jahre, strahlend schön in einem roten, schulterfreien Cocktailkleid, das rabenschwarze Haar – das Nadia schmerzlich an das ihrer eigenen Mutter erinnert – so hochtoupiert, wie es damals beliebt war. Sie hebt ein Champagnerglas in die Höhe, die Fingernägel und Lippen im gleichen roten Farbton wie das Kleid lackiert. Neben ihr steht ein attraktiver feiner Herr, der keinerlei Einführung braucht, weil er sich als äußerst unfeiner Herr erwiesen hat – Daniel Noble.

»Sie war eine großartige Ingenieurin«, sagt Vicki, als Nadia das Bild hochhebt, um es näher zu betrachten. »Hat ihren Abschluss am MIT als Jahrgangsbeste gemacht und dann als Praktikantin bei Noble Industries angefangen. Jahrelang hat sie sich dort hochgearbeitet, was zu dieser Zeit für Frauen nicht leicht war. Er hat natürlich nur den Rock gesehen und das, was drunter war. Ich habe das alles erst Jahre später von der Tante in Kalifornien erfahren, zu der ich gezogen bin, nachdem mein Vater es nicht mehr fertigbrachte, sich um eine behinderte Ehefrau zu kümmern, und uns beide dorthin verfrachtet hat. Ich habe ihn nie wieder gesehen. Als ich fünfzehn war, erzählte mir meine Tante alles über Moms Affäre mit Daniel, dass sie schwanger geworden war und sich auf sein Beharren einer Abtreibung unterzog, damit sie ihren Status im Unternehmen und – sagen wir es, wie es ist – bei ihm beibehalten konnte.«

Nadia fühlt sich schmerzlich an die sehr ähnliche Erfahrung ihrer Mutter mit Daniel erinnert, und sie fragt sich, wie viele andere ahnungslose Noble-Halbgeschwister es auf der Welt wohl geben mag oder hätte geben können.

»Nur ist der Eingriff nicht wie geplant abgelaufen«, fährt Vicki fort. »Es kam zu einer Uterusruptur, und meine Mutter wäre beinahe verblutet. Dann erlitt sie einen Herzstillstand und war einige Minuten nicht ausreichend mit Sauerstoff versorgt. Die Ärzte hatten tatsächlich die Stirn, zu behaupten, sie hätten ihr das Leben gerettet. Ich nehme mal an, den feinen Herren hat gereicht, dass sie nun den Rest ihres Lebens mit so schweren Hirnschädigungen verbringen muss, dass sie im Grunde nur noch dahinvegetiert.« Sie lacht. »Aber eins kann man Daniel gewiss nachsagen, er hat seine Schulden immer prima bezahlt. Beinahe dreißig Jahre lang hat er leise still und heimlich Geld für ihre Pflege geschickt. In einer der besten Einrichtungen in Kalifornien. Aber wir wissen alle aus den Nachrichten, dass er keineswegs geplant hatte, das Schweigegeld auch nach seinem Tod weiter fließen zu lassen. Beinahe sofort danach wurden die Rechnungen an mich geschickt. Vielleicht war das sein Plan. ›He, ich bin hier weg. Jetzt seid ihr an der Reihe, ihr Trottel!‹«

Nadia und Wyatt sitzen still da, während Vicki diese überwältigende Zusammenfassung vorbringt. Nadia wirbeln Millionen von Fragen durch den Kopf, aber keine ist so klar, dass man sie auf die Welt loslassen kann. Dann sagt Vicki: »Und man könnte argumentieren, dass Daniels Verantwortlichkeit enden sollte, wenn sein Leben endet. Wieso sollte seine Familie weiterhin für seine Sünden bezahlen? Ich habe dem zugestimmt. Als die ersten Rechnungen bei mir ankamen, habe ich sie bezahlt. Ich war wütend, aber ich wollte auch nicht rachsüchtig sein. Ich wollte einfach mein Leben leben und mich um meine Familie kümmern. Außerdem ist mein Ehemann ein supertoller Hirnchirurg, stimmt's? Wir schaffen das schon. Doch dann stellte sich natürlich heraus, dass dieser Hirnchirurg eher ein Schlächter war.« Diese Worte schleudert sie auf ihren Ehemann wie Fäkalien. Er zuckt zusammen.

»Ich habe zugeschaut, wie deine Trinkerei Jahr für Jahr schlimmer wurde, Ron. Ich habe dich angefleht, dir Hilfe zu suchen. Ich habe gedroht, dich zu verlassen, aber du wusstest, dass ich das nicht konnte, weil ich *alles* in dich investiert hatte.« Ihr bricht die Stimme, und sie wischt sich die Tränen aus den Augen. Dieses eine Mal hält Ron den Mund. Vielleicht ist er auch angesichts der Waffe auf dem Tisch vorsichtig geworden.

Vicki wendet ihren Blick zu Jake. »Also habe ich alles, was ich hatte, auf dich konzentriert. Ich habe dafür gesorgt, dass du eine gute Zukunft hast, dass du auf eine tolle Schule gehst. Ich habe dich erbarmungslos angetrieben, damit du ein Tennis-Stipendium bekommst, obwohl du mich immer gefragt hast, warum wir nicht wie alle deine anderen reichen Freunde das Schulgeld einfach so bezahlen. Aber ich wollte nicht, dass du erfuhrst, wie heikel die Lage wurde, dass dein Vater ernsthafte Probleme im Job hatte, und dass man nach seiner zweiten verpfuschten Operation sogar gegen ihn ermittelte. Ich wollte dich nicht mit meiner Vorahnung belasten, dass es mit uns kein gutes Ende nehmen würde ... Aber du warst in den Startlöchern, Jake. Ich habe dich zur Größe angetrieben, obwohl du dann alles weggeworfen hast.« Jake, die Augen rot unterlaufen, macht den Mund auf, um etwas zu sagen, doch sie hält ihre Hand in die Höhe. »Nicht. Sag einfach nichts.«

»Wir wissen, dass Ron in Kalifornien seine Approbation verloren hat«, sagt Wyatt, der seine Stimme wiedergefunden hat. »Und wir wissen von den Patientinnen, denen er Schaden zugefügt hat.«

Vicki nickt. »Ich dachte mir schon, dass die Unterlagen öffentlich zugänglich sind, und warum auch nicht? Es hat ein paar Jahre gedauert, bis es schließlich so weit war, aber

ungefähr um die Zeit, als Daniel Noble seinen letzten Atemzug tat, beschloss die Ärztekammer, dass Ron in Kalifornien
nicht mehr praktizieren dürfte. Wegen der Kosten der Er-
mittlung musste er auch eine gewaltige Geldstrafe bezahlen. Zusammen mit all unseren anderen Schulden und den
Anwaltskosten hat uns das praktisch über Nacht pleite gemacht. Doch dann ging Ron, der Retter aus der Not, zu der
er selbst erheblich beigetragen hatte, und ergatterte einen
Job bei einem seiner alten Kumpel hier, dem er versprochen
hatte, keine Patienten mehr umzubringen oder zu Tetraple-
gikern zu machen.« Sie schaut ihn an. »Gut, dass du dir die
Approbation für die anderen Bundesstaaten beschafft hast,
als du noch nichts auf dem Kerbholz hattest, Liebling. Ich
habe mich immer gefragt, warum du dir die Mühe gemacht
hast, aber mir scheint, du wusstest schon immer, dass du mal
ein Hintertürchen brauchen würdest.«

»Vicki, Herrgott nochmal«, zischt Ron warnend zwischen
zusammengebissenen Zähnen hervor.

Sie legt die Hand auf die Pistole und schaut ihn an. »Willst
du dich deswegen ernsthaft mit mir anlegen?«

Er sackt auf seinen Platz zurück. Vicki wendet sich wieder
Nadia und Wyatt zu. »Sein Job hier ist nicht annähernd so
gut bezahlt, und außerdem mussten wir meine Mutter in Kalifornien zurücklassen. Doch Ron hat steif und fest behauptet, wir würden schon bald überm Berg sein und sie dann
hierher nachholen, sobald die richtige Zeit gekommen war.
Ich war da nicht so sicher, also habe ich ihm eine andere Idee
vorgeschlagen. Wenn wir schon in dieses Drecksloch Chicago zurückkommen, warum setzen wir uns dann nicht mit
den Nobles in Verbindung und erklären unsere Situation mit
Mom. Dann könnten wir sie zumindest in der Einrichtung
lassen, in der sie all die Jahre war. Das ist nur recht und billig, da es, ihr wisst schon, Daniels Schuld war, dass sie überhaupt dort gelandet ist. Und im Gegensatz zu den anderen,

die alle einfach nur ein Stück vom Kuchen haben wollen, braucht sie tatsächlich ärztliche Pflege.«

»Das klingt nur fair«, sagt Wyatt neutral.

Vicki wirft die Hände in die Höhe. »Vielen Dank! Aber erzähl das mal meinem Ehemann hier. Der hielt das für eine schreckliche Idee.«

»War es auch«, grummelt Ron. »Ich wollte nichts mit deren Geld zu tun haben, und ausgerechnet du solltest das auch nicht.«

»Oh, *du* wolltest nichts damit zu tun haben. Denn hier geht es ja nur um dich, stimmt's? Es war egal, dass du an der Krise schuld warst, in der wir steckten. Du konntest kein bisschen nachgeben. Wenn Ron spricht, haben wir anderen alle einfach den Mund zu halten und zu gehorchen. Gibt es für so was eine Diagnose, Wyatt? Ist das eine Form von Narzissmus?«

Wyatt interpretiert diese Frage als rhetorisch und sagt nichts.

»Jedenfalls hatte ich die Nase voll davon, ihm die Zügel zu überlassen, nachdem er uns in den Graben kutschiert hatte. Ich habe die Initiative ergriffen. Natürlich konnten wir bei Noble Industries niemanden erreichen, nachdem in den Medien der Shitstorm über den vom Sockel gestürzten Gott losgebrochen war. Und ich wollte mich auch nicht in diesen wirren Haufen von Klägern hineinziehen lassen. Also habe ich mir einen anderen Plan ausgedacht. Ich habe den größten Teil unserer flüssig gemachten Mittel dazu verwendet, uns dieses Haus hier zu beschaffen. Ich habe hart verhandelt und es hingekriegt. Zum Teufel, ich könnte praktisch selbst eine Noble sein, so skrupellos bin ich vorgegangen. Ich habe recherchiert, geplant und geprobt.«

Nadia wird ein wenig übel. Denn das ähnelt so sehr ihren eigenen Überlegungen, als sie sich auf die Reise nach Lake Forest vorbereitet hat. Phoebe hatte wahrscheinlich gedacht,

dass sie genug Abstand zwischen sich und den Sturm der Ereignisse gebracht hatte, die der Tod ihres Vaters ausgelöst
hatte. Inzwischen sitzen hier schon zwei Leute, die sie genau deswegen direkt im Visier hatten, wenn auch aus unterschiedlichen Gründen.

»Als ich Phoebe kennengelernt habe, wusste ich, dass
mein Plan perfekt funktionieren würde, denn ich habe sie
tatsächlich von Anfang an gemocht. Das hat mich überrascht. Ich hatte einen kalten, hochnäsigen Fisch erwartet.
Aber sie war einfach nur cool, wisst ihr?« Sie richtet diese
Bemerkung an Wyatt und erwartet, dass er ihr zustimmt,
aber er kann nur weiter auf seine Hände starren. »Natürlich
hat sie mir zuerst nicht gesagt, dass sie Daniels Tochter war,
doch wer könnte ihr das verübeln, wenn man bedenkt, was
die Leute so geredet haben?«

»Wie hast du es dann angestellt, sie um das Geld zu bitten?«, fragt Nadia.

Vicki schüttelt den Kopf. »Das ist überhaupt nicht nach
Plan gelaufen. Bei jeder Unterhaltung, die wir geführt haben, habe ich immer nach dem richtigen Einstieg gesucht,
ihn aber nie so recht gefunden. Es schien mir immer zu früh
oder so, als wäre die Stimmung nicht richtig. Dann kam mir
ein anderes Drama in die Quere. Es stellte sich raus, dass
an diesem Haus unendlich viel zu reparieren war. Der Rest
unseres Geldes schwand schneller als meine bereits ver-
gehende Geduld. Aber mir lief auch mit Mom und dem Pflegeheim allmählich die Zeit davon, also konnte ich die Sache
nicht sehr viel länger rauszögern.«

Trotz der Bitterkeit, die sie verspürt, kann Nadia nicht
umhin, ihr das nachzuempfinden. Sie nickt stumm.

»Und endlich hatte ich Erfolg«, fährt Vicki fort. »Als wir
uns näher anfreundeten, habe ich Phoebe von einigen Dingen erzählt, mit denen wir in letzter Zeit so zu kämpfen hatten. Ich habe Daniels Verbindung zu meiner Mutter nicht

erwähnt, aber das war nicht nötig. Die Probleme mit dem Haus, mein Stress in der Ehe und Rons berufliche Rückschläge schienen auszureichen, um in ihr den Wunsch zu wecken, uns auszuhelfen. Sie schrieb mir einen Scheck, ehe ich auch nur darum bitten musste. Der hätte nicht alle unsere Probleme gelöst, aber wir hätten zumindest im Pflegeheim unser Konto ausgleichen können, und vielleicht hätte es uns ein bisschen Luft verschafft. Doch dann habe ich einen sehr großen Fehler gemacht.« Sie richtet einen vernichtenden Blick auf Ron. »Ich habe meinem Ehemann davon erzählt. Ich hätte den Scheck einfach heimlich einlösen und mich um die Dinge kümmern sollen, aber ich musste mich ja ein bisschen damit brüsten. Ich dachte, ich hätte es verdient. Und was macht er? Er gibt das gottverdammte Geld zurück!«

»Ich wollte nicht zulassen, dass du einfach unsere Familie für ein Almosen ... prostituierst!«, schreit Ron. »Ich war schon dabei, uns wieder auf die Füße zu bekommen.«

Vicki lacht und deutet auf die öde Leere ringsum. »Nennst du das ›auf die Füße bekommen‹? Wir hocken in einem leeren Haus, die Rechnungen stapeln sich, und immer noch säufst du Abend für Abend Schnaps?« Sie schüttelt den Kopf. »Unsere Familie prostituieren. Nette Wortwahl, wenn man bedenkt, was da hinter meinem Rücken lief. Ich bin sicher, deswegen hat sie eigentlich wirklich diesen Scheck geschrieben.«

Sie schaut zu Wyatt, und ihr Blick verhärtet sich. »Wusstest du, was Phoebe und mein Sohn getrieben haben?« Jake zuckt zusammen, als endlich die Sprache auf die Affäre kommt.

Wyatt schüttelt nur den Kopf. Der Therapeut in ihm ist in einem Versteck abgetaucht, da die Situation weit über seine Fähigkeiten hinaus eskaliert ist. Allerdings scheint der Arzt im Raum auch nicht sehr viel besser dafür gerüstet zu sein, mit der Situation umzugehen.

»Sie hat uns alle zum Narren gehalten, denke ich mal«, murmelt Vicki.

»Mom, bitte hör auf.« Seit Nadia ihn kennengelernt hat, hat Jake noch nie so sehr wie ein verängstigter kleine Junge ausgesehen oder geklungen.

Vicki scheint ihn nicht zu hören. »Phoebe hat einmal gesagt, dass ihr Vater nicht viel für sie übrighatte. Aber ich bin sicher, er wäre stolz auf sie gewesen, weil sie einem Teenager nachgestellt hat.«

»Halt's Maul!«, schreit Jake.

Damit dringt er endlich zu ihr durch. Vicki zuckt kurz zusammen, fixiert aber Nadia weiterhin mit ihrem durchdringenden Blick. »Sie wollte mit meinem Sohn abhauen! Sie wusste, dass er alles war, was ich noch hatte und was mir wichtig war. Ich gebe zu, dass ich diese Freundschaft mit Hintergedanken angefangen habe. Aber ich habe sie schließlich auch als echte Freundin gesehen, und ich war mir so sicher, dass sie mir gegenüber genauso empfand. Was für ein ungeheurer Verrat ... Ich kann es immer noch nicht fassen. Wie konnte sie mir Tag für Tag in die Augen schauen und dann hingehen und mit meinem Sohn schlafen?«

»Also hast du sie deswegen umgebracht«, sagt Nadia. »Du hast rausgefunden, dass sie und Jake zusammen durchbrennen wollten, und das hat dir den Anstoß dazu gegeben.«

Vicki ist einen Moment sprachlos und kann nur den Kopf schütteln.

Nadia verdreht die Augen. »Hörst du jetzt endlich damit auf? Du hast dir so viel Zeit genommen, uns bis ins Detail jede einzelne Entschuldigung vorzulegen, die du dafür hattest, sie zu töten: Geld, Wut, Rache et cetera. Warum gibst du's nicht einfach zu?«

»Du hast keine Ahnung, wovon du redest!«, schreit Vicki, die endlich die Sprache wiedergefunden hat.

»Es war ein Unfall«, sagt Jake und zieht alle Augen im Raum auf sich. Vicki erstarrt neben einem ebenso schockierten Ron. Nadia und Wyatt wechseln einen Blick, doch keiner scheint geneigt zu sein, Jake zu unterbrechen. Nach einem langen, zittrigen Atemzug kämpft Jake weiter. »Phoebe war spät dran mit dem Zeichen, das sie mir geben wollte, damit ich an jenem Morgen rüberkommen und wir zum Flughafen fahren konnten. Ich habe vermutet, dass irgendwas zwischen Wyatt und ihr schiefgelaufen war.« Er blickt zu Wyatt, doch nur eine Sekunde lang. »Schließlich war ich die Warterei leid und habe beschlossen, so oder so rüberzugehen. Als ich reinkam, war Mom da.«

Vicki mischt sich ein. »Ich bin rübergegangen, um nach Phoebe zu schauen, nachdem ich mitbekommen hatte, wie Wyatt davongestürmt ist, als wäre der Leibhaftige hinter ihm her.« Wyatts Kiefer verkrampft sich, doch er versucht nicht, sich zu verteidigen. »Jake kam zur Küchentür rein, und ich habe das Gepäck gesehen, das er bei sich trug – da hat es nicht lange gedauert, bis ich mir bei den schuldigen Mienen der beiden alles zusammengereimt hatte. Aber es hat ja auch keiner wirklich geleugnet. Ich habe Jake befohlen, nach Hause zu gehen. Er hat versucht, mit mir darüber zu diskutieren, doch ich habe ihn schließlich überzeugt, dass es mir zustand, darüber mit Phoebe, meiner engsten Freundin, allein zu sprechen.«

Jake schüttelt den Kopf. »So ist es eigentlich nicht gewesen, Mom. Versuch doch nicht immer, mich aus der Sache rauszuhalten.« Er wendet sich von Vicki ab und konzentriert sich auf Nadia, vielleicht weil das ihm weniger Unbehagen bereitet, als zum Ehemann seiner toten Geliebten zu sprechen. »Ich habe alles zugegeben, dass Phoebe und ich uns lieben, dass wir zusammen die Stadt verlassen wollen. Mom ist völlig ausgerastet. Im Laufe der Jahre habe ich oft mitbekommen, wie sie und mein Dad sich gegenseitig runtermachen, sich anbrüllen, manchmal sogar gewalttätig wurden. Aber jetzt richtete sich diese Wut zum ersten Mal gegen mich.« Er schaut beide Eltern an, die plötzlich höchst interessiert das Muster in der Maserung der Tischplatte betrachten. Keiner von beiden leugnet etwas.

»Zuerst hat sie Phoebe angebrüllt. Doch als Phoebe nur immer wieder sagen konnte, wie leid es ihr täte, wurde Mom noch wütender. Sie wollte nicht zuhören. Ich denke, sie wollte streiten. Ich bin zwischen die beiden getreten und habe versucht, sie zu trennen.« Vielleicht unbewusst berührt er die Überreste der Kratzer an seinem Hals. »Da hat sich Mom gegen mich gewendet, hat mir gesagt, ich solle rausgehen, nach Hause, damit sie das mit Phoebe allein klären könnte, aber ich habe mich geweigert, klein beizugeben. Sie hat mich ein paarmal geschubst. Dann habe ich zurückgeschubst.« Sein Kinn bebt.

»Jake ...«, murmelt Vicki.

Er schaut seine Mutter an, und seine Augen fließen über vor Kummer. »Ich habe dir gesagt, ich hätte genug davon, dass du mich ständig kontrollierst, dass Phoebe und ich beide Erwachsene sind, die eine Entscheidung getroffen haben. Aber du bist nur noch wütender geworden. Du hast immer weiter wie wild auf mich eingeschlagen.«

Daher die Kratzer, denkt Nadia. Vicki bedeckt ihr Gesicht, von Scham überwältigt. Ron sieht seine Frau mit einer Mischung aus Schock und Abscheu an. Ein schwaches »mein Gott, Vicki« ist alles, was er zunächst hervorbringt, als sei er nur ein Zuschauer, der am anschließenden Zusammenbruch seiner Frau nicht beteiligt war. Nadia juckt es in den Fingern, ihn zu ohrfeigen. Er holt Luft. »Du hast mir gesagt, dass er beim Joggen in irgendwelches Gestrüpp gefallen ist.«

»Dann hat sich Phoebe eingemischt und mir gesagt, ich solle gehen«, fährt Jake fort, schaut wieder niemanden an, und seine Stimme wird rauer. »Sie hat sich auf Moms Seite geschlagen, aber Mom hat sich nur wieder auf sie gestürzt. Dann ist alles einfach …« Er verstummt.

Vicki reibt sich mit bebender Hand das Gesicht, verschmiert ihr Augen-Make-up. »Ich war so außer mir. Es war mir völlig egal, dass ich mich wegen der finanziellen Unterstützung auf sie verlassen hatte. Der Zug war abgefahren. Ich sah nichts als eine Frau vor mir, die mich zum Narren gehalten hatte, die mir meinen Sohn genommen hatte, die mich so ruiniert hatte wie ihr Vater meine Mutter. Sie war genau wie Daniel Noble, alles fing wieder von vorn an. Meine Wut war überwältigend.« Sie holt tief Luft, als ringe sie um Fassung. »Sie hat versucht, vor mir wegzulaufen. Ich bin hinter ihr hergejagt. Und dann ist s-s-sie ausgerutscht. Ich glaube, da muss ein nasser Fleck auf dem Boden gewesen sein.«

»Verschütteter Kaffee«, knirscht Wyatt mit geschlossenen Augen hervor.

»Sie ist gestürzt«, fährt Vicki fort. »Und mit dem Kopf auf die Ecke dieser massiven Arbeitsplatte aus Granit geschlagen. Es hat so laut gekracht. Das ist alles so schnell gegangen. Erst habe ich es nicht begriffen, doch als ich wirklich hinsah, habe ich gewusst, dass sie verletzt war … schwer.«

»Okay, ich glaube, das reicht mir jetzt«, sagt Wyatt. Seine Haut sieht aus wie nasses Papier, als würde er sich jeden Augenblick übergeben.

Aber Nadia ist noch nicht fertig, denn Vicki ist zwar weit gekommen, hat aber die Geschichte noch nicht zu Ende erzählt. »Es ist alles so schnell passiert, dass du dann ein Messer gegriffen und es ihr in die Brust gerammt hast, um die Sache zu erledigen?«

»Was?« Jake springt auf, als hätte er sich verbrannt. Sein Gesicht ist feuerrot.

Vicki schaut ihren Sohn mit weit aufgerissenen Augen und tränenüberströmtem Gesicht an. »Ich habe nicht …«

»Deswegen hast du mich rausgeschickt? Du hast gesagt, du wolltest nicht, dass ich sehe, wie schlimm es wirklich ist... deshalb bin ich gegangen. Wie ein Feigling. Ich werde mir das nie verzeihen, aber ich hatte solche Angst, und ich wollte mich nicht mehr weiter mit dir streiten. Und wenige Minuten später bist du auch nach Hause gekommen und hast mir gesagt, sie sei hingefallen, und wir könnten nichts mehr für sie tun.«

»Sie war hingefallen! Und wir konnten nichts mehr für sie tun!«, schreit Vicki.

»Und hast mich schwören lassen, dass ich den Mund halte. Hast mir gesagt, wenn ich irgendwas darüber sagen würde, würde das alles für mich ruinieren. Du hast gesagt, ich müsse weitermachen, so tun, als hätten wir die Millers nie auch nur kennengelernt.«

Vicki schüttelt den Kopf. »Ich wollte dich schützen, Jake.«

Wyatt wirft Nadia einen raschen Blick zu. So finster hat er nicht ausgesehen, seit er Phoebes Leiche entdeckt hat, aber in seinen Augen liegt noch etwas anderes. Er wendet sich an Vicki. »Hör endlich auf, zu leugnen, was du getan hast. Du bist in deiner Geschichte schon so weit gekommen, erzähl sie einfach zu Ende. Ich war bereit, dir alles zu glauben, was du gesagt hast, bis du das eine wichtigste Detail ausgelassen hast. Du hast sie erstochen.«

Vicki schüttelt den Kopf. »Nein, das habe ich nicht.«

»Doch«, sagt er beharrlich.

Vicki sackt auf ihrem Stuhl zusammen und schwankt vor und zurück, von Schluchzern geschüttelt. »So ist es nicht gewesen. Jake, du musst es mir glauben!«

»Hör auf zu lügen!«, blafft Wyatt.

»Wir haben Phoebes Messer in Jakes Zimmer gefunden, Vicki«, meldet sich Nadia zu Wort. »Hast du es da hingelegt? Wieso würdest du so etwas tun?« War es irgendein verquerer Rachegedanke gewesen, dass sie alles ihrem eigenen

Sohn in die Schuhe schieben wollte, falls jemand zufällig dort suchte? Oder hatte sie gehofft, Jake würde das Messer finden? Nadia kann sich nicht vorstellen, dass eine Mutter solche Machtspielchen mit ihrem Sohn anstellt. Vicki hatte sich jedoch bereits auf einem teuflischen Rachefeldzug befunden, der bis in ihre Kindheit zurückging, und das hatte ihr wohl den Kopf völlig verwirrt.

»Das ist unmöglich«, würgt Vicki hervor.

»Großer Gott, Vicki!«, schreit Ron, den diese neue Enthüllung aus seiner Teilnahmslosigkeit gerüttelt hat. Sein Gesicht ist von neuem Schrecken verzerrt. »Was sagen die da?«

Jake wankt zurück und packt seinen Stuhl, um Halt zu finden. »Mom, bitte sag mir, dass das nicht stimmt...«

Sie schüttelt beinahe krampfhaft den Kopf. »Nein, Jake... Bitte hör mir einfach zu.«

Wyatt fährt fort, und es ist, als ströme all die aufgestaute Trauer, Wut und Furcht in einem Schwall aus ihm heraus. Er ist eine unaufhaltsame Kraft, ein Laser, der nur auf Vicki fokussiert ist. »Schau mal, du willst offensichtlich nicht, dass dein Sohn noch weniger von dir hält, als er das ohnehin schon tut. Du willst ihn glauben machen, dass es ein Unfall war, und das ist ja zumindest teilweise wahr. Sie ist ausgerutscht und hingefallen und hat sich den Kopf angeschlagen. Das nehme ich dir ab, selbst wenn du dabei nicht gerade gut dastehst, weil du da ja der Grund dafür warst, dass sie gefallen ist, und ihr anschließend nicht geholfen hast.

Aber ich werde nicht zulassen, dass du dich aus dem ganzen Rest rauswindest. Phoebe und ich waren am Ende unserer Ehe angekommen, aber ich war noch immer ihr Ehemann, und ich habe sie geliebt. Ich habe an diesem Morgen in ihre leblosen Augen geschaut und ihr das gesagt. Das war das Schwierigste, was ich je in meinem Leben tun musste. Aber weißt du, was an der ganzen Sache echt beschissen ist? Du hast nicht nur meine Ehefrau getötet und die Frau, die

dein Sohn liebt. Du hast auch ihre Schwester umgebracht.«
Er stößt einen Finger in Richtung Nadia. Die Vehemenz dieser Bewegung lässt sie beinahe in ihrem Stuhl zusammenfahren. Alle außer Vicki wenden ihr jetzt die Augen zu.

»Phoebe ist gestorben, bevor sie überhaupt erfahren
konnte, dass sie eine Schwester hatte. Nadia hatte sich wochenlang Mut gemacht, um sich ihr vorzustellen, als all das
hier passiert ist.« Er schaut wieder zu Vicki. »Und für was
genau? Für diesen egoistischen Scheiß, den du auf tausen-
derlei andere Weise hättest lösen können. Nichts, was du als
Rechtfertigung vorbringst, wird je das aufwiegen, was du getan hast. Gib Daniel die Schuld für das, was deiner Mutter
passiert ist, klar. Ich kapiere sogar, dass du das Gefühl hast,
dir stünde eine finanzielle Entschädigung zu, obwohl es verdammt unverzeihlich ist, dass du so tief gesunken bist, jetzt
uns zu erpressen, weil du Phoebe nicht mehr ausnehmen
kannst.«

Sie schüttelt den Kopf, ihre Augen sind weit aufgerissen
und glasig. »Nein. Du versuchst das alles zu verdrehen und
meine Familie gegen mich aufzuhetzen.«

»Das hast du schon selbst gemacht, Vicki. Wenn du mir
oder ihrer Schwester nicht die Wahrheit sagen kannst, versuche es zumindest für deinen Sohn, dessen einzige Verfeh-
lung in dieser ganzen Sache war, dass er sich in die falsche
Frau verliebt hat und sich dann besonders unklug verhalten
hat, als er den Schlamassel zu beseitigen versuchte, den *du*
verursacht hast.« Er beugt sich nun vor, deutet mit dem Finger auf Vicki.

Trotz allem, was Vicki getan hat, verspürt Nadia unwillkürlich eine Spur Unbehagen, als sie sieht, wie Wyatt diese
völlig gebrochene Frau noch weiter bedrängt. Sie will sich
einmischen, ihn zurückhalten, ihm sagen, dass sie nun die
Wahrheit haben, die sie angestrebt haben, aber Jake redet
zuerst.

»Ich kann dich nicht einmal mehr ansehen. Nach all dem hier gehe ich trotzdem weg. Aber nicht nach Stanford. An keinen Ort, an dem du mich finden kannst. Das kann ich dir niemals verzeihen.«

»Jake«, murmelt sie durch ihre Tränen hindurch. »Bitte sag das nicht. Ich kann dich nicht auch noch verlieren.« Sie blickt flehend zu Ron. »Lass das nicht zu.«

Ron räuspert sich, seine Augen wandern zwischen seiner Frau und seinem Sohn hin und her, dann senkt er den Kopf. »Ich werde dich nicht aufhalten, mein Sohn.«

Jake strafft seine Schultern weiter, die Falten auf seiner Stirn werden tiefer, als er seine Mutter ansieht. »Ich weiß, ich wollte weglaufen, und sie hat dir wehgetan. Aber es war nicht alles ihre Schuld. Sie hat ein paarmal versucht, mit mir Schluss zu machen, doch ich habe sie überredet, das nicht zu tun. Sie war drauf und dran, die Stadt allein zu verlassen, aber ich habe sie angefleht, mich mitzunehmen, weil ich es hier nicht mehr ausgehalten habe. Du warst so elend unglücklich, aber du hast versucht, so zu tun, als wäre alles normal, und das war schlimmer als die Wahrheit. Ich hätte dir sagen können, dass ich fortgehe, doch ich wusste, dass du verzweifelt kämpfen würdest, um mich zum Bleiben zu bringen. Und ich hatte recht. Du bist sogar so weit gegangen, sie umzubringen.« Ihm bricht die Stimme. »Ich weiß, es wäre nicht einfach gewesen, aber zumindest wäre sie noch am Leben, wenn du uns einfach hättest gehen lassen.«

Vicki schwankt auf ihrem Stuhl, als könne sie sich kaum noch aufrecht halten. Nun, da die Wahrheit endlich ans Licht gekommen ist und ihr Sohn sich gegen sie gewendet hat, scheint jeglicher Kampfgeist in ihr erloschen zu sein. »Du hast recht. Ich hätte euch gehen lassen sollen. Ich habe dich ohnehin verloren.« Nun klingt ihre Stimme seltsam matt. Sie hebt den Kopf, um ihren Sohn anzuschauen. Nadia kann sich nicht erinnern, je ein so zutiefst erschüttertes Gesicht gesehen zu haben. »Jake ... Schatz, es tut mir so leid.« Sie packt den Revolver. Jake und Ron schreien wie aus einer Kehle. Der Knall ist ohrenbetäubend, und eine Sekunde später liegt Vicki auf dem Boden.

Es ist alles so schnell passiert.

Nachdem Nadia den Tumult in ihren Gedanken ein wenig beruhigt hat, schafft sie es, sich und die anderen zumindest so lange zu sammeln, dass sie sich auf eine Geschichte einigen, bevor sie die Polizei anrufen. Je einfacher die Geschichte, desto leichter wird es ihnen fallen, sie zu behalten: Die Millers sind auf ein paar Drinks zu den Napiers, ihren neuen Freunden, gekommen, als Vicki völlig ohne Vorwarnung einen Revolver hervorzog und sich umbrachte. Ehe sie anrufen, bittet Nadia Jake, ihr gestohlenes Handy zu holen. Es dauert eine Weile, bis sie durch seinen Schock zu ihm durchgedrungen ist, weil seine Mutter auf dem Boden verblutet, doch als Nadia ihm sagt, sie könnten alle ins Gefängnis wandern, kommt er in Bewegung. Nachdem sie überprüft hat, dass die belastenden Bilder auch nicht mehr auf Jakes Handy sind, fragt sie ihn, ob er irgendwo sonst noch Kopien gespeichert hat. Er schüttelt den Kopf. Da sie im Augenblick keine andere Wahl hat, als ihm zu glauben, macht sie den Anruf.

Wenige Augenblicke, nachdem die Polizei und die Sanitäter angekommen sind, entdecken sie, dass Vicki noch atmet.

KAPITEL 25

Den größten Teil der Nacht verbringen sie mit Jake im Aufenthaltsraum des Krankenhauses und warten auf Nachricht, ob Vicki die Operation überstanden hat. Obwohl sie nicht im Northwestern Memorial Hospital sind, kann Ron es nicht lassen, den Arzt zu spielen. Stundenlang ist er mit dem Telefon die Flure auf- und abgegangen und hat sich mit dem ärztlichen Personal beraten, wahrscheinlich hart an der Grenze zur Belästigung. Alles, um nicht stillsitzen zu müssen.

Dank der Xanax-Tabletten, die ihm sein Vater den ganzen Abend hindurch in kleinen Dosen verabreicht, ist Jake ein bisschen benommen, aber wach genug für ein Gespräch. »Phoebe war wirklich deine Schwester?«, fragt er Nadia, als sie schon dachte, er wäre weggedämmert.

Sie nickt. »Halbschwester jedenfalls.«

Er schweigt wieder ein paar Minuten, sagt dann: »Du wirst trotzdem weiter vorgeben, du wärst sie, oder?«

Seine Frage trifft mitten ins Herz des Konfliktes, der in Nadia tobt, seit sie Phoebes Identität angenommen hat. »Ich glaube nicht, dass ich eine Wahl habe. Zumindest auf dem Papier. Es sei denn, wir wollen der ganzen Welt mitteilen, dass sie tot ist. Und das würde einen Haufen weiterer Probleme schaffen.«

»Dir würde es auch mehr Probleme bringen, wegen diesem Bachmann.«

Sie nickt. Das Xanax hat ihn nicht völlig zugedröhnt. »Phoebe zu sein, das erfüllt viele Zwecke.«

»Mir gefällt, dass die Welt glaubt, sie sei noch am Leben. Da habe ich irgendwie auch das Gefühl, dass sie noch lebt.« Ein friedliches Grinsen breitet sich auf seinem Gesicht aus, doch nach kurzer Zeit ebbt es ab. »Wo habt ihr, äh, sie eigentlich hingebracht?«

»Ich glaube, je weniger Leute die Antwort darauf kennen, desto sicherer ist sie dort«, antwortet Nadia.

Damit scheint er zufrieden zu sein.

Nach einer weiteren langen Pause fragt Nadia ihn, ob er etwas über die Verbindung zwischen Vickis Mutter und Daniel wusste. Er schüttelt den Kopf. »Bis vor Kurzem habe ich das Bild von Oma und ihm noch nie gesehen, und selbst dann habe ich die Verbindung nicht hergestellt. Als ich heranwuchs, war die einzige Geschichte, die ich über Oma gehört habe, dass sie einen Herzinfarkt hatte und einen Hirnschaden erlitten hat. Ich sehe sie höchstens ein-, zweimal im Jahr. Für Mom war es jedes Mal völlig erschütternd, da hinzufahren. Jetzt könnte es sein, dass ich aus erster Hand Erfahrungen damit sammeln werde, wie sich sowas anfühlt. Du weißt schon, wenn sie nicht… stirbt.« Seine Stimme bricht, und er nimmt einen Schluck aus seiner Wasserflasche.

»Es ist alles so verdammt traurig«, sagt Nadia. Das ist ein kleines, ganz gewöhnliches Wort, aber es ist das einzige, das passt. Daniel, dieser Scheißkerl. Sein Werk der Zerstörung im Leben vieler Generationen wird auf immer legendär bleiben, selbst wenn nur einige wenige Auserwählte das Ausmaß des Schadens kennen.

»Mom war schon immer hitzig. Ich habe sie auch oft deprimiert gesehen. Doch nie hätte ich gedacht, dass sie versuchen würde, sich umzubringen.« Er schnieft. »Ich habe das Gefühl, als hätte ich sie geschubst. Ich hätte all diese Dinge nicht sagen sollen.«

»Mach das nicht«, mischt sich Wyatt ein. Seit sie hergekommen sind, ist er sehr still. »Sie würde nicht wollen, dass du diese Last mit dir herumschleppst.« Er nippt an seinem Kaffee aus dem Automaten. Es ist bestimmt schon die sechste Tasse heute Abend.

Jake nickt. »Ich hätte auch nie gedacht, dass sie jemand anderen umbringen würde.«

»Unter Druck nehmen die Menschen die unwahrscheinlichsten Gestalten an«, erwidert Wyatt. Nadia würde jede Wette eingehen, dass er diesen Satz im Laufe der Jahre mehr als einem Therapiepatienten hingeworfen hat.

»Aber ich glaube, dass ich ihr vergeben kann«, sagt Jake. »Das ist das Erste, was ich ihr sagen werde, wenn sie durchkommt. Es wird schwer sein, aber ich kann sie jetzt nicht verlassen.«

»Vergebung ist ein langwieriger Prozess«, sagt Wyatt. »Du solltest dich nicht schlecht fühlen, wenn du es nicht gleich schaffst.«

Jake schaut ihn an. »Ich erwarte nicht, dass du mir vergibst. Wenn Phoebe und ich nicht ... Dann würde sie noch leben.«

Wyatt schüttelt den Kopf. »Wir könnten diesen Schwarzen Peter den ganzen Tag hin- und herschieben, mein Junge. Ich habe auch meinen Teil dazu beigetragen.«

Nadia ist erleichtert, als sie hört, dass er etwas zugibt, das ihr sehr zu schaffen macht, insbesondere seit Vicki die Pistole ergriffen hat. Ob er es wollte oder nicht, Wyatt hat dabei mitgeholfen, diese Frau an den Abgrund zu drängen. Nadia wird unbehaglich zumute, wenn sie sich an die schiere Gewalt seiner Worte erinnert. Dann wiederum ist auch sie nicht ganz unschuldig. Sie denkt an ihren eigenen Erpressungsversuch, ein Detail, das ihr nun wie eine weitere Schneeflocke in einem Blizzard verschiedener widriger Umstände vorkommt.

»Meine Mom hat eine Entscheidung getroffen«, sagt Jake mit einem Seufzer. »Ich denke mal, wir haben alle unsere Entscheidungen getroffen.«

»Ja. Jede Menge beschissene«, murmelt Nadia.

Ein Mann mittleren Alters in OP-Kleidung, vermutlich ein

Arzt, kommt ins Wartezimmer, begleitet von Ron, der ganz besonders finster dreinblickt. Sie winken Jake zu sich. »Ich ahne das Schlimmste«, sagt er und steht auf. »Aber danke, dass ihr bei mir geblieben seid.«

Nadia und Wyatt schauen hinter ihm her. Mit jedem Schritt scheint er mehr zum Kleinkind zu werden. Als der Chirurg spricht, legt Ron seinem Sohn den Arm um die hängenden Schultern, und sie beugen beide den Kopf. Nadia braucht die Worte nicht zu hören, um zu wissen, dass Vicki es nicht geschafft hat.

Sie stehen am Bordstein vor dem Haus, jeder mit einem kleinen Koffer. Nur das Nötigste. Was sie sonst noch brauchen, können sie kaufen, wenn sie angekommen sind. Obwohl sie plant, Phoebes neue Garderobe mit einer beträchtlichen Menge Schwarz zu ergänzen, wird sie auch darauf achten, noch ein bisschen Rosa beizubehalten.

Sie sprechen nicht viel. Bestimmt liegt das auch an ihrer Erschöpfung, doch zum größten Teil, glaubt sie, sind es die Nerven. Sie stehen vor einem gewaltigen Schritt, einem Sprung ins große Ungewisse. Doch nachdem sie aus dem Krankenhaus zurückgekehrt sind und die nächsten paar Tage ziellos durch die Gegend gelaufen sind, während sie auf die Erleichterung warteten, weil nun alles vorüber war, wurde ihnen klar, dass sie keine andere Wahl hatten. Das Haus würde sich nie wieder sicher anfühlen. Die Mauern umfassten zu viele Erinnerungen an das Geschehene, und auch der Blick über die Straße war für immer besudelt. Also trafen sie Vorbereitungen, wie es Leute tun, die auf unbestimmte Zeit verreisen: den Strom abschalten, den Kühlschrank ausleeren, die Möbel abdecken, die Post abbestellen.

Doch die wichtigste Vorbereitung kommt erst jetzt gleich. Sie schauen zu, wie der Lastwagen mit dem Flachbettauflieger langsam in die Einfahrt einrückt, auf das offene Garagentor zu. Man hatte den Fahrer vorab über die kostbare Fracht informiert, die er abholen würde, doch als er jetzt aus dem Führerhaus klettert und den Ferrari in seiner ganzen Pracht erblickt, bleibt ihm doch vor Ehrfurcht der Mund offenstehen, und er wischt sich die Stirn.

»Na, das ist mal ein toller Anblick«, sagt er. »Hätten Sie was dagegen, wenn ich ein Foto mache?«

Wyatt zuckt mit den Achseln. »Er gehört uns nicht mehr, aber ich verrate nichts, wenn Sie auch dichthalten.«

Nadia hat nicht lange dazu gebraucht, einen Privatsammler als Käufer für den Wagen zu finden, insbesondere angesichts der Seltenheit des Wagens und der traurigen Berühmtheit des Vorbesitzers. Ein großer Teil von ihr hätte immer noch nichts lieber getan als den Wagen mit einem Molotow-Cocktail zu bombardieren oder einfach nur in den Lake Michigan rollen zu lassen, aus purer Rachsucht. Doch sie und Wyatt sind übereingekommen, dass es dringendere Verwendungen für derart hohe Summen gibt, wie sie ein Verkauf bringen würde. Das meiste davon fließt in die Einrichtung eines Fonds für alle, die Anklage gegen Daniel Noble vorbringen und Anwälte sowie psychologische Unterstützung benötigen. Diese Maßnahme wird einige Wellen schlagen, sobald sie öffentlich bekannt wird, aber Nadia plant, ganz im Stil von Phoebe, die Presse zu meiden.

Ein kleiner, aber großzügiger Teil aus dem Verkauf geht auch an die Napiers. Bei Ron war einige Überzeugungsarbeit zu leisten, denn der wollte nun noch weniger als zuvor etwas mit dem Geld der Familie Noble zu tun haben. Doch schließlich drang Nadia zu ihm durch, indem sie ihn daran erinnerte, dass Vicki nur ihrer Mutter helfen wollte und dass das Geld aus dem Verkauf von Daniels kostbarstem Besitz an einen völlig Fremden stammte, was dem ganz sicher gar nicht gefallen hätte. Als Nadia heute Morgen mit Jake telefonierte, schien er ruhig, aber optimistisch zu

sein. »Dad und ich haben überlegt, ob wir nach Übersee gehen.«

Sie dachte an Rons Probleme mit ärztlichen Kunstfehlern
und hoffte, er würde nun, da Geld kein so großes Problem
mehr war, auch beschließen, seinen Beruf für immer aufzugeben. »Also ein klares Nein zu Stanford?«

»Das kommt mir vor, als wäre es der Traum eines anderen
Menschen.«

Dagegen konnte sie nichts vorbringen. »Versuch einfach,
etwas Gutes aus deinem Leben zu machen.«

»Mach ich. Solange du auch was Gutes aus Phoebes Leben
machst.«

»Das verspreche ich dir.«

Während der Fahrer die nötigen Handgriffe vornimmt,
um den Wagen auf dem Anhänger zu sichern, sagt Wyatt:
»Wir sollten vielleicht auf dem Flug ein bisschen Italienisch
lernen. Für sowas gibt es heutzutage ein paar gute Apps.«

»Den größten Teil meiner Bedürfnisse da drüben kann
man mit drei Wörtern abdecken: Pizza, Gelato und Espresso.«

»Das kannst du laut sagen.«

Die Frage, die sie stellen wollte, liegt ihr schon den ganzen
Tag auf der Zunge und scheint dort immer größer und dring-
licher zu werden. »Hast du eigentlich einen langen Aufent-
halt in Rom geplant?«

»Was willst du damit wirklich fragen?«

Großer Gott, warum ist das so schwierig? Teils, weil sie
nie gelernt hat, wie man eine Beziehung handhabt. Teils ist
da allerdings auch noch ein winziges Pflänzchen des Zwei-
fels, das sich hartnäckig in ihren Gedanken verwurzelt hat
und das sie seit dem Showdown im Esszimmer der Napiers nicht identifizieren kann. »Am Anfang haben wir darüber gesprochen, dass wir fortgehen würden, dass wir getrennter Wege gehen, sobald hier alles erledigt ist oder wir

einander vertrauen. Ich überlege nur, ob du das immer noch so siehst.«

Sie spürt seine Augen auf ihr ruhen und zwingt sich, zu ihm aufzuschauen. Er lächelt. »Irgendwie habe ich gehofft, du würdest noch eine Weile in meiner Nähe bleiben wollen«, sagt er.

Sie zuckt mit den Schultern. »Ich meine, wenn du das möchtest.«

»Was möchtest du denn?«

»Ich würde gern einfach einen Tag nach dem anderen angehen«, antwortet sie. »Vielleicht sogar nur einen Moment nach dem anderen.« *Ich will sichergehen, dass ich recht habe, wenn ich dir vertraue – wenn ich dieser Sache hier vertraue.*

»Das gefällt mir«, antwortet er. »Übrigens, ich wollte dir noch was zeigen.« Er zieht sein Telefon heraus, öffnet den Ordner, in dem sich die Fotos befinden, und löscht diejenigen, die ihnen beinahe jede Menge Probleme gemacht hätten. »Ich finde, es ist höchste Zeit, die loszuwerden. Was meinst du?«

Sie grinst ihn breit an. »Da bin ich dir sogar schon zuvorgekommen.«

Er seufzt erleichtert. »Na, gut zu wissen.« Er beugt sich langsam zu ihr herunter, um sie zu küssen. Es ist der erste Kuss, seit sie neulich zu dem Haus auf der anderen Seite der Sackgasse aufgebrochen sind. Der winzige irritierende Zweifel vergeht ein wenig, als sie eine neue Wärme durchströmt. Vielleicht wird sich von jetzt an alles besser anfühlen. Das wird sie abwarten müssen.

Nachdem sie dem Fahrer des Abschleppwagens die nötigen Unterlagen unterschrieben haben, schauen sie dem Lkw hinterher, wie er langsam die Straße hinauffährt, dabei ein wenig wie eine exotische Schildkröte aussieht. »Willst du das Taxi bestellen, oder soll ich es machen?«, fragt Wyatt.

Sie zieht gerade ihr Handy hervor, als sie sieht, wie ein anderes Auto in ihre Straße einbiegt, diesmal eine ziemlich neue Ford-Limousine, die förmlich »Polizei« schreit. Der Billardkugel-Kopf des Fahrers bestätigt diesen Verdacht, und in Nadias Eingeweiden kommt ein Felsbrocken ins Rollen. »Scheiße.«

»Zumindest ist er allein. Das ist wahrscheinlich ein Pluspunkt für uns«, sagt Wyatt, obwohl es auch ihm nicht gelungen ist, die Besorgnis ganz aus seiner Stimme herauszuhalten.

Detective Kelly parkt direkt vor ihrer Einfahrt, steigt aus und kommt auf sie zu spaziert. Er sieht freundlich aus, aber dieser Gesichtsausdruck gehört wahrscheinlich einfach zu seiner Ausrüstung, genau wie die kugelsichere Weste und die Cargo-Hose. »Guten Morgen, Detective«, sagt Nadia und ist zufrieden, wie mühelos freundlich ihre Begrüßung klingt.

Er nickt. »Mrs. Miller. Mr. Miller. So wie es aussieht, sind Sie zum Aufbruch bereit?«

»Wir haben beschlossen, es täte uns gut, ein bisschen Druck rauszunehmen«, antwortet Wyatt. »Nach allem, was neulich abends geschehen ist.«

Kelly wirft einen langen Blick auf das Haus der Napiers, das mit seinen dunklen, leeren Fenstern schon jetzt ein bisschen wie ein Spukhaus aussieht. »Ja, eine verdammt traurige Angelegenheit. Ich habe im Laufe der Jahre wahrhaftig viele Selbstmorde gesehen, und es wird nicht einfacher.«

»Ja. Ich habe auch einige Patienten aus meiner Praxis auf diese Weise verloren. Ihr Mann und ihr Sohn haben noch eine weite Strecke vor sich.«

Kelly nickt und wendet sich wieder ihnen zu. »Ja, das haben sie.«

Eine Weile sagt niemand etwas, und Nadia muss schwer mit sich kämpfen, damit sie nicht unruhig von einem Fuß auf den anderen tritt oder irgendwas anderes macht, was ihre Nervosität verrät. »Sind Sie deswegen hier?«, fragt sie.

»O nein. Da gab's eigentlich nicht viel zu ermitteln. Diese Verletzung hatte sie sich offensichtlich selbst beigebracht. Sie hatte den Revolver erst kürzlich gekauft. In ihrer Krankengeschichte waren Behandlungen gegen Depression und Angstattacken verzeichnet. Und das war's.«

Nadia nickt. Das bedeutet, dass Kelly höchstwahrscheinlich wegen der vorherigen Angelegenheit hier ist. Und wieder spürt sie etwas Abschätzendes in seiner Ausstrahlung, als versuche er, ihre Gesichtszüge mit denen der jungen Frau abzugleichen, nach der er fahndet. Obwohl sie froh ist, dass sie in letzter Zeit wieder in einige ihre alten Kleidungsstücke schlüpfen konnte, ist sie doch dankbar, dass sie heute aus Phoebes Garderobe eine weiße Bluse und einen schwarzen Gucci-Blazer ausgesucht hat. Alles, was nötig ist, um die Leute von der Fährte abzubringen.

»Ich bin immer noch mit dem Bachmann-Fall beschäftigt und gekommen, weil ich kurz was mit ihnen durchgehen wollte. Es dauert nur eine Minute. Ich weiß, Sie sind irgendwohin unterwegs.«

Das ist jetzt die Stelle, an der sie ihm am liebsten sagen würde, sie hätte beim letzten Mal keine Antworten für ihn gehabt und wüsste gern, wieso er glaubt, sie könnte jetzt welche haben. Doch das ist genau die zappelige Reaktion, auf die er hofft. Also sagt sie: »Ja, kein Problem. Wir helfen gern.«

Er zieht wieder sein Handy hervor und tippt auf dem Display herum. »Wir haben in Bachmanns E-Mails ein paar Bilder entdeckt, die Sie vielleicht interessieren.« Er hält das Telefon hoch, um ihnen das Bild eines sehr vertrauten blauen Autos zu zeigen. Eines Autos, das immer noch auf einer abgelegenen Farm in Indiana unter einem Gebüsch verborgen sein sollte. Nadias Mund wird trocken. »Wie Sie vielleicht sehen können, ist das Ihr Haus im Hintergrund. Und das Auto? Es gehört unserer Verdächtigen. Man sieht sogar eine Silhouette, wohl ihre, hinter dem Lenkrad. Erinnern Sie sich, ob Sie dieses Auto irgendwann in den letzten ein, zwei Monaten gesehen haben, wie es hier auf der Straße geparkt hat?«

Sie und Wyatt mustern das Bild, wissen ganz genau, was sie da betrachten. »Ich glaube, ich habe das Auto hier schon gesehen, ja«, sagt Wyatt. »Aber jede Woche kommen und gehen hier Fahrzeuge von *Executive Courier*.«

»Mir geht's genauso«, fügt Nadia hinzu.

Kellys Miene ist unergründlich. »Ich konnte herausfinden, dass Miss Pavlica in keiner Weise etwas mit *Executive Courier Services* zu tun hatte. Sie hat sich getarnt, aus welchem Grund auch immer.«

»Ich wüsste auch gern, wieso«, merkt Wyatt an.

»Wie oft, würden Sie sagen, haben Sie dieses Auto auf Ihrer Straße bemerkt?«

Nadia zuckt mit den Achseln. »Das kann ich nicht sagen. Es ist ja meistens so, dass man ein Lieferfahrzeug sieht und das Hirn es praktisch sofort vergisst.«

Wyatt stimmt ihr zu.

Kelly schüttelt den Kopf und steckt sein Telefon weg. »Mir kommt es nur seltsam vor. Ich suche nach einer jungen Frau, die, und ich weiß, ich habe das bereits gesagt, eine beinahe schon gespenstische Ähnlichkeit mit Ihnen hat, so ähnlich wie nur was, und dann finde ich auch noch ein Bild, auf dem sie vor Ihrem Haus parkt. Nicht nur einmal, wohlgemerkt. Dieser Bachmann hat an mehreren Tagen hintereinander Fotos von ihr gemacht. Es kommt einem vor, als hätte sie auf dieser Straße etwas ganz Besonderes vorgehabt.«

Nadia ist sich nicht sicher, was sie noch sagen soll, um ihn von ihrer Unwissenheit zu überzeugen. Sie weiß sehr gut, wie zwanghaftes Handeln aussieht, und Detective Kelly steht knapp davor. Wenn er weiter in diesem Wespennest stochert, wird ihn das zur Wahrheit führen? Im Augenblick glaubt sie das nicht, aber sie ist sicher, dass sie bei Weitem nicht alle Möglichkeiten in Betracht gezogen hat. Und wahrscheinlich wird sie weitere Möglichkeiten in Gedanken wälzen, während sie in ein paar Stunden den Atlantik überquert.

»Ich wünschte, wir könnten Ihnen helfen, Detective«, sagt Wyatt.

Kelly lässt Nadia nicht aus den Augen. »Sie wird schließlich irgendwo auftauchen. Gewöhnlich ist das so. Und ich wette, dann hat sie eine wirklich interessante Geschichte zu erzählen.«

»Das bezweifle ich nicht«, sagt sie.

Kelly verabschiedet sich von ihnen und geht zu seinem Auto zurück. Nadia atmet erst wieder, als er um die Ecke biegt und außer Sichtweite ist. Sobald er fort ist, holt sie tief Luft und schaut sich ein letztes Mal in der Nachbarschaft um. Phoebe Miller wohnt hier nicht mehr.

KAPITEL 26

DREI MONATE SPÄTER

Sie setzt sich in ihrer Mietwohnung auf Ibiza im Bett auf und lauscht dem Ozean und Wyatts leisem Schnarchen. Sie bibbert, und ihre Haut ist von einem Schweißfilm überzogen, doch sie ist nicht krank, bekommt auch kein Fieber. Seit sie im O'Hare-Flughafen vom Asphalt abgehoben haben, wartet Nadia darauf, dass der feste Knoten in ihrem Bauch sich langsam löst. Doch je mehr Meilen sie zwischen sich und Lake Forest bringen, desto unruhiger ist sie geworden. Zuerst hat sie es auf die dramatische Wende in ihrem Lebensstil geschoben. Doch endlich wurde die Ursache für ihre hartnäckige kleine Irritation in einem Traum enthüllt, und die ist furchterregender als jeder Alptraum, weil sie alles schon einmal durchlebt hat. Sie macht es immer wieder von Neuem durch, beinahe jede Nacht: den Abend von Vickis Selbstmord.

In der Traumwelt ändern sich jedes Mal ein paar Einzelheiten. Manchmal sitzen alle stattdessen in Phoebes Esszimmer, und dieses seltsame Glasmonster von einem Kronleuchter streut widerliche Regenbogenprismen in alle Richtungen. Manchmal hindert Nadia Vicki daran, den Revolver zu ergreifen. Manchmal wird stattdessen Nadia oder Ron erschossen.

Doch einige Einzelheiten bleiben unverändert. Dass Vicki die Bilderrahmen peinlich genau aufreiht. *Mit Illustrationen, wenn ihr so wollt.* Jakes Gesicht, als er erfährt, dass Phoebe erstochen wurde. *Deswegen hast du mich da rausgeschickt!* Ron, der den Kopf beugt, als er Jake erlaubt, er könne fortgehen: *Ich werde dich nicht aufhalten, mein Sohn.* Und Wyatt, auf dem Höhepunkt seiner leidenschaftlichen Bitte, Vicki

solle endlich die Wahrheit über Phoebes Ableben eingestehen. *Ich habe sie geliebt. Ich habe an diesem Morgen in ihre leblosen Augen geschaut und ihr das gesagt.*

Ich habe in ihre leblosen Augen geschaut.

Ihre leblosen Augen.

Da ist der Haken.

Ihr kommt eine Frage, die ihr das Blut in den Adern ge-
frieren lässt: *Aber wie konnte er das?* Das erinnert sie erneut
an die Stimme, die sich in der Nacht auf der Farm, als sie
Phoebe begruben, in ihre Gedanken geschlichen hat, als sie
kurz den Kontakt zu Wyatt verloren hatte und sich fragte, ob
er vielleicht auf der Lauer liegt, um sie zu erledigen.

Nadia fällt es wie Schuppen von den Augen, und endlich
sieht sie die Wahrheit: Wyatt konnte nicht in Phoebes leblose Augen geschaut haben, weil Nadia sie ihr selbst zugedrückt hatte, bevor er auftauchte. Die Lider ließen sich beinahe nicht herunterdrücken. Sie hatte einige Mühe damit,
doch sie blieben geschlossen. Die Erinnerung an dieses Gefühl hat sie nie verlassen. Er konnte vielleicht in Phoebes
lebloses *Gesicht* geschaut haben, jedoch ganz gewiss nicht
in ihre Augen. Die kühle Stimme meldet sich wieder: *Es sei
denn, er hat Phoebe vor Nadia gefunden und aus einem Unfall
einen Mord gemacht.*

Vorsichtig erhebt sie sich vom Bett, weil sie ihn auf gar keinen Fall wecken will. Sie zieht Kleidung über und geht aus
der Wohnung hinunter zum Strand. Es ist nicht ungewöhnlich, dass sie einen Morgenspaziergang macht, also wird er
sie nicht suchen kommen – sie hat Zeit, um sich einen Plan
zurechtzulegen.

Sobald sie sicher auf dem Sand steht und die Wellen an
ihre Zehen plätschern, wendet sie ihre Aufmerksamkeit
dem zu, was sie weiß. Jetzt, da sie etwas Abstand von ihrem
Traum gefunden hat, fühlt sie sich schon nicht mehr so sicher. Vielleicht hat Wyatt dieses Detail über Phoebes Augen

nur um der dramatischen Wirkung wegen hinzugefügt, um Vicki noch mehr zu strafen. Doch dann melden sich andere Fragen zu Wort. Zum Beispiel, warum Vicki über alles so offen geredet hat, nur nicht darüber, dass sie Phoebe erstochen hat? In diesem einzigen Detail hat sie sich geweigert, auch nur einen Zentimeter nachzugeben. Wyatt hat gesagt, dass sie gelogen hat, um vor Jake besser dazustehen, und das schien sinnvoll. Aber Vicky hatte das Bild, das ihr Sohn sich von ihr gemacht hatte, doch bereits zerstört, wieso also sollte sie das nicht zugeben?

Und Wyatt hat sich so bemüht, um Jake und Ron so zu manipulieren, dass sie das auch glaubten. Er hat die Kontrolle über diesen Streit an sich gerissen und Vicki niedergemacht, alle emotionalen Register gezogen, sie so weit gebracht, dass sie keine andere Wahl hatte, als den Revolver zu ergreifen.

Aber jetzt warte mal einen Moment, verdammt nochmal. Diesmal meldet sich ihr pragmatischeres Selbst zu Wort, der Teil von ihr, der sie stets mahnt, immer einen Schlamassel nach dem anderen abzuarbeiten. *Bevor du das wirklich glaubst, denk über die Logistik nach.* Wyatt hat nach seinem Streit mit Phoebe das Haus verlassen, beim Fortgehen noch Nadia beschimpft. Sie ist weggerast, nachdem er ihr mit der Polizei gedroht hat, sie ist durch die Gegend gefahren, um wieder einen klaren Kopf zu bekommen und über ihre nächsten Möglichkeiten nachzudenken. Als sie dann beschloss, zurückzukehren, waren beinahe zwei Stunden vergangen. Das war jede Menge Zeit, in der der Streit mit Vicki stattfinden konnte, der zu Phoebes Sturz führte, Zeit, in der auch Wyatt nach Hause zurückkehren konnte.

Nadia kann nun deutlich vor sich sehen, wie Wyatt über seiner sich wehrenden Frau kniet und wieder einmal die dunklen und quälenden Gedanken hat, die er laut eigenem widerwilligem Geständnis hatte, als er den Kaffeebecher zerschmetterte. Nachdem er diesen Gedanken erlegen war und nun in Phoebes leblose Augen starrte, war er sich wahrscheinlich nicht sicher, was er mit der Leiche machen sollte. Von der Ungeheuerlichkeit seiner Tat überwältigt, ist er wohl erneut fortgegangen, um sich einen Plan auszudenken. Vielleicht gehörte es zu diesem Plan, dass er mehrere Male bei seiner toten Frau anrief, um sich ein Alibi zu verschaffen – genau um die Zeit, als Nadia wieder auftauchte und ihren grausigen Fund machte.

Der Schneeball rollt weiter bergab und wird immer größer. Wyatt hatte die Gelegenheit, das Messer in Jakes Zimmer zu deponieren, als ihm Ron an jenem Abend die Hand nähte. Nadia hatte vermutet, er wäre gegangen, um herumzuschnüffeln, und sie hatte damit recht gehabt. Nur suchte er einen Ort, an den er das belastendste Beweisstück schmuggeln konnte. Der Gedanke, dass Vicki das Messer im Zimmer ihres Sohnes versteckt haben sollte, war Nadia nie ganz geheuer gewesen, ganz gleich, wie sehr sie sich bemüht hatte, ihn ins Bild einzupassen.

Dann natürlich hat Nadia ihm geholfen, später am Abend auch noch Phoebes Leiche loszuwerden. Alles zu Wyatts Vorteil.

Doch eine brennende Frage kann Nadia nicht beantworten: *Warum?* Was konnte ihn zu einer solchen Entscheidung gedrängt haben? Es musste während des Streits etwas passiert sein, was ihn ungeheuer wütend gemacht hatte. Doch was konnte ihn so getriggert haben, dass er noch einmal nach Hause zurückgekehrt ist? Vielleicht haben sie am Telefon oder mit Textnachrichten weitergestritten? Da kommt ihr mit voller Wucht eine weitere Erinnerung: Sie hat doch in Phoebes E-Mails nachgeschaut und eine gefunden, die Phoebe an Wyatt geschickt hat und in deren Betreff nur »Auf Wiedersehen« stand. Als Nadia diese E-Mail Wyatt gegenüber erwähnte, hat er das Telefon an sich genommen und die Nachricht gelöscht.

Nadia kann Phoebe geradezu vor sich sehen, wie sie kurz nach dem Streit mit ihrem Ehemann rasch eine gemeine Nachricht an ihn verfasst, ehe die weiteren Lustbarkeiten des Morgens beginnen sollen. Wyatt liest den Brief vielleicht fünfzehn oder zwanzig Minuten später, und dann bricht alles wieder mit solcher Gewalt in ihm auf, dass er umkehrt und nach Hause zurückfährt. Nadia muss diese Nachricht unbedingt finden, um sicher zu sein, sonst hat sie nichts als Vermutungen.

Als sie wieder in ihrem gemeinsamen Schlafzimmer ist, betrachtet sie Wyatt, wie er unter dem leichten Laken auf dem Bauch liegt. Langsame, gleichmäßige Atemzüge deuten darauf hin, dass er noch schläft. Sein Telefon ist in Reichweite. Sie kennt sogar seinen Code. Er ist mit seinen Verstecken nicht so schlau, wie er meint. Nadia würde jede Wette eingehen, dass diese Nachricht noch irgendwo tief in seinem Postfach vergraben ist. Sie kann sich vorstellen, dass er sie ab und zu noch einmal liest, um damit das zweifelhafte Pflänzchen seiner Rationalisierung zu nähren. Obwohl sie sich genauso gut vorstellen kann, dass Wyatt sich einredet, was immer auch an dem Morgen bei seiner Rückkehr ins Haus seine Absichten waren, hätte er seiner Frau geradezu eine Gnade erwiesen, als er sie so schwer verletzt dort vorfand.

Sie lauscht aufmerksam auf jede Bewegung oder Veränderung seines Atemrhythmus, schleicht zum Bett, schnappt sich das Telefon und zieht sich damit ins Bad zurück, um mit ihrer Suche zu beginnen. Seine E-Mails sind praktischerweise in verschiedene Ordner unterteilt: Arbeit, soziale Netzwerke, Newsletter, Spam und ein anderer, der sofort ihr Interesse erregt: Ehefrau. Sie tippt darauf, und schon taucht eine lange Liste von E-Mails mit Phoebes Adresse auf, doch sie interessiert sich lediglich für die oberste, die letzte E-Mail, die Phoebe ihrem Mann je geschickt hat. »Auf Wiedersehen.«

»Danke, dass du es mir so leicht machst«, flüstert sie.
Nadia nimmt all ihren Mut zusammen und öffnet sie.

Wyatt,
eigentlich hatte ich einen netteren Brief an dich ge-
plant, doch nach dem, was heute Morgen geschehen ist,
bin ich nicht mehr so freundlich gesonnen. Ich verlasse
dich. Schon sehr bald bin ich bereits um die halbe Welt,
und zwar mit jemandem, der mein Blut selbst an seinem
schlechtesten Tag mehr in Wallung bringt, als du es an
deinem besten je geschafft hast. Ich hoffe, du findest die
Gebärmaschine, von der du immer geträumt hast, die zu-
dem Geschmack an Jazz findet und eine höhere Toleranz
für Mittelmäßigkeit hat. Wenn ich dir für deine nächste
Beziehung einen Rat mitgeben sollte, würde ich sagen:
Versuche nicht, sie beinahe zu erstechen. Glaub mir, das
kommt gar nicht gut an.

P

Nadia liest den Brief mindestens ein Dutzend Mal, mei-
ßelt ihn in ihr Gedächtnis ein, und mit jeder verrinnen-
den Sekunde wird ihr übler. Phoebe hat sich wohl auf den
Vorfall mit dem zerbrochenen Henkelbecher bezogen. Zumindest in dem Punkt war Wyatt ehrlich gewesen. Näher
ist er wahrscheinlich einem echten Geständnis nie gekommen.

Ehe sie das Telefon weglegt, leitet sie eine Kopie der
E-Mail an sich weiter, löscht dann sorgfältig alle Spuren.

Als sie das Telefon auf Wyatts Nachttisch zurückbringt,
bemerkt sie, dass er, seit sie ins Bad gegangen ist, auf die
andere Seite gerollt ist und einer seiner Arme auf ihre Seite
des Bettes gewandert ist, wahrscheinlich weil er sie, wie er
das oft macht, im Schlaf sucht. Zum Glück ist er nicht aufgewacht und hat sich gefragt, wohin sie wohl verschwunden

ist. Er wird sie jetzt nicht im Bett vorfinden, wenn überhaupt je wieder.

Sie tritt auf die Veranda mit Meerblick, kuschelt sich auf einer Liege zusammen und beginnt, über ihre Zukunft nach-zudenken. Doch nach einer Stunde ist trotz ihrer besten Be-mühungen, wach zu bleiben, das Schlaflied, das die Wellen ihr singen, so wirksam, dass sie wieder einnickt.

INTERMEZZO

Zum ersten Mal seit einer ganzen Weile denke ich an dich, aber es war ja unvermeidlich, dass du mich heute heimsuchst. Heute ist unser Hochzeitstag. Ich hätte es wahrscheinlich den ganzen Tag über nicht gemerkt, wenn mich mein Telefon nicht heute Morgen daran erinnert hätte. Ich habe den Eintrag gleich aus meinem Kalender entfernt, so dass ich vielleicht nächstes Jahr dieses Datum in seliger Unwissenheit verstreichen lassen kann. Denn die Erinnerungen, die ich jetzt habe, sind jüngeren Datums, und ich würde sie lieber weiter vergessen.

Ich hätte nicht gedacht, dass es mir je gelingen würde, die vergangenen Ereignisse aus dem Blick zu verlieren. Ich hatte vermutet, sie würden wie ein Neonschild ständig im Vordergrund leuchten; doch je länger ich hier bin, desto mehr fühlt sich allmählich alles an, als hätte ich es in einem Film gesehen. Es hilft auch, dass Nadia und ich nicht darüber reden. Es scheint uns am besten zu gehen, wenn wir fest in der Gegenwart verankert bleiben, obwohl ich immer wieder feststelle, dass ich mich ein bisschen weiter in die Zukunft treiben lasse, dass ich mich frage, was für uns als Nächstes kommt, ob Nadia vielleicht mit mir den Traum von einer Familie gemeinsam hat, die du abgelehnt hast.

Ich glaube nicht, dass ihr die Bedeutung des heutigen Tages klar ist, und ich würde mich unbehaglich fühlen, wenn ich es ihr sagte. Wahrscheinlich ist es eine gute Idee, das für mich zu behalten, genau wie all die anderen Dinge, die ich noch nicht zu beichten gewagt habe. Ein paarmal war ich nah dran. Da führen wir vielleicht gerade ein tolles Gespräch oder genießen eine unglaubliche Aussicht, und plötzlich schießt mir der Gedanke in den Kopf, dass sie verstehen würde, warum ich getan habe, was ich getan habe. Sie würde mir verzeihen, weil sie auch jemanden getötet hat. Und weil sie ein Mensch ist, der eine beinahe schon nackte Seele mit all ihren hässlichen Makeln und Narben ansehen kann, ohne groß mit der Wimper zu zucken. Diese Furchtlosigkeit liebe ich am meisten an ihr. Sie ist die Version von dir, die entstanden wäre, wenn Daniel nicht in deinem Leben gewesen wäre oder wenn ihr beiden Schwestern von Anfang an füreinander dagewesen wärt.

Und deswegen halte ich immer kurz vorher inne, so sehr ich mir auch wünsche, ich könnte ihr erzählen, was wirklich an diesem Morgen geschehen ist, um mein Gewissen ein für alle Mal zu erleichtern. Sie ist deine Schwester, und obwohl sie dich nie kennengelernt hat, spürt sie eine Verbindung. Sie ist einen so großen Teil dieser neuen Reise, auf die sie aufgebrochen ist, für dich gegangen.

Ich denke auch an Vicki und daran, wie ich allen eingeredet habe, sie wäre es gewesen, die dieses Messer benutzt hat. Das ist das größte Problem, unverzeihlicher als alles andere. Ich bin nicht sicher, dass ich mir selbst verzeihen kann, obwohl ich weiß, dass der Mann, der all dies getan hat, nicht der Mann ist, den ich kenne, auch nicht der Mann, der jetzt hier steht, durch einen ganzen Ozean von einem Ort getrennt, den er nur zu gern nie wieder sehen wird.

Du wärst wütend darüber, wenn ich sage, dass das, was ich Vicki angetan habe, schlimmer war als das, was ich dir angetan habe. An manchen Tagen schaffe ich es, mich davon zu überzeugen, dass ich dir einen Gefallen getan habe, deinen Schmerz gestillt und deinen Kummer beendet habe. Doch das wirft gleich die nächste Frage auf – um wessen Schmerz und Kummer ging es da eigentlich wirklich? Denn als ich an jenem Tag zurück in unser Haus gestürmt bin, war ich jenseits aller Wut, ich war so zornig auf dich, weil du uns zerstört hattest. Und ich weiß im tiefsten Inneren, dass ich deswegen dein Leben beendet habe, anstatt es zu retten.

Manche Dinge gräbt man besser nicht wieder aus. Sie zerfallen schließlich und werden wieder eins mit der Erde. So wie du. So wie dieser lange innere Aufschrei, den ich zurückhalte, seit ich an jenem Tag ins Haus kam und Nadia dort stehen sah. Jetzt ist er kaum mehr als ein Flüstern. Schon bald wird er verschwunden sein, und obwohl es mich immer noch ein wenig schmerzt, das zu sagen und mir klarzumachen, dass ich für alles dankbar sein sollte, was du zurückgelassen hast, weil es Nadia und mir dieses neue Leben ermöglicht hat, so hoffe ich doch, dass du endlich auch verschwindest.

EPILOG

Inzwischen steht die Sonne hoch am Himmel, und die kalten Wellen rollen ihr über die Füße, während sie einen allzu kurzen Augenblick die salzige Luft und die Einsamkeit genießt, obwohl sie sich in Erinnerung ruft, dass es schon bald wieder nur noch sie allein sein wird. Wyatt sitzt hinten am Tisch mit Fernando und Mercedes, einem Paar, mit dem sie zuletzt viel Zeit verbracht haben. Sie sind jung und schön und außerordentlich reich, wie alle hier auf Ibiza. Nadia hätte nie gedacht, dass das je langweilig werden könnte, doch nun sehnt sie sich nach etwas Rustikalerem. Nicht nach einer Farm – für eine Farm wird sie sich nie wieder begeistern können –, sondern nach einem Ort mit mehr Grün und Grau als Blau und Gold. Einem Ort, wo nicht jedes dritte Auto ein Lamborghini ist. Schottland vielleicht.

»Alles in Ordnung?« Sie zuckt beim Klang seiner Stimme nicht das geringste bisschen zusammen. Er flößt ihr keine Angst ein, nicht einmal nach dem, was sie vor einer Woche herausgefunden hat. Sie glaubt nicht, dass Wyatt ihr je wehtun würde, trotz allem, was er, und da ist sie so gut wie sicher, Phoebe angetan hat.

»Mir geht's gut«, sagt sie. »Ich habe noch ein bisschen frische Luft gebraucht.«

»Der Nachtisch ist unterwegs.«

»Danke. Ich bin gleich wieder da.«

Er küsst sie auf die Schulter, ehe er zu ihrem Tisch zurückkehrt. Fernando und Mercedes haben ihn beeinflusst. Die beiden gehen sehr liebevoll miteinander um, auf eine Art, die eigentlich widerwärtig sein sollte, doch irgendwie wirkt sie bei ihnen nur nett. Mercedes hat gerade beim Abendessen verkündet, dass sie zum ersten Mal schwanger ist, was Wyatt sofort ein Leuchten in die Augen gezaubert hat. Deswegen musste Nadia ein paar Schritte weggehen.

Sie blickt etwa eine Viertelmeile an diesem Strand entlang, um ein Haus zu betrachten, das sie schon seit ihrer Ankunft in Ibiza fasziniert. Es ist die Betonfestung eines zweifelhaften Geschäftsmanns, der wahrscheinlich zu einem Drogenkartell gehört. Die Sicherheitsvorkehrungen gehen weit über alles hinaus, was Nadia je zu überwinden versucht hat. Elektrozäune, Kameras überall. Und dazu kommen noch Wachpersonal und Hunde. Aber sie überlegt schon, welches kleine Sächelchen sie mitnehmen würde, falls sie je dort hineinkommt. Welche dunklen Geheimnisse sie wohl finden könnte. Es ist nicht das erste Mal, dass sie solche Gedanken über ein Haus hegt, seit sie in die Welt hinausgezogen ist, doch je mehr sie sich geistig von Wyatts Umlaufbahn entfernt, desto regelmäßiger suchen diese Gedanken sie heim. Genauso wie die leise, aber beharrliche Stimme, die sie daran erinnert, dass auch die neugierige kleine Diebin in ihr nie verschwunden ist und sich nicht mehr lange mit dieser engen Kiste abfinden wird, in die Nadia sie eingesperrt hat. Sie kennt sich gut genug, um zu wissen, dass das auch so wäre, wenn sie noch nichts von Wyatts Untaten wüsste. Ihr Herz schlägt schneller, wenn sie sich vorstellt, was für eine Sammlung von Kinkerlitzchen sie bei einem Rucksackabenteuer zusammentragen könnte, das sie allein quer durch Europa bringt.

Lass dieses Gefühl nicht mehr los. Je mehr du es ignorierst, desto tauber wirst du werden.

Nachdem sie die ganze vorige Woche damit verbracht hat, vorsichtig Pläne zu schmieden, obwohl sie immer noch unentschlossen war, hat die Nachricht von der Schwangerschaft ihrer Freundin – oder, genauer gesagt, Wyatts Reaktion darauf – die Sache besiegelt. Sie zieht ihr Telefon hervor und öffnet die Reise-App. Fünf Minuten später hat sie einen Flug nach Edinburgh gebucht, der morgen früh geht. Ein Ticket für eine Person, nur für den Hinflug. Für die nächste Aktion sind ihre Gründe ein wenig komplizierter, aber genauso zwingend wie dafür, sich in den frühen Morgenstunden in Richtung Schottland davonzuschleichen.

Sie öffnet den Entwurf einer Nachricht, den sie vor ein paar Tagen eingetippt hat, hauptsächlich, um zu sehen, wie sich das anfühlt. Damals ist ihr bei diesen Worten ein wenig schwindelig geworden. Heute ist es noch immer so, doch nun liegt darunter noch etwas anderes. Eine Art Rausch, der ihr das Herz höher schlagen lässt, wie damals, als sie entschieden hatte, nach Lake Forest aufzubrechen, um ihre Schwester kennenzulernen. Die reine Vorfreude.

Callahan Farms in Monticello, IN. In der Nähe werden Sie ein blaues Auto finden. Überprüfen Sie auch die Gruben für das tote Vieh. Als Anhang fügt sie Phoebes letzte E-Mail an Wyatt bei, außerdem Informationen über den Ort, wo sich das Messer befindet (sie hat es wieder in den Messerblock auf der Kücheninsel gesteckt), und ein weiteres sehr wichtiges Detail: ein gewisses Bild, von dem sie Wyatt erzählt hat, sie hätte es gelöscht, das sie aber nicht völlig vernichtet hat. Ja, auf ihrem Handy hat sie es gelöscht, aber nicht aus der E-Mail, in der sie es abgesichert hatte. Denn wie Wyatt so zutreffend gesagt hat, nichts ist im digitalen Zeitalter sicher, ganz besonders, wenn Leute wie sie mit im Spiel sind. Er hat vielleicht dasselbe gemacht, aber das ist jetzt eigentlich egal.

Als sie mit ihrer Nachricht zufrieden ist, trägt sie noch den Empfänger ein: Detective Bob Kelly. Die Farm liegt nicht in seinem Zuständigkeitsbereich, aber sie ist sich sicher, dass er einiges in die Wege leiten kann. Kurz schwebt ihr Daumen über »Senden«, und sie ruft sich ins Gedächtnis, dass diese Aktion so ist, als hielte sie ein brennendes Streichholz an das

Leben, für das sie einmal in eine Grube voller toter Schweine gestolpert ist.

Und kann sie das Wyatt wirklich antun? Sie haben einander Rückendeckung gegeben, und es hatte allmählich den Anschein, als wäre da etwas Echtes zwischen ihnen entstanden. Dann erinnert sie sich an Vicki und daran, wie er alle Register gezogen und alle Hebel in Bewegung gesetzt hat, um sie an den Abgrund zu drängen. Jake eigentlich auch. Beide haben einen Preis bezahlen müssen. Das sollte Wyatt jetzt auch.

Sie schickt die Nachricht ab. Ihr Herzschlag beschleunigt sich kein bisschen, als hätte sie am Rand des Abgrunds endlich Frieden gefunden. Vielleicht wird sie eines Tages auch für ihre Sünden zur Rechenschaft gezogen, aber dafür müssen die sich zuerst noch sehr viel mehr anstrengen, um sie zu schnappen.

Wenn Nadia im letzten Jahr eines über sich herausgefunden hat, so ist es, dass sie ziemlich gut darin ist, aus einem alten Leben in ein neues zu schlüpfen. Das Leben ihrer Schwester hat eine Weile Spaß gemacht, aber nun ist es Zeit, es zurückzugeben – minus ein paar Dollar und Souvenirs natürlich. Sie hat hier und da ein bisschen Bargeld abgezweigt und auf die hohe Kante gelegt. Im Augenblick ist es in einem Paar Stiefeln in ihrem Kleiderschrank verstaut. Es sollte genug Zeit sein, zwischen jetzt und dem Zeitpunkt, wenn sie in ihre nächste noch nicht näher bestimmte Identität schlüpft, noch etwas hinzuzufügen. Vielleicht fährt sie kurz in die Stadt, um ein paar Lebensmittel einzukaufen und eine größere Summe abzuheben.

Sie kehrt zum Tisch zurück, wo Fernando inzwischen der werdenden Mutter ein spanisches Ständchen bringt. Mitten auf dem Tisch steht ein Tablett mit Kaffee und Keksen. Nadia hat dieses Service schon viele Male gesehen und bewundert. Besonders hat es ihr ein kleiner Zuckerlöffel mit wunderschönen Jadeintarsien im Griff angetan. Sie streckt die Hand nach der Zuckerdose aus und benutzt den Löffel, um etwas Zucker in ihren Kaffee zu geben.

Wyatt bemerkt das und wirft ihr einen verwunderten Blick zu. »Du nimmst jetzt Zucker?«

Sie zuckt mit den Achseln. »Ich dachte, ich versuch mal was Neues.« Als er sich umdreht, um Fernando bei seiner Vorstellung zuzuschauen, und sie sicher ist, dass es auch sonst niemand bemerken wird, lässt Nadia den Löffel in ihrer Tasche verschwinden.

DANKSAGUNGEN

Selbst in dem einsamen Beruf, für den viele die Schriftstel-
lerei halten, ist es nicht möglich, dass eine einzige Person
all die Arbeit macht, die nötig ist, bis Sie, die wunderbaren
Leser, ein Buch in Händen halten. Und Sie sind die Ersten,
denen ich danken möchte, denn ohne Sie hätte dieses Buch,
dem so viele unglaubliche Menschen Geburtshilfe geleistet
haben, keinen Bestimmungsort.

Ich muss meinem Ehemann Ken danken, der immer an
mich geglaubt hat, und zwar seit dem Augenblick, als ich
ihm damals, im Jahr 2008 gesagt habe, ich wäre nun bereit,
wieder Geschichten zu schreiben. Seither hat er mir den
Raum gegeben und die Geduld sowie das Verständnis ent-
gegengebracht, die nötig sind, wenn man mit einer Frau zu-
sammenlebt, die in Gedanken oft völlig auf das fiktive Leben
anderer Leute fixiert ist. Meine Kinder Nat und Elias würden
all das auch verdienen. Danke, dass ihr so heldenhaft mit eu-
rer geistesabwesenden Mama klarkommt.

Ich möchte auch den wunderbaren Angestellten des Wash-
ington Township Starbucks danken, die mich schließlich alle
mit Namen kannten, weil sie mir einen schönen Arbeitsplatz
und Espresso zur Verfügung stellten, als ich mich durch die
vielen Überarbeitungen dieses Buchs gewühlt habe. Sie hatten keine Ahnung, woran ich gearbeitet habe, aber jetzt wissen sie es.

Apropos Geduld: Da verdient meine Agentin Stephanie
Rostan alle Goldsternchen und viel mehr dafür, dass sie es
während der unzähligen Entwürfe mit mir ausgehalten hat,
die nötig waren, bis das Buch so weit war, dass ich es abgeben konnte. Sie hat erkannt, was für ein Diamant sich

tief in der ersten Rohfassung verbarg, die niemand als das Buch erkennen würde, das er gerade gelesen hat. Und wir haben es gemeinsam geschafft, das Ding auszubuddeln, damit auch andere es sehen konnten. Und ein Dankesjubel geht auch an ihre wunderbare Kollegin Sarah Bedingfield, die unzählige wichtige, hilfreiche Kommentare zum Manuskript abgegeben hat, die den Diamanten nur noch mehr glänzen lassen. Ich kann all den Leuten bei Levine Greenberg Rostan gar nicht genug dafür danken, dass sie dafür gesorgt haben, dass dieser Wirbelwind von einem Buchverkauf für mich zu bewältigen war und so elegant über die Bühne ging. Dazu gehören auch Beth Fisher mit all ihrer Arbeit für die Auslandsrechte und Jasmine Lake bei UTA für die Filmrechte.

Aber ich kann unmöglich über Geduld und Diamanten reden, ohne April Gooding zu erwähnen, mein Juwel von einer Freundin und meine Haupt-Beta-Leserin bei diesem Projekt. Sie hat jede einzelne Version (außer der letzten, weil ich ihr nicht alle Überraschungen verderben wollte) gelesen, und zwar mit einem Enthusiasmus, der mich auch in meinen entmutigten Zeiten bei der Stange gehalten hat, und mit einem scharfen Auge, das mich immer auf Zack gehalten hat. Zu meinem Unterstützerteam gehört auch Tiffany Kelly (und ihr Mann Bill, ein ehemaliger Polizist, der einem gewissen Detective in dieser Geschichte seinen Namen geliehen hat!), die es geschafft hat, dass ich während der langen Strecke der verschiedenen Überarbeitungen und der Veröffentlichung immer weiterlächeln und in die Zukunft blicken konnte. Nicht zu vergessen die unerschöpfliche Liebe und Unterstützung vonseiten meiner Eltern, John und Lisa McWilliams. Sie haben mir eine Menge über gute Arbeitsmoral beigebracht und mir stets den Raum und die Ermutigung gegeben, in denen sich meine finstere Phantasie entfalten konnte.

Ich möchte Aja Pollock für ihr Adlerauge beim Korrekturlesen danken und dafür, dass sie mich daran erinnert hat, wie viel Grammatik ich seit meiner Schulzeit vergessen habe. Dank geht auch an die unglaubliche Designabteilung, die für den atemberaubenden Schutzumschlag verantwortlich war. Und an das wunderbare Marketing-Team bei Putnam in den USA und Sphere im Vereinigten Königreich.

Schließlich muss ich noch vom großartigsten Lektorats-Dreamteam sprechen, das ich mir erhoffen konnte: Margo Lipschultz bei Putnam und Viola Hayden bei Sphere. Vom allerersten Telefongespräch an wusste ich bei beiden, dass sie diejenigen sein würden, die *The Other Mrs. Miller* auf die nächste Ebene katapultieren würden, und als alles so zusammenkam, hatte ich das ungeheure Privileg, mit beiden an diesem Buch zusammenzuarbeiten. Zuzusehen, wie diese Frauen ihre Stärken gegenseitig erhöhten, Ideen hin- und herwarfen und sich dabei angefreundet haben, war eine ungeheuer bereichernde Erfahrung. Ich hoffe, dass ich eines Tages mit beiden in einem Raum sein kann, obwohl ich nicht sicher bin, dass die Welt für eine solche Konzentration von Großartigkeit schon bereit ist.

Wenn es Ihnen Spaß gemacht hat, dieses Buch zu lesen, ist ein großer Teil daran diesen Leuten zuzuschreiben. Wenn es Ihnen nicht gefallen hat oder Sie andere Fehler gefunden haben, geben Sie bitte mir die Schuld daran. Die Leute, deren Aufgabe es ist, mich in den Augen der Öffentlichkeit gut dastehen zu lassen, sind auch nur Menschen, und sie hatten eine schwierige Aufgabe zu bewältigen. Ich kann gar nicht genug betonen, wie hart sie alle gearbeitet haben und wie sehr mich ihr Glaube an mich und das Buch dazu inspiriert hat, mich als Schriftstellerin in Bereiche zu bewegen, von denen ich niemals geglaubt hätte, dass ich sie erreichen könnte. Diese Erfahrung werde ich nie vergessen.

Alafair Burke
Die perfekte Schwester
Thriller
Aus dem Englischen von Kathrin Bielfeldt
376 Seiten. Broschur
ISBN 978-3-7466-3675-7
Auch als E-Book erhältlich

Hüte dich – besonders vor der eigenen Schwester

Chloe scheint alles gewonnen zu haben. Ihre Karriere als Verlegerin eines großen Magazins ist auf einem Höhepunkt, ihre Ehe mit dem Anwalt Adam wirkt glücklich, ihr sechzehnjähriger Sohn Ethan ist ein guter Schüler. Dann wird Adam in ihrem Haus ermordet, und die Polizei ist überrascht, dass er zuerst mit Nicky, Chloes älterer Schwester, verheiratet war und Ethan in Wahrheit Nickys Sohn ist. Auch war er keineswegs der liebende Ehemann, sondern jemand, der zur Gewalt neigte. Während die Ermittlumgen laufen, verstrickt sich Ethan in Widersprüche. Er wurde von seinem Vater bedroht und hat für die Tatzeit kein Alibi. Dass seine leibliche Mutter plötzlich auftaucht, bringt die Dinge vollends aus dem Gleis.

Regelmäßige Informationen erhalten Sie über unseren Newsletter. Jetzt anmelden unter: www.aufbau-verlag.de/newsletter

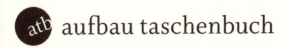